U0943279

迷雾之子
MISTBORN

三部曲之二 | 升华之井（下）

THE WELL OF ASCENSION

[美]布兰登·桑德森 著
丁剑 译　李天奇 译审

上海社会科学院出版社

在预知未来的学术领域里，有一个位置注定是我的，我把自己视为发言人，预言永世英雄出现的先知。宣布放弃阿兰迪就意味着，我的新地位、我的声誉会被其他人全盘否决。

因此我没有那样做。

34

“那样不行，”伊兰德摇着头说，“我们需要一个全票通过的决议，才能废除一个议员，当然除掉那些被剥夺职位的人。我们绝对否决不了所有八个商人议员。”

汉姆看起来有点泄气。伊兰德知道汉姆喜欢自视为哲学家，实际上，汉姆有很好的抽象思维能力。但是，他不是学者。他喜欢思考问题和答案，但他没有精细地研究文本，找出其中的含义和暗示的经验。

伊兰德瞟了萨奇德一眼，后者正坐在他前面的桌子旁，面前摊着一本书。萨奇德面前至少摞着十本书。可是，有趣的是，他的这摞书摆得整整齐齐，书脊都朝着同一个方向，封面平平整整。伊兰德自己的一摞书则横七竖八，书里还夹杂着乱七八糟的笔记。

一个人在房间里能堆那么多书是很让人惊讶的，而且只有在他不喜欢在房间里多走动的情况下才能办到。汉姆坐在地板上，身边也放着一小堆书，尽管他的大部分时间都用来表达他的一个个新想法。婷德薇尔坐在一张椅子上，但没有做研究。这位特里斯女士非常乐于训练伊兰德做一个好国王；但是，她拒绝进行研究，并为伊兰德提供如何保住王位的建议。在她眼里，就好像在做教练和政治顾问之间有一个不可见的界限。

伊兰德想：好在萨奇德不是那样，如果他也那样的话，御主大帝大概还掌管着一切。事实上，纹和我也许都死于非命了，萨奇德才是当纹被审判官囚禁时真正营救她的人，而不是我。

他不喜欢想那件事。他那次鲁莽的营救行动现在看起来就像是所有他做错的那些事情的一个象征。他一直是充满善意的，但却很少能把这种善意传达出去。这一点一定得改改。

“看这个怎么样，陛下？”说话的是屋里唯一的一个外人，一个名叫诺登的学者。伊兰德极力不去看他眼睛周围错综复杂的纹身，那些纹身表明诺登从前的身份是圣务官。他戴着大眼镜来遮挡那些纹身，从前他在钢铁教团地位不低。他能放弃他的信仰，但那纹身是去不掉了。

“你有什么发现？”伊兰德问。

“一些关于赛特领主的信息，陛下，”诺登说，“我是在你从御主大帝宫殿里带出来的一本账册上发现的。看来赛特对卢萨岱尔的政治并不像他表现得那么漠不关心。”诺登一边说着自己的发现，一边咯咯地笑了几声。

伊兰德还没遇见过像他这么快活的圣务官。也许这就是诺登没有像他的大多数同类那样离开卢萨岱尔的原因：他确实看上去不像他们那个阶层的人。他是伊兰德找到的人里唯一能在他的新王国里担当书记员和官吏的人物。

伊兰德浏览了诺登的发现。尽管那页书上都是数字而非文字，但他很快梳理出了其中的信息。赛特曾经和卢萨岱尔有庞大的贸易往来。他的大部分生意是利用小家族做幌子进行的。那也许能瞒过卢萨岱尔的贵族，却逃不脱圣务官的法眼。

诺登把账册递给萨奇德，后者也浏览了上面的数字。

“所以，”诺登说，“赛特领主想表现出一副和卢萨岱尔毫无瓜葛的样子，他那副胡子和蛮横的态度只是为了加强这种印象。然而，他一直暗中操纵着这里的事情。”

伊兰德点点头。“也许他意识到，假装和他们划清界限并不能避免政治争夺。他不可能在没有牢固的政治关系的情况下取得足够的权力。”

“那么，这说明了什么呢？”萨奇德问。

“在这场游戏里，赛特比他希望人们认为的有能力得多，”伊兰德站起来说，然后他跨过一堆书，回到自己的椅子旁，“不过，我认为从他昨天对付我和议会的方式来看，那已经很明显了。”

诺登咯咯地笑起来。“你该看看你们昨天的表情，陛下。在赛特表明自己身份时，事实上有几个贵族议员从座位上跳了起来！我认为你们这些没跳起来的，只是因为震惊了，所以……”

“诺登？”伊兰德说。

“是，陛下？”

“请不要跑题。”

“嗯，好的，陛下。”

“萨奇德？”伊兰德问，“你怎么想？”

萨奇德从手里的书上抬起了头，他正看着一本伊兰德编著的城市法典的注解版。他摇了摇头。“我想，你这本法典编得很完善。假如议会选他的话，我看能阻止对他任命的办法很少。”

“你太尽职了，以至于无法为自己争取利益。”诺登说。

“不幸的是，我很少能做到，这次却做到了。”伊兰德坐下来，揉着眼睛说。

这就是纹一直以来的感觉吗？他想。她睡得比他还少，而且她一直没有消停过，奔跑、搏斗、刺探。然而，她又一直显得精力充沛，而自己仅仅做了几天辛苦的研究，就开始萎靡不振了。

集中精力，他告诫自己。他必须了解你的敌人，这样才能和他们斗争下去。一定有摆脱这种局面的办法。

道克森还在撰写给其他议员的信件。伊兰德想和那些愿意和他会面的议员进行会谈。不幸的是，他的预感告诉他这样的人可能为数不多。他们已经把他选下去了，而且现在他们得到了选择，一个似乎能够摆脱困境的简单的途径。

“陛下……”诺登慢吞吞地说，“我们让赛特得到王位怎么样？我的意思是，他能有多糟糕？”

伊兰德愣住了。他雇用这个前圣务官的原因之一是诺登与众不同的视角。他不是斯卡人，也不是贵族，而且他不是窃贼。他只是个学者型的小人物，他进入政府部门的原因是为了不去做商人。

对他来说，御主大帝的死是毁掉他生活道路的大灾难。他不是坏人，但他没有真正意识到斯卡人的困境。

“你对我制定的法律怎么看，诺登？”伊兰德问。

“非常好，陛下，”诺登说，“极好地继承了古典哲学的思想，并增加了现代现实主义的强大元素。”

“赛特会尊重这些法律吗？”伊兰德问。

“我不知道，我还没跟这个人见过面。”

“以你的直觉来看呢？”

诺登犹豫了一下。“不会，”他说，“他不是那种依照法律进行统治的人。他做事全凭自己的喜好。”

“他只会带来混乱，”伊兰德说，“看看我们从他老家和那些被他占领的地方得到的情报，那里都是一片混乱。他给了我们结盟的承诺，还有入侵的威胁，很难说是威胁，他已经包围了我们。把这些结合起来看，让他在卢萨岱尔掌权只会给我们造成另一次崩溃。”

诺登抓了抓脸颊，若有所思地点点头，然后继续进行阅读。

我能说服他，但愿我同样能说服那些议员，伊兰德想。

但诺登是个学者，他的思考方式和伊兰德是一样的。合乎逻辑的事实对他来说就够了，而对富人而言，稳定的承诺则更有吸引力。议会完全是另一种怪物。贵族希望回到他们从前所熟悉的一切；商人们则看到了他们取得一直羡慕的爵位的机会；而斯卡人只是担心一场凶残的屠杀。

然而，虽然这是普遍的想法，彭罗德领主还是把自己视为这座城市的族长——最有名望的贵族，要以保守的态度来处理它面临的难题。齐纳勒，一名钢铁工人，认为中央辖区需要和周围的王国保持血族关系。他认为从长远来看，和赛特结盟是保护卢萨岱尔的最佳途径。

二十三名议员中的每一个都有他们自己的想法、目标和难题。这就是伊兰德所思考的：在这种环境里涌现出来的这些念头。他不希望他们的这些想法和他自己的发生抵触。

“你是对的，汉姆。”伊兰德扭头对汉姆说。

汉姆抬起头，表情有些迷惑。

“一开始，你和其他人就希望和两支军队之一结盟，把这座城市交给他们，以此换取城市的安全。”

“我记得。”汉姆说。

“嗯，那正是人们所希望的，”伊兰德说，“无论我同意与否，现在他们准备把城市交给赛特。我们本来应该按你的计划去做。”

“陛下？”萨奇德平静地问。

“嗯？”

“抱歉，但依照人民的意愿行事不是你的职责。”

伊兰德眨着眼睛。“你这话就像是婷德薇尔说的。”

“我认识一些和她一样睿智的人，陛下。”萨奇德看着婷德薇尔说道。

“啊，那么，你们两个人的看法我都不赞成，”伊兰德说，“领袖应该只受他统治的人民的共识的领导。”

“我不同意这种看法，陛下，”萨奇德说，“或者，至少可以这样说，虽然我的确相信这个理论，但我不认为你的责任是按照人民的意愿行事。你的责任是遵循你的良心，尽可能好地领导他们。你必须对那些你希望领导的人真诚，陛下。如果那个人不是人民心目中应该领导他们的人，那么他们将选择另一个人。”

伊兰德没有说话。是呀，当然。要是我不应该成为我制定的法律的例外，那我也不应该成为我所信奉的道德的例外。萨奇德的话确实只是婷德薇尔说过的关于自信的话的另一种表述，但萨奇德的解释似乎更好一些，也更诚实。

“总是想着人们对你的希望只会导致混乱，我认为，”萨奇德说，“你不能使他们所有的人满意，伊兰德·樊乔。”

书房的小换气窗“砰”的一声打开了，纹从窗户里跳了进来，身后拖着一蓬雾气。她关上窗，打量着房间里。

“这么多？”她怀疑地问，“你找了更多的书？”

“当然。”伊兰德说。

“人们到底写了多少这种东西？”她气恼地问。

伊兰德张了张嘴，看着她眼睛里闪动的光，但没说话。后来，他叹了口气。“你真是无药可救。”他说着，然后低下头继续写信。

他听到背后传来的衣服摩擦声，接着纹就落在了他的一堆书上，不知道用什么办法在书上站得稳稳当当。她迷雾斗篷的飘带垂落在身侧，弄糊了他信上的墨迹。

伊兰德叹了口气。

“哦，”纹把斗篷拉回来说，“对不起。”

“真有必要每次都这样跳来跳去吗，纹？”伊兰德问。

纹从书堆上跳下来。“对不起，”她咬着嘴唇说，“萨奇德说这是因为迷雾之子喜欢站在高处，这样我们才能看见正在发生的每一件事。”

伊兰德点点头，继续写信。他宁可亲手撰写这些信，但他需要一个抄写员把这封信重新抄写一遍。他摇着头。要做的事情太多了。

纹看着伊兰德起草信件。萨奇德坐着阅读，伊兰德的书记员之一——那个圣务官也一样。她看着那个人，发现他在座位上缩了一下身子。他知道纹从来没有信任过他。祭司不应该这样快活的。

她急切地想告诉伊兰德她对德默克斯的发现，但她犹豫了。在场的人太多，而她事实上没有任何证据，只有她的直觉。所以，她克制住自己，朝房间里打量着。

房间里死气沉沉的。婷德薇尔目光呆滞地坐在座位上，也许她在脑子里回顾着一些古老的传记。甚至连汉姆也在阅读，虽然他书翻了一本又一本，那些书却没有固定的主题。纹感到自己也应该研究点什么。她想到了她那些关于黑暗力量和永世英雄的笔记，但那些东西并不能让她把他们赶到外面去。

她不能告诉他们德默克斯的事，但是，她还有其他的一些发现。

“伊兰德，”她小声说，“我有点事要告诉你。”

“嗯？”

“我和奥索尔吃晚饭的时候，听到了仆人的谈话，”纹说，“他们认识的一些人最近生了病，人数不少。我想，也许有人在破坏我们的水源。”

“是的，”伊兰德说，还在写着字，“我知道。城里有几口水井被人下了毒。”

“是吗？”

他点点头。“早些时候你来找我时我没有告诉你吗？我和汉姆就是去那里了。”

“你没告诉我。”

“我以为我对你说过了。”伊兰德皱着眉头说。

纹摇了摇头。

“我道歉。”他俯过身子吻了她一下，然后坐回去继续起草书信。

一个吻就能搪塞过去？她闷闷不乐地想着，在一摞书上坐了下来。

真无聊，伊兰德本来不应该这么快就告诉她的。而且，这样的对话让她感觉很奇怪。在从前，他碰到什么棘手问题时，会让她帮忙做些事情的。现在，他显然在靠自己处理。

萨奇德叹息一声，合上手里的大部头书。“陛下，我找不到漏洞。到现在为止，我已经把你的法典读了六遍。”

伊兰德点点头。“我也担心这个。我们要利用这部法典争取优势的话，唯一的办法就是故意曲解它，那正是我不愿意做的。”

“你是个诚实的人，陛下，”萨奇德说，“要是你察觉法律的漏洞，你就会修正它。就算你没有发现，在你征求我们意见的时候，我们中的某个人也会发现的。”

纹心想：他让他们称他为“陛下”，他过去总是制止他们这样做。为什么现在又让他们这么称呼了？

奇怪，在王位被人抢走之后，伊兰德终于开始把自己当作国王了。

“等等，”婷德薇尔说，她的眼睛恢复了神采，“在他的法典生效之前，你就通读过了，萨奇德？”

萨奇德的脸红了。

“是的，”伊兰德说，“事实上，萨奇德的建议和意见对我起草这部法典帮助很大。”

“我明白了。”婷德薇尔绷着嘴唇说。

伊兰德皱起了眉头。“婷德薇尔，这次会议没有邀请你参加。我知道你不喜欢这个。我很欣赏你的建议，但我不允许你冒犯我的一个朋友和客人，即使这种冒犯不是直接的。”

“对不起，陛下。”

“你不用向我道歉，”伊兰德说，“你要向萨奇德道歉，或者你离开这里。”

婷德薇尔坐了片刻，然后她站起身离开了房间。伊兰德没有表示任何不快。他回头继续写信。

“你不用这样做，陛下，”萨奇德说，“婷德薇尔对我的意见是有根据的，我想。”

“我会照我看来适当的方法去做，萨奇德，”伊兰德一边写字一边说，“无意冒犯，我的朋友，你从前一直让人们恶劣地对待你。在我家里我不允许这样，冒犯你对我的法律帮助，同时也冒犯了我。”

萨奇德点点头，然后伸手拿起了另一册书。

纹静坐着。他变得太快了，从婷德薇尔来这里算起才过了多长时间？两个月？伊兰德说的这些话和他以前说的并没有什么不同，但他说这些话的方式完全不一样。他语气坚决，带着一种令人不容忽视的口气。

纹想：这是因为他权力的丧失，军队面临的危机。这些压力正迫使他改变，使他或者挺身而出负起领导的责任，或者一败涂地。他知道了有关水井的事。还有什么他已经察觉，却没有告诉她？

“伊兰德，”纹说，“我对黑暗力量有了一些新的发现。”

“非常好，纹，”伊兰德微笑着对她说，“但是，我现在真的没有时间……”

纹点点头，对他笑了笑。不过，她更担心了。他不像从前那样迟疑不决，不再需要那么依赖别人的帮助。

他不再需要我了。

可这种想法太傻了。伊兰德爱她，她很清楚。他才华的展露并不会减少她在他心目中的分量，但她无法消除内心的担忧。他从前曾经离开过她，在他用他们的恋情来换取家族的需要时，那一次几乎令她崩溃。

要是他现在抛弃她会怎么样？

他不会的，她告诉自己。他不是那种人。

但是，好人也会在交往中犯错，是吗？人们常常会分手，特别是起点非常不同的人。虽然她有自信，但她还是听到了心底一个细小的声音。

那声音她以为早已被自己驱散，她以为自己再不会听到这个声音了。

抢先离开他，那样你就不会受到更大的伤害。她哥哥睿的声音似乎又在她脑子里低声响起来。

纹听到外面的沙沙声。她轻轻仰起头，那声音很轻，其他人都听不到。她站起来，朝换气窗走去。

“回去巡逻？”伊兰德问。

她转过身子，点了点头。

“也许你会去检查一下赛特在哈斯丁城堡的防卫。”伊兰德说。

纹又点了点头。伊兰德对她微微一笑，然后转头继续写信。纹拉开窗户，走进夜色里。赞恩正站在迷雾里，双脚搁在窗户下的石沿上。他的身体倾斜着，脚抵着墙，身体斜着伸在夜空里。

纹向旁边瞟了一眼，注意到了赞恩仅仅靠拉这么一点金属就保持了身体的平衡。另一种令人惊叹的技巧。他在夜色里向她微笑着。

“赞恩？”她小声说。

赞恩朝上面使了个眼色，纹点点头。片刻后，他们就站到了樊乔城堡的金属屋顶上。

纹转身问赞恩：“你去哪里了？”

赞恩出手了。

纹在赞恩逼近时吃惊地向后跳去，黑色的身影，闪亮的刀光。她半踩着房檐落了地，心情紧张。又要打一场？她心想。

赞恩又是一击，他的刀子在她弯腰躲闪时危险地擦着她的脖子掠过。这一次他的攻击显得很不一样，带着危险的意味。

纹咒骂着拔出自己的匕首，向后一跳，躲开了另一次进攻。在她躲闪时，赞恩的匕首划破空气，切掉了她迷雾斗篷上的一根飘带。

纹转身面对着他。赞恩朝前走来，却没有摆出格斗的姿势。他看起来很沉着，像是什么都没发生似的，仿佛在走向一个老朋友，而不是奔赴一场厮杀。

那好吧，纹想着，向前一跃，挥起了匕首。

赞恩随意地向前一步，身体微微一侧，躲过了她的匕首。他一伸手，毫不费力地抓住了她的另一只手，制止了她的进攻。

纹愣住了，没有人能这样强大。赞恩低头看着她，目光深邃。他的表情显得冷淡而镇定。

他在燃烧天金。

纹挣脱他的控制，向后跳开。赞恩任由她跳开，看着她蹲伏在地上，看着她额头上冒出了冷汗。纹感到了一阵突如其来的、鲜明的恐惧。自从知道天金这种东西后她就担心这一天的到来。这是一种明白自己无能为力的恐惧，尽管她有种种能力和技巧也无法克服。

对死亡的恐惧。

她想转身跳开，但赞恩在她行动之前纵身跳到了她前面。他能抢先一步知道她的动作。他从后面抓住纹的肩膀，把她向后拉，朝铁板上掷下去。

纹重重地摔在铁皮屋顶上，疼得倒抽一口气。赞恩站在她身边，低头看着她，似乎在等待着。

我不能这样被打败！我不能像猫爪下的老鼠一样被杀死！纹绝望地想。

她举手朝他的腿刺了一刀，但毫无作用。他把腿稍微向后一挪，很有分寸，于是她那一刀连他的裤脚都没碰到。她就像一个小孩，被一个身材更高、更有力量的敌人阻挡在远处一样。现在想来，普通人和她搏斗时一定也是这种感觉。

赞恩站在黑暗里一动不动。

“你想怎样？”纹问道。

“你真的没有？”他平静地说，“御主大帝藏起来的天金？”

“没有。”她说。

“你一点都没有了？”他面无表情地问。

“和赛特的刺客打的那天我用完了最后一颗。”

他静静地站了片刻，然后转身从她身边走开了。纹坐起身，心怦怦跳着，手也有点抖。她挣扎着站起来，然后找回自己落下的匕首，那柄匕首已经在屋顶的铜板上摔碎了。

在迷雾里，赞恩转身看着她，一言不发。

赞恩在黑暗里注视着她，看着她的恐惧，还有她的决心。

“我父亲想让我杀你。”赞恩说。

他看着她，眼神里仍然带着惧意。她很坚强，而且能成功地压制住内心的恐惧。从他们的间谍那里得到的情报看，纹在拜访斯特拉夫时说的话全是真的。这座城市里已经没有天金了。

“这就是你站在那里的原因吗？”她问道。

赞恩点点头，转开了身子。

“那么，”她问，“为什么还让我活着？”

“我不明白，”他承认，“也许我还是会杀了你。但是……我不是非得这样。我可以不执行他的命令。我可以把你带走，那也有同样的作用。”

他转身对着她。纹正皱着眉头，她的身子在迷雾里显得娇小而安静。

“跟我走，”他说，“我们都离开，斯特拉夫将失去他的迷雾之子，伊兰德也会失去他的。我们都可以不做他们的工具，而且我们都能得到自由。”

她没有立即作出反应。最后，她摇了摇头，“这……我们之间的事情，赞恩，并不像你想的那样。”

“你的意思是？”他朝前一步，问道。

纹看着他，“我爱伊兰德，赞恩。我真的爱他。”

你以为你就不能对我有同样的感情吗？我曾在你眼睛里看到的那种神情又怎么说，那种渴望？不，这不像我想的那样简单，对吗？赞恩想。

从来不是。

然而，他还能有什么指望呢？他转过身。“明白了，原来一直都是这样。”

“那是什么意思？”她问道。

伊兰德……

“杀了他。”神灵低语着。

赞恩用力闭紧眼睛。她是不会上当的。在街头长大、与窃贼和骗子为友的女人是不会轻易上当的。这正是困难之处。她需要明白那些让赞恩恐惧的东西。

她需要知道真相。

“赞恩？”纹问道，看上去仍然为他的攻击感到震惊，但她是那种恢复得很快的人。

“你看不出那些相同之处吗？”赞恩转身问道，“一样的鼻子，脸庞上同样的线条，我的头发剪得比他短，但有着同样的发卷。难道这些很难看出来吗？”

她震惊得喘不过气来。

“还有哪个迷雾之子能被斯特拉夫当成心腹？”赞恩问，“还有什么原因使他允许我如此接近，还有什么原因能使他处之泰然地让我加入他的计划？”

“你是他的儿子，”纹小声说，“伊兰德的兄弟。”

赞恩点了点头。

“伊兰德……”

“他一直不知道我，”赞恩说，“改天问问他我父亲的风流习性吧。”

“他告诉过我，”纹说，“斯特拉夫喜欢找情妇。”

“原因有很多，”赞恩说，“更多女人意味着更多的孩子，更多的孩子意味着更多的熔金术师，更多的熔金术师意味着派迷雾之子刺杀你的可能性更大。”

微风吹动迷雾，从他们身边漫过。远处传来了一个巡逻士兵盔甲的丁当声。

“御主大帝在世的时候，我的身份不可能得到承认，”赞恩说，“你知道那些圣务官是多么严厉。我在阴影里长大。你在街头生活过，我想那很可怕。不过，想想不被父亲承认，在自己家里靠残羹剩饭生存，被人像乞丐一样对待是个什么样子。想想看着你的兄弟，一个跟你一般大的男孩子，备受宠爱。看着他对你渴望拥有的那些东西不屑一顾。舒适，悠闲，爱……”

“你一定很恨他。”纹轻声说。

“恨？”赞恩问，“不，为什么要因为一个人的身份而恨他呢？伊兰德又没对我怎么样过。另外，斯特拉夫最终发现了一个需要我的理由：在我被绑架后，他终于得到了他二十年来梦寐以求的东西。不，我不恨伊兰德。不过，有时候我确实羡慕他。他有了一切，但是，在我看来他还是不为此感恩。”

纹静静地站着。“对不起。”

赞恩猛地摇了摇头。“不要怜悯我，女人。如果我是伊兰德的话，我就不会是迷雾之子，我就不会懂得迷雾，也不会知道独立生存和憎恨的感受。”他转过头，盯着她的眼睛，“你不认为当一个人被迫在没有爱的环境里生活很久后，他最好要对爱感恩吗？”

“我……”

赞恩把头别开。“不管怎么说，”他说，“我今晚来这里不是为了感伤我的童年。我是来警告你的。”

纹紧张起来。

“不久前，”赞恩说，“我父亲放了几百名难民通过路障朝城里来了。你听说过克洛兽军队吗？”

纹点点头。

“它们早些时候攻击和洗劫了苏斯纳城。”

纹感到一阵惊恐。苏斯纳距离卢萨岱尔只有一天的路程。克洛兽要来了。

“那些难民向我父亲寻求帮助，”赞恩说，“他就把他们送到你们这边来了。”

“让城里的人更害怕，”纹说，“让城里的资源消耗得更快。”

赞恩点点头。“我想给你一个警示：这些难民，还有我得到的命令。考虑一下我的提议吧，纹。想想那个声称爱你的人。你知道他不懂得你。如果你离开，那对你们都有好处。”

纹皱着眉头。赞恩向她微微颔首，然后推着金属屋顶跳进了夜空。她仍然不相信他说的关于伊兰德的话。他从她的眼睛里看得出来。

啊，证据很快就会有了。她很快就知道了，她会很快明白伊兰德对她的真实想法。

但现在我这样做了。让大家知道我，柯万，特里斯的创世师，是一个骗子。

35

感觉就像她要再次参加舞会一样。

如果在大崩溃前几个月，穿着这件美丽的栗色礼裙去参加舞会一定非常合适。它不是传统的样式，却很时尚，对衣服所作的修改反而使它看上去更有特色。

那些修改使她活动起来更加自如，使她走起路来更优雅，转身之间也显得更加自然。这一切使她觉得自己更加美丽。站在镜子前，纹想到也许应该穿着这件礼裙去参加一场真正的舞会，做她自己，而不是法莱特，那个局促不安的乡下贵族女孩，甚至也不是纹，那个斯卡人窃贼，而是做她真正的自己。

或者说，像她想象中的自己。因为她接受了自己作为迷雾之子的地位而自信，因为她接受了自己是打倒了御主大帝的那个人而自信，因为她知道国王爱她而自信。

也许我能同时成为两者，纹心想。她用双手抚摸着身体两侧，感受着绸缎柔软的手感。

“你看起来真漂亮，孩子。”婷德薇尔说。

纹转过身，犹豫地微笑了一下。“我没有什么首饰，我把最后一点首饰给伊兰德养活难民了。不过，毕竟那些首饰和这件衣服的颜色不配。”

“很多女人用珠宝来装饰自己，是想掩饰自身的平庸，”婷德薇尔说，“你没有那种需要。”

特里斯女人以她惯常的姿态站在那里，双手扣在身前，身上的戒指和耳环闪闪发光。但是，她的首饰上没有装饰任何珠宝。事实上，它们大多是用简单材料制作的：铁、铜、白蜡，都是储金术金属。

“你近来一直没去见伊兰德。”纹说，转身对着镜子，用几个木发卡把头发别到后面。

“国王很快就会达到不需要我指导的程度。”

“他已经这样接近了？”纹问，“变成你的传记书籍里的那些人？”

婷德薇尔大笑起来。“老天，不是的，孩子。他还差得远呢。”

“但是——”

“我说的是他不再需要我的指导，”婷德薇尔说，“他学习到了，只能部分依靠别人的意见，而且已经意识到必须为了自己不断学习。你会吃惊的，孩子，成为一个好领袖在很大程度上取决于个人的经验。”

“他看起来变得不一样了。”纹轻声说。

“是的，”婷德薇尔走上来，把一只手放在纹的肩头，说道，“他正在成为一个始终明白自己使命的人，他只是还没有找到门路。虽然我对他很严厉，我认为他会找到自己的道路，即使没有我的出现。一个人在面临要么倒下要么站得更直的命运之前，供他徘徊的时间是有限的。”

纹打量着身穿漂亮长裙的自己。“我必须打扮成这个样子吗，为了他？”

“为了他，”婷德薇尔表示同意，“也为了你自己。这就是你的前进方向，在你迷失方向之前你必须确定。”

纹转过身。“你今晚要和我一起去吗？”

婷德薇尔摇摇头。“那不是我该待的地方。现在，去见你的国王。”

这一次，伊兰德不准备在没有适当陪护的情况下进入敌人的巢穴。两百名士兵已经站在院子里，等着护送他参加赛特的晚宴，还有全副武装的汉姆，充当他的个人保镖，“幽灵”担任伊兰德的车夫。可以想见只有布里兹对参加晚宴的主意感到很紧张。

“你不是非得去那里。”当一行人在樊乔城堡的院子里集合后，伊兰德对布里兹说。

“我不用去？”布里兹说，“那好，我就留下来。祝你们吃得开心。”

伊兰德停下脚步，皱起了眉头。

汉姆拍拍伊兰德的肩膀，“你该知道最好不要给他任何摇摆的余地，伊兰德！”

“唉，我那句话的意思是，”伊兰德说，“我们确实需要安抚者，但是如果他不愿意去的话，他不是非去不可。”

布里兹一副如释重负的表情。

“你一点都不觉得内疚吗？”汉姆问道。

“内疚？”布里兹把手扶在手杖上，反问道，“我亲爱的哈蒙德，难道你见过我表达如此沉闷乏味的情感吗？另外，我有个感觉，如果我不在旁边的话，赛特会更和蔼一些。”

他也许是对的，伊兰德心想。他们的马车来了。

“伊兰德，”汉姆说，“你不认为我们带着两百名士兵……呃，有点太露骨吗？”

“赛特说过，我们应该诚实地面对我们受到的威胁，”伊兰德说，“嗯，我得说，带两百个人参加谈话正表现出我们对他的信任。他的人手还是比我们多五倍。”

“但你有一位迷雾之子坐在离他仅隔几个座位的地方。”一个柔和的声音在后面响起来。

伊兰德转过身，对纹微笑着，“穿着这样的长裙，你走起路来怎么能这样安静？”

“我一直在练习。”纹挽起他的胳膊。

啊，也许她确实练习过，他想。伊兰德一边闻着她身上的香水味儿，一边想象着纹穿着臃肿的舞会长裙蹑手蹑脚走过宫廷长廊的样子。

“好，我们该动身了。”汉姆说，招呼纹和伊兰德上车。然后他们把布里兹撇在台阶旁，出发了。

一年来，夜里经过哈斯丁城堡的时候，城堡的窗户总是黑洞洞的，看到这些窗户亮起来的感觉很好。

“你知道吧，”伊兰德在她身边说，“我们还没有真正一起参加过舞会呢。”

纹正对着渐渐靠近的城堡出神，她扭过头。周围，在几百名战士的脚步声里，马车哐当哐当地开着，夜色渐渐深了下来。

“我们在舞会上见过好几次面，”伊兰德接着说，“但我们从来没有一起正式参加过舞会。我一直没有机会用我的马车来接你。”

“这有那么重要吗？”纹问道。

伊兰德耸耸肩。“这是体验的一部分。哦，是的，这是一种令人舒服的礼仪：绅士陪伴女士抵达，然后每个人都注视着你入场，对你们评头论足。我和十几个女人做过十几次，但一直没有机会和那个令这种体验变得特别的人一起在众人面前露面。”

纹笑了。“你觉得我们会不会再举行舞会？”

“不知道，纹。即使我们在这一切后幸存……唉，你能在这么多人还在挨饿的时候跳舞吗？”他也许在想那几百名难民，疲于奔命之后，又被斯特拉夫的士兵剥夺了所有的食物和生活用品，现在正蜷缩在伊兰德为他们找的仓库里。

你从前跳过舞，人们那时候也挨着饿，她想道。但那是不同的时代，那时候伊兰德还不是国王。她想起，实际上，伊兰德从来没有在那些舞会上正经跳过舞。他一直在做研究和会朋友，筹划着如何让最后帝国变成一块更好的乐土。

“一定有个两全其美的办法，”纹说，“也许我们能够举行舞会，并让那些参加舞会的贵族捐钱帮助那些穷人填饱肚子。”

伊兰德微笑起来。“也许我们举办舞会的花费比得到的捐助还多一倍。”

“而且我们的花费会落进斯卡人商人的口袋。”

伊兰德若有所思。纹则心里暗笑：真奇怪，我怎么会倾心于城里唯一的吝啬贵族。他们俩真是一对：一个会为跳跃浪费铸币而内疚的迷雾之子，一个认为举办舞会过于昂贵的贵族。道克森能从他们那里搜刮出足够的资金来维持城市的运转真是个奇迹。

“以后我们再考虑吧。”哈斯丁城堡的大门打开了，后面是一队肃立的士兵。

这个阵势似乎在说：要是你愿意可以带你的士兵来，我的人更多。事实上，卢萨岱尔陷入了一个很奇怪的状态。伊兰德的两百名士兵被赛特的两千名士兵包围着。而这两千名士兵外面是卢萨岱尔的两万名士兵，而城市本身又被将近十万名士兵团团围住。一层又一层的士兵，都紧张地等待着一场战斗。她脑子里有关舞会和派对的念头此刻烟消云散。

赛特没有到大门旁迎接他们，这桩差事交给了一个穿着简单制服的士兵。

“你的士兵们可以留在这里。”那个人在他们走进门廊的时候说。从前，这个宽敞的、带有廊柱的房间里曾经装饰着华丽的地毯和壁挂，但为了给政府筹钱，伊兰德已经把那些东西都拿走了。显然，赛特没有带可以替换的陈设，因此这座城堡内部显得非常朴素。这里与其说是府邸，还不如说是一座森严的堡垒。

伊兰德回过头，朝德默克斯挥手示意，后者命令手下在院子里等待。纹踌躇着，有意识地不去看德默克斯。如果正如她的本能警告的那样，他是坎德拉兽，那么让他过于靠近是非常危险的。她有种想干脆把他丢进地牢的冲动。

但是，坎德拉兽是不会伤害人类的，所以他不是直接的威胁。他只是在这里刺探情报。另外，他已经知道了他们的大多数敏感的秘密，要是她过早动手，根本形不成什么打击。如果等下去，等到他溜出城的时候弄清他的去向，那么她也许能找出哪一支军队或城里的哪个派别是他汇报的对象，并探明他泄露了什么情报。

所以，她控制住了自己的冲动。进行打击的时机还没到。

汉姆和德默克斯安排好他们的手下，然后选出一小队亲信：包括汉姆、“幽灵”、德默克斯，来到纹和伊兰德身边。伊兰德朝赛特的手下点点头，那个人就领着他们朝柱廊的一侧走去。

我们没有被领往升降机的方向，纹想。哈斯丁城堡的舞厅位于城堡中心塔楼的最顶层，她从前来这里参加舞会的时候，是坐着四个人力升降机中的一个上去的。是哈斯丁不愿意花费人力，还是……

赛特选了城里最高的城堡，纹想，也是窗户最少的一个。如果赛特把所有的升降机都拉上去，对手将很难攻占这座城堡。

幸运的是，看来他们今天晚上不用去最顶层。沿着弯弯曲曲的石廊上了两层楼梯后，纹不得不拉着长裙以免扫到石头上，向导领着他们进了一个宽敞的、环绕着一圈彩色玻璃窗的圆形房间，玻璃窗之间隔着支撑天花板的柱子。这个房间几乎跟塔楼本身一样宽阔。

第二个舞场，也许吧？纹有些疑惑，这里是另一个招待女士的地方？窗户是不透明的，但她怀疑有一些缝隙可以使外面的亮光透进来。赛特看起来根本不在乎这些事情。他在房间正中摆了一张大桌子，自己坐在上首。他已经开始吃了。

“你晚了，”他招呼伊兰德，“所以我不等你就开始了。”

伊兰德皱起了眉头。赛特举着一只鸡腿，对他哈哈大笑：“事实上我带着一支军队来征服你，你却似乎对我的失礼更加不满，小子！不过，我想这就是卢萨岱尔。在我把这些全部吃掉之前坐下来吧。”

伊兰德挽着纹的一只胳膊，引她入了座。“幽灵”在靠近楼梯口的一个位置坐了下来，他锡眼师的耳朵可以听到危险。汉姆领着他的十个人在能监视房间唯一入口的位置坐了下来，楼梯口和侍者用的一道门。

赛特没有理会这些士兵。他自己也有一队保镖靠墙站着，但他对汉姆的士兵在人数上略占优势不以为意。他的儿子，那个在议会成员会议上和他站在一起的年轻人，站在他旁边，安静地等着。

这两个人里肯定有一个是迷雾之子，我还是认为赛特最有可能，纹心想。

伊兰德等她坐下来后，在挨着她的一个位子上坐了下来，两人都坐在赛特的对面。赛特埋头大嚼，只在侍者为纹和伊兰德上菜的时候暂停了一下。

鸡腿，还有蔬菜肉汁。他就是希望这顿饭让人无法下咽，想让伊兰德难堪，纹想。

伊兰德没有立刻开始吃饭。他坐着，注视着赛特，表情显得很复杂。

“该死的，”赛特说，“这是很好的食物了。你不知道在旅途中弄到合适的饭菜有多难！”

“你为什么想跟我谈话？”伊兰德问，“你知道我不会投票给你的。”

赛特耸耸肩，“我觉得这样会很有趣。”

“是因为你的女儿吗？”伊兰德问。

“天哪，不！”赛特大笑，“愿意的话，留着那个蠢东西吧。她的逃跑是这一个月来让我最开心的几件事情之一。”

“要是我以伤害她作为威胁呢？”伊兰德问。

“你不会的。”赛特说。

“你确定？”

一脸大胡子的赛特面带笑容，朝伊兰德倾过身子，“我了解你，樊乔。我一直在观察你，研究着你，有几个月时间了。然后，你非常友好地派了你的一个朋友来刺探我。我从他那里对你了解了很多。”

伊兰德的神色显得不安起来。

赛特大笑。“说真的，你不会以为我认不出幸存者团伙的一个成员吧？你们卢萨岱尔的贵族一定以为这座城之外的人都是该死的傻子！”

“但是，你听了布里兹的话，”伊兰德说，“你让他加入了你们，听从他的建议。当你发现他和你女儿，那个你声称对她没有感情的女儿关系亲密时只是赶走了他。”

“那就是他告诉你的离开原因吗？”赛特笑着问，“因为我发现了他和奥瑞安娜？天哪，女儿自己去引诱他的，我干吗要去关心？”

“你认为她引诱了布里兹？”纹问道。

“当然，”赛特说，“说老实话，我跟他在一起只有几个星期，但连我都知道他对女人没什么招数。”

听了这番话，伊兰德泰然自若。他眯着眼注视着赛特：“那为什么你赶走了他？”

赛特靠在椅背上。“我想招纳他，他拒绝了。我觉得杀他比让他回到你身边更好。但是，相对于他的体形而言，他的动作确实太敏捷了。”

如果赛特真是迷雾之子的话，布里兹是不可能从他手里逃出来的，纹想。

“你明白吗，樊乔，”赛特说，“我了解你，也许比你自己更了解？因为我知道你的朋友们对你的看法。能赢得像布里兹这样狡猾之辈的忠诚，一定是非常特别的人。”

“所以你认为我不会伤害你的女儿。”伊兰德说。

“我知道你不会，”赛特说，“你诚实，我碰巧喜欢你这一点。不幸的是，诚实很容易被利用，我很了解。比如说，你会承认布里兹正在安抚会场上的人。”赛特摇摇头，“诚实的人是不适合做国王的，小伙子。这句话他妈的很卑鄙，但却是事实。这也正是我得从你手里取走王位的原因。”

伊兰德沉默了片刻。然后，他看了看纹。纹拿起他的餐盘，用熔金术的嗅觉闻了一下。

赛特大笑起来。“觉得我会对你下毒？”

“不是。”伊兰德在纹放下餐盘时说。纹不像有些人那样擅长用嗅觉分辨毒素，但她能辨别出一些明显的气味。

“你不会下毒，”伊兰德说，“那不是你做事情的方式。你看起来也很诚实。”

“我是有什么说什么，”赛特说，“那是不一样的。”

“我还没有听你说过一次谎话。”

“那是因为你对我还不够了解，分辨不出那些谎话。”赛特说，伸出三根油乎乎的手指，“我今天晚上已经对你撒了三个谎，小伙子。猜猜看，它们分别是哪个？”

伊兰德顿了顿，盯着赛特。“你在耍我。”

“那是当然！”赛特说，“你还不知道吗，小子，这就是你不该做国王的原因？把这个工作交给那些懂得人性卑劣的人吧，别让它毁了你。”

“为什么你要关心这个？”伊兰德问道。

“因为我不想杀你。”赛特说。

“那就让我活着。”

赛特摇了摇头。“不是这么回事，小子。如果有稳固权力，或者得到更大的权力的机会，你他妈的最好抓住它。我肯定会的。”

席间再次沉寂下来。赛特斜眼盯着纹。“迷雾之子没有话要说吗？”

“你总是满口脏话，”纹说，“你不该在女士在场的时候这样做。”

赛特哈哈大笑，“卢萨岱尔真有意思，小姑娘。在别人能看到他们时，他们都如此在意所谓的举止‘有度’，与此同时，他们却对在宴会结束后强奸几个斯卡人妇女的行为习以为常。至少，我是当着你的面咒骂的。”

伊兰德仍没有碰他的食物。“如果你通过投票赢得王位，会发生什么？”

赛特耸耸肩膀。“要诚实地回答？”

“一贯如此。”

“第一件事，我要刺杀你。”赛特说，“不能把以前的国王留在身边。”

“如果我退后一步呢？”伊兰德说，“不参与这场表决？”

“退后一步，”赛特说，“投票给我，然后从城里离开，我就让你活下去。”

“议会怎么办呢？”伊兰德问道。

“解散，”赛特说，“他们是负担。一旦给了委员会权力，你就只能变得束手束脚。”

“议会给了民众权力，”伊兰德说，“那正是政府应该提供的。”

令人惊奇的是，赛特没有嘲笑这句话。相反，他又一次探过身子，一只手放在桌子上，丢下啃了一半的鸡腿。“这是关键，孩子。让人们自行管理在一切都光明而快乐的时候是好的，但在你面对着两支虎视眈眈的军队时呢？在一群半疯的克洛兽毁坏着你边疆的村庄时呢？这不是让一群议员来罢免你的时候。”赛特摇着头，“这个代价太高昂了。在你既不能得到自由，也无法安宁的时候，孩子，你会怎么选择？”

伊兰德沉默着。“我作出自己的选择，”他最终说，“也让他们作出自己的选择。”

赛特微笑着，就像料到自己会得到这样的回答一样。他开始啃另一只鸡腿。

“假如我离开，”伊兰德说，“假如你得到了王位，担负起保护这座城市的使命，并解散了议会。在这之后呢？人民会怎么样？”

“为什么你要关心？”

“还用问吗？”伊兰德说，“我以为你‘理解’我。”

赛特微笑着。“我让斯卡人回去工作，以御主大帝时代的方式。没有报酬、没有自由的农民阶层。”

“我不能接受。”伊兰德说。

“为什么不？”赛特说，“这正是他们所希望的。你给了他们选择，而他们选择否决你。现在他们打算选择让我登上王座。他们认为御主大帝时代的方式是最好的。必须让一个阶级统治，而另一个阶级服从。必须有人来种植粮食和为工厂做工，孩子。”

“也许吧，”伊兰德说，“但有一件事你是弄错了的。”

“哪件事？”

“他们并不打算投票给你，”伊兰德站起来说，“他们会投票给我。在自由和奴役之间作选择，他们会选择自由。议会里的那些人，他们是这座城市里最优秀的，最后他们会作出对人民有益的选择。”

赛特愣了一下，接着哈哈大笑起来。“小子，你身上最有意思的一件事，就是你能把这番话说得煞有介事！”

“我要告辞了，赛特。”伊兰德对纹点点头，说道。

“哦，坐下来吧，樊乔。”赛特朝伊兰德的坐席挥挥手，说道，“不要因为我对你说老实话而气恼，我们还有事情要谈。”

“比如说？”伊兰德问。

“天金。”赛特说。

伊兰德站立了片刻，显然在压制着自己的怒火。赛特没有接着说下去，伊兰德最终坐下来，开始吃东西。纹只是静静地挑选着自己的食物。与此同时，她研究着赛特的士兵和仆人们的神情，这些人中间可能混杂着一些熔金术师。

“你的人民在挨饿，”赛特说，“而且，如果我的间谍对得起我付给他们的酬劳，你的城里刚刚涌进了另一批灾民。在这样的局面下，你坚持不了多久的。”

“那又怎么样？”伊兰德问道。

“我有食物，”赛特说，“大量的食物，超出我军队的需要。罐装的食物，是用御主大帝发明的新方法包装的，耐储存，不会变质，真是一种神奇的技术。我愿意卖给你们一些……”

伊兰德举着餐叉，在嘴边停下了。然后他放下餐叉，大笑起来：“你还是认为我得到了御主大帝的天金？”

“当然在你手里，”赛特皱起眉头说，“要不还能在哪里？”

伊兰德摇摇头，咬了一口肉汁烧土豆，“不在这里，千真万确。”

“可是……那些传言……”

“是布里兹故意散布的，”伊兰德说，“我还以为你猜出他加入你们的原因了呢。他是想让你来卢萨岱尔制止斯特拉夫攻城。”

“但是，布里兹一路上费尽心机地阻挠我来这里，”赛特说，“他散布谣言，千方百计分散我的注意力……”赛特的声音小了下去，最后哑然失笑：“我以为他只是去刺探情报的！这么说，我们都低估对方了。”

“我的人民仍然需要那些食物。”伊兰德说。

“那他们将会得到，只要我能当上国王。”

“他们正在挨饿。”伊兰德说。

“他们的痛苦你要负责，”赛特的脸色变得冷峻，“看得出，你对我作了一些评判，伊兰德·樊乔。你认为我是个好人。你错了，诚恳并不能保证一个人不成为暴君。我杀了成千上万人来保护我的统治。我压榨斯卡人，让他们觉得在御主大帝治下的生活更快乐。我把权力牢牢握在自己手里。在这里，我会做同样的事。”

席间陷入沉默。伊兰德吃东西，纹只是搅着盘子里的食物。要是她错过了一种毒药，她希望他们中间能有个人保持警醒。她仍然希望找出那些熔金术师，而只有一种办法能够确认。她熄灭黄铜，燃烧起了青铜。

没有发现铜障的存在，赛特显然并不在乎有人认出他手下的熔金术师。他手下有两个人燃烧着白蜡。但是，两个人都不是战士，他们都装扮成了上菜的侍者。在另外的房间里有一个锡眼师发出的脉动，是侦听的人。

为什么把蛮力士装扮成仆人，却又不用铜障隐藏他们发出的脉动呢？另外，也没有安抚者或煽动师，没有人试图影响伊兰德的情绪。不管是赛特还是他年轻的随从都没有燃烧任何金属。或者他们实际上不是熔金术师，或者他们害怕暴露自己。为了确认，纹爆燃青铜，尝试穿透附近任何可能存在的铜障。她可以想见，赛特安置了一些明显的熔金术师打掩护，然后把其他人用铜障隐藏起来。

但纹什么都没发现。她安了心，回过头继续在食物里挑挑拣拣。有多少次她的这种独门本领——穿透铜障的能力，被证实发挥了作用？她已经忘记被红铜阻隔、无法感觉熔金术脉动是什么滋味了。这个小小的能力，尽管看起来很简单，却能够提供极大的优势。然而，御主大帝和审判官也许从一开始就能做到这点。还有什么招数是她不知道的，还有别的什么秘密随着御主大帝的死而长埋地下？

纹想：他知道黑暗力量的真相，他肯定知道。他曾试图警告我们，在最后的时刻……

伊兰德和赛特又开始交谈起来。为什么她不能把注意力集中在城市面临的困境上呢？

“这样说来，你根本没有天金了？”赛特说。

“没有我们愿意出售的量。”伊兰德说。

“你全城都搜索过了？”

“搜了十几遍。”

“那些雕塑，”赛特说，“也许御主大帝把那些金属融化了，然后再铸出各种造型。”

伊兰德摇摇头。“我们也想过。那些雕塑里没有天金，而且它们也不是空心的，那本来是个瞒过熔金术师的好地方。我们猜测天金也许被藏在宫里的什么地方，但连宫里的尖顶也是用纯铁铸造的。”

“洞穴，暗道……”

“我们根本没发现这些，”伊兰德说，“我们已经让熔金术师进行搜索，寻找大量的金属源。我们做了我们能够想到的一切，赛特，除了没有掘地三尺。相信我，我们为了这件事已经忙活很长时间了。”

赛特点点头，长叹一声，“这么说，把你扣下来索取赎金是没有任何意义的了。”

伊兰德微微一笑，“我甚至连国王也不是，赛特。那样做只会让议会的人更加不愿意投票给你。”

赛特大笑，“那么，看来我得让你走了。”

阿兰迪从来都不是永世英雄。往乐观的方面说，我放大了他的美德，创造了一个不存在的英雄。往悲观的方面说，我担心我们相信的一切已经崩溃了。

36

从前，这座仓库里堆放着武器和盔甲，一堆堆地摞在地板上，就像一些神秘的财宝。萨奇德还记得自己到这里的时候，为凯尔西在没有惊动任何团伙成员的情况下所做的这些准备惊叹不已。那些武器已经在幸存者牺牲的那天晚上装备了暴乱的民众，使他们攻占了城市。

那些武器现在都储存在储物柜和军械库了。在它们原来所在的地方，一群绝望的、筋疲力尽的人蜷缩在他们所能找到的遮蔽物里。其中男子很少，也没有可以作战的。斯特拉夫逼着那些能够打仗的人加入了他的军队。而这些人——虚弱的，生病的，受伤的，被赶到了卢萨岱尔，因为斯特拉夫知道伊兰德不会赶走他们。

萨奇德在他们中间移动着脚步，提供着力所能及的安慰。他们没有任何家具，城里甚至连换洗的衣服都开始变得短缺了。那些商人意识到温暖在即将到来的冬季里将是一种奢侈品，已经开始抬高他们所有商品的价格，不仅仅是食物。

萨奇德跪在一个哭泣的女人身边。“别哭了，金蒂尔。”他安慰道，他的红铜智库让他记起了这个女人的名字。

她摇摇头。她在克洛兽的进攻中失去了三个孩子，另外两个在逃往卢萨岱尔的途中也死掉了。现在最后的一个，她一路抱在怀里的一个，也得了病。萨奇德从她怀里接过那个孩子，认真观察着他的症状，跟前一天比起来没有什么好转。

“还有救吗，特里斯老爷？”金蒂尔问道。

萨奇德低头看着那个瘦弱的、目光呆滞的孩子。希望不大，但他又怎么能告诉她这种事呢？

“只要他在呼吸，那就有希望，亲爱的，”萨奇德说，“我会要求国王增加你的食物配额，你要有力气为他哺乳。你得让他保持温暖，待在火边。就算他不吃东西，也要用湿布朝他嘴里滴一些水。他非常需要水分。”

金蒂尔木然地点点头，接回了那个孩子。萨奇德是多么希望能为她多做点什么呀。十几种不同的宗教在他脑子里走马灯一样地转动。他用一辈子时间来鼓励人们信仰一些除了御主大帝之外的神灵。然而，不知怎么回事，此刻他感到很难把其中的一种推荐给金蒂尔。

在大崩溃前则不一样。每次谈起一种宗教时，萨奇德都会有一种微妙的反叛快感。就算人们没有接受他传授的那些事物，他的话也能使他们想起从前曾经有过钢铁教团之外的信仰存在。

现在没有什么可以反叛的了。面对着金蒂尔眼睛里令人不忍对视的悲伤，他感到很难开口讲述那些早已死亡的宗教，那些早已被人遗忘的神灵。往日的传说不能抚平这个女人的痛苦。

萨奇德站起来，走到另一队人旁边。

“萨奇德？”

萨奇德转过身。他没注意到婷德薇尔也来到了这间仓库。这间大屋子的门是关着的，隔开外面即将降临的暮色，房间里燃烧的炉火带来持续不断的光亮。屋顶上开了一个洞，用来释放房间里的烟雾。如果人们探头看上去，会看到一丝丝迷雾从烟洞里爬进来，尽管它们在半空中就已消散。

难民们是不会经常朝上看的。

“你在这里几乎有一整天了。”婷德薇尔说。有这么多难民的存在，房间里竟然显得异常安静。炉火发出炸裂声，人们沉默地躺在他们的痛苦和麻木里。

“这里有很多受伤的人，”萨奇德说，“我想，我是照料他们的最佳人选。我不孤单，国王也派了布里兹和别的人来，来抚慰人们的绝望。”

萨奇德冲旁边点点头，布里兹正坐在一张椅子里，看起来正在阅读一本书。他穿着华丽的三件套礼服，似乎和这里毫不相干。然而，在萨奇德看来，他的在场说明了一些很重要的东西。

这些可怜的人，在御主大帝的统治下他们过着悲惨的生活，但现在他们连仅有的一点东西也被夺走了。虽然他们只是少数人，四百人，和仍然生活在卢萨岱尔的几十万人比较起来很少。萨奇德想道。

如果连最后的粮食储备都耗尽的话，会发生什么？关于水井被人投毒的流言已经传到了外面，他还听到了有关储备的粮食遭到破坏的消息。这些人会面临什么命运呢？围城还要持续多久？

事实上，围城的结束又意味着什么呢？当那些军队开始进攻和掠夺时，会发生什么？会造成怎样的毁坏、怎样的不幸？当那些士兵搜查藏起来的天金时又会发生什么？

“你真关心他们。”婷德薇尔走过来，平静地说。

萨奇德转过身，然后垂下了头，“也许，还关心得不够。”

“不，”婷德薇尔说，“我看得出来。你让我困惑，萨奇德。”

“我似乎很擅长这个。”

“你看起来很累了。你的青铜智库呢？”

突然，萨奇德感到一阵疲劳。他本已忘记了劳累，但她的话像一阵潮水，把疲劳卷向了他。

他叹了口气。“我在返回卢萨岱尔的路上把大部分用完了。我太急着赶回来……”他的研究近来也停顿下来了。城里的麻烦，难民的到来，他没有那么多的时间。另外，他已经誊写了那些拓片，接下来还要把它们跟另外的资料进行对照，寻找线索。他也许根本不可能有时间去做……

他皱起眉头，注意到了婷德薇尔奇怪的眼神。

“好吧，”她叹着气说，“给我看看吧。”

“给你看？”

“不管你的发现是什么，”她说，“那发现让你跑过了两个大陆。给我看看它吧。”

突然之间，一切都似乎变轻松了。他的疲劳，他的担忧，甚至他的悲伤。“太好了。”他轻声说。

又完成了一项工作，布里兹想。他看着两个特里斯人离开仓库，不由得祝贺自己。

大多数人，甚至贵族，一直曲解了安抚的真谛。他们把它视为某种心灵控制，甚至一些熟悉此道的人也把安抚看作一种侵略性的、可怕的东西。

布里兹从来不这样看。安抚是不带侵略性的。如果说它是，那么一个人和另一个人的正常交往也要看作是侵略行为了。安抚术如果用得好，并不比一个女人穿着低胸长裙或以命令的语气说话对另一个人的扰乱大。安抚术只能影响人们作出正常的、可以理解的反应，而且，更重要的是，自然的反应。

以萨奇德为例。使他感到不那么疲劳，因此能够更好地工作是“侵略”吗？轻轻抹去他的痛苦，只一点点，使他能更好地照料那些受苦人，是错误吗？

婷德薇尔是个更好的例证。也许有人会说布里兹多管闲事，因为在她看到萨奇德的时候，布里兹平息了她的责任感和失望。但是，布里兹并没有制造出那些被她的失望掩盖的情绪，比如好奇、尊重、爱。

是的，如果安抚术是单纯的“心灵控制”，在和萨奇德一起离开布里兹的影响区域后，婷德薇尔就会马上掉头离开。但布里兹知道她不会。一个重要的决定已经作出，而布里兹并没有为她作这个决定。这一刻是几个星期的时间酝酿出来的，不管有没有布里兹，这种情形都将发生。

他只是促使它出现得早了一点。

布里兹一边对自己微笑，一边看了一下怀表。还有几分钟时间，他靠在椅背上，释放出一阵安抚的波浪，减轻人们的悲伤和疼痛。面对着这么多人，他不能一一分辨，有些人在他太过用力时可能会出现一点情绪上的麻木。不过，总体看来，这对他们是好的。

他根本没看书。说老实话，他不理解为什么伊兰德和其他人花那么多时间和这些人在一起，无聊得要命。要是身边没人，他肯定能看得进去。他接着做萨奇德吸引了他的注意力之前的事。他琢磨着那些难民，揣摩着他们每个人的感情。

这是人们对安抚的另一个很大的误会。与熔金术法力相比，观察的天分更重要。确实，拥有精妙的直觉相当有好处。但是，安抚术没有赋予熔金术师洞悉别人感情的能力。所以，布里兹只能靠自己揣摩。

于是一切都回归本源。如果有不期而至的情绪出现在自己身上，即使最无经验的斯卡人也能认识到自己被安抚了。安抚术的真正精妙之处在于鼓励自然的情绪。这一切都通过正确地使其他情绪变得不那么强烈而水到渠成。人类是一种情绪的混合体。通常，他们所感受的情绪往往是那一刻占主导地位的情绪。

细心的安抚者能看到那些隐藏在表面之下的东西。他懂得一个人在想什么，甚至是那个人自己都不明白或者承认的那些感情。正如萨奇德和婷德薇尔。

布里兹一边安抚着一个斯卡人，一边想道：他们真是奇怪的一对，其他团伙成员认定他们俩是敌人，但是，仇视不能产生这样的怨恨和挫折感。是的，那两种情绪来自于截然不同的源头。

不过，难道萨奇德不是阉人吗？这件事可真奇怪……

他的思索被打断了，仓库门打开了。伊兰德走了进来，很不幸，汉姆跟他在一起。伊兰德穿着白制服，戴着白手套和佩剑。那白色是一个重要的标记；在一个充斥着灰烬和煤烟的城市里，一个身穿白衣的人是非常打眼的。伊兰德的制服一定是用特殊的可以防灰的织物做成的。这些衣服仍然需要天天清洗，但这些努力是值得的。

布里兹突然捕捉到伊兰德的情绪，并使他不那么疲劳，不那么犹豫，尽管后者正变得几乎没有必要。那是特里斯女人的事，考虑到她没有熔金术能力，布里兹对她改变人们感受的能力印象深刻。

布里兹放过了伊兰德嫌恶和怜悯的感情，考虑到这里的环境，两者都是适当的。但是，他的确播弄了一下汉姆的情绪，使他不那么好辩。布里兹现在没有心情来应付他的夹杂不清。

他在两人走近时站了起来。人们看见伊兰德，纷纷抬起了头。他的到来在某种程度上给了他们布里兹用熔金术无法带来的希望。他们小声议论着，称伊兰德为国王。

“布里兹，”伊兰德点着头说，“萨奇德在这里吗？”

“恐怕他刚离开。”布里兹说。

伊兰德看起来像有心事。“啊，那好，”他说，“我等会儿找他。”伊兰德环视了一下整个房间，回头对汉姆说：“汉姆，明天我想让你集合肯顿街的服装商人，带他们看看这里。”

“他们大概不会喜欢这个的，伊兰德。”汉姆说。

“我希望他们不会，”伊兰德说，“这样我们就能知道他们在访问过这里后对衣物定价的感受。考虑到食物的不足，我能理解粮价的昂贵。但是，拒绝给人们提供衣物，只能用贪婪来解释。”

汉姆点了点头，但布里兹能看到他姿势里的沉默。别人能意识到汉姆的默然受命有多奇怪吗？他喜欢和朋友辩论，但他几乎没有从他的哲学探讨里得出过任何结论。另外，他绝对讨厌跟陌生人拼斗，布里兹在这个主要为了揍人而雇来的家伙身上发现了这一奇怪脾性。他给了汉姆一点安抚，让他对将要应付的那些商人不感到那么担心。

“你不打算整个晚上待在这里，对吗，布里兹？”伊兰德问道。

“老天，不！”布里兹说，“亲爱的，能让我到这里来你真是太幸运了。说实在的，这里真不是个适合绅士来的地方。这些灰尘，这种令人沮丧的气氛，更别提这里的臭味了。”

汉姆皱起了眉头，“布里兹，改天你要学学如何体谅别人。”

“只要能让我在远处牵挂他们就行，哈蒙德，我会乐于加入这场活动的。”

汉姆摇了摇头，“你真是无药可救。”

“那你是准备回宫里了？”伊兰德问。

“是的，没错。”布里兹看了看怀表说。

“要搭车吗？”

“我自己买了一辆车。”布里兹说。

伊兰德点点头，然后转向汉姆。两人边谈着接下来和另一个议员的会晤，边沿原路返回。

片刻后，布里兹踱进宫门。他朝门卫点点头，顺便消去了他们精神上的疲劳。他们的士气为之一振，昂起了头，警醒地注视着迷雾。这种状态不会持续很长时间，但这样的小动作已经成了布里兹的本能。

天已经暗下来了，走廊里人很少。布里兹从厨房穿过，从洗碟子的女仆身边挤过去，使她们变得更喜欢说闲话。那能把她们的清洁工作时间变得更容易度过。除了厨房，他找到了一间小石屋，小屋里点着两盏简单的灯，摆了一张小桌子。这是个独立的餐室，如宫里的一间岗亭一般。

克拉布斯坐在小屋的一角，一条瘸腿伸在椅子上。他皱起眉头盯着布里兹，“你来晚了。”

“你来早了。”布里兹走到他对面的凳子上说。

“一回事。”克拉布斯抱怨道。

桌子上有另一只杯子，一瓶葡萄酒。布里兹解开马甲的纽扣，轻轻叹了口气，给自己倒了一杯，然后像克拉布斯一样舒服地坐了下去。

克拉布斯啜了一口酒。

“你在身边安置了铜障？”布里兹问。

“在你身边？”克拉布斯说，“一向如此。”

布里兹笑着，喝了口酒，松弛下来。他不再有机会使用自己的能力了。克拉布斯是个烟幕手。当他燃烧红铜的时候，一切熔金术能力都会被遮蔽起来，不被燃烧青铜的熔金术师发现。但更重要的是，至少对布里兹而言，燃烧红铜会令克拉布斯对一切形式的情绪熔金术法力免疫。

“看不出什么能让你这样高兴，”克拉布斯说，“我还以为你很喜欢玩弄情绪。”

“确实。”布里兹说。

“那么，为什么每天都来跟我一起喝酒？”克拉布斯问道。

“你介意我的加入吗？”

克拉布斯没有回答，这在很大程度上是他回答不介意的方式。布里兹看着脾气暴躁的将军。多数其他团伙成员都躲着克拉布斯。凯尔西是最后接纳克拉布斯的，因为他们经常合作的烟幕手死了。

“你知道那像什么吗，克拉布斯？”布里兹问道，“作为一个烟幕手？”

“不知道。”

“它给了你客观的控制力。这是一种很好的感觉，能够影响你周围的人，总能感觉到你能掌控人们的反应。”

“听起来不错。”克拉布斯干巴巴地说。

“而且，它对你也有影响。我用大多数时间观察人们，调整、推动、安抚。那改变了我。我没有……用同样的方式来看待别人。当你把一些人看作能够影响或改变的事物时，你就很难跟他们做朋友。”

克拉布斯瓮声瓮气地说：“对，这就是我们不习惯看到你和女人在一起的原因。”

布里兹点点头。“我无能为力。我总会影响身边人的情绪。所以，当一个女人要来爱我的时候……”他喜欢把自己看作不具进攻性的人。然而，他怎么能信任每个声称爱他的人呢？是他本身，还是他的熔金术能力，影响他们做出那种举动呢？

克拉布斯给自己续满酒，“你比你表现的傻得多。”

布里兹笑了。克拉布斯是少数完全对他的情绪挑动免疫的人之一。情绪熔金术法力对他完全不起作用，而且他总能控制自己的情绪：一切事物都能引起他的坏脾气。通过非熔金术法力的途径来挑拨他已经被证实是徒劳无益之举。

布里兹盯着自己的酒杯。“好玩的事情是，你几乎因为我而拒绝入伙。”

“该死的安抚者。”克拉布斯咕哝道。

“但你对我们是免疫的。”

“对你们的熔金术能力，也许。”克拉布斯说，“但那并不是你们这些人动手脚的唯一途径。身边有个安抚者，人们得始终小心。”

“那为什么让我参加你每晚的小酌呢？”

克拉布斯沉默了一会儿，布里兹几乎以为他不打算回答了。这时，克拉布斯低声说：“你不像大部分人一样坏。”

布里兹吞了一大口酒，“这是我得到的最诚实的赞扬。”

“别让它毁了你。”克拉布斯说。

“哦，我想我早就被毁了，”布里兹为自己斟满酒，说，“这个团伙……凯尔的计划……起了重要的影响。”

克拉布斯点头认同。

“我们是怎么了，克拉布斯？”布里兹问，“我加入凯尔是为了挑战。我一直不知道你是为了什么。”

“钱。”

布里兹点点头，“他的计划瓦解了，他的军队被毁掉了，而我们留了下来。然后他死了，我们仍然留了下来。伊兰德的这个该死的王国完了，你也知道。”

“我们撑不到下个月。”克拉布斯说。这种悲观不是没有根据的：布里兹了解人类，知道他们说的话是不是认真的。

“然而，我们还是在这里，”布里兹说，“我用了一整天时间，让那些家人被杀的斯卡人感觉好受一些。你花了一整天时间训练那些士兵，那些无论有没有你的帮助，在棘手的敌人面前都支持不了多久的士兵。我们追随着一个对自己的窘况似乎一无所知的孩子国王，为什么？”

克拉布斯摇了摇头。“凯尔西给了我们一座城，并使我们相信，我们有责任来保护它。”

“但我们并不是那种人，”布里兹说，“我们是窃贼和骗子。我们不该关心这些。我的意思是……我变得这么糟糕，竟然会安抚刷盘子的女仆，让她们在工作时会更快乐些！我也许也该穿上红裙子，随身带着一束花。我也许该在婚礼上这样来一出。”

克拉布斯哼了一声。然后举起杯子。“为幸存者干杯。”他说，“愿他下地狱，因为他比我们还要了解自己。”

布里兹也举起自己的杯子。“愿他下地狱。”他轻声附和。

两人沉默下来。和克拉布斯谈话容易变成……没错，不说话。但是，布里兹感到了一种单纯的满足。安抚术是美妙的，它造就了他。但它也是工作，连鸟儿也不能一直飞翔。

“找到你了。”

布里兹猛地睁开眼。奥瑞安娜正站在门口，在桌子那边，穿着淡蓝色的长裙。她是从哪儿弄到这么多裙子的？当然，她化的妆完美无瑕，而且头上戴了一个蝴蝶结。那长长的金发，在西方很常见，但在中央辖区闻所未闻，还有那自信、迷人的体形。

欲望突然在他心底蔓延开来。布里兹想：不！她的年龄只有你一半。你是个下流的老头子，下流！“奥瑞安娜，”他不自在地说，“难道你不应该睡觉或干点别的吗？”

她转着眼珠，嘘着让他把腿让开，然后坐在他身边。“现在只有九点，布里兹。我十九岁了，不是十岁。”

十岁就好了，他想，把目光从她身上移开，试图把注意力分散到别的东西上。他明白自己应该更强硬一些，不该让这个女孩接近他。但在她滑到身边，在他的杯子里喝了一口酒时，他却什么都没做。

他叹了口气，把手臂放在她的肩膀上。克拉布斯只是摇摇头，嘴边露出了一丝笑意。

“好吧，”纹说，“那回答了一个问题。”

“主人？”奥索尔说，在黑暗的房间里，它和纹分别坐在桌子的两边。以熔金术师的耳朵，她能清清楚楚听到隔壁岗亭般的房间里发生的一切。

“奥瑞安娜是个熔金术师。”纹说。

“真的？”

纹点点头，“从她来这里后，她一直在撩拨布里兹的情绪，使他更容易被她吸引。”

“我认为他能够觉察到。”奥索尔说。

“你只是认为而已。”纹说。她也许不该觉得这很好笑。那女孩也许是个迷雾之子，尽管那头蓬松的鬈发在迷雾里飞行的想法很荒唐。

然而，也许这正是她希望我相信的，我不能忘记克丽丝和仙，两个人后来都表明她们不是我原来认为的那个样子，纹想。

“布里兹也许只是不愿相信他的情绪是非自然的，”纹说，“他肯定已经被她吸引住了。”

奥索尔合上嘴，昂起了头，那是它在用狗的方式表示不赞同。

“我知道，”纹同意道，“但是，至少我们知道，他不是那种用熔金术法力引诱她的人。无论如何，那不是重点。可以证明克拉布斯不是那个坎德拉兽。”

“你怎么知道的呢，主人？”

纹停顿了一下。克拉布斯总是用他的铜障遮蔽着布里兹，这是他使用法力的少数场合之一。但是，分辨某人是否燃烧红铜是很困难的。毕竟，如果他们燃烧红铜，就自动把自己的能力遮蔽起来了。

但纹能够穿透铜障。她能感觉到奥瑞安娜的撩拨，她甚至能察觉到克拉布斯本人发出的微弱熔金术脉动——红铜的熔金术脉动。纹怀疑除了她自己和御主大帝之外，几乎没有人能听到这种脉动。

“我就是知道。”纹说。

“如果你坚持的话，主人，”奥索尔说，“但是……你不是已经认定德默克斯是间谍了吗？”

“总之我也想检查一下克拉布斯，”她说，“在我做出任何大动作之前。”

“大动作？”

纹静静地坐了一会儿。她没有很多证据，但她确实有自己的直觉，直觉告诉她德默克斯是那个间谍。那天晚上他外出时蹑手蹑脚的样子……挑选他的显而易见的逻辑……全都吻合。

她站起身。形势已经变得很危险，很敏感。她不能再无视下去了。“走，”她离开了小屋，“把德默克斯投进监狱的时候到了。”

“跟丢他是什么意思？”纹站在德默克斯门外，问道。

仆人脸红了。“小姐，对不起。我监视着他，按你的命令，但他外出巡逻了。我该跟着他吗？我是说，你不认为那样做会看起来很可疑吗？”

纹轻声骂了一声。但是，她明白自己没什么权力生气。我本该直接告诉汉姆的，她沮丧地想。

“小姐，他是几分钟前走的。”那个仆人说。

纹看了奥索尔一眼，然后下了走廊。一到窗户旁边，她就纵身跳进了黑夜里，奥索尔跟随着她，落在庭院里离她身后不远的地方。

上一次，我看见他是穿过那几道门回来的，她一边想，一边在迷雾里飞奔。她发现了远处几名警戒的士兵。

“德默克斯上尉是从这边走的吗？”她冲进他们被火炬照亮的范围里，问道。

他们直起身子，开始是震惊，然后是迷惑。

“继承人女士？”其中一个人说，“是的，他刚出去巡逻，刚走了一两分钟时间。”

“一个人吗？”她问。

他们点点头。

“那难道不是有点奇怪吗？”

他们耸耸肩。“他常常一个人出去，”一个人说，“我们没问。毕竟，他是我们的长官。”

“走的哪条路？”纹问。

一个人指了指。纹匆匆起身，奥索尔跟在她身边。我本该把他看得更紧些，我本该找个真正的间谍来监视他的。我本应该——

她站住了。在前面，沿着迷雾里一条安静的街道，有一个人影，正往城里走着。是德默克斯。

纹抛下一枚铸币，跳向空中，越过他头顶，落在一栋房子的屋顶。很显然，他在继续往前走。德默克斯或坎德拉兽，都不应该有熔金术能力。

纹停了一下，抽出了匕首，准备一跃而出。但是……她仍然没有任何真正的证据。她被凯尔西改变的，那已经开始信任的一部分，令她想起了她认识的德默克斯。

我真的相信他是坎德拉兽吗？还是我只是希望他是坎德拉兽，这样我就不用再怀疑真正的朋友了？她扪心自问。

他在下面继续走着，她用锡强化的耳朵可以轻而易举地捕捉到他的脚步。在下面，奥索尔也爬上了房顶，从她身后小跑过来，坐在她身旁。

她想：我不能直接动手，我至少要观察一下，看看他要去哪里，获得证据。也许在这个过程里能发现点什么。

她朝奥索尔挥挥手，他们从屋顶上悄然跟踪着，尾随着德默克斯。很快，纹注意到一些古怪的事：几条街外，一道火光照亮了迷雾，建筑物的影子摇曳着。纹看看德默克斯，他走进一条小巷，朝着那亮光走去。

什么？

纹从屋顶上跳下来。三个起落，她就来到了那道亮光的源头。在一个小广场中间，一堆篝火劈劈啪啪地燃烧着。一群斯卡人围着篝火挤在一起取暖，在迷雾里显得有些害怕。看到他们，纹感觉很吃惊。从大崩溃那天晚上以来，她还没见过斯卡人夜间外出来到迷雾里。

德默克斯沿着一条小巷走过来，向另外几个人打招呼。在火光里，她可以肯定那就是他，或者，至少，是一个有着他的脸孔的坎德拉兽。

广场里约有两百人。德默克斯走过去，似乎要坐在鹅卵石上，但有人很快拿着椅子走过去。一个年轻女子拿给他一杯冒着热气的东西，他感激地接受了。

纹落在屋顶上，压低身子以防暴露在火光下。更多的斯卡人赶来了，大多是结伙来的，但一些勇敢的是孤身前来的。

她身后响起了一个声音，她转过身，看到奥索尔，显然刚勉强一跳，正攀上房檐往屋顶上爬。它往下面的大街上看了一眼，摇了摇头，然后跑过来和她站在了一起。纹竖起一根手指放在嘴唇上，向下面越聚越多的人点了点头。奥索尔探头看着下面，却没说话。

终于，德默克斯站了起来，手里仍然端着那个冒着热气的杯子。人们聚集过来，坐在冰冷的鹅卵石上，身上披着毯子和斗篷。

“我们不该惧怕迷雾，我的朋友们。”德默克斯说。他的声音不是那种强硬的领袖或战役指挥官的声音，那是一个坚强的年轻人的声音，有几分犹豫，但很有说服力。

“幸存者这样告诉过我们，”他接着说，“我知道，面对迷雾很难不想到有关迷雾阴魂或其他令人恐惧的故事。但是，幸存者把迷雾给了我们。我们应该穿过迷雾，来缅怀他。”

老天……纹震惊了，他是他们中的一员，幸存者教会的成员！她踌躇着，不知道该怎么想。他就是那个坎德拉兽，抑或不是？坎德拉兽为什么会和这样一群人会面呢？但是……德默克斯本人又为什么会这样做呢？

“我知道这样做很困难，”德默克斯在下面说，“没有了幸存者。我明白你们害怕那些军队。相信我，我明白，我也看到了他们。我知道你们在围城中受难。我……不知道我是不是该告诉你们不用去担心。幸存者本人遭受过更大的苦难：妻子的死亡，哈辛矿井的囚禁。但他活了下来，这才是关键，不是吗？我们必须活下去，不管我们的处境会变得多么艰难。最终，我们会胜利的，就像他曾经经历的一样。”

他手持杯子站在那里，看上去和纹见过的斯卡人祭司一点都不像。凯尔西曾经挑选了一个富有热情的人来创建他的宗教，或者，更准确地说，来创建一场宗教起源的革命。凯尔西需要的那些领袖，是能够激发支持者崇拜他，并发起一场破坏性变革的人。

德默克斯有些不同。他没有喊叫，而是侃侃而谈。然而，人们听得很专心。他们坐在他身边的石头上，注视着他，目光里满怀希望，甚至有些崇拜。

“继承人女士，”一个人轻声说，“她呢？”

“纹女士负担着巨大的责任，”德默克斯说，“你们能看到那负担压弯了她的腰，还有这城里的困难令她多么烦恼。她是一位坦率的女人，我不认为她喜欢议会的政治活动。”

“是的，她会保护我们，对吗？”一个人问。

“是的，”德默克斯说，“对，我相信她会的。有时候，我甚至认为她比幸存者当年还要强大。你们知道吗，她作为迷雾之子只训练了两年，而且她几乎没什么训练的时间？”

纹转过脸来，心想，说到我身上来了。谈起我时，他们的声音才变得理性起来，然而……

“总有一天，她会为我们带来和平，”德默克斯说，“继承人将使白日重现，灰烬不再飘落。但在那之前，我们要生存下去，而且我们必须去战斗。幸存者的全部工作是要看到御主大帝死掉并使我们获得自由。要是我们在敌人到来的时候跑掉，那是什么感恩的态度？

“去告诉你们的议员，告诉他们，你们不希望赛特或者彭罗德领主成为你们的国王。选举在一天内完成，你们要确保正确的人被选为国王。幸存者选择了伊兰德·樊乔，这正是我们必须遵循的。”

真新鲜，纹心想。

“伊兰德领主太软弱，”一个人说，“他不会保卫我们。”

“纹女士爱他，”德默克斯说，“她不会爱一个软弱的人。彭罗德和赛特像过去对待斯卡人一样对待你们，而那就是你们认为他们强壮的原因。但那不是力量，是压迫。我们不能一直那样下去了！我们必须信任幸存者的判断！”

纹靠着屋脊，松弛下来，她的不安也减轻了。如果德默克斯真是那个间谍，那他今晚是不打算给她留下任何证据了。所以，她把匕首收好，然后枕着胳膊在房顶上躺了下来。营火劈劈啪啪地在冬夜里燃烧着，一团团烟雾和迷雾混成一片。德默克斯继续以他镇定的、令人信服的声音，向人们讲述着凯尔西的事迹。

这甚至算不上真正的宗教，纹一边听，一边想。它的理论如此简单，根本不像萨奇德说过的那些复杂的信仰。

德默克斯传授的是基本的概念。他把凯尔西作为一个模型，谈论生存及忍受苦难。纹看得出这些直白的语句受到斯卡人欢迎的原因。人们确实只有两个选择：或者挣扎下去，或者放弃。德默克斯的教义给了他们继续生活的理由。

斯卡人不需要仪式、祭司，或者法典。他们总体上对宗教过于生疏，过于恐惧，因此并不想要那样的东西。但是，她听得越多，就对幸存者教会理解得更深。这正是他们所需要的：它利用了斯卡人已经理解的东西，充满崇拜的生活，而且把它提升到了一个更高、更具乐观主义的水平。

传教还在继续展开。对凯尔西的神化在她意料之中；甚至连对她的崇敬也是可以理解的。不过，德默克斯是从哪里得到纹将阻止灰烬和使白日回归的许诺的？他又是怎么知道那关于绿草和蓝天的说法的呢？那些描述世界本来面貌的说法是仅仅在一些世界上最隐秘的文本上存在的。

他描述了一个多姿多彩和美丽的奇怪世界：一个陌生的、很难令人接受的地方，但确实很迷人。花朵和绿色的植物对这些人而言是陌生的、怪异的事物，连纹都感到很难相信，但她曾经听过萨奇德的描述。

德默克斯正在给斯卡人描绘一个天堂。它必须是某种完全抽离了正常经验的事物，因为世俗的世界不是希望之地，尤其是在食物匮乏的冬季临近，敌军环伺且政府动荡的危急关头。

纹在德默克斯结束集会时退却了。她躺了一会儿，整理着自己的想法。她本来已经认定间谍是德默克斯，但现在她的怀疑看来是没有根据的。他在夜间外出，没错，但她现在知道他在做什么了。另外，他在溜出去的时候确实表现得非常可疑。但正像她所想的，坎德拉兽会懂得如何用更加自然的方法行动。

不是他，或者，如果他是间谍，他是不打算如她所愿轻易暴露本来面目了，纹气恼地皱起眉头想。最后，她叹了口气，站起身来，走到了屋顶的另一边。奥索尔跟着她，纹盯着它。“凯尔西让你取得他的尸体的时候，”她说，“他想让你对那些人宣扬什么？”

“主人？”奥索尔问道。

“他让你现身，就像从坟墓里钻出来的他一样。”

“对。”

“那好，他让你说了什么？”

奥索尔耸耸肩。“是一些非常简单的话，主人。我告诉他们暴乱的时刻到了。我告诉他们，我，凯尔西，是为了给予他们胜利的希望而再次出现的。”

我代表着你们无法杀死的事物，不管你们用什么办法。那就是凯尔西最后的话，是面对面对着御主大帝说出来的。我就是希望。

我就是希望。

这个概念将成为围绕他产生的教会的核心教义，其中有任何奇迹存在吗？“他让你宣扬过我们刚才听德默克斯所说的那些事情吗？”纹问道。“有关灰烬不再飘落、太阳变成黄色的话？”

“没有，主人。”

“我也这样想。”纹说。这时她听到了下面石头路上衣物摩擦的声音。她朝房檐下看去，发现德默克斯正在往回走。

纹跳落在他身后小巷的地面上。真有他的，德默克斯听到了。他转过身，手按在决斗手杖上。

“没事，上尉。”她站直身子说。

“纹女士？”他惊讶地问。

纹点点头，走到他能在夜里看清楚自己的地方。暗下来的火把从后面照亮着夜空，迷雾的漩涡在阴影里翻滚着。

“我还不知道你也是幸存者教会的一员呢。”纹轻声说。

德默克斯低着头。尽管他足足比纹高出一个多头，但在她面前显得有点畏缩。“我……我知道那让你觉得不舒服，对不起。”

“没关系，”纹说，“你为人们做了一件好事。伊兰德会因你的忠诚感激你。”

德默克斯抬起头。“你一定要告诉他吗？”

“他需要知道人们的想法，上尉。为什么你想让我对这件事保持沉默呢？”

德默克斯叹了口气。“我只是……我不想让团伙的成员认为我到这里鼓动人群。汉姆认为传播幸存者的教义很愚蠢，而布里兹说鼓励教会的唯一原因是为了使人们变得更驯顺。”

纹在黑暗里打量着他。“你确实相信，不是吗？”

“是的，小姐。”

“但你认识凯尔西，”她说，“你差不多从刚开始就跟我们在一起。你知道他不是神灵。”

德默克斯看着她，眼睛里有一点挑衅的意味。“他是为了推翻御主大帝而死的。”

“那并不能让他成为神。”

“他教导我们如何活下来，要抱有希望。”

“你已经活下来了，”纹说，“在凯尔西被投进矿洞之前人们也抱有希望。”

“我们现在的情况不一样，”德默克斯说，“另外……他有能力，小姐。我感受到了。”

纹沉默了一下。她知道那个故事：凯尔西在一场和一个怀疑论者的战斗里，曾利用德默克斯做其他的士兵榜样，导演了一场用熔金术法力发起的打击，使德默克斯看上去像有了超自然能力一样。

“哦，我现在知道熔金术了，”德默克斯说，“但是……那天我感到他推动我的长剑。我感到他把力作用在我身上，使我变得不同寻常。有些时候，我觉得仍能感觉到他，强壮着我的胳膊，引导着我的刀刃……”

纹迷惑了。“你还记得我们第一次见面的情形吗？”

德默克斯点点头。“记得。在军队被毁的那一天，你到了我们藏身的山洞里。我在执行警戒。你知道吗，小姐，就在那时，我知道凯尔西会为我们而来？我知道他会来带着我们中那些忠诚的人，指引我们返回卢萨岱尔。”

他回到那些洞穴里是因为我强迫他。他想去凭一己之力跟一支军队作战。

“那支军队的毁灭是一场检验，”德默克斯抬头看着迷雾，说道，“这些军队……被围困……只是检验。为了检验我们是否能生存下去。”

“那灰烬呢？”纹问道，“你从哪里听到它将停止飘落？”

德默克斯看向她。“幸存者说的，不是吗？”

纹摇了摇头。

“很多人在说这件事，”德默克斯说，“它肯定是真的。它和另外的每件事都能对应起来：黄色的太阳、蓝色的天空，还有植物……”

“是的，但你第一次是从哪里听到这些东西的呢？”

“我记不清了，小姐。”

你是从哪里听说我会成为那个令它们重现的人的呢？她想。但不知为何，她没有问出这个问题。无论如何，她知道那个答案：德默克斯回答不出来。流言一旦传播起来，再去追寻它们的起源是非常困难的。

“回宫吧，”纹说，“我得把我见到的告诉伊兰德，但我会让他不要告诉团伙里的其他人。”

“谢谢你，小姐。”德默克斯向她鞠了一躬，说道。然后，他转身匆匆离开了。一秒钟后，纹听到后面“咚”的一声。奥索尔跳下了街道。

纹转过身。“刚才我还肯定是他呢。”

“主人？”

“那个坎德拉兽，”纹转身朝着消失中的德默克斯说，“我以为我发现了它。”

“然后呢？”

纹摇摇头。“就像道克森一样，我认为他知道得太多，不像是装的。他让我觉得……很真实。”

“我的兄弟们——”

“非常老练，”纹叹着气说，“是的，我知道。但我不打算逮捕他，至少今晚不。我们会对他留点神，但我不再相信他是间谍了。”

奥索尔点点头。

“走吧，”她说，“我想去检查一下伊兰德。”

现在，回到我的论点。抱歉，即使把我的话刻进钢板里，坐在这个冰冷的洞穴里胡乱涂写，我还是倾向于闲扯。

37

萨奇德看了一眼百叶窗的叶片，注意到犹疑的阳光正开始照亮窗户的缝隙。已经是早晨了？他想，我们研究了一个晚上？想起来这几乎不可能。他完全没有抽取清醒的能量，然而他感到自己比前几天更清醒，也更有活力。

婷德薇尔坐在他身边的椅子上。萨奇德的桌子上全是散落的纸张，两套笔墨放在桌子上待用。没有书，保管师是不需要那种东西的。

"啊！"婷德薇尔说，拿起一支笔开始书写。她看起来也一点都不累，但她很可能探进她的红铜智库里，抽取了一些储存在里面的清醒能量。

萨奇德看着她写字。她看起来几乎又年轻了起来。自从几十年前她被繁衍师抛弃后，他还没见过她的激动如此形诸于色。在那天，她伟大的工作完成了，她最终加入了保管师的行列。是萨奇德为她提供了在她与世隔绝的三十年生养工作中新发现和收集的知识。

她没花多长时间就在赛诺德元老团里得到了一个席位。但那时，萨奇德已经被驱逐出了他们的行列。

婷德薇尔写完了。"这一段来自伟德奈根国王的传记，"她说，"他是真正称得上以战斗形式抵抗御主大帝的最后领导人之一。"

"我知道这个人物。"萨奇德微笑着说。

她愣了一下。"当然。"她显然不适应跟一个和她一样博闻强记的人一块儿做研究。她把那段写出来的话推给萨奇德，尽管萨奇德用自己的索引和笔记，从自己的红铜智库里检索比她写出来会快得多。

那段文字这样记载：

在国王临终前的几个星期里，我花了大量的时间跟他在一起。

他看上去很沮丧，这可以想见。他的士兵无法抵挡征服者的克洛兽，而且他的人被一次又一次地击退。但是，国王没有责备他的士兵。他认为他的困难另有原因：食物。

在最后的日子里，他数次提到过这个想法。他认为如果他有足够的食物，本可以坚持下来的。伟德奈根把这件事归咎于黑暗力量。因为，尽管黑暗力量已经被击败，或至少被削弱，它还是耗空了德瑞那的粮食储备。

他的人民无法兼顾粮食生产和抵挡征服者的恶魔军队。最终，这导致了他们的失败。

萨奇德慢慢地点了点头。“这些记录我们有多少？”

“不太多，”婷德薇尔说，“六七页。这段是唯一提到黑暗力量的章节。”

萨奇德静静地坐了一会儿，再次把那段话读了一遍。最后，他抬头看着婷德薇尔。“你认为纹女士是对的，对吗？你相信黑暗力量就是迷雾。”

婷德薇尔点点头。

“我赞同，”萨奇德说，“至少，我们现在所谓的‘黑暗力量’是迷雾里发生的某种变化。”

“那你以前的那些论据呢？”

“看来是错的，”萨奇德说，放下那张纸，“根据这些记录和我的研究。我不希望这是真的，婷德薇尔。”

婷德薇尔扬起眉毛。“你再次对抗赛诺德元老团，难道是为了探索一些你不愿意相信的东西吗？”

萨奇德看着她的眼睛。"害怕某些事物和渴望它们是有区别的。黑暗力量的重现也许能毁灭我们，我不希望获得这个信息，但我也不能放弃发现它的机会。"

婷德薇尔移开了目光。"我不相信这会毁掉我们，萨奇德。我得承认，这是一个重大的发现。柯万的作品已经告诉我们够多了。事实上，如果黑暗力量是迷雾，那么我们对御主大帝升华的认识将得到极大的强化。"

"但如果迷雾正变得更强大呢？"萨奇德问道，"如果，由于杀死了御主大帝，我们也破坏了束缚着迷雾的某种力量呢？"

"我们没有迷雾正在一天天逼近的证据，"婷德薇尔说，"而且，在关于迷雾杀人的可能性上，我们只有你不能确定的理论。"

萨奇德低下头。在桌子上，他的手指弄糊了婷德薇尔匆匆写下的字句。"你说得不错。"他说。

在昏暗的屋子里，婷德薇尔轻轻叹了口气。"为什么你从来不为自己辩护呢，萨奇德？"

"我能怎么辩护？"

"有时候辩护是必须的。你道歉，寻求谅解，但你表面的内疚似乎从来没有改变你的行为！你究竟有没有想过，如果你能更坦率一些，也许你能成为赛诺德元老团的领袖？他们排斥你是因为你拒绝为你自己辩解。你是我见过的最容易认罪的反叛者。"

萨奇德没有回答。他抬头看着她关切的眼睛。美丽的眼睛。愚蠢的念头，他一边告诫自己，一边把头转开了，你是一直都明白的。有些事情是只对别人有意义的，对你却从来不是。

"你对御主大帝的看法是对的，萨奇德，"婷德薇尔说，"如果你再多一点……坚持，也许其他人会追随你的。"

萨奇德摇摇头。"我不是你那些自传里的人物，婷德薇尔。我，甚至不能算个真正的男人。"

"你是个比他们好的人，萨奇德，"婷德薇尔轻声说，"令人难过的是，我一直不明白这是为什么。”

他们都沉默了。萨奇德站起身，走到窗户旁，打开了百叶窗让光线透进来，然后熄掉房间里的灯。

“我今天要离开了。”婷德薇尔说。

“离开？”萨奇德问，“那些军队是不会让你离开的。”

“我不准备从他们中间穿过去，萨奇德。我打算拜访他们。我已经为年轻的樊乔领主提供了知识，我要向他的对手提供同样的帮助。”

“啊，”萨奇德说，“我明白了。我本应该认识到这一点的。”

“我担心他们不会像伊兰德那样认真听我讲的，”婷德薇尔说，声音里有一种溺爱的味道，“樊乔是个优秀的年轻人。”

“一个好国王。”萨奇德说。

婷德薇尔没有回应。她看着桌子，桌子上散放着的注释是他们从各自的红铜智库里取出的，然后匆匆写下来，用于重复阅读。

这个晚上过得如何？这个做研究的夜晚，分享思想和发现的夜晚。

她仍然很美丽。红褐色的头发有些发白了，但仍然长而柔顺。脸上有了艰难岁月的痕迹，却不曾毁掉她的美。那双眼睛……敏锐的眼睛，还有保管师特有的博学和对知识的热爱。

我不应该考虑这些事情，这是毫无意义的，萨奇德再一次想。一贯如此。“你得走了，”他转过身说道。

“又一次，你拒绝了争论。”她说。

“争论有什么意义？你是个睿智而坚定的人，必定是凭自己的良知做事的。”

“有时候，人们看上去坚定地在一条路上走，只是因为他们别无选择。”

萨奇德看着她。房间里很安静，唯一的声音来自下面的院子。婷德薇尔半坐在阳光里，她鲜艳的长袍随着阴影的退却变得明亮起来。她似乎在暗示着什么，那是他从来不敢指望能够从她那里听到的。

“我不明白了，”他慢慢地坐下来，说道，“你作为保管师的责任呢？”

“责任很重要，”她承认，“但是……必须允许特定、偶然的例外。你发现的这些拓片……好吧，也许值得我在离开前深入研究一下。”

萨奇德注视着她，想从她的眼睛里看出点什么。我此刻的感觉是什么？他弄不明白。是困惑？是麻木？还是惊慌？

“我成不了你希望的人，婷德薇尔，”他说，“我不是男人。”

她不以为意地挥挥手。“在那些年里，男人、生养，我已经受够了。我已经为特里斯族尽了我的责任。我想，我应该离开他们一段时间。我对他们有几分怨恨，为我所经受的那些事情。”

萨奇德张开嘴刚要说话，但她举手制止了他。“我明白，萨奇德。我是自愿承担起那些责任的，而且我对我所做的事情感到很高兴。不过……在一个人过的那些年里，只能偶尔跟保管师会面，我感到很沮丧，因为他们所有的计划似乎仅仅是为了维持他们被征服者的地位而制定的。

“我只见过一个人把赛诺德元老团朝积极的方向推动。当他们筹划如何把自己隐蔽起来的时候，有一个人希望去进攻。当他们认定最好的途径是破坏生育计划时，有一个人在思考着推翻最后帝国的办法。当我重新回到我的族人中间时，我发现那个人仍然在战斗。他一个人背负着结交窃贼和叛乱者的罪名，对自己受到的惩罚安然接受。”

她微笑着说。“那个人后来解救了我们。”

她拉住他的手。萨奇德坐在那里，呆住了。

“我通过阅读了解的那些人，萨奇德，”婷德薇尔轻声说，“他们不是坐在那里盘算如何才能更好地躲起来的人。他们斗争，他们追求胜利。有时候，他们是不计后果的，别的人称他们为傻子。然而，在吉凶未卜和胜负已定的时候，他们是能改变局面的人。”

阳光完全照亮了房间，她也坐了下来，把他的手握在自己的双手里。她看起来……很忧虑。他在她脸上看到过这种情感吗？她性格坚强，是他知道的最坚强的女人。在她的眼睛里看到忧虑是几乎不可能的事情。

“给我个理由，萨奇德。”她低声说。

“要是你留下来，我会……非常高兴。”萨奇德说，他的一只手搁在她的手心里，另一只搁在桌子上，手指微微颤抖着。

婷德薇尔扬起眉毛。

“留下来，”萨奇德说，“求求你。”

婷德薇尔笑了。“很好，你已经说服了我。那么，让我们继续进行研究吧。”

伊兰德在晨光里走上城头，腰上的佩剑磕着石阶边缘的石头，每走一步都丁当作响。

“你看上去差不多是个国王了。”一个声音指出。

伊兰德转过身，汉姆正爬上石阶的最后几级。空气冷冽，背阴处石头上结的霜仍然闪闪发亮。冬天正在临近，甚至也许已经到来。然而，汉姆还是没穿斗篷，身上穿的还是平常的马甲、长裤和一双单鞋。

真想知道他是否明白冷是什么感觉，伊兰德想道。白蜡手，多么令人惊讶的天赋。

“你说我几乎像个国王的样子了，”伊兰德转身继续在城墙上走着，在汉姆赶到他身边时说，“我猜是婷德薇尔的衣服为我的形象创造了奇迹。”

“我指的不是衣服，”汉姆说，“我说的是你脸上的表情。你到这儿多长时间了？”

“有段时间了，”伊兰德说，“你是怎么找到我的？”

“士兵告诉我的，”汉姆说，“他们开始把你当成指挥官了，伊兰德。他们注意你的动向，当你在附近时，他们会站得更直一点。如果他们知道你要顺便访问，他们就会把武器擦亮。”

“我以为你没有花很多时间跟他们在一起。”伊兰德说。

“哦，我可没说过，”汉姆说，“我花了大量时间和士兵在一起，只是我不够威严，不足以做他们的指挥官。我想凯尔西一直希望我成为一名将军，但在内心深处，他认为我的平易近人是不足以领导他们的。也许他是对的：人民需要领导人，我只是不愿成为一个领导人。”

“我愿意。”伊兰德说，同时又为听到自己说出这句话而惊讶。

汉姆耸耸肩。“那大概是好事。毕竟，你是国王。”

“暂时算吧。”伊兰德说。

“你仍然戴着王冠。”

伊兰德点点头。“出去不戴着它感觉不对劲。这听起来很傻，我知道，我只戴了它没多长时间。但是，人们需要知道仍然有人在管理着，至少还能再管几天。”

他们继续走着。远处，伊兰德能看到地面上的一道阴影：第三支军队终于在他们驱赶过来的难民醒来时赶到了。卢萨岱尔的哨兵还不能确定为什么克洛兽军队用了这么长时间才抵达卢萨岱尔。但是，那些村民们的悲惨故事给出了一些线索。

克洛兽没有攻打斯特拉夫或赛特的军队，它们引兵不发。显然，杰斯茨有足够的控制力来约束它们。所以它们也加入了围城的行列，打算伺机扑向卢萨岱尔。

当你既不能得到自由又无法确保安全，你会选择哪一个？

“你似乎对认识到自己愿意掌权而惊讶。”汉姆说。

“我以前只是没有把这种愿望说出来，”伊兰德说，“这种话在你真正说出来的时候，听起来会显得很自大。我想做国王。我不希望另一个人夺走我的位置。彭罗德不行，赛特也不行……谁都不可以。这个位置是我的，这个城市也是我的。”

“我不知道用‘自大’这个词是不是恰当，伊尔，”汉姆说，“为什么你想做国王呢？”

“为了保护这些人民，”伊兰德说，“为了保卫他们的安全，还有他们的权利。另外，也为了确保贵族不会在另一场叛乱里遭到毁灭。”

“那不是自大。”

“是的，汉姆，”伊兰德说，“但那是一种可以理解的自大。我不认为一个人可以在没有它的情况下领导人们。事实上，我认为，在我统治的大部分时间里，我一直缺乏这种气质。自大。”

“自信。”

“一个表达同一概念的更好的词，”伊兰德说，“我可以比别人更好地完成这项工作。只是，我要想办法来向他们证明这一事实。”

“你会的。”

“你是个乐观主义者，汉姆。”伊兰德说。

“你也是。”汉姆指出。

伊兰德笑了。“对，因为这个工作正在改变我。”

“好吧，如果你想保住工作，我们也许最好回去研究一下。我们只剩下一天了。”

伊兰德摇摇头，“我已经读了能读的所有资料，汉姆。我不会利用法律，所以没有理由去查找漏洞，或研究其他书籍来寻找不起作用的灵感。我需要时间来思考，需要时间走路……”

他们继续往前走。这时，伊兰德注意到了远处的什么东西。一伙敌兵正在远处活动，但他看不清楚。他挥手招来一个手下。

“那是什么？”他问道。

那名士兵手搭凉棚往远处看去，“看起来是赛特的军队和斯特拉夫的军队的又一场小冲突，陛下。”

伊兰德一脸惊奇，“这经常发生吗？”

那名士兵耸耸肩，“近来越来越频繁了。两方的巡逻兵一碰上就开打。在他们撤退的时候总会留下几具尸体。没什么大不了的，陛下。”

伊兰德点点头，打发走了那个人。他心想：这冲突已经够大了，那些军人一定跟我们一样紧张。那些士兵们不会喜欢持续这么长时间的围城，尤其在冬季的天气里。

克洛兽的到来只会引起更多的混乱。如果他撩拨得当，斯特拉夫和赛特会被推向一场正面的战争。我只需要多点时间！他一边想，一边继续往前走，汉姆跟在他身边。

然而，首先他要把自己的王位夺回来。没有权力，他就什么都不是，而且什么都做不了。

这个问题折磨着他的精神。但在他继续往前走的时候，有件事情吸引了他，这一次是在城里，而不是城外。汉姆说得没错，那些士兵确实在伊兰德走近他们的岗位时站得更直了一点。他们向他行礼，他也对他们点点头，按照婷德薇尔指导的，手按剑柄向前走着。

如果我确实保住了我的王位，我就欠了那个女人，他想。当然，她会因为这种想法责骂他的。他会告诉她保住王位是他应得的，因为他是国王。通过改变自己，他已经简单地利用手头的资源克服了他面临的挑战。

他不确定自己究竟能不能用那种方式来看待事物。但是，一天前她给他上的最后一课，不知为什么他觉得这是她的最后一课，只教了他一个新的概念：国王不是只有一种模式。他不会像过去的那些国王，也不会像凯尔西。

他将成为伊兰德·樊乔。他的根源在他的哲学里，所以他将被作为一个学者被人记起。他最好以此作为自己的有利条件，否则他会被人遗忘。国王不能承认他们的弱点，但他们一定要承认自己的长处。

“那么我的长处在哪里呢？为什么我应该成为统治这座城市、还有它周围那些地方的人呢？”他问自己。

是的，他是一名学者和乐观主义者，就像汉姆指出的那样。他不是格斗大师，尽管他正在进步。他不是个优秀的外交家，尽管他跟斯特拉夫和赛特的会晤证明他当之无愧。

他是什么人呢？

一个热爱斯卡人的贵族。他们总是让他着迷，甚至在大崩溃之前，在他遇见纹和其他人之前。试图证明他们跟贵族没有差别一直是他热衷的哲学难题。这听起来有点理想主义，甚至有点一本正经。现在他回想起来，实事求是地说，在大崩溃前，他对斯卡人的兴趣在很大程度上是学术性的。他们对他而言是陌生的，因此他们在他看来新奇而有趣。

他微笑着，真想知道如果有人告诉种植工人他们看上去很“新奇”时，他们会作何感想。

但是接着大崩溃就来临了，在他的书和理论里预言的叛乱变成了现实。他的信仰无法以单纯的学术抽象继续下去了。而且他开始熟悉起斯卡人来，不仅仅有纹和团伙的成员，还有工人和仆人。他已经看到希望开始在他们之间产生。在城里的平民身上，他开始看到自尊、自我价值感的觉醒，这令他激动。

他不会抛弃他们的。

这就是我，一个理想主义者，一个戏剧化的理想主义者。伊兰德想，他停下了脚步。尽管他博览群书、胸有丘壑，但他从来没有成为一个很好的贵族。

“什么？”汉姆在他身边站住，问道。

伊兰德扭头看着他。“我有主意了。”他说。

这是个难题。尽管我开始信任阿兰迪，但后来我起了疑心。他符合那些征兆，没错。但是，唉，我该怎么解释这些呢？

难道是因为他跟这些征兆太吻合了吗？

38

当我感到如此紧张时，他怎么还能看上去那么自信呢？纹站在伊兰德身旁，看着议会大厅里人的越来越多，在心里想道。他们到得很早。这一次，伊兰德说他想在每个议员到场时向他们致意，以此显示自己胸有成竹。

今天，是投票选举国王的日子。

纹和伊兰德站在讲台上，朝每个从侧门进来的议员点头致意。大厅已经显得有些拥挤。和往常一样，最前面的几排坐的是卫兵。

“你今天看起来很美。”伊兰德看着纹，说道。

纹耸耸肩。她穿着白色的长裙，平滑的布料上装饰着几层透明的织物。和她别的衣服一样，这一件也设计得便于身体活动，而且跟伊兰德的新制服非常相配，尤其是袖子上还绣了深色的花纹。她的珠宝都已经用掉了，但她在头发上别了几只白色的木头发卡。

“真奇怪，”她说，“穿长裙这么快就变得对我很自然了。”

“很高兴你完成了这个改变，”伊兰德说，“长裤和衬衣是你……但这样也是你。我还记得在我们还不认识的时候，你在舞会上的样子。”

纹微笑着抬头看着他，一脸向往的表情。远处，人们越聚越多了。“你还从来没和我跳过舞呢。”

“对不起，”他轻轻抓住她的胳膊，“近来我们都没有太多时间给对方，是吗？”

纹点点头。

“我会改善这种状况的，”伊兰德说，“只要现在的混乱局面过去，只要能保住王位，我们就能回到正常的生活里了。”

纹点点头，然后猛地一转身。她觉察到了身后的动静，一名议员正走过讲台。

“你又变得神经质了，”伊兰德微皱着眉头说，“比平时还厉害。我漏掉什么了吗？”

纹摇摇头，“我不知道。”

伊兰德跟那名议员——一名斯卡人代表，有力地握手致意。纹站在他身边，脑子已经不再走神了。但是，还有什么事情让我心神不定呢？

房间里挤满了人，每个人都想见证这一天发生的事件。伊兰德已经被迫派门卫去维持秩序。但是，让她感到不安的不是人的多少。那是一种……不对劲的感觉。人们从四面八方赶来的样子，就像食腐动物被腐烂的尸体吸引一样。

“这样不对，”纹拉着伊兰德的胳膊，看着议员们的走动，“政府的权力移交不该取决于讲台上的辩论。”

“过去没发生过这样的事并不意味着这种事情不应该出现。”伊兰德说。

纹摇摇头。“有些事情不对劲，伊兰德。赛特会让你吃惊的，也许彭罗德也会。像他们那样的人不会老老实实坐在那里让一场投票决定他们的未来。”

“我明白，”伊兰德说，“但他们并不是唯一能让人大吃一惊的人。”

纹半信半疑地看着他，“你做了什么手脚？”

他没说话，然后瞟了她一眼。“我……呃，汉姆和我昨天晚上计划了一些事情，一个策略。我一直想跟你说说，但一直找不到机会。我们得动作快一点。”

纹皱着眉头，感觉到了他的忧虑。她想说点什么，但没说出来，而是盯着他的眼睛。他看上去有点窘。“怎么了？”她问。

“呃……这涉及到了你和你的声望。我准备请求你同意，但是……”

纹感到了一丝凉意。在他们身后，最后一个议员落了座，彭罗德站起来准备主持会议。他朝伊兰德看了一眼，清了清嗓子。

伊兰德轻声咒骂了一声。“听着，我没有时间解释，”他说，“不过，这真没什么大不了的，甚至不会给我带来多少选票。但是，我必须试一下。而且，这不会改变任何事情。我是说，你我之间。”

“你说什么？”

“樊乔领主，”彭罗德说，“你准备好开始了吗？”

大厅里静了下来。纹和伊兰德仍旧站在平台的中心，介于讲台和议员席位之间。纹看着伊兰德，心里既惧怕，又混乱，又有一点被出卖的感觉。

为什么你不告诉我？要是你不告诉我你的计划是什么，我又该如何准备？而且……为什么你那样看我？她这样想道。

“抱歉。”伊兰德走过去坐了下来。

纹仍然一个人站在观众面前。从前，这么多目光会吓坏她的，现在她还是会感到不舒服。她微微低下头，朝后面的板凳和她空着的位置走去。

汉姆不在那里。纹皱起眉头，转过身。这时彭罗德正开始会议议程。在那里，她发现汉姆在观众席上，平静地和一群斯卡人坐在一起。那群人显然在小声交谈着什么，但连她也无法在这么多人里听到他们的谈话。布里兹和汉姆的一些士兵站在观众后面。就算他们知道伊兰德的计划也没什么，他们离得这么远，她没办法去埋怨他们。

她气恼地整理了一下自己的裙子，然后坐下来。她还没有感到这么茫然过，自从一年前的那个夜晚，就在他们猜出凯尔西的真正计划的那一刻，就在她认为身边的一切都在崩溃的那一刻。

也许那是个好信号。伊兰德在危急关头想到了什么政治手段吗？他有没有让她分享其实不重要，毕竟，她也许理解不了其中的法律基础。

但是……从前他总是会跟我分享他的计划的。

彭罗德接着说下去，或许他想在议员面前尽量延长自己的发言时间。赛特坐在观众席前排的凳子上，身边围着二十几个士兵，脸上一副扬扬自得的表情。也许他有理由如此，从她听到的评论来看，赛特可以轻而易举地拿下这场选举。

但伊兰德的计划是什么呢？

纹知道，彭罗德会投票给自己，伊兰德也会这样。这样的话，还剩下二十二张选票。商人们是支持赛特的，斯卡人也是。他们太害怕那些军队，根本不敢投票给别人。

那只剩下贵族了。他们中的一些人将投票给彭罗德，他是城里最强大的贵族，议会里的许多成员都是他的长期政治盟友。但是，即使他得到一半贵族的支持，也许根本不可能，赛特也会赢。赛特只需要三分之二的多数票就能得到王位。

八名商人，八位斯卡人。十六个人站在赛特一边，他会赢的。伊兰德还能做什么？

彭罗德终于结束了开幕致辞。“不过，在我们投票之前，”他说，“我希望给候选人一些时间，让他们作最后的陈述，如果他们愿意的话。赛特领主，你愿意先来吗？”

观众席上的赛特摇了摇头。“我已经开过价，也作过威胁，彭罗德。你们都知道必须投票给我。”

纹皱着眉头。赛特看上去似乎成竹在胸，但是……她朝观众席扫了一眼，目光落在汉姆身上。他正跟德默克斯上尉说话，而坐在他们旁边的是一个曾在市场上跟着自己的人，一个幸存者教会的祭司。

纹扭头打量着议员席，斯卡人的代表看起来很不自在。她又看了看伊兰德，后者正站起来准备上台发言。他先前的自信已经回来了，那醒目的白制服使他显得威严而华贵，而且他还戴着王冠。

这不会改变任何事情，他说，在你我之间……

对不起。

这事肯定关于利用她的名望来获取选票。她的名望是凯尔西的名望，只有斯卡人真正在乎这个，而且有一种简单的方法来对他们施加影响……

“你加入了幸存者教会，是不是？”她喃喃自语。

斯卡人议员的反应，那一刻的感觉，刚才伊兰德对她所说的话，这一切突然变得有了条理。如果伊兰德加入了教会，斯卡人议员很可能害怕对他投反对票。而且，伊兰德保住王位不需要十六票，只要议员投票陷入僵局，他就赢了。有了八名斯卡人和他自己的一票，他就稳立于不败之地了。

“真聪明。”她低声说。

这个策略也可能不奏效。它取决于幸存者教会对斯卡人议员的控制力有多强。然而，即使一些斯卡人不投伊兰德的票，还是会有一些贵族议员投彭罗德的票。只要有足够多的人这样做，伊兰德仍能在议会里造成僵局并保住王位。

所付出的全部代价是他的正直。

那是不公平的，纹告诉自己。如果伊兰德加入了幸存者教会，他会遵守自己许下的任何诺言。而且，如果幸存者教会得到官方支持的话，它可能会成为卢萨岱尔的一个像从前的钢铁教团那样有势力的组织。还有……伊兰德看自己的眼光怎么是那样的？

这不会改变任何事情，他曾经保证过。

她木然地听着他发言，现在他关于凯尔西的话在她看来意图很明显。但是，她却感受到一种轻微的期盼，就像赞恩曾经说过的。她是一把刀，一把另一种类型的刀，但仍然是一件工具。伊兰德将用它来保护这座城市。

她应该愤怒，或者至少觉得不舒服。为什么她的眼睛一直朝人群里看呢？为什么她不能把注意力集中在伊兰德的谈话，集中在他如何拔高她呢？为什么她会突然如此不安？

为什么那些人巧妙地沿着房间的边缘移动？

“那么，”伊兰德说，“愿幸存者赐福，我请求你们投票给我。”

他平静地等待着。这是一个极端的办法：加入幸存者教会把伊兰德置于一个外部组织的精神权威之下。但是，汉姆和德默克斯都提出了这个办法。伊兰德前一天花了很多时间来向斯卡人公民征求对于他这一决定的意见。

这个办法感觉不错，他唯一担心的是纹。他瞟了她一眼。她不喜欢自己在幸存者教会的位置，而且伊兰德的加入意味着，严格说来，接受了她神性的一面。他试图捕捉她的眼光和笑容，但她没看他。她正在朝观众席上看。

伊兰德皱起了眉头。这时纹站了起来。

一个人突然挤开两名士兵，以超自然的力量从观众席一跃跳上了讲台，抽出了决斗手杖。

什么？伊兰德震惊了。幸运的是，在婷德薇尔的命令下，他进行了几个月的格斗训练，这给了他自己都不知道的本能。在那个白蜡手冲过来的同时，他翻身一滚，仓促间，转头看到那个健壮的家伙正举着决斗手杖向他冲来。

白蕾丝和长裙哗啦啦卷起一阵风，纹从伊兰德上方一掠而过，双脚蹬在那个白蜡手身上，使他后退了几步。

那个人哼了一声。纹砰地落在伊兰德前面。议会大厅里响起一片尖叫声。

纹把讲台踢到一边。“站在我身后。”她小声叮嘱道，右手抽出了闪亮的黑曜石匕首。

伊兰德犹豫地点点头，从地上爬起来，解下了腰上的剑。那个白蜡手并不是一个人，房间里共有三组全副武装的刺客。一组攻向前排，吸引那里的卫兵；另一组爬上了平台；第三组似乎被人群里的什么缠住了手脚。是赛特的士兵。

那名白蜡手重新站稳脚，看来纹那一脚没让他吃多少苦头。

是刺客，但是，是谁派他们来的呢？伊兰德想。

五名同伴加入进来，那人露出了笑容。房间里一片混乱，议员们四处散开，他们的保镖围在他们身边。然而，平台前的战斗阻止了任何逃往这个方向的人。匆忙逃走的议员堵住了平台旁边的侧门。但是，那些攻击者看来对他们一点都不在意。

除了伊兰德。

纹保持着蹲伏的姿势，等着那些人先动手。尽管穿着社交礼裙，这个姿势仍然很具威慑力。伊兰德似乎听到她嘟囔了一声。

那些人动手了。

纹猛地向前一冲，挥动匕首向打头阵的白蜡手刺去。但因为距离较远，他轻松地用手杖架开了匕首。这伙刺客一共是六个人：其中三个明显是白蜡手，剩下的三个可能是掷币者或牵拉师，是熔金术师中最强大的类型。显然有人不想让她用铸币迅速结束战斗。

他们不知道她在这种场合是绝对不会用铸币的。因为伊兰德站得这么近，何况房间里还有那么多人。铸币是不长眼睛的，要是她朝敌人掷出一把铸币的话，肯定会有无辜的人因此死掉。

她必须迅速解决掉这些人。他们已经分散开来，围住了她和伊兰德。他们两人一组：每组一个白蜡手和一个掷币者。他们想从侧面进攻，绕过她直取伊兰德。

纹燃烧起铁，“呛啷”一声，把伊兰德的剑从剑鞘里拉了出来。她用手抓住剑柄，把它向一个刺客掷了过去。那名掷币者把剑向她推回来，她转而把它推向侧面，朝另一对熔金术杀手刺去。

他们中的一个人再次把剑向她推回来。纹把剑鞘从伊兰德手里拉脱，然后把它向那把剑的剑柄撞去。这一次，敌人的掷币者把两者都推开了，使它们朝四散奔逃的观众射去。

人们互相践踏，奋力朝房间外面挤，发出绝望的叫喊。纹咬着牙。她需要一件更好的武器。

她挥着石匕首向一对刺客刺去，接着闪身躲过一个蛮力士的进攻，跳向另外一对刺客。那名掷币者身上没有任何金属；看来他的任务只是为了防止她用铸币杀死蛮力士。他们也许以为限制了纹投掷铸币的能力，就能够轻而易举地打败她。

那个蛮力士又挥舞手杖攻了过来。纹伸手抓住他的手杖，猛地向前一拉，腾起身来，推着身后的长椅跃了起来。她猛烈燃烧白蜡，双脚狠狠地蹬在那个蛮力士的胸膛上。在他痛哼一声的同时，纹已经用力拉着长椅上的钉子抽身退了回去。

那个蛮力士稳住了脚步。看起来，他非常吃惊，因为发现纹已经飘然离开了他，手里抓着他的手杖。

纹落在地上，朝伊兰德转过身。他给自己找了一件武器——一根决斗手杖，背靠墙站着，很聪明。在他们右边，几名议员挤在一起，被他们的保镖围在中间。房间里人太多了，出口既小又窄，他们一时都逃不出去。

那些议员们没有任何帮助伊兰德的举动。

一个刺客大叫一声，因为发现纹推着露天长椅向他们飞身扑了过来。两名蛮力士慌忙举起了武器。这时，纹微微拉着门的铰链，身体在空中一转。落地的时候，她的长袍哗啦啦地一阵响。

我真得谢谢那个老裁缝，她一边挥动棍子，一边想道。她刚动了无论如何都要把长裙扯掉的念头，但那两个蛮力士进攻得很快。她迅速挡开了他们的两次进攻，然后猛烈燃烧白蜡，从他们两人之间钻了过去，她的动作比他们敏捷得多。

其中一个咒骂了一声，想把手杖收回来。在他完成之前，纹打断了他的腿。他嚎叫一声倒了下去，纹跳到他背上，双手持棍砸向第二个蛮力士。后者挡开了，然后架着她的武器，用力把她从同伴身上掀开。

伊兰德也发起了进攻。但是，他的动作跟燃烧白蜡的人的动作比起来缓慢得多。那名蛮力士随随便便一转身，轻而易举地打碎了伊兰德的武器。

纹倒地时咒骂了一声。她用力把自己的手杖向那名蛮力士掷去，迫使他放过伊兰德。当纹一跃而起，抽出第二把匕首时，他刚刚闪身躲开。纹在他得以转身对付伊兰德之前冲到了他面前。

这时一把铸币朝她飞来。她不能把它们推回去，不能朝人群的方向。她大叫一声，跳到伊兰德和铸币之间，尽力把铸币分散推开，使它们打到墙上。即使如此，她仍然感到肩头传来一阵尖锐的疼痛。

他们从哪里弄到了铸币？她绝望地想。她朝旁边一看，看见一名掷币者站在一个畏缩的贵族身边，显然后者被迫交出了自己的钱袋。

纹咬着牙，她的胳膊还能活动。这一点很要紧。她大喝一声，跳向最近的一名蛮力士。但是，第三名蛮力士已经重新拿起了武器，纹掷出去的那根手杖，正在跟他的掷币者一起绕到后面包抄纹。

一次解决一个，纹心想。

那个离她最近的蛮力士挥起了武器。她要给他一个出其不意。所以，她没有弯腰躲闪或封挡。她燃烧起硬铝和白蜡来抵挡，硬生生吃了他一棍。在她被打中时，有断裂的声音响起，但凭借硬铝，她强壮得足堪承受。木棍断了，而她继续向前一冲，把匕首刺进了那个蛮力士的脖子。

他倒了下去，露出了身后的一个震惊的掷币者。纹的白蜡随着硬铝化为乌有，肩头的疼痛像日出一样越来越盛。即使如此，她仍然在那名蛮力士倒下时抽出匕首，以足够的速度刺倒了掷币者，把匕首插上了他的胸膛。

然后她蹒跚着，轻轻喘着气，在两个人横尸脚下的同时按着自己的肩膀。

还剩下一个蛮力士，她绝望地想，和两个掷币者。

伊兰德需要我。旁边，她看见那名掷币者向伊兰德掷出了一片偷来的铸币。她惊叫一声，推开了它，接着她听到了那个掷币者的咒骂。

她转过身，看着燃烧钢显露出来的那些蓝线，防备掷币者再次向伊兰德投掷物品。同时从袖子里解下备用的金属瓶，这个瓶子被牢固地绑在袖子里，以防被人拉掉。然而，就在她解开绳子，金属瓶掉进她变得不灵活的手掌上的时候，第二个掷币者冷笑着推开了那个瓶子，瓶子掉在地板上，里面的东西洒落一地。

纹吼叫着，但她的意识开始变得模糊了。她需要白蜡。没有白蜡，肩头铸币造成的重伤流出来的血已经染红了袖子，肋部剧烈的疼痛也无法承受。她的脑子几乎停滞了。

一根棍子向她打来。她向旁边一闪，在地上打了个滚。不过，她已经不再有白蜡的速度和游刃有余。也许她躲得开普通人的攻击，但熔金术师的进攻是另一回事。

我不该用硬铝的！她想。这场赌博让她干掉了两个杀手，也使她失去了倚仗。棍子朝她落了下来。

这时，一个大家伙咆哮着扑向那个蛮力士，张牙舞爪地把他扑倒在地。等纹站稳身体，发现那个蛮力士已经一拳打到奥索尔头上，打破了它的颅骨。然而，蛮力士身上也见了红，他骂不绝口，手里的棍子也脱手滚落在一旁。纹抓起棍子，咬着牙站起身，一棍砸在他的脸上。他咒骂着吃了这一棍，在下面一脚把她踢翻在地上。

她倒在奥索尔身边。奇怪的是，猎狼犬在微笑。它的肩头，有一个伤口。

不，不是伤口。而是肉体的一个开口，里面藏着一瓶金属。纹抓过它，在地上翻了个身，以防被那个爬起来的蛮力士看到。她喝下瓶子里的液体和里面的金属片。在前面的地板上，她看到了那个蛮力士双手举起棍子准备全力一击的身影。

白蜡闪耀着在她体内燃烧起来，她的伤势变得不足为虑。她向旁边一跳，棍子砸到地板上，溅起了几片木屑。纹腾身一跃，一拳砸在对手的胳膊上。

这一拳不足以打断骨头，但明显打得很疼。那个蛮力士痛哼了一声。旁边，纹看见奥索尔站了起来，它的下巴不自然地下垂着。它朝纹点了点头，那个蛮力士肯定以为它因颅骨破碎死掉了。

更多的铸币向伊兰德飞去。她看也不看就推开了它们。在她面前，奥索尔从背后攻向蛮力士，令他在纹进攻之前吃惊地转了个身。在他抡起棍子打中奥索尔脊背的同时，纹也挥手打中了他的脸孔。但是，她用的不是拳头，那对蛮力士造不成多大伤害。

她伸出一根手指，不可思议地准确地插进了那个蛮力士的眼窝。

在他狂吼一声，伸手掩面时，她已经抽身而退，然后一拳击向他的胸膛，把他打翻在地。接着，纹跳过奥索尔蜷曲的身体，从地上抓起了自己的匕首。

那个蛮力士死了，痛苦地抓着自己的面孔，她的匕首插进了他的胸膛。

纹绝望地四处寻找着伊兰德。他拿着一个蛮力士落在地上的武器，正在抵挡着剩下来的两个掷币者。他们显然因为铸币屡次被纹推开而焦躁起来，抽出决斗手杖直接攻击起伊兰德来。伊兰德接受的训练显然使他能够自保，当然，这跟对手随时警惕着纹，防备她用铸币攻击不无关系。

纹把刚被她杀死的那个人的棍子踢起来，一把抓住。当她大吼一声冲过去时，一名掷币者惊叫起来。另一个看到形势不妙，想推着长椅跳开。纹的武器仍旧在半空中追上了他，把他打落在一旁。再一棍，打倒了他试图逃走的同伴。

伊兰德喘着粗气，身上的礼服早没了模样。

他的表现比我想象中的好得多，纹一边想，一边扭转头，想看看自己的伤势有多严重。她的肩膀需要包扎。那枚铸币虽然没伤到骨头，但失血过多……

“纹！”伊兰德惊叫起来。

什么东西强有力地从后面抓住了她。纹被猛然向后一拉，摔向地面，被勒得几乎喘不过气来。

第一个蛮力士。她已经打断了他的腿，然后忘记了……

他用胳膊勒住她的脖子，跪在她身边，用力收紧。他的面孔因为激动而显得疯狂，他的眼睛凸出，那是白蜡和肾上腺素共同作用的结果。

纹大声喘息着。她又陷入了几年前，被那些块头比她大的人殴打的遭遇里。卡蒙，睿，还有另外十几个人。

不！她想，猛烈燃烧白蜡，奋力挣扎。但他牢牢地控制住了她，而且他的块头比她大得多，而且更强壮。伊兰德用手杖猛击他的背部，但他根本不躲避。

纹无法呼吸。她觉得喉咙都被挤扁了。她想掰开那个蛮力士的胳膊，但正像汉姆经常说的一样。她娇小的身材在大多数情况下是一种优势，但到了比蛮力的时候，她比不上那些身材高大、肌肉发达的人。他的钳制太有力，而她的体重比起他来太小。

她徒劳地挣扎着。她还有硬铝，燃烧它只会使其他金属耗尽，但它本身不会消失，可是上一次尝试几乎使她送命。如果她不能迅速解决这个蛮力士，她将再次面临没有白蜡的险境。

伊兰德一边打，一边喊人帮助，但他的声音听起来很遥远。那个蛮力士的脸几乎贴在了纹的脸上，他的暴怒显而易见。就在这时，纹突然产生了一个不可思议的想法。

我以前在什么地方见过这个人？

她的视野暗了下去。在他用力收紧胳膊的同时，他的脸也凑得越来越近，越来越近……

她没有选择。她燃烧起硬铝，同时也爆燃起白蜡。她挣开对手的束缚，一头撞到对方的脸上。

那个人的头颅像先前的眼球一样轻易地爆裂了。

纹大口喘着气，把那具无头的尸体推开。伊兰德踉踉跄跄地往后退，他的白制服和脸上被飞溅的血染成了红色。纹也稳不住脚步了。她的视力在白蜡耗尽的一刹那暗淡下来，即使如此，她也看到了伊兰德脸上的一种表情，像他那耀眼的白制服上的血痕一样鲜明。

惊骇。

不，拜托，伊兰德，不是那样……她想，她正在失去意识。

她失去了知觉，向前倒了下去。

伊兰德坐下来，身上穿着被毁掉的礼服，双手抱着头，劫后的议会大厅此刻空空荡荡。

“她会活下来的，”汉姆说，“她其实伤得没那么重。啊……是的，对纹来说没那么重。她只需要大量的白蜡和萨奇德的照料。萨奇德说她连肋骨都没断，只是裂了。”

伊兰德心不在焉地点点头。几个士兵正在清理尸体，其中也有被纹杀死的六个人，包括最后的那个人……

伊兰德紧紧闭上了眼睛。

“怎么了？”汉姆问道。

伊兰德睁开眼，握紧拳头来控制手的颤抖。“我知道你见过很多次战斗，汉姆，”他说，“可是，我对它们还不适应。我不习惯……”在士兵们拖走那具无头尸体时，他别开了头。

汉姆看着他们把尸体拖走。

“我其实只见过她跟人打过一次，你知道，”伊兰德小声说，“一年前，在宫里。她只是把几个人扔到墙上。这一次完全不一样。”

汉姆在伊兰德旁边的长椅上坐下来。“她是迷雾之子，伊尔。你以为会怎样？一个蛮力士能轻易打倒十个人，或者几十个人，要是有一个掷币者帮忙的话。迷雾之子……啊，他们就像一个人的军队。”

伊兰德点点头。“我明白，汉姆。我知道她杀死了御主大帝，她还告诉过我她是如何面对几个钢铁审判官的。但是……我没有亲眼目睹过……”

他再次闭上眼睛。那一幕再次出现在他面前：纹摇摇晃晃地向他走来，她美丽的白色礼裙上，沾染了刚刚被她用额头击杀的那个人的血污。

她那样做是为了保护我，他想。但这样想并不能减轻那个场景对他的困扰。

他努力睁开眼睛。他不能这样神不守舍。他必须坚强，他是国王。

“你认为他们是斯特拉夫派来的？”他问道。

汉姆点点头，“还能有谁？他们的目标是你和赛特。我想，你们对斯特拉夫的威胁不像我们想的那样有约束力。”

“赛特怎么样？”

“他勉强活着逃了出去。他们杀了他的一半保镖。一场混战，德默克斯和我连你和纹发生了什么都没看清楚。”

伊兰德点点头。等汉姆赶到的时候，纹已经解决了那些刺客。消灭这六个人她只用了几分钟。

汉姆沉默了一会儿。最后，他抬头看着伊兰德。“我要承认，伊尔，”他说，“我被镇住了。我没看到这场战斗，但我看到了结果。这可是一场一对六的熔金术战斗，不但要设法保护一个普通人，还要避免旁观者受到伤害。还有最后那个人……”

“你还记得她救布里兹的时候吗？”伊兰德问，“离得那么远，但我发誓我看见她用熔金术法力把一匹马抛到了空中。你听说过这种事吗？”

汉姆摇摇头。

伊兰德静静地坐了一会儿。“我认为我们要做些计划。发生了今天这件事，我们不能……”

汉姆疑惑地看着伊兰德。“什么？”

“信使。”伊兰德朝门口点头示意。确实，那人向士兵表明身份后，被带了过来。伊兰德站起身，迎向那个身材矮小的人，那人的衣服上绣着彭罗德的纹章。

“大人，”那个人鞠了个躬，说道，“我被派来通知你，表决将在彭罗德领主府上举行。”

“表决？”汉姆问，“这是在胡说什么？陛下今天几乎连命都没了！”

“抱歉，大人，”那个助手说，“我只是来传口信的。”

伊兰德叹了口气。他确实指望在这一场变故之后，彭罗德会忘记表决的期限。“要是他们今天不把新领袖选出来，汉姆，我就能保住王位了。他们已经给了我足够的宽限期了。”

汉姆叹了口气。“要是再有刺客呢？”他小声问，“纹这一下至少几天不能起床。”

“我不能总靠她保护我，”伊兰德说，“我们走。”

“我投自己一票。”彭罗德领主说。

不出所料，伊兰德想。他坐在彭罗德家舒适的躺椅里，身边是一帮惊魂未定的议员。幸好，他们都没在袭击中受伤。几个人手里举着酒杯，他们外围是一支由保镖组成的货真价实的军队。这个拥挤的房间里还有诺顿和另外三个书记员，他们根据法律，在这里对选举过程进行公证。

“我也选彭罗德领主。”杜卡勒领主说。

这也不稀奇，不知道彭罗德花了多少钱去打点，伊兰德想。

彭罗德的府邸没有造成城堡的式样，但内部装饰得很奢华。伊兰德座下的长毛绒椅垫非常有助于缓解这一天的紧张。然而，伊兰德担心它太过光滑，坐在上面很容易滑下去……

“我选赛特。”哈布睿领主说。

伊兰德抬起了头。这是赛特的第二票，这样赛特就以三票之差排在彭罗德之后。

人们的目光都投向伊兰德。“我也投自己一票。”他说，竭力做出强硬的姿态，尽管这种强硬在发生了这一切之后很难维持。接下来表态的是商人议员。伊兰德稳坐在椅子上，准备听他们依次给赛特投票，这本在他的意料之中。

“我的票投给彭罗德。”菲伦说。

伊兰德坐直了身子，他吃了一惊。什么！

第二名商人也选了彭罗德。接着第三个、第四个，都一样。伊兰德目瞪口呆地听着。我忽略了什么？他想。他看看旁边的汉姆，后者迷惑地朝他耸耸肩。

菲伦友好地微笑着，朝伊兰德瞟了一眼。可是，伊兰德看不出他的表情里面是否包含着怨恨或者自得。他们另投明主了？这么快？菲伦可是抢先把赛特偷偷领进城的人啊。

伊兰德瞪着那伙商人，他对他们的反应毫无把握。赛特本人没有参加这场会议，他回哈斯丁城堡疗伤去了。

“我选樊乔领主。”斯卡人集团的首领豪斯说。这个表态在房间里激起了一阵骚动。豪斯迎着伊兰德的目光，点了点头。他是幸存者教会的坚定信徒，在教派里不同的祭司开始对如何组织他们的追随者产生分歧时，他们却都认为一个坐上王位的信徒会保护他们的利益，不会把城市交给赛特。

这种支持是要付出代价的，伊兰德在斯卡人投票时心想。他们都知道伊兰德有诚实的好名声，而他是不会辜负他们的信任的。

他已经告诉过他们他将成为一名幸存者教会的公开成员。他没有向他们作出信仰的承诺，但他向他们承诺了忠诚。他仍然不能确定自己放弃了什么，但他们双方都明白彼此互相需要。

“我选彭罗德。”亚斯特恩说，他是一名运河工人。

“我也是。”他的弟弟瑟茨说。

伊兰德狠狠地咬着牙。就知道他们俩会出乱子，他们一直不喜欢幸存者教会。但是，四名斯卡人已经投了票。只剩下了两张选票，他还有很大的机会造成死锁的局面。

“我选樊乔。”接下来的一个人说。

“我也选樊乔。”最后一名斯卡人说。伊兰德向那个叫韦特的人感激地微笑了一下。

这样彭罗德得到了十五张选票，赛特两张，伊兰德七张。僵局。伊兰德慢慢地靠到椅子上，把头靠在椅子的枕垫上，缓缓地吁了口气。

你做好了你的本职工作，纹，我也做好了我的。现在我们只需要把国家团结成一个整体。他心想。

“嗯，”一个声音问道，“能允许我改变选票吗？”

伊兰德睁开眼。说话的是哈布睿，选赛特的人之一。

“我是说，很显然，现在赛特取胜无望。”哈布睿说，脸色有些微微发红。这个年轻人是艾拉瑞尔家族的远方表亲，也许这就是他获得议会席位的原因。在卢萨岱尔，名字仍然代表着权力。

“我不能肯定你是不是可以改变选票。”彭罗德说。

“啊，我希望我的选票能起到一点作用，”哈布睿说，“毕竟，选赛特的只有两个人。”

房间里陷入了沉默。议员们一个接着一个，都把头转向伊兰德。书记员诺顿也看向伊兰德。确实，有一条法律允许人们改变他们的选票，只要主持人没有正式宣布投票结束，实际上，主持人确实还没有宣布。

那条法律的表述非常隐晦。对法律熟悉得足以领会其真正含义的人，在这个房间里除了伊兰德，就是诺顿了。他微微点点头，仍然盯着伊兰德的眼睛。他能管住自己的嘴巴。

伊兰德静静地坐在房间里，周围都是信任他的人，即使在他们反对他的时候。他本可以效法诺顿的做法。他可以什么都不说，或者说自己不知道。

"是的，"伊兰德轻声说，"法律允许你改变自己的选择，哈布睿领主。你只可以改变一次主意，而且必须在胜利者揭晓之前。每个人都有同样的机会。"

"那么，我选彭罗德领主。"哈布睿说。

"我也选彭罗德领主。"休也说，他是另一个在之前选择赛特的人。

伊兰德闭上了眼睛。

"还有其他人改变自己的选择吗？"彭罗德领主问道。

没有人说话。

"那么，"彭罗德说，"我看到我有十七票，樊乔领主七票。我正式宣布投票结束，并谦卑地接受任命我为国王的决定。我将尽力尽职地做好这项工作。"

伊兰德站起身，缓缓地取下头上的王冠。"这里，"他把王冠放在桌子上，"你会需要它的。"

他朝汉姆点点头，然后离开了，没有再看身后抛弃他的那些人。

第四部

刀子

我知道你们的想法。我们谈的是预言，是先验的事物，是我们伟大的古代先知们许下的诺言。永世英雄当然会和那些预言吻合，他将完美地符合那些预言，这就是我的看法。

39

斯特拉夫·樊乔在昏暗的雾气中悄没声息地骑马前行。虽然他更愿意坐马车，但又觉得骑在马背上，给士兵们展示出一个强有力的形象更为重要。赞恩选择步行，这一点也不奇怪。他信步跟在斯特拉夫身旁，两人领了五十名士兵。

迷雾未散，天光晦暗。虽然斯特拉夫率领着士兵，但他还是感到自己极易被攻击。他还记得她对自己情绪的拨弄。

“你让我失望了，赞恩。”斯特拉夫说。

赞恩抬起头。因为燃烧着锡，斯特拉夫看见他皱起了眉头。“失望？”

“樊乔和赛特都还活着。另外，你派了我最好的一批熔金术师去送死。”

“我警告过你，他们可能会死。”赞恩说。

“那是为了一个目的，赞恩。”斯特拉夫严厉地说，“如果你只是想派他们到公共集会场所里执行自杀任务，为什么你要用一组秘密的熔金术师呢？也许你认为我们的资源是无限的，但让我明确告诉你，那六个人是无可取代的。”

斯特拉夫和他的情妇花了几十年时间，才聚集了这么多秘密的熔金术师。这是一件很有乐趣的工作，但仍然是工作。在这场不计后果的袭击里，赞恩毁掉了斯特拉夫三分之一的有熔金术法力的子嗣。

我的孩子死了，我们的人手暴露了，而那个……叫伊兰德的人还活着。

“我很抱歉，爸爸，”赞恩说，“我以为混乱和人群会隔开那个女孩，并能阻止她使用铸币。我确实认为这样能行。”

斯特拉夫皱着眉头。他很了解赞恩认为自己比父亲更有能力，迷雾之子不这样想还能怎样？只是靠着一点精心策划的贿赂、威胁，还有一些手段，自己才能把赞恩控制于股掌之中。

然而，不管赞恩在想什么，斯特拉夫可不是傻瓜。在那一刻，斯特拉夫知道赞恩在隐瞒着什么。斯特拉夫心想：为什么派那些人去送死？他肯定是故意让他们失败的，否则他就会帮他们对付那个女孩了。

“不，”赞恩轻声说，就像平时自言自语一样，“他是我的爸爸……”他猛烈地摇着头，声音低了下去。“不，也不是他们。”

御主大帝啊，我为自己惹来了什么？斯特拉夫想，低头看着身边那个喃喃自语的疯子。赞恩变得越来越不可理喻。他派那些人去送死是因为对暴力的渴求，还是仅仅因为厌倦？斯特拉夫不认为赞恩已经背叛了他，但他也很难完全确定。不管怎么说，斯特拉夫不喜欢被迫依赖赞恩来完成自己的计划。他事实上不喜欢依靠赞恩做任何事情。

赞恩抬头看着斯特拉夫，停止了谈话。在大部分时间，他很好地隐藏了自己的精神错乱，以至于斯特拉夫有时候会忘掉这件事。但是，在平静的表面之下，疯狂仍然潜伏在那里。赞恩是斯特拉夫用过的一个最危险的工具。只是，迷雾之子提供保护的价值胜过了赞恩的疯狂带来的危险。

险胜。

“你不用担心，爸爸，”赞恩说，“这座城市仍然会是你的。”

“只要那个女人还活着，它就永远成不了我的。”斯特拉夫说。他打了个寒战：赞恩的攻击如此明显，足以使城里的每个人都知道幕后人是我，等到那个迷雾之子恶魔醒过来，她会来报复我的。

如果那就是赞恩的目的，那他为什么不亲自杀我呢？赞恩本身就不可理喻，也不用讲什么道理。也许，那就是发疯的好处之一。

赞恩摇了摇头。“我想你会吃惊的，爸爸。不管怎么样，你很快就不会觉得纹可怕了。”

“她认为我试图刺杀她挚爱的国王。”

赞恩笑了。“不，我不认为她会那样想。她聪明得多。”

聪明反被聪明误？斯特拉夫心想。这时，他那被锡强化的耳朵听到了迷雾里轻微的脚步声。他仰起头，勒住马。远远地，他看到了城头上隐约的火光。他们已经靠近城市了，近得让人有些不舒服。

斯特拉夫的队伍静候着。然后，一个骑马的身影出现在前面的迷雾里，后面跟着五十个卫兵。这个人是费尔森·彭罗德。

“斯特拉夫。”彭罗德点点头。

“费尔森。”

“你的人干得不坏，”彭罗德说，“好在你儿子没死。他是个好小伙子。他是个糟糕的国王，但很正直。”

今天我死了不少儿子，费尔森，斯特拉夫心想。伊兰德捡了一条命并不值得庆幸，而是莫大的讽刺。

“你准备好交出城市了？”

彭罗德点点头。“菲伦和他的商人朋友们想得到保证，他们可以获得和赛特的许诺相当的头衔。”

斯特拉夫轻蔑地挥了挥手。“你了解我，费尔森。”他暗想：你过去在每周的社交聚会上总是对我点头哈腰的。“我一直遵守商业协议。我不会犯傻拒绝那些商人，他们是以后在这片大陆上为我贡献税收的人。”

彭罗德点点头。“很高兴我们能达成谅解，斯特拉夫。我不信任赛特。”

“我怕你也不信任我。”斯特拉夫说。

彭罗德笑了。“但我的确了解你，斯特拉夫。你是我们这一伙的人——卢萨岱尔贵族。另外，你营造了大陆上最稳定的王国，那正是我们现在希望的。给这些人民带来一点安宁。”

“你的话听起来就像我那个傻瓜儿子说的。”

彭罗德微微一愣，然后摇了摇头。“你儿子不是个傻瓜，斯特拉夫。他只是个理想主义者。说老实话，看到他的小乌托邦破灭我有点伤心。”

“要是你为他伤心，费尔森，那你也是个傻瓜。”

彭罗德的表情有些僵硬。斯特拉夫盯住他自负的眼睛，逼视着他，直到他低下了头。这种眼神的交流很简单，在很大程度上毫无意义，但确实是一种重要的提醒。

斯特拉夫咯咯一笑。“你要习惯重新做一个小角色，费尔森。”

“我明白。”

“振作一点，”斯特拉夫说，“如果这场权力的移交能按照你的许诺完成，哪个人都不用掉脑袋。谁知道呢，也许我会让你继续戴着王冠。”

彭罗德抬起了头。

“有好长一段时间，这块土地没有过国王了，”斯特拉夫平静地说，“而是有着一个更强大的控制者。啊，我不是御主大帝，但我可以做皇帝。你愿意保住你的王位，做一个对我负责的国王吗？”

“那取决于要付出的代价，斯特拉夫。”彭罗德谨慎地说。

这样看来，他还是有一些疑虑。彭罗德一直是个聪明人。他是卢萨岱尔最重要的贵族，他的直言不讳确实起了作用。

“代价是高昂的，”斯特拉夫说，“高得不可思议。”

“天金。”彭罗德猜测道。

斯特拉夫点点头。“伊兰德还没找到，但一定在城里，在某个地方。我是采集那些晶体的人，我的人花了几十年采集它们，并把它们带到卢萨岱尔来。我知道我们采集了多少，而且我知道这些天金并没有卖给贵族们。剩下的一定在城里的某个地方。”

彭罗德点点头。“我会看看我能不能找出点什么，斯特拉夫。”

斯特拉夫扬起眉毛。“你得恢复从前的习惯，费尔森。”

彭罗德微微一愣，然后低下头。“我会看看我能不能找出点什么，大人。”

“很好。那么，关于伊兰德的情妇，你有没有给我带来什么消息？”

“她在打了那一场后垮了，”彭罗德说，“我在膳食人员里雇用了一个间谍，说她往纹女士的房间里送过一碗肉汤，那碗汤放凉后被端回来了。”

斯特拉夫皱着眉头。“你找的这个女人能不能在她的食物里混点什么进去？”

彭罗德的脸色有些发白。“我……觉得这样不明智，大人。另外，你也知道迷雾之子的体质。”

斯特拉夫心想：也许她确实失去了行动能力，要是我们潜进去……那种情绪被她掌握的冰冷感又回来了。麻木，虚无。

“你不用那样害怕她，大人。”彭罗德说。

斯特拉夫扬起眉毛。“我不怕，我只是慎重。在我的安全得到保证之前，我不会进城，而在我进城之前，你的城市将处在赛特的威胁之下。或者更糟，要是克洛兽决定攻城，那会发生什么情况，费尔森？我正在跟它们的首领谈判，看来他能控制它们。到目前为止，你明白一场克洛兽屠杀造成的后果吗？”

彭罗德只是摇了摇头。“纹不会攻击你的，只要议会选举你担任城市的首领。这场移交将是完全合法的。”

“我担心她根本不在乎法律。”

“也许吧，”彭罗德说，“但伊兰德在乎。而且，只要他发话，那女孩就会听从的。”

只要他对她的控制不像我对赞恩的这样无力，斯特拉夫想着，不由打了个寒战。不管彭罗德怎么说，斯特拉夫绝对不会在那个可怕的女人死掉之前接手城市。在这件事上，他只能继续依赖赞恩。

而这个想法几乎和纹对他造成的威胁一样可怕。

他们没有继续讨论下去，斯特拉夫挥挥手，打发走了彭罗德。彭罗德扭转马头，和他的护卫一起退回到迷雾里。在浓重的迷雾里，即使凭借着锡的力量，斯特拉夫也只能勉强看到身旁站着的赞恩。他转过身，看着他的迷雾之子。

“你真认为他会把找到的天金交给你？”赞恩淡淡地问道。

“也许会，”斯特拉夫说，“他肯定明白自己保不住那些天金，他没有保护那种财富的军队。而且，如果他不把天金给我……啊，也许把天金从他手里拿过来比我自己去找容易得多。”

赞恩似乎在考虑这个答案是否使他满意。他盯着迷雾深处，出了会儿神，然后看着斯特拉夫，脸上一副好奇的表情。“现在几点？”

斯特拉夫看了看怀表，这是迷雾之子不会随身携带的东西。金属成分太多了。“十一点十七分。”他说。

赞恩点点头，然后回头看着城市。“本来现在应该起作用的。”

斯特拉夫皱着眉头。接着他开始出汗。他燃烧锡，用力闭上眼睛。在那里，他注意到了身体内部的一处虚弱。“又下毒了？”他问道，竭力压制住声音里的惊惧，保持着镇定。

“你是怎么做到的，爸爸？”赞恩问，“我本来很肯定你这次发现不了的。然而，你还是发现了，很好。”

斯特拉夫开始感到虚弱。“你以为除了迷雾之子以外，其他人都是傻瓜吗，赞恩？”他厉声说。

赞恩耸耸肩，脸上露出他独有的慑人微笑，极为睿智，却又极不稳定。接着他摇摇头。“你又赢了。”他说，然后身体射向空中，一路搅乱了迷雾。

斯特拉夫立刻掉转马头，竭力稳定着身形，匆匆纵马朝营地返回。他能感觉出毒药，感到毒素正在威胁他，压倒他……

也许，他骑得太快了，很难在生死的刹那保持强有力的形象。最后，他纵马疾驰，把面面相觑的卫兵抛在身后，他们吃惊地叫喊着，在他身后跑了起来。

斯特拉夫没有理会他们的抱怨。他踢着马，让它跑得更快一些。他能感觉到毒药正在使他的反应变慢吗？这次赞恩用的是哪种毒药？鬼魂藤？不，那需要注射。也许是塔母沸？或者……也许他找到了一种斯特拉夫也不知道的毒药。

他只能祈祷不是后一种情况。因为，如果他不知道这种毒药，那么阿曼兰塔大概也不知道，那么她就不能为他调制万能解毒药了。

营地的灯火照亮了迷雾。当斯特拉夫接近时，士兵们惊呼起来，他几乎撞到自己士兵的矛头上。幸运的是，那个人及时认出了他。斯特拉夫在他掉转矛头的同时，把他撞翻在地上。

斯特拉夫朝自己的大帐驰去。这时，他的人到处都是，就像防备敌人来袭，或其他攻击一样。这一次他是没有办法瞒过赞恩了。

我也无法隐瞒我的死亡。

"大人！"一个上尉冲向他，叫道。

"叫阿曼兰塔来。"斯塔拉夫一边说，一边跌跌撞撞地下了马。

那个士兵愣了一下。"你的情妇，主人？"那个人皱起眉头说，"为什么——"

"赶快！"斯特拉夫命令道，然后掀起帐帘走进了大营。他站了片刻。在帐帘合上后，他的双腿颤抖起来。他用迟钝的手擦了擦额头，湿淋淋的，都是汗水。

该死的赞恩！我必须杀了他，控制住他……我必须有所行动。这样下去我还有什么颜面！他沮丧地想。

但从何着手？他一直在思考如何处理赞恩，日思夜想却又毫无作为。他用来笼络赞恩的天金看来已经不再有效果。赞恩今天的作为，用一场毫无指望的对伊兰德情妇的刺杀行动，屠杀了斯特拉夫的孩子，证明了他已经不能再受到信任，一丝一毫都不能。

阿曼兰塔以令人惊讶的速度赶来了，而且她立即开始调制解药。斯特拉夫"咕咚"一声喝下那味道可怕的混合物，解药很快起了作用时，此时，他终于作出了一个艰难的决定。

赞恩必须死。

然而……这一切里似乎有些地方过于巧合，几乎像我们制造出了一个符合我们预言的英雄，而不是让这样一个英雄自然出现。这就是我的担忧。当我的同胞们找到我，终于愿意相信我时，这种想法本该让我静下心好好考虑一下的。

40

伊兰德坐在她的床边。

这使她感到安慰。尽管她断断续续地睡着，但她的一部分意识却知道他在那里，守护着她。这种被他照顾的想法让人感到很古怪，因为平时做警卫这种事都是她干的。

所以，当她终于醒来，发现伊兰德坐在床边借着柔和的烛光看书时，并不觉得惊讶。等她完全清醒过来时，并没有一跃而起，或者紧张地搜查房间。相反，她慢慢地坐起身，把手从床单里抽出来，端起床边的水喝了一口。

伊兰德合上书，转身对着她，微笑着。纹在他柔和的目光里搜索着，探寻着她曾经看到过的那种恐惧的影子。那种厌恶、恐惧，那种惊骇。

他视她为怪物。他怎么还能微笑得如此柔和?

“为什么？”她轻声问道。

“什么为什么？”他反问。

“为什么等在这里？”她说，“我死不了，我清楚得很。”

伊兰德耸耸肩，“我只想在你身边。”

她没说话。墙角点着一个炭火炉，尽管燃料不太够。冬天近了，而且今年的冬天看来很冷。她身上只穿了一件睡袍；她对女仆交代过不要给自己穿睡袍，但现在是萨奇德的命令，为了帮她睡得更好。这已经起了作用，而且她也没有争辩的力气。

她把毯子拉紧。直到这时她才意识到一件早该注意的事情。“伊兰德！你没穿你的制服。”

他低头看看自己的衣服：一件从衣柜里找出来的贵族礼服，外面套着一件畅怀的栗色马甲。上衣大得有点不太合身。他耸耸肩。“答案很明显，纹。”

“赛特当了国王？”她失望地问。

伊兰德摇摇头。“彭罗德。”

“这怎么可能？”

“我不知道，”伊兰德说，“我们不知道为什么商人们背叛了赛特，但这已经不重要了。毕竟彭罗德是个好得多的选择，不管是与赛特还是我相比。”

“你知道这不是真的。”

伊兰德沉思着靠在椅背上。“我不知道，纹。我以为我是更好的人选。然而，在我思考着各种各样不让赛特当选的计策时，我没有真正考虑过这个能完全击败他的方案——支持彭罗德，合并我们的选票。我的自大使我们有可能落后于赛特，我并没有真的在为人民着想。”

“伊兰德……”她把一只手放在他的肩头说。

他畏缩了一下。

他的动作很轻微，几乎觉察不出，而且他掩饰得很快，但伤害已经造成了。因她而起的伤害，对他造成的伤害。他终于发现并真正意识到了真实的她。他和一个谎言堕入了爱河。

“怎么了？”他看着她的脸庞，问道。

“没什么。”纹说，抽回手，心碎了。她想：我那么爱他。为什么，为什么要让他看到？如果有别的选择……

他在背叛你，每个人最终都会离开你的，纹，睿的声音在她的意识深处说。

伊兰德叹了口气，瞟了一眼房间的百叶窗。百叶窗是合起来的，把迷雾隔在外面，尽管纹看得到外面的黑暗。

“问题在于，纹，”他说，“我还没想过这样的一个结局。我信任他们，直到最后一刻。那些人民选择的议员，我相信他们会作出正确的选择。当他们没有选择我时，我事实上非常惊讶。我本来不应该如此的。我们都知道投票给我是冒险的举动。我是说，他们已经给我投过一次不信任票了。但是，我使自己相信那只是一个警告。在我的内心，我认为他们会让我再次上台的。”

他摇着头。“现在，要么承认我对他们的信念是个错误，要么信任他们的决定。”那正是她所爱的：他的善良，他与生俱来的正直。在大多数人眼睛里，特别是在一个拥有迷雾之子天赋的斯卡流浪儿的眼睛里，伊兰德的想法无疑是奇怪而荒诞的。虽然和凯尔西团伙里的好人们生活在一起，虽然受着最上等的高贵品质的熏陶，她还没有发现第二个像伊兰德·樊乔这样的人。一个人宁愿相信那些颠覆他的人是出于好意。

有时候，她会觉得和她认识的第一个贵族男子坠入爱河是件蠢事。但现在她认识到，她对伊兰德的爱并非源于简单的谈话或亲近，而是因为伊兰德的本性。事实上，她确实对伊兰德有种如获至宝的感觉。

然而现在……都结束了。至少，是一种曾经有过的状态。是的，她一直都知道结局将会如此。这就是她一年之前拒绝了他的求婚的原因。她不能嫁给他。或者说，她不能让他娶自己。

“我理解你眼睛里的悲伤，纹。”伊兰德温柔地说。

她吃惊地看着他。

“我们能克服的，”他说，“王位并不是一切。事实上，不做国王也许对我们更好。我们已经作了最大的努力。现在轮到别人努力了。”

她苍白地微笑着，心想：他不理解。他不可能明白这件事有多痛苦。他是个好人，他会极力迫使自己继续爱我。

“但是，”他说，“你应该多休息一下。”

“我感觉不错。”纹轻轻舒展了一下身子说道。她的肋部受了伤，脖子也疼，但白蜡在她体内燃烧着，这些伤都算不了什么。“我得——”

一个突如其来的想法使她的话戛然而止。她坐起身，突然的动作导致的疼痛使她身子一僵。一天前那道天降神兵般的身影，可是……

“奥索尔！”她推开毯子，喊道。

“它没事，纹，”伊兰德说，“它是坎德拉兽，伤筋动骨对它算不了什么。”

听了这话，纹静了下来，感到有点害臊。“它在哪里？”

“在消化一具新尸体。”伊兰德微笑着说。

“为什么这样笑？”

“只是因为以前从来没听说过某人对坎德拉兽表现得如此关心。”

“是啊，我也不知道为什么，”纹爬回床上，说，“奥索尔舍命救了我。”

“它是坎德拉兽，纹，”伊兰德说，“我不认为那些人能够杀了它，我怀疑连迷雾之子也做不到。”

纹愣了一下，连迷雾之子也做不到……“管它呢，”她说，“它会感到疼痛。它替我挡过了两次致命的打击。”

“只是为了完成它的契约。”

它的契约……奥索尔曾经攻击过一次人类。它已经打破了自己的契约，为了她。

“怎么了？”伊兰德问。

“没什么，”纹迅速回答，“跟我说说那些军队的事。”

伊兰德看了看她，顺着她改变了话题。“赛特还占据着哈斯丁城堡，我们还不能确定他会有什么反应。议会没有选他，对他而言不是好事。但是，他也没有抗议，他一定意识到他现在被困在这里了。”

“他肯定以为我们会选他，”纹皱着眉头说，“否则他还会为了什么进城呢？”

伊兰德摇摇头。“首先这肯定是个奇怪的举动。不管怎么说，我已经建议议会想办法跟他谈判了。我认为他相信天金不在城里，所以他确实没什么理由觊觎卢萨岱尔了。”

“除非为了声望。”

“可也不值得为此失去自己的军队，”伊兰德说，“或自己的性命。”

纹点点头，“你父亲呢？”

“没有动静，”伊兰德说，“很奇怪，纹。这不像他的做派，那些刺客太莽撞了。不明白他们怎么会这样。”

“那些刺客，”纹把身子靠到床上，问，“你查明他们的身份了？”

伊兰德摇摇头，“谁都不认识他们。”

纹皱起了眉头。

“也许我们不熟悉北部辖区的贵族，因为我们从来没去过那里。”

纹想：不，要是你来自一个厄尔图附近的城市，你就可能认出他们中的某些人，毕竟那是斯特拉夫的老家，不是吗？“我想我认出了他们中的一个。”纹说。

“哪个？”

“那……最后一个。”

伊兰德顿了顿。“哦，可是，我想我们现在没办法鉴别他的身份了。”

“伊兰德，我很难过，让你看到那个。”

“什么？”伊兰德问，“纹，我见过死亡的场面。我被迫参加过御主大帝公开处决的活动，记得吗？”他停顿了一下，“当然，跟你所做的不太像。”

当然。

“你真厉害，”伊兰德说，“要不是你制止了那些熔金术师，我现在早没命了，很可能彭罗德和别的议员都是这样想的。你拯救了中央辖区。”

我们总是被迫成为杀人工具……纹想起赞恩的话。

伊兰德微笑着，站了起来。“这里，”他走到房间旁边，说，“天冷了，萨奇德说等你醒过来要把它吃掉。”他端着一碗肉汤走了回来。

“萨奇德送来的？”纹怀疑地问，“那么，里面是掺了药物的吧？”

伊兰德笑了。“他警告我不要亲自尝试，他说里面掺了足够让我躺倒一个月的镇定剂。这样才会对你们燃烧白蜡的人起作用。”

他把碗放在床头柜上。纹眯缝着眼打量着它。萨奇德担心的也许是，尽管她受了伤，她还是会不管不顾地出去巡城。他也许是对的。纹叹了口气，端起碗喝了一口。

伊兰德笑了。“我找人给火炉里多添点炭，”他说，“我得做点别的事。”

纹点点头，伊兰德离开了，顺手关了门。

等纹再次醒来，她看到伊兰德还在跟前，正站在阴影里，注视着自己。外面天还是黑的。她房间的百叶窗打开着，在房间的地板上覆了薄薄的一层迷雾。

百叶窗是开着的。

纹坐直身子，扭头看向角落里的那个人影。那不是伊兰德。“赞恩。”她脱口叫道。

他走上前来。很容易看出他和伊兰德之间的相同之处，现在她知道那是什么了。他们有着一样的下巴，一样鬈曲的深色头发。在伊兰德经过锻炼后，他们现在甚至有着同样的体形。

“你睡得真香。”赞恩说。

“就算迷雾之子的身体也需要睡眠的治疗。”

“首先，你原本是不必让自己受伤的，”赞恩说，“你本来可以轻松地杀死那些人，但你为了我的兄弟，为了防止房间里的人受伤而分了心。这就是他对你所做的，他改变了你，所以你不明白应该怎么做，你只知道他希望你怎么做。”

纹扬起眉毛，悄悄在枕头下面摸索着。幸运的是，她的匕首还在。她想：他没有趁我睡觉时杀了我，那肯定是个好信号。

他又向前走了一步。她紧张起来。“你在玩什么花样，赞恩？”她说，“首先，你告诉我你决定杀我，接着你就派来了一伙刺客。现在呢？你是来完成任务的吗？”

“那些刺客不是我们派来的，纹。”赞恩平静地说。

纹哼了一声。

“随你信不信。”赞恩又往前走了一步，正站在她的床头，投下一个高大而严肃的影子，“但是，我父亲还在害怕着你，他又怎么会冒着遭受报复的危险来刺杀伊兰德呢？”

“那是一次赌博，”纹说，“他希望那些刺客把我杀死。”

“为什么要用他们？”赞恩问，“他有我，为什么要让几个迷雾行者在一个人很多的房间里攻击你呢？他原本可以让我在晚上用天金来杀了你。”

纹犹豫了。

“纹，”他说，“我看着那些尸体被从议会大厅里抬出来，我认得其中一些是赛特的随从。”

对！那就是我看见那个脸被我打烂的蛮力士的地方！他在哈斯丁城堡里，装扮成仆人，在我们和赛特吃饭的时候从厨房偷看过我们。纹想。

“但是，那些刺客也攻击了赛特……”纹的声音弱下来。那是个窃贼常用的策略：在偷窃一个店铺的时候，如果想有个借以洗脱嫌疑的幌子，你就要确保自己也同时被“偷窃”。

“那些进攻赛特的人都是平常人，”纹说，“没有熔金术师。真不知道他是怎么交代的，说一旦打起来可以‘包围’他们？可是为什么要演一场受攻击的戏呢？他是国王的热门人选。”

赞恩摇摇头。“彭罗德跟我父亲做了一笔交易，纹。斯特拉夫给了议会成员比赛特的承诺多得多的财富，这就是商人改投选票的原因。赛特肯定觉察了风声，他在城里有不少间谍。”

纹目瞪口呆地坐着。当然！“赛特唯一能看到的胜利希望是……”

“派遣刺客，”赞恩点点头说，“他们打算攻击所有三名候选人，杀死彭罗德和伊兰德，但留赛特活下来。议会将认为他们被斯特拉夫背叛了，这样赛特就将成为国王。”

纹用颤抖的手攥着匕首。她开始厌倦这些游戏了。伊兰德险些死掉，她自己也差点失败。

在她的潜意识里，一个怒火中烧的她想去干她一直想去做的事。去杀死斯特拉夫和赛特，用尽可能有效率的方法来除掉危险。

她强硬地告诉自己：不，那是凯尔西的路子。不是我的路子，也不是……伊兰德的路子。

赞恩转过身，面朝她的窗户，注视着像小瀑布般从窗棂间流下来的迷雾。“那场战斗我本可以早些到场的。我在外面，和那些来得太晚没位子的人在一起。在人们纷纷涌出来的时候，我甚至还不知道里面发生了什么。”

纹扬起眉毛，说：“你这话听起来几乎很诚恳，赞恩。”

“我不想看着你死，”赞恩扭过头说，“而且，我绝对不希望看到伊兰德受伤害。”

“哦？”纹问道，“即使他拥有全部特权，而你遭受冷落并被锁在外面？”

赞恩摇摇头，“对，伊兰德……很纯粹。有时候，在听他演讲的时候，我疑惑自己会不会变得像他那样，要是我童年的生活不是截然相反的话。”

他在黑洞洞的房间里捕捉住她的眼睛。“我……已经支离破碎了，纹。疯了。我永远不可能像伊兰德。但是，杀掉他并不会改变我。他和我分开长大也许是最好的。他最好不知道我，最好保持他的本色，一尘不染。”

“我……”纹挣扎着。她能说什么？她在赞恩的眼睛里看到了真实的诚恳。

“我不是伊兰德，”赞恩说，“我绝对做不了伊兰德，我和他的世界毫不相干。但是，我也不认为我应该做伊兰德。你也不应该。激战结束后，我终于走进了议会大厅。我看见伊兰德站在你身边，在大厅尽头。我看到了他眼睛里的神情。”

她别开了头。

“他成长为这样不是他的错。”赞恩说，“就像我说的，他是纯粹的。但是，那使他不同于我们。我已经试图向你解释过这件事，我希望你能看见他眼睛里的那种神情。”

我看见了，纹心想。她不愿去回忆这件事，但她确实看见了。那种可怕的惊骇的表情，那种看到极其恐怖和奇异的、超越自己认识之外的事物才有的表情。

“我不能变成伊兰德，”赞恩平静地说，“而且你也不会愿意我变成他的。”他在她的床头柜上放下了什么东西。“下一次，做好准备。”

纹在赞恩走向窗口的时候捏起了那个东西。那颗金属在她的手掌里滚动着。它的形状不规则，但材质很光滑，就像一颗天然的金豆。她认得它的样子。“天金？”

“赛特可能会派其他杀手来。”赞恩跳上窗台，说道。

“你要把它给我？”她问，“这够燃烧两分多钟了！”这是一笔小小的财富，在大崩溃前可以轻松换到两万枚箱币。现在，随着天金的短缺……

赞恩转头看着他，“只要能保证你的安全。”他说，然后腾身跃进了迷雾。

纹不喜欢受伤，她知道别人大概也是这样想的。毕竟，谁会以痛苦和乏力为乐呢？但是，在别人生病的时候，她从他们身上感受到的是沮丧，而不是恐惧。

在生病的时候，伊兰德会整天待在床上看书。克拉布斯几个月前在一场训练中受了重击，没怎么说疼，但也休息了几天没有下地走路，免得刺激他的伤腿。

纹变得跟他们越来越像了。知道不会有人在她虚弱得无法呼救时用刀切断她的喉咙，她就能够像现在这样躺在床上。然而，她还是不由自主地想爬起来，显示一下她伤得没有那么严重，以免有人认为有隙可乘，想乘虚而入占她的便宜。

很快就不会这样了，她对自己说。外面天已经亮了，尽管伊兰德曾经回来看过她几次，但他现在离开了。萨奇德也来看过她的伤口，并且求她躺在床上，“至少多躺一天。”然后他就回去继续做研究了，和婷德薇尔一起！

这两个冤家到底发生了什么？我连去看看他都不行，她气恼地想。

她的门开了。纹很高兴自己的本能仍旧足够敏锐，她猛然变得紧张起来，伸手摸出了匕首。她的肋部疼痛起来，抗议着她突然的举动。

没人进来。

纹皱起眉头，仍然保持着警觉，直到一颗狗头从她的床板下探了出来。“主人？”一个熟悉的、半带吠叫的声音响了起来。

“奥索尔？”纹说，“你用了另一只狗的身体？”

“当然，主人，”奥索尔说，一跃跳到了床上，“我还会用别的什么呢？”

“我不知道，”纹把匕首放好，“伊兰德说你已经让他为你找了一个身体的时候，我还以为你用的是人类的身体。我是说，每个人都看见我的‘狗’死了。”

“对，”奥索尔说，“不过解释起来也很简单，你有了另一只狗。人们现在已经知道你会养狗，那么没有狗反而会引起人们的注意了。”

纹坐着没说话。尽管萨奇德不同意，她还是换回了长裤和衬衣。她的长裙挂在另一个房间。有时候，当她看着那些长裙时，她觉得那件漂亮的白色长裙上面溅满了鲜血。婷德薇尔错了：她不能既做迷雾之子又做淑女。她在那些议员的眼睛里看到的那种恐惧已经足以向她证明了。

“你不需要一直用狗的身体，奥索尔，”纹轻声说，“我希望你快乐。”

“没关系，主人，”奥索尔说，“我已经变得……喜欢这种骨头了。在回到人的身体之前，我应该多发掘一些它们的优点。”

纹笑起来。奥索尔给自己找了另一只猎狼犬——一只高大凶猛的猎狼犬。这只狗的毛色不太一样：黑色多过灰色，也没有夹杂白色的毛块。她同意了。

“奥索尔……”纹说，“谢谢你为我所做的。”

“我只是履行契约。”

“在我另外几次打斗中，”纹说，“你都没有干预。”

奥索尔没有立刻回答。“对，我没有。”

“这次是为什么？”

“我是凭感觉来的，主人。”奥索尔说。

“就算和你的契约有冲突吗？”

奥索尔骄傲地昂起头坐了起来。“我没有破坏我的契约。”它坚定地说。

“但是你攻击了一个人。”

“我没有杀他，”奥索尔说，“我们谨慎地远离战场，以免偶然引起人类的死亡。实际上，我的很多同胞是把协助某人行凶看成杀人的，并认为是一种对契约的违背。但是，契约解释得很清楚，我没有做错什么。”

“可是如果你撞倒的那个人扭断了脖子呢？”

“那么我将回到我的部族接受处决。”奥索尔说。

纹笑了。“那你确实是冒着生命的危险救了我。”

“恐怕不值一提，”奥索尔说，“我的举动直接导致那个人死亡的可能性是很小的。”

“总之要谢谢你。”

奥索尔点点头，表示同意。

“处决，”纹说，“这么说你是可以被杀死的？”

“当然，主人，”奥索尔说，“我们不是永生不死的。”

纹看着他。

“我不会详细说什么，主人，”奥索尔说，“你可以想象，我不会泄露我们族群的弱点。请满足于此。”

纹点点头，但用双膝抵在胸口，皱起眉头沉思起来。什么事情仍然困扰着她，伊兰德从前说过的，关于奥索尔的一些举动……

“但是，”她缓缓地说，“刀剑和棍棒都不能杀死你，对吗？”

“正确，”奥索尔说，“尽管我们的肉体看起来和你们类似，尽管我们会疼痛，但物理打击对我们不会造成永久的影响。”

“那么你为什么害怕？”纹说，终于说出了她一直困惑的问题。

“什么？”

“为什么你的族人订下了那个契约？”纹问道，“为什么要臣服于人类？如果我们的士兵伤害不了你们，那又为什么担心我们呢？”

“你们有熔金术力量。”奥索尔说。

“那么，熔金术法力能够杀死你？”

“不，”奥索尔摇着头说，“不能。但是，也许我们应该换个话题。对不起，主人。这个话题对我们而言很危险。”

“我明白，”纹叹了口气，“只是让人很泄气。有那么多东西是我不知道的，关于黑暗力量，关于法律和政治……甚至关于我自己的朋友！”她靠在床上，仰头看着天花板。宫里仍然有着一个间谍。德默克斯或者道克森，都很像。也许我该下令把他们俩抓起来关上一段时间？伊兰德会做这样的事吗？

奥索尔盯着她，显然注意到了她的沮丧。最后，它也叹了口气：“也许有些事情我可以谈谈，主人，只要我小心一些。你对坎德拉兽的起源有什么了解？”

纹扬起了头，“一无所知。”

“我们在升华之前还不存在。”它说。

“你是说，是御主大帝创造了你们？”

“这就是我们的传说里所说的，”奥索尔说，“我不能肯定我们存在的目的，也许我们要做主父的间谍。”

“主父？”纹说，“听你这样说话很奇怪。”

“御主大帝创造了我们，主人，”奥索尔说，“我们是他的孩子。”

“但我杀了他，”纹说，“我……觉得我似乎应该道歉。”

“他是我们的主父并不代表我们接受他所做的每一件事，主人。”奥索尔说，“一个人难道不能既爱他的父亲，又同时认为他不是个好人吗？”

“我想可以。”

“坎德拉兽关于主父的理论是复杂的，”奥索尔说，“就算对我们来说也难以理解，有时候很难理清楚。”

纹皱着眉头说：“奥索尔，你多大年纪了？”

“很老。”它坦白地说。

“比凯尔西还老？”

“老得多，”奥索尔说，“但不是像你想的那种老。我不记得升华的事。”

纹点点头。“为什么把这些事都告诉了我？”

“因为你最初的问题，主人。我们为什么服务于契约？好吧，告诉我，如果你是御主大帝，而且有他的能力，你会在不制造一种用来控制仆人的途径的情况下创造他们吗？”

纹若有所思地点了点头。

“在主父升华后的第二个世纪，他就很少关心我们了。”奥索尔说，“我们试着独立了一段时间，但正如我解释过的，人类憎恨我们，害怕我们。而且，他们中的一些人了解我们的弱点。在我的祖先们考虑过一些选择后，它们最终决定选择自愿的劳役，而不是被迫充当奴隶。”

他创造了它们，纹想道。她一直同意凯尔西对御主大帝的一些说法，他更像一个人而不是神。不过，如果他确实创造了一个全新的种族，那么在他身上一定存在一些神性。

她心想：升华之井的力量，他把那力量据为己有，但那力量不能持久。它肯定已经被用完了，而且很快。否则，为什么他需要军队去征服呢？

力量最初的爆发，创造事物的能力，为了改变，也许是拯救。他使迷雾退去了，而且在这个过程里，他不知怎么造成了灰烬的飘落，还把天空变成了红色。他也创造了坎德拉兽为他服务，大概还有克洛兽。他甚至可能创造了熔金术。

在那之后，他在很大程度上变成了普通人。御主大帝仍然把持着拥有熔金术力量的人类，也控制着他的造物，而且他也以某种方法制止迷雾的杀戮。

直到纹杀死了他。然后克洛兽开始暴乱，而迷雾也回来了。那时候坎德拉兽不在他的控制之下，所以现在维持着原来的样子。但是，他在它们身上埋下了控制它们的方法，以备需要。一个驱使坎德拉兽为他服务的方法。

纹闭上眼睛，用她的熔金术知觉探寻着。奥索尔说过坎德拉兽不受熔金术的影响，但她了解御主大帝的另外一些事情，把他和其他熔金术师区分开来的东西。他那不寻常的力量能够使他做到原本无能为力的事情。

比如看穿铜障，影响人体内的金属。也许那就是他控制坎德拉兽的办法，奥索尔所说的它们惧怕迷雾之子的原因。

不仅因为迷雾之子能杀死它们，还因为迷雾之子能做到别的什么——以某种方式奴役它们。她试探性地检验着奥索尔早前说过的话，她用安抚术来影响奥索尔的情绪，什么都没发生。

我能做到一些御主大帝所做的同样的事情，我也能穿透铜障。也许，我只要多用点力气……她心想。

她凝聚精神，用强大的安抚力量影响它的情绪。再一次，什么都没发生。正像它告诉过她的那样。纹坐了片刻。然后，她燃烧起硬铝，用上爆发的力量，发起了最后一次强有力的攻击。

奥索尔突然发出一声凄厉的嚎叫，叫声如此突然，纹被吓得爆燃起白蜡，从床上跳了起来。

奥索尔倒在床上，浑身颤抖。

“奥索尔！”纹跪在床上，抱着它的头说道，“对不起！”

“说得太多……”它喃喃地说，仍然打着颤，“我知道我说得太多了。”

“我不是有意伤害你的。”纹说。

颤抖停止了，奥索尔静静地躺了一会儿，呼吸平息下来。最后，它把头从她胳膊上抽出来。“你的意思是什么不重要，主人，”它毫无表情地说，“错误在我。拜托，千万不要再那样做了。”

“我保证，”她说，“对不起。”

它摇摇头，爬下了床。“你本来不应该做到的。这对你来说很奇怪，主人，你像那些古老的熔金术师，在代代相传弱化了他们的能力之前。”

“对不起。”纹无力地说，心想：它救过我的命，几乎为此破坏了它的契约，而我却对它这样做……

奥索尔耸耸肩膀。“没事了，我需要休息。我建议你也休息一下。”

此后，我开始认识到其他的问题。

41

“现在我写下这个记录，”萨奇德大声读着，“镌刻在一块钢板上，因为我害怕，害怕自己。是的，我也是人。如果阿兰迪真从升华之井返回，我相信杀死我将是他的目标之一。他不邪恶，但他是个无情的人。我认为，那是他过去的经历造成的。”

“这跟我们从阿兰迪的日志上读到的正好吻合，”婷德薇尔说，“如果那个阿兰迪就是那本书的作者。”

萨奇德翻阅着他的那堆笔记，在脑子里复核着一些基础资料。柯万曾经是古代特里斯学者。他发现了阿兰迪，一个他起初认为，通过他的研究，也许是永世英雄，特里斯预言里的一个人物。阿兰迪曾经听从过他，并变成了一名政治领袖。他曾经征服了世界的绝大部分，然后向北赶往升华之井。但是，到了那时，柯万显然改变了对阿兰迪的看法，并设法阻止他到达升华之井。

那就能对起来了。尽管那本日志的作者没有提到自己的名字，但显然他就是阿兰迪。“这是个非常安全的假设，我想。”萨奇德说，“那本日志甚至提到了柯万，还有他们那场争吵。”

他们并排坐在萨奇德的房间里。他让人找了一张更大一些的桌子来摆放他们的大量笔记和草草写下的推断。门旁边放着他们吃剩下的午饭，还有一罐他们匆匆喝下的汤。萨奇德一直想把这些盘子拿到下面的厨房去，但到现在也没能抽开身。

"继续。"婷德薇尔说，她靠在椅子上，显得比萨奇德见过的任何一次都放松。那些耳环依次悬挂在她的耳朵边缘上，颜色各不相同。一枚金或铜质的耳环，紧接着是一枚锡或铁质的耳环。如此简单的事物，却有一种美在里面。

"萨奇德？"

萨奇德回过神来。"对不起，"他说，回头接着读下去，"然而，我还是害怕，所有我知晓的东西——我自己的故事将会被遗忘。我担心将要到来的那个世界，害怕我的计划失败所带来的后果，害怕黑暗力量带来的灾厄。"

"等等，"婷德薇尔说，"他为什么要害怕那个？"

"怎么能不怕？"萨奇德反问，"那黑暗力量，我们假定它就是迷雾，正在屠杀他的人民。没有阳光，他们的庄稼就不能生长，他们的牲畜就无法放牧。"

"但是，如果柯万害怕黑暗力量，那他就不应该反对阿兰迪，"婷德薇尔说，"他攀登到升华之井旁正是为了击败黑暗力量呀。"

"是的，"萨奇德说，"但是在那个时候，柯万已经深信阿兰迪不是永世英雄了。"

"但这又有什么要紧的？"婷德薇尔说，"阻止黑暗力量并不需要特定的人，拉谢克已经证明了这一点。这儿，跳到末尾。读关于拉谢克的那一段。"

"我有个年轻的侄子，叫拉谢克。"萨奇德读道，"他以青年人的嫉妒的激情痛恨克莱尼姆的一切。他对阿兰迪的痛恨尤其强烈，尽管两人根本没见过面，因为拉谢克有被出卖的感觉，一个压迫我们的人竟然被选为了永世英雄。

"阿兰迪穿越特里斯山脉时需要向导。我叮嘱过拉谢克，确保他和他最信任的朋友被选为向导。拉谢克打算把阿兰迪引向错误的方向，使他泄气，或者使他的任务泡汤。阿兰迪还不知道他被欺骗了。

"如果拉谢克不能成功把阿兰迪引上歧途，我命令他把阿兰迪杀死。希望变得很渺茫。暗杀、战争和大灾难都没有夺走阿兰迪的性命。可是，我希望在冰天雪地的特里斯山脉里，他会暴露出弱点。我期待着一个奇迹。

“一定不能让阿兰迪抵达升华之井，一定不能让他取得升华之井的力量。”

婷德薇尔背靠在椅子上，皱起了眉头。

“怎么了？”

“这里有点不对劲，”她说，“但是我不能准确地向你表达出来。”

萨奇德把那段文字重新看了一遍。“那我们就把它分解成简单的陈述。拉谢克，最后成为御主大帝的人，似乎是柯万的侄子。”

“是的。”婷德薇尔说。

“柯万派拉谢克去误导，或者杀死曾经是他朋友的征服者阿兰迪，一个爬上特里斯山寻找升华之井的人。”

婷德薇尔点点头。

“柯万这样做是因为他害怕阿兰迪把升华之井的力量据为己有后发生的事情。”

婷德薇尔竖起一个手指，“他为什么会害怕呢？”

“似乎这种害怕不无道理，我想。”萨奇德说。

“太有道理了，”婷德薇尔回答说，“或者说，这些理由太完美了。可是，萨奇德，你告诉我，当你读阿兰迪的日志时，你觉得他是那种把升华之井的力量据为己有的人吗？”

萨奇德摇摇头。“事实上，正相反。这正是导致这本日志令人费解的原因之一——我认为这就是最终导致纹猜测御主大帝根本不是阿兰迪，而是他的搬运工拉谢克的原因。”

“而且柯万也经常说他非常了解阿兰迪，”婷德薇尔说，“事实上，就在这张拓片上，他在好几个地方称赞过这个人，说他是个好人。”

“是的，”萨奇德找出一段来，读道，“他是个好人，无论如何，他都称得上一个好人，一个富有牺牲精神的人。说实话，他所有的行为，所有那些死亡、毁坏，还有他造成的痛苦，也深深伤害了他。”

“所以，柯万非常熟悉阿兰迪，”婷德薇尔说，“而且对他评价很高。推测起来，他也很了解他的侄子拉谢克。你明白我的问题吗？”

萨奇德缓缓地点了点头。“为什么派一个性格粗野的人，一个内心充满嫉妒和憎恨的人，去杀一个你心目中善良而高贵的人？确实是个奇怪的选择。”

“没错。”婷德薇尔把双臂架在桌子上。

“但是，”萨奇德说，“就在这里，柯万说他怀疑如果阿兰迪抵达升华之井，他将取得那些力量，然后，为了更高的善行，放弃它。”

婷德薇尔摇摇头。“那根本说不通，萨奇德。柯万多次写到他是如何害怕黑暗力量，但他后来却派了一个内心充满憎恨的年轻人去杀一个令人尊敬、想来很有智慧的领袖，试图毁掉击败黑暗力量的一线希望。柯万实际上推出拉谢克去取得那些力量，如果让阿兰迪取得力量这样令人担忧，难道他不怕拉谢克也做同样的事吗？”

“也许是因为我们在看待这些事情时，明白这些事情已经发生过。”

婷德薇尔摇摇头，“我们忽略了什么，萨奇德。柯万是个理性、谨慎的人，可以从他的叙述中看出来。他是发现阿兰迪的人，而且是第一个宣扬他是永世英雄的人。为什么他后来会这样反对阿兰迪呢？”

萨奇德点点头，翻阅着他翻译出来的拓片。柯万通过发现英雄得到了崇高的名声，他得到了他寻求的地位。

在传说中的预言里有我的地位，那篇文字说，我认为我是发布人，先知预言中发现永世英雄的人。宣布放弃阿兰迪的同时也是宣布放弃我的新位置，和别人对我的支持。

“一定发生了什么戏剧性的事情，”婷德薇尔说，“这件事导致他开始反对他的朋友，他的声望之源。这件事伤害他的良心如此之深，以至于他愿意冒险反对大陆上最有权势的君王。这件事如此恐怖，导致他作出了荒唐的决定，派拉谢克去执行刺杀任务。”

萨奇德翻阅着笔记。“他害怕黑暗力量，也害怕阿兰迪取得力量后将会发生的事情。然而，他不能确定哪个是更大的威胁，在叙述中也看不出哪个更紧迫。是的，我可以看出这里的问题。你觉得，柯万会不会在用自己矛盾的论述来暗示着什么呢？”

“有可能，”婷德薇尔说，“只是信息实在太少。在不知道他的生活经历的情况下，我没法判断这个人。”

萨奇德抬头看着她。“也许我们研究得太用功了，”他说，“休息一下吧？”

婷德薇尔摇摇头。“我们没有时间，萨奇德。”

萨奇德看着她的眼睛。这件事她说得没错。

“你也感觉到了，不是吗？”她问道。

他点点头。“这座城市将很快陷落。外面的敌人虎视眈眈：那些军队，克洛兽。城里人心惶惶……”

“恐怕比你那些朋友们想的更惨烈，萨奇德，”婷德薇尔轻声说，“他们似乎以为他们还能继续应付下去。”

“他们是个乐观的群体，”萨奇德微笑着说，“不习惯被打败。”

“这比造反糟糕得多，”婷德薇尔说，“我考虑过，萨奇德。我知道征服者攻下一座城池后会发生什么。会死人，死很多人。”

萨奇德从她的话里听到了一丝寒意。卢萨岱尔正阴云密布，战争即将来临。也许在议会的作用下，一支军队会开到城里，但另外的军队仍然会攻城。战争结束后，卢萨岱尔的城墙将沾满鲜血。

而且他担心那一天会来得非常非常快。

“你说得对，”他回头拿起那些笔记，“我们必须接着研究。我们应该多收集一些这里找得到的有关升华前的资料，这样你也许能找到需要的背景知识。”

她点点头，同意了这个宿命的决定。这不是一件他们能在所拥有的时间内完成的任务。破译拓片的含义，然后把它和日志进行比较；把这些资料和那个时期的背景联系起来进行对照更是一个需要潜心工作数年的学术工程。

保管师有很多知识——但在这件事上，知识太多不是好事。他们在漫长的历史中收集和传承各种笔记、故事、神话和传说，一个保管师向一个新加入者传授那些收集下来的作品都要花上几年时间。

幸运的是，在这些浩如烟海的信息里，也有一代代保管师建立的索引和摘要。在这一切之上，还有每个保管师自己的笔记和个人索引。但是，这些只能帮助保管师知道自己有多少信息。萨奇德花了一生时间阅读、记忆，还为宗教知识编制索引。每天晚上在入睡前，他都会阅读一些笔记或故事的片段。他大概是世界上关于升华前宗教最有研究的学者，然而他还是感到自己知道得太少。

这些混合的信息是不可靠的。其中大量来自于普通人的口授，尽力回忆他们从前的生活是什么样子——或者，更常见的是，他们祖父母的生活曾是什么样子。保管师组织直到御主大帝统治的第二个世纪才成立。那时候，很多宗教已经从形式上被抹去了。

萨奇德闭上眼，从铜智库里取出另一个索引，然后开始在里面搜索。时间不多了，确实，但他和婷德薇尔都是保管师。他们已经习惯继续那些别人无法完成的任务。

伊兰德·樊乔，从前中央辖区的国王，站在樊乔城堡的阳台上，俯瞰着卢萨岱尔这座庞大的城市。尽管第一场雪还没有落下来，但天气已经变得很冷了。他穿着一件大氅，从前面扣起来，但脸上没有什么遮挡。一阵寒风吹过，拍打着他的斗篷，刮得脸颊生疼。烟气从烟囱里冒出，像一团不祥的影子一样笼罩在城市上空，然后继续升起，和灰红色的天空融合在一起。

在那些冒烟的房子中间，却有两座例外。这些房子里大概有很多是已经被遗弃的；现在城里的人不像从前那样多了。但是，他知道在那些没有烟火的房子里，还是有很多是有人居住的。有人居住，而且在受冻。

伊兰德在刺骨的寒风里大睁着眼睛。心想：我本来可以为他们多做些事的，我本来能想办法多弄点煤，而且应该想办法给他们提供一切的。

这是一种耻辱，甚至令人沮丧的感觉，但不得不承认御主大帝比伊兰德本人做得更好。尽管御主大帝是一个残忍的暴君，但他至少使相当大一部分人口免于受冻挨饿。他能够约束军队，而且把犯罪行为保持在一个可控的范围内。

东北方，克洛兽军队按兵不动。它们没有往城里派遣使者，但这种情形却比赛特和斯特拉夫的部队更让人害怕。寒冷的天气看来吓不走它们：尽管它们赤身裸体，但显然对天气的变化毫不在意。这支后来的军队是三支军队里最让人不安的——更危险，更不可预测，而且几乎没办法打交道。克洛兽不会讨价还价。

伊兰德站在阳台上想：我们对这个威胁估计不足，只是有那么多事要做，有那么多事要担心，我们没去注意这个可能对敌人和对我们有着同样威胁的力量。

看形势，克洛兽进攻赛特或斯特拉夫的可能性越来越小了。很显然，杰斯茨有足够的控制力，能让它们等着对卢萨岱尔发动袭击。

"大人，"后面一个声音响起来，"请回到房间里吧。起风了，把自己冻死也是没有用的。"

伊兰德转过身。德默克斯和另一个保镖忠实地站在房间里。这是上次险遭不测的后果，汉姆坚持让伊兰德随身带着保镖。伊兰德没有抱怨，虽然他知道根本没理由担心——现在他连国王都不是，斯特拉夫更没有理由杀他。

真有活力，伊兰德盯着德默克斯认真的面孔，为什么我会觉得他年轻呢？我们差不多是同样的年纪。

"好吧。"伊兰德转身走进房间，说道。德默克斯关好阳台的门，伊兰德脱掉了斗篷。斗篷下的套装穿在身上感觉不对劲，感觉松松垮垮的，尽管他已经让人清洗和熨烫过。马甲太紧——击剑训练已经慢慢改变了他的身体——而外衣则显得宽松了。

"德默克斯，"伊兰德说，"你的下一次幸存者集会是什么时间？"

"今天晚上，大人。"

伊兰德点点头。他怕的就是这个，晚上天气会更冷。

"大人，"德默克斯说，"你还想去吗？"

"当然，"伊兰德说，"我答应过要去参加你们的活动。"

"那是在你选举失败之前，大人。"

“那不重要，”伊兰德说，“我参加你们的活动是因为它对斯卡人很重要，德默克斯，而且我想了解我的……人民的想法。我答应过你要去参加集会——我不会食言的。”

德默克斯的表情有些困惑，但没有说话。伊兰德看看书桌，想做点研究，可是在这个冷冰冰的房间里很难打起精神来。所以，他推开门走了出去。他的保镖也跟了上来。

他刚要朝纹的房间走，又制止了自己。纹需要休息，而自己每隔半个小时就去偷偷看她对她没什么好处。于是，他信步走上另一条走廊。

樊乔城堡后面的走廊是封闭的，光线很暗，像石头迷宫一样复杂。也许因为他从小在这里长大，走在这些黑暗、封闭的空间里，他觉得轻松自如。对一个不情愿被人找到的年轻人来说，这里曾经是一个完美的去处。现在，他来到这里是因为另外一个原因：这些走廊提供了漫步的好地方。他没有什么特定的方向，只是慢慢走着，用自己的脚步声帮助自己迈出沮丧的心境。

我不能解决城里的难题，我应该让彭罗德去处理——他是人民选举出来的，他对自己说。

这样想能使他轻松一点。让他关注自身的幸存，让他花些时间恢复他和纹的关系。但是，她近来似乎不一样了。伊兰德试图让自己相信那只是因为她受了伤，但他感觉到了一些更深的东西。从她看他的眼光，她对他的感情回应的方式。可是，他只能想到有一件事发生了改变。

他不再是国王了。

纹没有那么肤浅。在他们共处的两年时间里，她展示给他的只有奉献和爱。然而，面对他沉重的失败，她怎么能毫无反应呢——哪怕无意识的透露也好啊。在遭到暗杀的时候，他见识了她的身手，真正地看到了她的战斗，第一次。直到那天，他才认识到她有多么惊人。她不仅仅是战士，也不只是个熔金术师。她是一种力量，就像雷霆或狂风。她杀死最后一个人的方式，用自己的头撞碎了对方的脑袋……

他不明白，她怎么能爱一个我这样的人呢？我甚至连自己的王座都保不住，我撰写了罢黜自己的法典。

他叹着气，继续走着。他觉得自己应该赶快行动，想办法向纹证明自己配得上她。但那样只会让自己显得更加无能为力。过去的错误是无法弥补的，而且他看不到自己犯了什么真正的“错误”。他已经竭尽全力，虽然事实证明他做得还不够充分。

他在一个交叉口停下来。从前，放松地看会儿书足以让他平静下来，而现在他感到焦虑、紧张，有点……像纹常常有的那种感觉。

他想：也许我能向纹请教一下，处在我的情况下，她会怎么做？她肯定不会这样四处闲逛，自怨自艾。伊兰德皱着眉头，垂头看着油灯照亮的走廊。然后他迈开脚步，以坚定的步伐朝一个特别的房间走去。

他轻轻敲敲门，没有回应。最后，他把头探进去。萨奇德和婷德薇尔正坐在一张堆满了纸张和书册的桌子前。他们俩都瞪着眼，却不知道在看什么，他们的眼睛带着令人震惊的呆滞神情。萨奇德的手搁在桌子上，婷德薇尔的手则放在萨奇德的手上。

萨奇德猛然惊觉，回头看见了伊兰德。“樊乔大人！对不起。我没听见你进来。”

“没关系，萨兹。”伊兰德走进房间。与此同时，婷德薇尔也惊醒过来，把手从萨奇德的手上拿开。伊兰德朝德默克斯和他的同伴点点头，他们仍然跟在后面，伊兰德示意他们在外面等候，然后关上了门。

“伊兰德，”婷德薇尔说，声音隐藏着特有的不快，“你打扰我们干什么？你已经很好地证明了你的不堪重任，我看没必要再谈什么了。”

“这里是我的家，婷德薇尔，”伊兰德指出，“再得罪我，你会发现自己被赶出这里。”

婷德薇尔瞪圆了眼睛。

萨奇德脸白了。“樊乔大人，”他赶忙说，“我想婷德薇尔不是有意——”

“没关系，萨奇德，”伊兰德抬起一只手说，“她不过是在检查我有没有回到从前那种任人羞辱的状态。”

婷德薇尔耸耸肩，“我听说你在宫里的走廊上瞎逛，像个找不到家的孩子。”

“是的，”伊兰德说，“但那不代表我的自尊荡然无存。”

“很好，”婷德薇尔朝旁边的一张椅子点点头，说，“要是你愿意，那就坐下来吧。”

伊兰德点点头，把椅子拉到两人身前坐下来。“我需要建议。”

“我已经给了你所有的建议，”婷德薇尔说，“事实上，也许我已经给了你太多。我继续留在这里，似乎显得有所偏袒。”

“我不再是国王了。”伊兰德说，“所以，我哪一边都不是。我只是个寻求真理的人。”

婷德薇尔笑了，“那么，提问吧。”

萨奇德饶有兴趣地看着两人。

伊兰德心想：我知道，但我不确定自己理解我们之间的关系。“我的问题是，”他说，“我之所以失去了王位，实际上，是因为我不愿意撒谎。”

“解释一下。”婷德薇尔说。

“我有机会曲解一条法律。”伊兰德说，“在最后一刻，我本可以让议员拥立我做国王。然而，我给了他们一点真实的信息，因此失去了我的王座。”

“在我意料之中。”婷德薇尔说。

“我保留意见，”伊兰德说，“那么，你认为我这样做愚蠢吗？”

“是的。”

伊兰德点点头。

“不过，”婷德薇尔说，“你并不是在那一刻失掉王位的，伊兰德·樊乔。那件事情不值一提，把你犯的大错归咎于此过于简单了。你失去王位是因为你没有命令军队控制住城市，因为你执意给议会过多的自由，也因为你没有雇用杀手或采取其他手段。总之，伊兰德·樊乔，你失掉王位是因为你是个好人。”

伊兰德摇摇头，“那就是说，一个人不能既无愧于良心，又做一个好国王吗？”

婷德薇尔皱起眉头思索着。

“你问了一个古老的问题，伊兰德，”萨奇德说，“这个问题被君王、祭司和出身平凡的人时常问起。我不知道这个问题有没有答案。”

“我应该说谎吗，萨奇德？”伊兰德问。

“不，”萨奇德笑着说，“在同样的场合下，也许别人会说谎，但是，一个人要表里如一。你已经作出了人生的重要决定，要是在最后一刻改变了自己，说了那个谎，那就违背了你的本性。你失掉了王位，但坚持了自己，我认为这样很好。”

婷德薇尔皱着眉，“他的理想很美好，萨奇德，但那些人民呢？要是他们因为伊兰德固守自己的良心而丧生呢？”

“我不愿和你争论，婷德薇尔，”萨奇德说，“我的意见是说他的选择很好。遵循良知，相信天意会填补道德和逻辑冲突造成的裂痕，这是他的权力。”

天意。

“你的意思是神灵。”伊兰德说。

“是。”

伊兰德摇摇头。“神灵是什么，萨奇德？不过是圣务官使用的一个工具罢了。”

“为什么你选择了你所选择的，伊兰德·樊乔？”

“因为它们是正确的。”伊兰德说。

“那么，为什么这些事是正确的呢？”

“我不知道。”伊兰德叹了口气，靠在椅子上。他捕捉到了婷德薇尔对他的坐姿不满的一瞥，但没有理会。他不是国王，可以在想懒散的时候懒散一点儿。“谈到神灵，萨奇德，你懂得一百种不同的宗教？”

“事实上是三百种。”萨奇德说。

“哦，你相信哪一种？”伊兰德说。

“我全都相信。”

伊兰德摇摇头。“那说不通。你只对我说过六种，可是我已经知道它们是不相容的了。”

“评判真理不是我的任务，樊乔大人，”萨奇德微笑着说，“我只是真理的载体。”

伊兰德叹着气，心想：祭司……有时候，跟萨奇德讲话就像跟圣务官讲话一样。

“伊兰德，”婷德薇尔说，声音缓和下来了，“我认为你在处理这个情况时用了错误的方法。但是，萨奇德说得确实有道理。你坚持了自己的信念，我想，这是一种高贵的品质。”

“但我现在该怎么办？”伊兰德问。

“照你自己想的做吧，”婷德薇尔说，“告诉你该做什么，不是我的职责范围。我只是告诉你过去处在你这个位置上的人做了些什么。”

“那么他们会怎么办呢？”伊兰德问道，“你的那些伟大的领导人，他们面临我这样的情况会作何举动？”

“这个问题毫无意义，”她说，“他们根本不会让自己面临这样的处境，因为首先他们不会丢掉自己的头衔。”

“说来说去是因为这个呀，”伊兰德问道，“头衔？”

“我们谈的难道不是这个吗？”婷德薇尔反问。

伊兰德没有回答。你认为是什么使一个人成为好国王？他从前问过婷德薇尔。信任，她曾经这样回答，一个好国王要被他的子民信任，而且配得上那种信任。

伊兰德站了起来。“谢谢你，婷德薇尔。”他说。

婷德薇尔困惑地皱起眉头，然后转头看向萨奇德。萨奇德抬头看着伊兰德的眼睛，轻轻点了点头，然后他笑了起来。“来，婷德薇尔，”他说，“我们应该回到我们的研究里了。我想，陛下有事要做了。”

婷德薇尔皱着眉头，直到伊兰德离开。伊兰德大步跨进走廊，他的保镖紧紧跟在他身后。

我不会像过去那样了，我不会继续焦虑和烦恼。婷德薇尔早就教过我，虽然她从来没有真正理解过我，伊兰德想道。

一会儿工夫，伊兰德回到他的房间里。他径直走进去，打开了衣橱。那套婷德薇尔为他挑选的衣服——国王的衣服，正在里面等待着他。

你们中的一些人也许听说过我非凡的记忆力。那是真的：我不需要储金术的金属智库就能够在瞬间记住一页纸的内容。

42

“好，”伊兰德用粉笔在面前的地图上圈出了另外一块区域，“这里怎么样？”

德默克斯抓着下巴。“格林菲尔德？那是贵族区，大人。”

“过去是，”伊兰德说，“格林菲尔德那里都是跟樊乔堡类似的房子。在我爸爸从城里撤出去的时候，他们中的大部分人也撤走了。”

“那我们大概能找到不少挤满斯卡人难民的房子，我想。”

伊兰德点点头。“让他们搬出来。”

“什么，大人？”德默克斯说。两个人站在樊乔城堡巨大的马车场平台上，士兵们喧闹着穿过宽敞的房间走过来。他们中有很多人没穿制服：他们没有公务在身。伊兰德不再是国王了，但他们仍会应他的要求前来。

至少，这说明了点什么。

“我们要让斯卡人从那些房屋里搬出来，”伊兰德接着说下去，“贵族的房子大多是有很多小房间的石头建筑。这种房子极难加热，需要独立的火道或每个房间都有单独的炉子。那些斯卡人公寓很压抑，但有大壁炉和开放的房间。”

德默克斯慢慢地点了点头。

“御主大帝不会让他的工人受冻，”伊兰德说，“那些公寓能让大量资源匮乏的人口得到有效的安置。”

“我明白了，大人。”德默克斯说。

“不要强迫他们，德默克斯，”伊兰德说，“我的亲兵，包括军队的志愿者，在城里都没有官方的授权。要是有的家庭希望留在他们占据的贵族住宅里，那就不要干涉。只要确保他们知道有免于受冻的选择。”

德默克斯点点头，然后走开去传达命令。这时，来了一个信使，他从正在分配命令、安排计划的士兵里挤出来，来到伊兰德面前。

伊兰德朝他点点头。“你是侦察爆破组的，对吗？”

那个人点点头，鞠了个躬。他身上没穿制服，但他是士兵，不是伊兰德的护卫。他是个年轻人，有个四四方方的下巴，光着头，笑起来显得很忠厚。

“难道我认识你？”伊兰德说。

“一年前我帮过你，大人，”那个人说，“我领着你进了御主大帝的皇宫，去营救纹女士。”

“戈兰德尔,”伊兰德想起来了，“你过去是御主大帝的守卫。”

那人点点头，“从那天以后我就加入了你的军队，看起来别无选择。”

伊兰德笑了。“不再是我的军队了，戈兰德尔，但我确实感谢你今天来帮助我们。你有什么要汇报吗？”

“你是对的，大人，”戈兰德尔说，“斯卡人已经搬走了那些空房子里的家具。不过，注意到墙壁的人不多。那些被遗弃的府邸里有一多半在内部有木墙，还有不少公寓是用木头建造的。它们中大多数有着木头屋顶。”

“很好。”伊兰德说，扫了一眼聚到一起的人。他没有把他的计划告诉他们，他只是请一些志愿者来帮他出点人工，却没想到来了几百个人。

“看来我们召集了不少人手，大人。”德默克斯回到伊兰德身边，说。

伊兰德点点头，让戈兰德尔离开了，“这样我们可以干点比我的计划更来劲的。”

“大人，”德默克斯说，“你确定想从我们周围开始把城拆了吗？”

“我们要么失去房子，要么失去人民，德默克斯。”伊兰德说，“还是从房子下手吧。”

“要是国王制止我们呢？”

“那就遵命，”伊兰德说，“不过我觉得彭罗德领主不会反对。他正忙着让议会通过议案，好把城市移交给我父亲。另外，让这些人在这里干活也许对他更好，免得他们蹲在营地里担忧。”

德默克斯陷入了沉默，伊兰德也没再说话，两个人都明白他们的处境有多危险。刺杀事件和权力的移交刚过去没多长时间，城里人心未定。赛特仍然躲在哈斯丁城堡里，而且他的军队已经摆出了攻城的架势。卢萨岱尔就像一个被匕首指着喉咙的人。每一次呼吸都让人心惊胆颤。

伊兰德心想：我现在也只能做到这样了，我得确保接下来的几天里人们不会受冻。尽管是白天，他披着斗篷，头顶上有荫蔽，还是感到寒冷刺骨。卢萨岱尔有大量的平民，但他只要有足够的人手，拆掉足够的房子，他就能对他们有所帮助。

“大人！”

伊兰德转过身，看见一个留着胡须的小个子走过来。“啊，菲尔特，”他说，“你有消息了？”这个人是负责有毒食物问题的。

那人点点头。“确实有，大人。我们向难民们询问了一个蛮力士，什么都没问出来。不过，我后来想，这些难民我一眼就能看出来。但城里的陌生人呢？当然，他们是我们首先要怀疑的。我猜想，既然出了这么多水井、食物和类似的问题，一定有人在偷偷地进城出城。”

伊兰德点点头。他们一直在严密监视哈斯丁城堡里赛特的手下，发现他们没有嫌疑。斯特拉夫的迷雾之子有可能，但纹认为下毒的人绝对不是他。伊兰德希望那些线索，要是能找到的话，能引向宫里的某个人，希望藉此揭示被坎德拉兽冒名顶替并为斯特拉夫服务的人到底是谁。

“嗯？”伊兰德问。

“我盘问了那些经常通过穿墙通道往来的人，”菲尔特接着说，“我觉得不用怀疑他们。”

“穿墙通道？”

菲尔特点点头。“出城的秘密通路，地洞之类的。”

“这种东西也有？”伊兰德惊讶地问。

“当然，大人，”菲尔特说，“在御主大帝时代，在不同城市之间活动对斯卡人窃贼来说非常困难，每个进入卢萨岱尔的人都要经过盘问和审查，所以，秘密进城的通道很流行。这些通道大多数已经关闭了，少数仍然在用，但我不认为他们会放间谍进来。第一次出现水井被人投毒后，那些通道的主人都担心你会追查他们。从那以后，他们就只放人出城了，都是那些想逃离围城的人。”

伊兰德皱起了眉头。他不知道应该对人们违背他关闭城门、不许出城的命令作何感想。

“接下来，”菲尔特说，“我查看了河道。”

“我们考虑到了，”伊兰德说，“那些栅栏把河道围得很严实。”

菲尔特笑了，“是的，我派了几个人到水下搜查了一下，我们发现下面有几把锁，把河栅固定在原来的位置上。”

“什么？”

“有人撬开了河栅，大人，”菲尔特说，“然后用锁把栅栏固定在原位，以免引起人们的怀疑。利用这个通道，他们就可以从容地进城出城。”

伊兰德一脸惊讶。

“你想让我们换了那些栅栏？”

“不，”伊兰德说，“不用，只用把那些锁换掉，然后派人监视着。如果城里有奸细，我希望他们发觉自己掉进了陷阱。”

菲尔特点点头，兴高采烈地离开了。他作为间谍的天赋近来少有用武之地，所以对伊兰德交给他的任务感到很满意。伊兰德在心里记了一笔，考虑让菲尔特来查找坎德拉兽间谍，当然，前提是菲尔特本人不是奸细。

“大人，”德默克斯走过来，“我想大概可以提供投毒事件的另一种可能性。”

伊兰德转过身。“哦？”

德默克斯点点头，朝一个从房间角落走来的人挥了挥手。这个人更年轻，可能只有十八岁，脸上脏兮兮的，从衣着看是个斯卡人工人。

“他叫拉恩，”德默克斯说，“是我们的一名教徒。”

那个年轻人向伊兰德鞠了个躬，姿势显得很紧张。

“说吧，拉恩，”德默克斯说，“告诉樊乔大人你有什么发现。”

“好的，大人，”年轻人说，“我想去把这件事告诉国王。新国王，我指的是。”他红着脸，显得很局促。

“没关系，”伊兰德说，“继续说。”

“唉，那些人把我打发走了。他们说国王没时间见我。所以，我来找德默克斯大人，我觉得他大概会相信我。”

“关于什么的？”伊兰德问道。

“审判官，大人，”那个人小声说，“我在城里看见了一个。”

伊兰德感到一阵寒意。“你肯定？”

年轻人点点头。“我一直住在卢萨岱尔，大人，看过行刑的场面。我认得出这些怪物，不会有问题。我看见他了，眼睛里穿着销钉，是个穿着长袍的大个子，晚上出来偷偷活动，就在靠近中心广场的地方，我向你保证。”

伊兰德和德默克斯对视了一眼。

“他不是唯一的目击者，大人，”德默克斯轻声说，“教会里的其他几个成员也声称见到一个审判官在克瑞迪克肖宫附近逗留。我开始没理会这么说的几个人，可是拉恩很可靠。要是他说看见了什么东西，那不会有错。他的眼睛几乎像锡眼师一样好。”

伊兰德缓缓地点了点头，让自己的一个贴身保镖去相关的地方巡逻。然后，他就把注意力重新转移到木柴收集工作上。他下令把院子里的人分组，派几组人开始工作，剩下的人去继续招募人手。没有燃料，城里的大多数锻造厂已经关了门，工人停了工，可以给他们找些事来打发时间。

人们分头行动的时候，伊兰德在他们的眼睛里看到了活力。他熟悉这种决心，这种坚定，这是一种有事干的满足感，而不是只能坐在那里等待命运或国王的安排。

伊兰德回到地图旁边，在上面做了几个标记。透过眼角的余光，他看见汉姆漫步走了进来。“原来他们都到了这里！”汉姆说，“校场上一个人都没了。”

伊兰德抬起头，笑了。

“你又穿上制服了？”汉姆问。

伊兰德看着身上雪白的制服。这套制服设计得引人注目，并使他在灰烬沾染的城市里显得卓尔不群。“是的。”

“真糟糕，”汉姆叹了口气说，“本来每个人都不应该穿制服的。”

伊兰德扬扬眉毛。真正的冬天已经到来，汉姆终于在马甲里面穿上了一件衬衣。但是，他没有穿斗篷或外套。

伊兰德回头继续看地图。“这套衣服适合我，”他说，“不穿它就觉得不对劲。不管怎么说，你那件马甲对你来说跟这个一样是制服。”

“不，这可不是。”

“哦？”伊兰德问道，“没有比大冬天不穿外套到外面跑更能表明蛮力士身份的了，汉姆。你用你的穿着来改变别人对你的看法，让他们知道你是谁和你代表了什么，基本上制服起的就是这种作用。”

汉姆愣了一下，“这个看法很有趣。”

“什么？”伊兰德说，“你和布里兹没有辩论过类似的话题吗？”

汉姆摇摇头，转身看着那群人，听伊兰德指派的那个人分配任务。

他变了，伊兰德心想，管理着这座城，处理所有这些事情，已经改变了他。汉姆已经变得严肃多了，也更认真了。当然，他对城市的安全比其他团伙成员更关心。有时候很容易忘记这个性格洒脱的蛮力士是个顾家的男人。汉姆平时很少谈到玛卓和他的两个孩子。伊兰德怀疑这是他的习惯，为了保证家人的安全，汉姆婚后大部分时间没跟他们在一起。

这整座城就是我的家庭，伊兰德一边看着士兵们各自离开去工作，一边想道。有些人也许把收集柴火看成一件单纯的任务，和处在三支军队威胁下的城市关系不大。但是，伊兰德觉得斯卡人市民得到取暖燃料时内心的感激和他们在敌人威胁下获救时没什么两样。

伊兰德的心情和他的士兵们截然不同。他感到一种满足，甚至可以说激动，通过做一些能为人民提供帮助的事情，不管做什么。

“要是赛特发起进攻呢？”汉姆看着那些士兵说，“军队的不少兵力都分散在城里了。”

“就算我的小组里有一千个人，对兵力也影响不大。另外，克拉布斯认为我们有大量的时间把他们召集起来。我们已经安排了传令兵。”

伊兰德回头看着地图。“不管怎么说，我觉得赛特还不会攻城。他在城堡里很安全。我们也不会去抓他，那得从城防方面抽调不少兵力，造成我们内部空虚。我们唯一要担心的是我父亲……”

伊兰德的声音变小了。

“怎么了？”汉姆说。

“那就是赛特来这里的原因，”伊兰德震惊地说，“你还不明白？他故意不给自己留后路。要是斯特拉夫进攻，赛特的军队会跟我们一起完蛋。他把他的命运和我们绑在一起了。”

汉姆皱起眉头，“似乎是个孤注一掷的举动。”

伊兰德点点头，回想着他和赛特会面时的情景。“孤注一掷，”他说，“这个词不错。赛特孤注一掷是有原因的，尽管我还没猜出来。不管怎么说，他人在这里，就要和我们一起对付斯特拉夫，不管他想不想和我们结盟。”

“但是，要是议会把城交给斯特拉夫呢？要是我们的人跟他们一起进攻赛特呢？”

“那是他走的一步险棋。”伊兰德说。赛特绝对没想过从卢萨岱尔的对峙中抽身离开。他的想法是拿下这座城，或者自己遭到失败。

他等候着，希望斯特拉夫先动手，担心我们会主动把卢萨岱尔交给斯特拉夫。但只要斯特拉夫害怕纹，这两种情况就不会发生。于是形成了三方对峙的局面。后来又出现了克洛兽这个谁也预想不到的第四方势力。

要有人来打破这种平衡。“德默克斯，”伊兰德说，“你做好接管这里的准备了吗？”

德默克斯上尉点了点头。

伊兰德扭头对汉姆说：“我有个问题问你，汉姆。”

汉姆扬扬眉毛。

“现在，你觉得自己有多疯狂？”

伊兰德拉着马从坑道里走出来，来到卢萨岱尔城外高低起伏的地面上。他转过身，仰头朝城墙上看去。幸好，城墙上的士兵得到了他的口信，不会把他误认为间谍或敌方的巡逻兵。他可不想被自己人一箭射死，变成婷德薇尔传记里的前国王。

汉姆从坑道里领出了一个身材矮小、头发斑白的老妇人。正如伊兰德所想的，汉姆轻而易举地找到了一个能把他们送出城的穿墙通道。

“好，你去吧。”老妇人拄着拐杖，对伊兰德说。

“谢谢你，夫人，”伊兰德说，“你今天为你的祖国作了贡献。”

老妇哼了一声，扬起了眉毛，尽管，在伊兰德看来，她的双眼几乎已经瞎了。伊兰德笑了笑，拿出一个钱袋递给她。她嘟囔着把手伸进钱袋，动作异常敏捷，摸索着数完了里面的钱币。“多了三个？”

“这笔钱是想让你在这里留一个哨兵，”伊兰德说，“等我们回来。”

“回来？”老妇问，“你不准备逃走？”

“不，”伊兰德说，“我只是去跟其中一支军队做点生意。”

老妇又是一脸惊讶。“啊，不关奶奶的事了，”她咕哝着，拄着拐杖走回洞里，“三枚夹币，我可以找个乖孙子在这里坐上几个小时。老天知道，我的孙子可多了。”

汉姆看着她回去，眼睛里充满温情。

“你知道这个地方有多长时间了？”伊兰德看着两个壮汉搬着石头把洞口掩盖起来，洞口一半埋在地里，一半是从城墙的石头上切割出来的，这个通道是个异乎寻常的壮举。尽管他早先已经从菲尔特的嘴里知道了这些通道的存在，但从这个从樊乔城堡骑马只要几分钟的秘密通道穿过仍令他感到震惊不已。

假墙关闭后，汉姆转过身来。“哦，我知道这里好多年了，”他说，“小时候，希尔德奶奶常常给我糖果吃。当然，那是让我保守秘密、不把这个通道宣扬出去的好办法。我长大后，玛卓和孩子们来看我的时候，我常常从这里把他们接进接出。”

“等等，”伊兰德说，“你是在卢萨岱尔长大的？”

“当然。”

“和纹一样，在街头长大的？”

汉姆摇摇头。“不太一样，”他用低沉的声音说，“我觉得没几个人是像纹一样长大的。我有斯卡人父母，但我的祖父是一名贵族。我跟地下团伙有联系，但父母是我童年生活的重要部分。另外，我是个男孩，而且是大个子。”他看着伊兰德，“我想，这造成了很大的差异。”

伊兰德点点头。

“你不会把这个地方关掉，对吗？”汉姆问。

伊兰德震惊地转过身。“为什么要关？”

汉姆耸耸肩。“以你那种诚实的风格应该不会批准的。也许人们晚上通过这个通道逃到城外去呢。希尔德奶奶是以拿了钱就不会多嘴出名的，虽然她确实跟你多啰嗦了两句。”

汉姆的话确实有道理。也许这就是他等到我专门问到才告诉我的原因。他的朋友们走了一条不错的路线，保持着和地下世界的老关系，却仍然为他们作出很大牺牲才创造出来的政府辛勤工作。

“我不是国王，”伊兰德一边牵着马从城下离开，一边说，“希尔德奶奶干什么事跟我一点关系都没有。”

汉姆跟在他身边，显得安心多了。可是一回到现在要去做的事情上，那种安心马上就消失了。“我不喜欢现在这样，伊尔。”

他们停下来，伊兰德跨上马背。“我也不喜欢。”

汉姆深深呼吸了一下，然后点了点头。

伊兰德好笑地想：我从前的贵族朋友们会劝我不要这样做的，为什么我让那些曾经忠诚于幸存者的人在我身边？他们指望他们的领袖承担极其荒谬的风险。

“我跟你一起去。”汉姆说。

“不行，”伊兰德说，“那样不会有什么不同。留在这里，等着看我能不能回来。要是我没回来，告诉纹发生了什么。”

“一定，我会告诉她的，”汉姆板着脸说，“然后我就要把她的匕首从我胸口拔出来。只要确保你自己安全回来，好吗？”

伊兰德点点头。他的眼光聚焦在远方的一支军队上。一支没有帐篷、马车、辎重或仆从的军队。一支以地面上的植物为食的军队——克洛兽。

汗水使手里的缰绳变得湿滑。这和上次他走进斯特拉夫军营和赛特城堡的时候完全不同。这一次他孤身一人。要是情况有变，纹就不能救他出来——她还在恢复中，而且除了汉姆之外没有人知道他在做什么。

伊兰德想：我欠了这座城里的人们什么？他们抵制我，我为什么还是坚持着想要保护他们呢？

“我知道这种表情代表了什么，伊尔，”汉姆说，“我们回去吧。”

伊兰德闭上眼，轻轻叹息一声。然后他猛地张开眼睛，一踢马，疾驰而去。

他已经多年没见过克洛兽了，而且那次见到克洛兽还是因为他父亲的一再坚持。斯特拉夫不信任这种生物，而且一直不喜欢北部辖区有克洛兽营地的存在，那里距离他的厄尔图城只有几天时间的路程。那些克洛兽是一个提醒、一个警告，来自御主大帝。

伊兰德用力驱着马，似乎在用马蹄的节奏来支持自己的意志。除了那次对厄尔图克洛兽营地的短暂访问外，他对这种生物的所有理解都来自书籍，但婷德薇尔的指导已经减弱了他对于书籍的绝对信任，稍显幼稚的信任。

那应该足够了，伊兰德心想。这时，他已经接近营地了，他咬着牙，拉着马放慢脚步，靠近了一队在营地外闲逛的克洛兽。

正像他记忆中的那样：一个庞大的、皮肤因为成长被撑破、碎裂的生物，领着几个中等身材的、身上淌血的裂口刚刚开始出现在嘴角和眼睛边缘的生物。少数个子更小的跟在它们的长辈后面，松松垮垮的皮肤垂落在眼睛和胳膊下面。

伊兰德轻勒缰绳，让马跑到那个最大的生物面前，“带我去见杰斯茨。”

“下马。”那头克洛兽说。

伊兰德坐在马上，直盯着那头克洛兽的眼睛。他们几乎处于相同的高度。“带我见杰斯茨。”

克洛兽用一双圆圆的、不可捉摸的眼睛打量着他。它的双眼之间有一道裂口，在鼻子上方，第二道裂口斜着延伸到一个鼻孔旁。那只鼻子被扯得很紧，变得扭曲而扁平，鼻骨被拉得偏了几寸。

只需短短片刻时间，那些书上说，这些生物就会或者接受命令，或者开始攻击他。伊兰德紧张地坐在马上。

“来。”那头克洛兽厉声说，然后转身朝营地走去。剩下的克洛兽则围在伊兰德身边，他紧张而缓慢地走着。伊兰德握紧马缰，把它推向前。马的反应很激烈。

伊兰德本应对他小小的胜利感到高兴，但他感到越来越紧张。他们接着走进了克洛兽营地。这里的地面被翻了一层，就像身边发生了一场山体滑坡。当他经过时，那些克洛兽纷纷用血红色的、毫无感情的眼睛盯着他。其他很多克洛兽则无声地站在它们的炊火旁，反应迟缓，就像天生智障的人类。

还有一些在打架。它们互相残杀，在无动于衷的同伴面前扭打。没有任何哲学家、科学家或学者真正知道克洛兽发作的原因。贪婪似乎是个比较好的理由。然而，它们有时候会在食物充分的时候互相攻击，为了同伴手里的一块肉而杀死对方。很明显，痛苦是另一个动机，对权威的挑战也一样。同样也可能因为欲望、本能。然而，它们在没有任何原因或动机的情况下互相攻击的情况也很常见。

而且在战斗结束后，它们可以用平静的语气为自己辩解，就像它们的行为完全合情合理一样。听着那些呼号声，伊兰德不由得身子发抖，他告诉自己，在见到杰斯茨之前，他不会有事的。克洛兽互相攻击是常事。

除非它们陷入了完全的狂暴。

他抛开那些想法，把注意力集中在萨奇德描述过的克洛兽营地的经历上。这些家伙身上背着萨奇德描述过的那种阔大而粗笨的铁剑。身材越大的克洛兽，身上背的剑就越大。当一头克洛兽的体形长到需要一把更大的剑时，它只有两个选择：找一把别人丢弃的剑，或者杀死同类得到它们的武器。克洛兽的数量常常可以通过增加或减少可用的长剑的数量来粗略地进行调整。

没有一个学者知道这些生物是如何繁殖的。

正像萨奇德所描述的，这些克洛兽的武器系带上也有一个奇怪的小口袋。这是什么？伊兰德想。萨奇德说他看到最大的克洛兽身上带着三个或四个口袋。但这个领队的克洛兽差不多背了二十个，甚至连这一队里最小的克洛兽也有三个口袋。

这就是不同，不管口袋里装的是什么，它有可能是杰斯茨控制这些生物的途径吗？他想。

无法可知，除非从某头克洛兽那里讨一个来看，他想它们肯定不会答应。

一边走着，他注意到另一个古怪的地方：一些克洛兽穿着衣服。从前，他只见过它们身上穿裹腰布，就像萨奇德报告的那样。然而，这些克洛兽里有很多穿着长裤、衬衣，或者缠在身上的裙子。它们穿衣服不管大小，很多衣服因为太紧而绽裂，另外一些则太松，不得不绑在身上。伊兰德看到少数体形较大的克洛兽的胳膊和头上缠着类似头巾一样的东西。

“我们不是克洛兽。”领头的克洛兽突然扭头对伊兰德说。

伊兰德皱着眉头，“解释一下。”

“你认为我们是克洛兽，”它的话通过因为绷紧而无法正常工作的嘴唇说出来，“我们是人类。我们将在你的城市里生活。我们会杀了你，然后占领它。”

伊兰德不寒而栗，他突然意识到了那些衣物的来源。它们来自克洛兽进攻过的村庄，那些村庄的难民已经有一部分进了卢萨岱尔。这显然是克洛兽思想的一个新的发展。或者，这种一直存在着的想法被御主大帝约束着？他身上作为学者的部分被这个问题深深吸引着，但他其余的部分仍然恐惧不已。

他的克洛兽向导在几顶帐篷前停下来，营地里只有这么几个孤零零的帐篷。领头的克洛兽扭头叫了一声，惊了伊兰德的马。伊兰德竭力在马鞍上坐稳，防止自己被颠下来。这时，带头的克洛兽跳向他的一个同伴，巨大的拳头向对方挥去。

伊兰德的努力成功了，那个领头的克洛兽却没有成功。

伊兰德从马上爬下来，轻拍着马的颈子。这时，那个获胜的克洛兽正从它前领导的胸膛上拔出剑来。现在它身上多了几道不是皮肤绽裂造成的伤口。它弯下腰取得了尸体背上的袋子，伊兰德入迷地看着它的动作，那头克洛兽站起身。

“它从来不是个好首领。”它用含混不清的声音说。

伊兰德想：我不能让这些怪物进攻我的城市，我得想点办法。他拉着马继续朝前走，抛开那些克洛兽，走进了这个和营地其他部分隔绝、由一队身着制服表情紧张的年轻人看守着的地方。他把缰绳交给一名士兵。

“替我看着。”伊兰德说，然后大步往前走去。

“等等！”一名士兵喊道，“站住！”

伊兰德猛地转过身，面对着那个身材较矮的人，后者正一边把矛头对准伊兰德，一边警惕着克洛兽。伊兰德没有表现得过于严厉：他只希望抑制住自己内心的焦虑，继续走下去。但即便如此，他怒目而视的表情也许会令婷德薇尔叹服。

那名士兵连忙止住脚步。

“我是伊兰德·樊乔，”伊兰德说，“你听过这个名字吗？”

那人点了点头。

“告诉勒卡尔领主我来了，”伊兰德说，“最好赶在我前面。”

年轻人跑步离开了。伊兰德跟在后面，大步朝帐篷走去，其他的士兵则迟疑地站在原地。

伊兰德很想知道，这些人生活在克洛兽中间，承受着实力如此悬殊的恐惧，过的是什么日子。他突然感到一阵同情，他不想乘势闯进去。他带着装出来的耐心站在外面，一直等到里面一个声音响起来。“让他进来。”

伊兰德从士兵身边穿过，掀开了帐篷的门帘。

看来这几个月杰斯茨·勒卡尔过得不容易。不知为何，他头上为数不多的几缕头发看上去比全秃还要凄惨。他的外套凌乱而肮脏，两只眼睛下面都挂着深深的眼袋。他正在里面踱步，在伊兰德进入帐篷时，他似乎吓了一跳。

然后他愣了片刻，眼睛大睁着。他抬起颤抖的手，把他根本不存在的头发向后掠了一下。“伊兰德？”他问，“以御主大帝之名，你怎么了？”

“是责任重压的后果，杰斯茨，”伊兰德镇定地说，“看来我们都还没准备好。”

“出去。”杰斯茨向他的卫兵挥挥手，他们从伊兰德身边走出去，把门帘放了下来。

“好久不见，伊兰德。”杰斯茨咯咯地笑了几声，声音很虚弱。

伊兰德点点头。

“我记得那些日子，”杰斯茨说，“坐在你或我的小窝里，和泰尔顿一起喝酒。我们是那样天真，不是吗？”

“天真，”伊兰德说，“但充满希望。”

“想喝点什么吗？”杰斯茨转身朝房间的桌子走去。伊兰德看到了躺在房间角落的一堆酒瓶。那些瓶子都是空的。杰斯茨从桌子上拿了一整瓶酒，给伊兰德倒了一小杯，从酒瓶的大小和酒的透明度来看，那不是低度的餐前酒。

伊兰德接过小杯子，但没有喝。“你是怎么了，杰斯茨？我认识的那个聪明体贴的哲学家怎么变成了一个暴君？”

“暴君？”杰斯茨把杯里的酒一口喝下，“我不是暴君，你爸爸才是暴君。我只是个现实主义者。”

“坐在一支克洛兽军队中间？我不认为这是个理性的位置。”

“我能控制它们。”

“那么苏斯纳呢？”伊兰德问，“它们血洗了那个村子。”

杰斯茨挥挥手，“那是一场不幸的事故。”

伊兰德低头看看手里的酒，然后把酒杯掷到了一边，酒浆倾泻在积满灰尘的地板上。“这不是我父亲家，我们也不再是朋友了。一个率领这样的怪物来攻打我的城池的人，我会称他为朋友吗，杰斯茨·勒卡尔？”

杰斯茨哼了一声，看着地上的酒痕。“你一直有这种毛病，伊兰德，总是这么自信，这么乐观，这么自以为是。”

“我们都曾经这样乐观，”伊兰德朝前走了一步，说，“我们希望改变事物，杰斯茨，而不是摧毁它们！”

“是那样吗？”杰斯茨说，显示出一种伊兰德从没在他身上看到过的情绪，“你想知道我为什么来这里，伊兰德？你在卢萨岱尔逍遥自在的时候，注意过南部辖区发生了什么吗？”

“我对你的家族发生的事情感到很难过，杰斯茨。”

“难过？”杰斯茨抓起桌子上的酒瓶，“你难过？我实行了你的计划，伊兰德。我做了我们谈过的一切：自由、政治诚信。我信任我的同盟，而不是用实力压服他们。你知道发生了什么吗？”

伊兰德闭上了眼睛。

“他们杀了每一个人，伊兰德，”杰斯茨说，“这就是你在掌权后所做的事情。杀掉你的对手和他们的家庭成员——连小女孩，甚至婴儿也不放过。然后你抛下他们的尸体，作为一个警告。这就是善政，你就是这样掌权的！”

“在无往不胜的时候，很容易轻信一些事，杰斯茨，”伊兰德睁开眼说，“那些损失是对信念的考验。”

“损失？”杰斯茨质问道，“我的姐姐只是一个损失？”

“不，我的意思是——”

“够了！”杰斯茨把瓶子重重地砸在桌子上，大声叫道，“卫士！”

两个人掀开帐帘走进来。

“把他扣押起来，”杰斯茨颤巍巍地挥挥手，“派一名信使进城，告诉他们我们想谈判。”

“我不再是国王了，杰斯茨。”伊兰德说。

杰斯茨愣住了。

“你想想看，如果我是国王，我会来自投罗网吗？”伊兰德问，“他们罢黜了我。议会调用了不信任条款，选了个新国王。”

“你个该死的傻瓜。”杰斯茨说。

“损失，杰斯茨，”伊兰德说，“虽然不如你经历的那样痛苦，但我确实认为我能够理解。”

“这么说，”杰斯茨用手理自己的“头发”，“这奇特的外套和发式并没有拯救你，嗯？”

“带上你的克洛兽走吧，杰斯茨。”

“听起来毫无威胁，伊兰德，”杰斯茨说，“你不是国王，你也没有军队，我也没在附近看见你的迷雾之子。你有什么资格来威胁我？”

“它们是克洛兽，”伊兰德说，“你真想让它们进城？这是你的家，杰斯茨，或者说，曾经的家。有成千上万的人在城里呢！”

杰斯茨没有说话。

伊兰德叹息着：“要是它们里面有一个突然攻击你呢？”

杰斯茨摇摇头。“很抱歉，伊兰德，”他静静地说，“我不能让斯特拉夫得到那些天金。”

“要是我的人呢？”

杰斯茨略一踌躇，然后垂下眼睛向卫兵使了个眼色。一名卫兵把手搭到了伊兰德肩膀上。

伊兰德的反应连他自己也感到吃惊。他一肘击在那个人脸上，打扁了他的鼻子，然后飞起一脚踢在另一个人腿上，把他踢倒在地上。等杰斯茨发出惊叫时，伊兰德已经跳了过来。

伊兰德从靴子里抽出一把黑曜石匕首，纹给他的，抓住杰斯茨的肩膀，把他猛地向后一推，杰斯茨向后撞在桌子上，没等他醒过神来，伊兰德已经把匕首刺进了他的肩膀。

杰斯茨发出一声高亢的惨叫。

“要是我杀了你有哪怕一丝一毫用处，杰斯茨，”伊兰德低吼道，“我就会立刻要了你的命。但是我不知道你是如何控制这些东西的，我不想使它们失去控制。”

士兵们拥进了帐篷，伊兰德没看他们。他一巴掌打在杰斯茨脸上，制止了他的惨叫。

“你给我听着，”伊兰德说，“我不在乎你是不是受伤，我也不再关心你还信不信哲学，甚至我也不在乎你跟斯特拉夫和赛特玩政治会不会玩火自焚。

“但你不能威胁我的人民。我希望你带着你的军队离开我的大陆，去攻打斯特拉夫的老窝，或者赛特的。他们都毫无防备。我保证不让你的敌人得到天金。

“还有，作为一个朋友，我要给你一点忠告。想想你肩头的伤吧，杰斯茨。我是你最好的朋友，而我几乎杀了你。你到底在搞什么名堂，坐在一支由精神错乱的克洛兽组成的军队里？”

士兵们包围了他。伊兰德站起来，把匕首从杰斯茨身上拔出来，把他翻了个身，用匕首顶在他喉咙上。

那些卫兵怔住了。

“我要走了。”伊兰德推着晕头转向的杰斯茨，走出了帐篷。他有些担心地注意到周围只有十几名卫兵，比萨奇德提供的数据少得多。杰斯茨在哪里失去了他们?

没有看到自己的马匹，所以伊兰德一边警惕着那些士兵，一边拉着杰斯茨向人类营地和克洛兽营地之间那条不可见的界线走去。站在边界上，伊兰德转身把杰斯茨朝他的手下推去。他们接过他，一个人取出绷带为他包扎肩膀。另外的人移动着脚步，似乎想追伊兰德，但又犹豫地站住了。

伊兰德已经穿过界线走进了克洛兽营地。他镇定地站在那里，看着那群惊恐的年轻士兵，杰斯茨站在他们中间。在士兵环伺之下，伊兰德看到了杰斯茨眼睛里的东西，是仇恨。他不会撤退的。伊兰德所熟悉的那个人已经死了，被这个不会善待哲学家和理想主义者的新世界的产物取代了。

伊兰德转身在克洛兽营地里穿行。一队克洛兽很快逼近了。和前面的是同一群吗？他分辨不出来。

“带我出去。”伊兰德迎着队伍里最大的一头克洛兽的目光，命令道。不知道是伊兰德看起来更加威严，还是这头克洛兽更容易变得软弱，因为没有发生任何争执。那克洛兽只是点点头，然后开始慢吞吞地朝营地外走去，它的手下簇拥在伊兰德身边。

看来这一次是无功而返了，我只激怒了杰斯茨。我冒着死亡的危险来，却什么都没得到，伊兰德沮丧地想。

要是我能弄明白那些袋子里是什么就好了!

他打量着身边的那些克洛兽。这是一个典型的小队，体形参差，身高从五尺到十尺不等。它们都迈着沉重的、毫无章法的步子……

伊兰德手里还拿着匕首。

真愚蠢，他想。不知道为什么，这想法并没有阻止他挑了队伍里个子最小的克洛兽，深吸一口气，然后发起攻击。

其他克洛兽驻足观看。被伊兰德选中的那头克洛兽转了个身，但方向错了。在伊兰德猝然发动，把匕首刺入它的脊背时，它转向了它的同伴，一个跟它体形差不多的家伙。

虽然那头克洛兽身高只有五尺，却非常强壮。它痛吼一声，一下把伊兰德推到一边。不过，伊兰德的匕首还紧握在手里。

不能让它把剑拔出来，伊兰德心想，冲上去对着对方的大腿又刺了一刀。那头克洛兽又是一个踉跄，一拳打向伊兰德，用另一只手去够背后的剑。伊兰德胸口中拳，仰面跌倒在黑糊糊的地上。

他呻吟着，大口喘着气。那头克洛兽拔出了剑，却一时站不起来。两处刀伤都流着鲜红的血：血液的颜色看上去比人类的更鲜亮，但也许只是因为深蓝色皮肤的衬托。

那头克洛兽终于站了起来。伊兰德意识到了自己的错误，他被与杰斯茨对抗的兴奋和无力阻止这支军队的懊恼冲昏了头脑。近来他进行过不少对战训练，但他的实力并不足以打败一头克洛兽。

但现在不是考虑这个的时候。

他在地上一滚，躲开了那把粗重的、像棍棒一样砸下来的长剑。本能战胜了恐惧，他及时避开了反手的一剑。剑锋带过他的肋部，在他洁白的制服上留下一道血痕，但他几乎没有感觉到疼痛。

拿匕首和持剑的人打，只有一种取胜的办法……伊兰德紧握着匕首。奇怪的是，这个方法并不是出自训练他的人，甚至也不是出自纹。他不明白这个想法是从哪里冒出来的，但他相信它。

尽可能打贴身战，速战速决。

伊兰德动起来了，那头克洛兽也挥起了长剑。伊兰德看到了长剑的来势，但无能为力。他只能向前一跃，举起匕首，咬紧了牙关。

他的匕首刺进了那头克洛兽的眼睛，他也勉强避开了剑锋。即使这样，他还是被那把剑的柄在肚子上捣了一下。

两个人都倒了下去。

伊兰德轻轻呻吟着，慢慢地，开始感觉到硬硬的、灰烬沉积而成的泥土和被吃得只剩草根的野草。一根飘落的草茎掠过他的脸颊，考虑到腹部那剧烈的绞痛，他能感觉得到这些很奇怪。他摇摇晃晃地站了起来，他攻击的那头克洛兽却没有。它的克洛兽同伴们站在旁边，漠不关心地看着，尽管它们的眼睛都盯在伊兰德身上。它们似乎在期待着什么。

“它吃了我的马。”伊兰德把他此刻唯一能想到的事说了出来。

那群克洛兽点点头。伊兰德用手抹了一把脸上的灰，蹒跚着往前走了两步，跪在死去的克洛兽身边。他拔出自己的匕首，插回靴子里。接着，他解下了那些小袋子——这头克洛兽有两个。

最后，不知道为什么，他抓起那柄克洛兽的重剑扛在肩膀上。那把剑真沉，他几乎扛不动，而且肯定不可能挥起来。一个这么小的生物怎么能用得了这样的东西呢?

克洛兽们看着他，一句话都没说，然后它们领着他出了营地。一等它们撤退，伊兰德就解开一个袋子，朝里面看去。

他本不该对里面的东西感到惊讶的，杰斯茨用以控制自己军队的是一种古老的方法。

他付钱给它们。

他们说我是疯子。正如我说过的，他们的话也许是正确的。

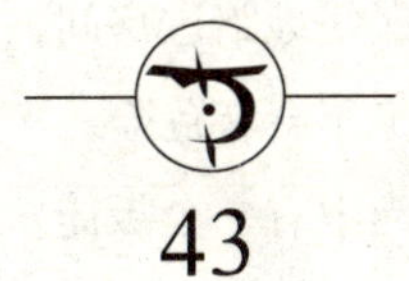

43

迷雾流进黑暗的房间，纹站在阳台门口，雾气像瀑布一样从她脚下漫过去。伊兰德在不远处的床上睡着，一动不动。

“主人，很明显，”奥索尔解释道，“他一个人去了克洛兽营地，你在睡觉，我们谁也不知道他在干什么。我觉得他不是去说服那些怪物放弃进攻我们的，而且他确实带着一些非常有用的信息回来了。”

奥索尔蹲坐在她身边。它没有问纹为什么要来伊兰德的房间，也不知道她为什么站在这里，在深夜里静静地望着这位前国王。

她不能保护他。她费尽心力，但连保证一个人的安全也突然变得不切实际起来了，让她感到极其难过。

伊兰德出城无疑是正确的。他有担当，有能力，品性高贵。只是，他的所作所为使自己陷入了更危险的处境。恐惧是她早已习惯的伴侣，现在已经难得引起她身体上的反应了。然而，看着他安静地沉睡，她发觉自己的双手不听话地颤抖起来。

我在刺客手下救了他。我保护了他。我是一名强大的熔金术师。那么，为什么，我感到如此无助？

如此孤独。

她向前走去，光着脚站在伊兰德的床上。他没有醒过来。她站了很长时间，看着他安稳地沉睡在梦乡里。

奥索尔低声咆哮起来。

纹转过身。一个人站在阳台上，脊背挺直，身穿黑衣，用她锡强化过的视力看去也只能分辨出一个隐约的轮廓。雾气在他身前流动，汇聚在地板上，像无形的沼泽一样蔓延开来。

“赞恩。”她小声说。

“他很危险，纹。”赞恩缓缓地踏进房间，在身前推出一道雾气的波浪。

纹回头看着伊兰德，“他绝不会有危险。”

“我来是要告诉你，你们当中有一个叛徒。”

纹抬起头。“谁？”她问道。

“那个人，德默克斯，”赞恩说，“在刺杀行动之前，他跟我父亲接触过，表示愿意打开城门，迎接他进城。”

纹皱着眉头，这话根本没有道理。

赞恩朝前走了一步。“都是赛特的阴谋，纹。他是个阴险的人，虽然他厕身高等贵族之列。我不知道他是如何收买你们的那个叛徒的，但我确实知道德默克斯设法撩拨我父亲在选举期间攻城。”

纹愣住了。如果斯特拉夫在那个时候攻城，首先会加强人们心目中那些刺客是受他指派的印象。

“伊兰德和彭罗德要是死了，”赞恩说，“议会一乱，赛特就可以接管大权。他可以率领他的兵力，和你们自己的一起，抵挡斯特拉夫攻城的军队。他就成了反抗入侵暴行、保护卢萨岱尔的救世主……”

纹一动不动地站着。只凭赞恩的说法不能断定那是事实。然而，她自己的调查也似乎在低声告诉她，德默克斯是叛徒。

她认得那个议会大厅的刺客，那个人是赛特的随从，所以她知道赞恩的话里至少有一部分是事实。另外，赛特从前也派熔金术师杀手行刺过：几个月前就有一次，那次纹用掉了最后一颗天金。赞恩在那场战斗里救了她的命。

她紧握着拳头，挫败感噬咬着她的心。要是赞恩说得没错，那么德默克斯已经死去，敌人的坎德拉兽已经混进宫里，天天生活在距离伊兰德只有几步远的地方。即使赞恩说谎，我们仍然有一个暴君在城里，有另外一个在城外。还有一群虎视眈眈的克洛兽军队。而且伊兰德不需要我。

因为我什么事情都干不了。

“我理解你的沮丧，”赞恩走到伊兰德的床边，低头看着他睡梦中的兄弟，轻声说，“你一直听他的话，想保护他，但他不让你那样做。”赞恩抬起头，看着她的眼睛。纹看到了他眼睛里的暗示。

她还是可以做一些事情的，这件事她一开始就跃跃欲试。她就是被训练来做这种事情的。

“赛特几乎杀死了你爱的人，”赞恩说，“你的伊兰德按照他自己的意愿行事。好，我们也来做你想做的事吧。”他看着她的眼睛。“我们做别人武器的时间太久了，让我们给赛特点颜色看看吧。”

纹的愤怒以及被围困的沮丧，使她渴望照着赞恩的建议行动。然而，她又犹豫了，思想一团混乱。她已经杀了人，干净利落，就在不久前，这件事让她恐惧。然而……伊兰德能冒着风险，一个人走进克洛兽军营。这种行为让她有被辜负的感觉。她作了那么多努力来保护他，竭尽心力，不惜牺牲自己。然而，就在几天后，他竟然一个人去了充满怪物的敌人营地。

她紧咬着牙。心底的一个声音在低声说，如果伊兰德不领情，不管不顾的话，她就要确保那些针对伊兰德的威胁全部消失。

“出发。”她低声说。

赞恩点点头。“要明白，”他说，“我们不能简单地除掉他。因为另一个军阀会取代他并接管他的军队。我们要用闪电式的残酷打击，这样不管接替赛特的是谁，都会因为恐惧而撤兵。”

纹愣了一下，目光有些犹疑，紧握的拳头使指甲陷进了皮肉。

“告诉我，”他走近她，说道，“凯尔西会让你怎么做？”

答案很简单，凯尔西不会面临这种处境。他极其强硬，不容任何人威胁自己的所爱。赛特和斯特拉夫恐怕在卢萨岱尔待不到一个晚上就要吃他的刀子了。

她对他强有力的、毫不含糊的残酷无情一直很敬畏。

有两个保护自己的办法，睿的声音轻轻对她说，或者装作安静无害的样子，让那些人忽略你；或者亮出爪牙，让他们害怕你。

她看着赞恩的眼睛，点了点头。赞恩微笑了，然后走到窗户旁，纵身跳了出去。

“奥索尔，”纹等赞恩离开后，小声叫道，“我的天金。”

奥索尔跑到她身边，它的肩膀裂了开来。“主人……”它慢吞吞地说，“别那样做。”

纹朝伊兰德看了一眼。她不能时时处处保护他，但她至少能做点什么。

她从奥索尔身上取出天金，双手不再颤抖。她觉得身上发冷。

“赛特威胁着我所爱的一切，”她轻声说，“他会很快明白，这个世界上有比他的杀手更致命、比他的军队更强大的事物。有东西比御主大帝更可怕。

“我要去拜访他。”

雾值，他们是这样说的。

每个士兵都要轮流当值，伴着一支火把站在黑暗里。必须得有人站岗，他们得凝视着那飘浮不定、神秘莫测的迷雾，一边站岗，一边疑惑迷雾里是否存在神秘的事物。

韦伦知道有。

他知道，但从来不说。士兵们取笑那样的疑问。他们必须去迷雾里。他们已经习惯了。他们熟悉迷雾，所以并不惧怕。

也许是见怪不怪。

“嘿，”亚洛克斯走到城墙边上，喊道，“威尔斯，你看见什么东西没有？”

当然没有。他们和另外几十个的士兵一起站在哈斯丁城堡周围，在城堡的外墙上站岗，那是个较矮的防御工事，环绕着城堡，大约十五尺高。他们的工作是监视迷雾里任何可疑的东西。

他们用的词是“可疑”，但可疑的事物无处不在。那可是迷雾呀。那深不可测的黑暗，那充斥着混乱和怨气的空虚。韦伦从来不信任它们。那些东西就在那里，他知道。

有东西在黑暗里移动。韦伦睁大眼睛，退后一步。他的心跳开始加速，掌心开始出汗，他端起了长矛。

“啊，”亚洛克斯眯着眼睛大叫起来，“我发誓，我看见……”

它来了，就像韦伦一直知道的那样，就像温暖的天气里漫天飞舞的无数只飞虫，就像一整支军队齐射出的一阵箭雨。几百枚铸币刺穿迷雾，呼啸着飞过城垛，形成了一堵死亡之墙，接着是人们痛苦的惨叫声。

就在亚洛克斯大叫示警的时候，韦伦后退着，举起长矛。亚洛克斯的叫声戛然而止，一枚铸币从他的嘴里钻进去，在打断一颗牙齿后楔进了他的后脑。亚洛克斯倒地身亡，韦伦踉跄着从他的尸体旁走开，明白现在逃跑为时已晚。

铸币的丁当声停止了。周围静下来。卫兵们或死或伤，受伤的呻吟着站了起来。

然后他们出现了。两个死亡的黑影，就像迷雾里飞翔的乌鸦般从韦伦头顶上一掠而过，留下黑衣扇动的声音。

他们放过了他，让他一个人站在曾经是一个四十人小队的尸体中间。

纹猫着腰落在地面上，光着脚踩在哈斯丁城堡庭院的卵石地面上。赞恩则站得端端正正，带着他一如既往的傲然气概。

白蜡在纹体内燃烧，使她的肌肉紧张，充满活跃的力量，也使她轻松忽略了肋部的伤痛。她唯一的那颗天金正躺在她的胃里，但她还没有用上它。还不到时候，要等到事实证明了她的预感，赛特迷雾之子身份揭晓的时候。

“我们从下面上去。”赞恩说。

纹点点头。哈斯丁城堡的中心塔楼有好几层高，他们不知道赛特在哪一层。要是他们自下而上打上去，赛特就插翅难飞了。

可是，从下往上进攻要困难一些。纹身体里充斥着亟待释放的力量。她等待着，在床上蜷缩了那么长时间。她讨厌自己的虚弱，不喜欢受限制。她已经花了几个月时间做一把逼在某个人喉咙上的刀，却始终没有行动。

到了刺下去的时候了。

两人向前冲去。赛特驻扎在院子里的手下有人被惊醒，点亮了火把。院子里的帐篷无风而倒，人们惊叫着，四处寻找袭击他们的军队。其实如果是被军队袭击的话，反而是他们的幸运。

纹腾身跳到空中，赞恩一转身体，把一袋铸币向四周射了出去。数百枚铜币，对平常人而言是一笔不小的财富啊，从纹脚下呼啸而过。纹“唰”的一声落了地，两人都推动那些铸币，他们的力量使那些铸币向外激射而去。那些在火把下闪闪发光的铸币射向营地，击倒了那些茫然无措、睡眼惺忪的人。

纹和赞恩继续朝中心塔楼冲过去。一队士兵已经在塔楼门前集结起来。他们看上去还是摸不着头脑，困惑迷茫，而且睡眼惺忪，但他们都全副武装，装备着铁甲和金属武器。如果他们确实面对敌人军队的话，这倒也不失为一个明智的选择。

赞恩和纹冲进那些士兵中间，赞恩把一枚铸币抛到两人之间。纹推着那枚铸币，感到了赞恩同时反推着那枚铸币的力量。

两人互为支撑，保持着身体的稳定，同时猛烈燃烧白蜡，把周围士兵身上的护胸甲向外推。他们巨大的推力使那些士兵像被一只大手猛然击中似的，长矛和剑散落一地，那些士兵的身体被自己的护胸甲拖开了。

当感觉到赞恩的力量从那枚铸币上消失后，纹熄灭了钢。那枚闪亮的铸币掉落在他们中间，赞恩转过身来，向一个仍然站在他和城堡大门之间的士兵伸出了手。

一队士兵从赞恩身后跑上来，但他们被赞恩的突然一推止住了脚步，这力量直接传递到那个孤身一人的士兵身上。那个不幸的人被巨大的力量推得向后飞去，撞在城堡大门上。

伴随着骨头碎裂的声音，城堡大门应声而开。赞恩飞身冲进了敞开的大门，纹也顺势跟在他后面，她的光脚离开了粗糙的卵石地，落在光滑的大理石地板上。

一群士兵正在里面严阵以待。他们没有穿盔甲，举着用来抵挡铸币的木盾牌。他们装备的是棍棒和黑曜石剑。这是迷雾杀手，专门训练来对付熔金术师的普通人。他们大约有五十个人。

这下要玩真的了，纹心想。她推着门铰链，飞身跳到空中。

赞恩在前面推起那具他用来破门的士兵尸体，把它向一队迷雾杀手砸去。与此同时，纹也落在另一队迷雾杀手中间，她旋转身子，一腿扫倒了四个人。在其他人试图向她进攻之前，纹把一枚铸币往下推，靠着那枚铸币落地后的反冲力跃了起来，顺手抓起一根被她绊倒的人脱手飞出的棍子。

对手的攻击落了空。纹拿着自己的武器发动了攻击，以任何人无法企及的速度开始了进攻，击向对手的耳朵、下巴和喉咙。颅骨裂了，骨头碎了。当她的十名对手倒地不起的时候，她的呼吸只是稍微变得急促了一点。

十个人……凯尔西从前对我说过，他曾经疲于应付六名迷雾杀手吗？

没有时间去想了。另一组人数更多的士兵朝她冲了过来。她大吼一声，迎了上去，用棍子捣在第一个人的脸上。另外的人举起了盾牌。但纹这时已经抽出了一对黑曜石匕首，她用两把匕首分别刺中了两个人的大腿，然后一转身，向她能看到的任何肉体招呼上去。

一根手杖带着风从侧后方抡了过来，她猛然一抬胳膊，挡住了这次攻击。木头碎了，她的匕首划过一道弧线，放倒了那个人，几乎割掉了他的脑袋。在其他人向她逼过来的时候，她向后跳去，把赞恩用过的那具尸体拉了过来。

盾牌面对沉重的投掷物是没什么用处的，纹把那具尸体朝面前的对手砸了过去。在她的侧面，是那些曾经攻击过赞恩的迷雾杀手。赞恩正站在他们中间，就像挺立在一地伏尸和散落的武器之间的一根黑柱子。他迎着她的目光，然后朝房间后部点了点头。

纹放过了剩下的几个迷雾杀手。她推着那具尸体，腾身向房间后部跳去，赞恩则撞破一扇窗户跳向外面。纹快速检查了一下房间后面：赛特不在这里。然后，她转身放倒了一个掉队的迷雾杀手，冲到升降机旁边。

她不需要升降机。借助一枚铸币，她就把自己的身体射向空中，直接跳进了第三层。赞恩会去检查第二层的。

纹无声地落在大理石地面上，听着下面楼梯井传来的脚步声。她认得这个巨大的、开放的房间：她跟伊兰德就是在这里和赛特会面共进晚餐的。这里现在空荡荡的，连桌子也搬开了，不过，她记得这个房间周围的一圈染色玻璃窗。

为数不少的迷雾杀手从厨房涌了出来。那里肯定还有另外一个楼梯井，纹朝身边的楼梯冲过去。但另外的几十名迷雾杀手已经从那里冲了出来，两队人向她左右包夹过来。

五十对一，那些人似乎觉得稳操胜券，志在必得地朝她逼过来。纹朝敞开的厨房大门瞟了一眼，没发现赛特，厨房里空荡荡的。

纹一边镇定地朝房间中部退，一边想：赛特无疑带来了大批的迷雾杀手。这个房间里除了楼梯井、柱子之外，只有一圈弧形的彩色玻璃窗。

他对我的进攻早有准备，或者说，他已经布下了罗网。

在那些人包抄过来时，纹猫下腰。她仰起头，闭上双眼，燃烧起硬铝。

然后她猛然一拉。

房间四周镶嵌在弓形金属框里的彩色玻璃猛然爆裂开来。她感到那些金属窗框被她可怕的力量扭曲，从四面八方向里面挤压过来。她似乎看到了空中五颜六色的玻璃的闪光。当玻璃碎片和金属框楔进他们的肉体时，那些人发出了非人的惨叫声。

只有外围的人才会在这次打击下丧命。纹张开眼，在十几根决斗手杖落下来之前跳了起来。她躲开了这波暴风雨一样的进攻的大部分，有几根手杖扫到了她，不过无关紧要。这一刻她感觉不到疼痛。

她推着一个断裂的窗框，跳过那些士兵的头顶，落在攻击圈之外。外围的士兵已经被碎玻璃和扭曲的金属框戳得稀巴烂，倒了一地。纹抬起一只手，低下了头。

硬铝和钢。爆发式的一推，她眼中的世界倾斜起来。

金属窗框带着尸体从地上飞起来，向中间活着的人身上砸去。与此同时，纹也从破窗户里弹了出去。

死了的、将死的、失去抵抗的人像狂风下的树叶一样被从对面的窗户推了出去。尸体在迷雾里扭曲着，五十个人的生命被扫入黑夜，留下一个空荡荡的房间、一地玻璃碎片和地面上一缕缕的血迹。

迷雾里的纹喝下另一瓶金属，然后利用四楼的一扇窗户为锚点，把自己朝城堡拉回去。在她靠近那扇窗户时，一具尸体撞破窗户飞了出来。她瞟见赞恩的身影在对面的窗户一闪。这一层也干净了。

第五层亮着灯。他们也许应该先到这一层的，但计划不是这样的。赞恩是对的，他们不仅要杀死赛特，也得让他的整支军队不寒而栗。

纹一推被赞恩抛到窗户外面的那具尸体，以尸体身上的金属铠甲作为锚点，把身子朝斜上方拔起来。然后用力一拉，在适当的高度再次靠近那栋建筑。她落到了第五层的窗户上。

纹紧抓着窗台上的石头，心怦怦跳着，喘了几口粗气。尽管心里像燃烧着火，但冬天的冷风吹到汗津津的脸上，还是让她感到一丝凉意。她深深吸了口气，圆睁双眼，猛地燃烧起白蜡。

这就是迷雾之子的力量。

她一掌打破了窗户，里面的士兵惊得侧着身子向后跳去。其中一个佩戴着金属皮带扣的，是第一个没命的。另外的二十几个人对那个在纹的推拉之下在他们中间飞旋的皮带扣不知所措。他们曾经受过和迷雾之子对抗的训练和指导，甚至可能和迷雾之子进行过演练。

但他们不可能是纹的对手。

尖叫声、倒地声，仅用一个皮带扣作为武器，纹如入无人之境。在她的白蜡、锡、钢和铁的力量面前，敌人即便使用天金也只是一种徒劳无益的浪费。不用天金，她也是一件可怕的武器，直到这个时候，她才意识到这一点。

这就是迷雾之子的力量啊。

最后一个人倒了下去。纹站在他们中间，体会着一阵令人麻木的满足感。她让那枚皮带扣从手指间滑落下去，落在地板上。这个房间跟刚才经过的几个不加装饰的房间不同，这里有一些简单的陈设。伊兰德的清洁人员不会为赛特的到来做这么多准备，大概这是赛特自己添置的。

在她身后是楼梯井，前面是一面带着门的华丽木墙，这扇门是通往内室的。纹平静地朝前跨了几步，然后把身后的四盏灯从支架上拉了下来。她朝侧面一闪，让那些灯砸在木墙上。火随着溅出来的灯油蔓延起来，墙面上很快腾起了火焰。门被撞击的力量打破了，纹伸手把门完全推开。

她在火焰里迈进了这扇门。装设华美的内室很安静，除了两个人影之外空空荡荡。赛特坐在一张简单的木椅上，满脸胡须，衣衫凌乱，看上去非常非常疲惫。赛特的小儿子站在赛特和纹之间。男孩手里握着一根决斗手杖。

那么，哪一个是迷雾之子？

男孩挥起手杖。纹一把抓住手杖，把他朝旁边一推。男孩撞到木墙上，然后重重地跌倒在地面上。纹盯着他。

“放开格涅奥迪恩，女人，”赛特说，“你动手吧。”

纹朝这位贵族转过身。她记起了她的沮丧，她的激愤，她变冷的、几乎凝成冰的怒火。她跨上去，抓住赛特外套的前襟。“跟我打！”她说，然后把他向后一掷。

赛特撞在后墙上，然后倒在地上。纹准备好了天金，但赛特没有站起来。他咳嗽着，侧起身子。

纹走过去，用一只手把他拉了起来。赛特握起一只拳头打纹，但他虚弱得可怜，打在身上毫无力气。

“跟我打！”她命令道，再次把他往旁边一扔。赛特在地板一路翻滚，头重重地撞在地上，一直碰到燃烧的墙壁旁才停下来。一股鲜血从他的额头上淌下来。他没站起来。

纹咬着牙，大步走过去。

“放开他！”男孩格涅奥迪恩摇摇晃晃地站在赛特前面，颤抖的手举起了决斗手杖。

纹停下脚步，扬起了头。男孩额头上冷汗直流，身子也摇摇晃晃的。纹盯着他的眼睛，看到了里面纯粹的恐惧。这孩子不是迷雾之子。然而，他没有退缩，悲哀地、无助地，站在倒地的赛特身前。

“站到一边去，孩子，”赛特用疲惫的声音说，“你在这里帮不上忙。”

男孩开始颤抖，然后哭了出来。

眼泪，纹想到。她突然产生了一种离奇的感觉。她抬起手，吃惊地发现自己的脸上也是湿津津的。

“你没有迷雾之子。”她小声说。

赛特吃力地半撑起身子，然后盯着她的眼睛。

“今天晚上没有熔金术师阻挡我们，”她说，“你在议会大厅的刺杀行动里把他们全用上了？”

“我仅有的那些熔金术师，几个月前已经派去对付你了，”赛特叹息着说，“他们是我的全部，是我杀掉你的唯一希望。甚至连他们也不是我家族的人。我的家族血统已经被斯卡人的血液毁掉了，奥瑞安娜是我们家族几个世纪以来诞生的唯一一个熔金术师。”

“你来卢萨岱尔……”

“因为斯特拉夫终究会来找我，”赛特说，“我最好的机会，小姑娘，是早前杀了你。那就是我把他们全部派出去的原因。失败之后，我知道我必须设法赢得这座该死的城市和其中的天金，这样我才能收买更多的熔金术士。可我还是失败了。”

“你还可以和我们联手。”

赛特哈哈轻笑着，努力让自己坐起来。“这在真正的政治中是行不通的。你要么征服，要么被征服。另外，我也一直是个喜欢赌博的人。”他抬起头来，盯着纹的眼睛。“动手吧。”他又一次说。

纹动摇了。她感觉不到她的眼泪，她几乎感觉不到任何东西。

为什么？为什么我什么感觉都没有了？

房间开始摇晃起来。纹转过身，向后面的墙壁看过去。墙壁像垂死的动物般颤抖抽搐着。钉子开始动了起来，朝嵌板里面钻，然后整面墙向外倒了下去。燃烧的木板、钉子、碎片和顶棚四散飞舞，一个身着黑衣的人影显露出来。赞恩站在外面的走廊上，双手垂在身体的两侧。

血顺着他的指尖淌下来，一点点地滴到地上。他看着燃烧中的残垣，微笑着，然后朝赛特走过来。

“不！”纹大叫一声，朝他冲过去。

赞恩愣了一下。他朝旁边迈了一步，轻而易举地闪开纹，继续朝赛特和那个男孩走去。

“赞恩，别动他们！”纹转身冲了过去。她抓着他的胳膊。浸透血的黑色织物上闪着光，那只能是他自己的血。

赞恩闪开了。他转过头，好奇地看着她。她伸手去抓他，但他不可思议地轻易避开了她，就像高明的棋手对付小孩子一样，总是赶在她前面。

纹突然想道：天金，他也许一直在燃烧着天金。但是，他根本不需要天金来对付那些人……那些人连和我们交手的机会都没有。

“求你，”她请求道，“放过他们。”

赞恩转身看着赛特，后者坐在地上，一副闭目待死的神情。儿子正站在他身边，用力拉着父亲，想把他拖开。

赞恩回头看看纹，昂着头。

“拜托。”纹又说。

赞恩皱着眉头。“这样看来，他仍然控制着你，”他的声音听起来很失望，“我以为，也许你战斗过，明白了自己有多强大，你就能从伊兰德的控制下解脱。现在看来，我错了。”

然后，他没有再理睬赛特，迈步从他打开的一个大洞走了出去。纹踩着地上的木屑，静静地跟在后面，离开了这座破碎的城堡，溃不成军的军队和身后蒙羞的君主。

但是，即使一个疯子也不能依靠他自己的头脑和经验，而非得依赖其他人吗？

44

在那个安静而寒冷的清晨，布里兹观察到一个令人非常沮丧的景象：赛特的军队在撤退。

布里兹打了个寒战，他扭头看着克拉布斯，喘气声也变得粗了。很多人看不出这位矮胖的将军脸上那种讥讽表情之外的意味，但布里兹能看到更多的东西：他看到了克拉布斯眼睛四周拉紧的皮肤里埋藏的紧张，他注意到克拉布斯用手指敲击结了霜的石头城墙的动作。克拉布斯不是个容易紧张的人，这些动作一定没那么简单。

“那么，就这样撤了？”布里兹小声问。

克拉布斯点点头。

布里兹不明白。外面仍然驻扎着两支军队，平衡的态势还没改变，但是，他相信克拉布斯的判断，或者不如说，他相信自己的识人之明胜过相信克拉布斯的判断。

克拉布斯知道一些他不明白的东西。

“拜托你解释一下。”布里兹说。

“赛特终于想明白了。”克拉布斯说。

“什么想明白了？”

“那些克洛兽会替他干活，只要他让它们放手干。”

布里兹愣了一下。斯特拉夫根本不在乎城里的人，他攻城为的是天金，还有象征性的胜利。

“如果斯特拉夫也撤兵……”布里兹说。

“那些克洛兽将会攻城，”克拉布斯点点头说，“它们会见人就杀，把这座城变成一堆废墟。等克洛兽干完了，斯特拉夫就可以回来找他的天金。”

“如果他们都走了呢，老兄？”

克拉布斯耸耸肩，“不管怎么说，他最好离开。斯特拉夫将面对一个被削弱的敌手，而不是面对两个强壮的敌人。”

布里兹感到一阵寒意，他把斗篷裹紧一点。“你这些话……说得太直接了。”

“等第一支军队抵达这里的时候，我们就没命了，布里兹，”克拉布斯说，“我们太被动了。”

老天爷，我为什么要跟这个人在一起浪费时间呢？他只不过是个悲观的乌鸦嘴，布里兹心想。但是，他毕竟能洞察人心。这一次，克拉布斯说的话一点也不夸张。

“天哪。”布里兹喃喃地说。

克拉布斯点点头，然后靠在城墙上，眺望着那支将要消失的军队。

“三百人，”汉姆站在伊兰德的书房里，“至少我们的巡逻兵是这样说的。”

“没我想的那么糟糕嘛。”伊兰德说。他俩都在书房，“幽灵”也在，正懒洋洋地坐在桌子旁。

“伊尔，”汉姆说，“赛特只带了一千多人来卢萨岱尔。那就是说在纹的进攻之下，赛特在不到十分钟的时间内就失去了百分之三十的人手。就算在战场上，一天打下来如果减员百分之三十到四十的话，很多军队都会崩溃的。”

“哦。”伊兰德紧锁着眉头，漫不经心地说。

汉姆摇着头，坐了下来，为自己倒了杯喝的。“我不明白，伊尔。为什么纹要去袭击他呢？”

“她是个疯子。”“幽灵”说。

伊兰德张开嘴想反驳这个说法，但觉得很难表达自己的感觉。“我不清楚她为什么干这种事，”他承认，“不过她的确说起过，她不相信议会大厅里的那些刺客是我父亲派来的。”

汉姆耸耸肩，表情显得……有些憔悴。这不是他的强项。和带兵打仗或关心王国的命运比起来，他更情愿去做些没那么重要的事情。

当然，我也更愿意坐在自己的椅子上，安静地看书，只是有些事情我们必须得去做，伊兰德想。

“有她的消息吗？”伊兰德问。

“幽灵”摇摇头。“坏脾气叔叔已经派侦察兵去城里搜查了，目前什么都没发现。”

“要是纹不想被人找到……”汉姆说。

伊兰德开始踱步。他静不下来，他开始发现自己像杰斯茨一样，一边挠着头，一边在房间里兜起了圈子。

坚定些，他告诫自己。

我近来忽视了她。我在帮助这座城市……但如果我失去了她，就算拯救了卢萨岱尔又有什么意义呢？我几乎像不认识她了一样。

我以前究竟熟悉过她吗？

但她不在身边的感觉很不对劲。他已经对她的直言不讳产生了依赖。他需要她不加修饰的直率和她对现实的敏锐感觉，来确保自己脚踏实地。他要抱着她，这样才能体会到这个世界上还有一些比理论和概念更重要的东西。

他爱她。

“我不知道，伊尔，”汉姆说，“我也没想到，纹会有这种倾向，但她有一个苦难的童年。我记得她因为一些小事爆发过一次，向我们吼叫着诉说过她的童年。我……不知道她的情绪是不是完全稳定。”

伊兰德睁开眼睛。“她是稳定的，汉姆，”他坚定地说，“而且她比我们任何一个人都有能力。”

汉姆皱着眉头，“但是——”

“她一定有个袭击赛特的好理由，”伊兰德说，“我信任她。”

汉姆和“幽灵”交换了一下眼神，“幽灵”耸了耸肩。

“不止昨天晚上，伊尔，”汉姆说，“这姑娘有点不对劲，不光精神上，或者……”

“你说什么？”伊兰德问。

“记得议会被袭击的时候吗？”汉姆说，“你说你看见她被一个蛮力士用棍子结结实实地打中了。”

“怎么了？”伊兰德问，“那让她躺了整整三天。”

汉姆摇摇头。“她身上负的那些伤：肋部被打中，肩膀上的伤，几乎窒息致死——这些伤加起来只让她躺倒了几天。但是，如果她确实被一个蛮力士打得那么重，她本来不应该在几天里出门的，伊兰德。几个星期后才差不多，也许得更长的时间。她真不应该在断了几根肋骨的情况下溜出去。”

“她在燃烧白蜡。”伊兰德说。

“也许吧，那个蛮力士也是。”

伊兰德愣住了。

“你明白吗，”汉姆说，“如果两者都燃烧白蜡，那么他们应该是势均力敌的？然而纹，一个体重不足一百磅的女孩子，被一个体重是她三倍、训练有素的士兵用全力打中，她才休息了没几天就若无其事了。”

“纹不一样。”伊兰德说。

“这件事暂且不说，”汉姆说，“但她向我们隐瞒了一些事情。另外那个迷雾之子是谁？一些报告似乎表明他们一起战斗过。”

她说过城里有另外一个迷雾之子，赞恩，斯特拉夫的信使，伊兰德想。有很长一段时间没听她说起过这个人了。

汉姆揉着额头，“我们周围的一切都在崩溃，伊尔。”

“凯尔西应该能把这些弄在一起的，”“幽灵”含糊地说，“他在这儿的时候，连我们的错误都会变成他计划里的一部分。”

“幸存者死了，”伊兰德说，“我不认识他，但我从听来的关于他的足够多的事情里认识到一件事，他没有向绝境屈服。”

汉姆笑了。“说得太对了。当我们因为误判失去了我们的整支军队时，他那一整天都在哈哈大笑和开玩笑，那个无法无天的家伙。”

“冷酷无情。”“幽灵”说。

“不，”汉姆伸手拿起自己的杯子，说，“我过去也那样想。现在……我觉得那是一种坚决。凯尔总是朝着明天看，不管结果会怎么样。”

“好吧，我们也得那样干，”伊兰德说，“赛特走了，彭罗德让他走的。我们改变不了那个事实。但是，我们有关于克洛兽军队的情报。”

“哦，关于那个，”“幽灵”边说边往荷包里摸，他把什么东西丢在桌子上，“你是对的，它们都是一样的。”

那枚铸币在桌子上滚动着停下来，伊兰德拿了起来。他在那枚铸币上看到了“幽灵”用刀子刮过的痕迹，在表层的金色涂料剥落后，下面露出了硬木的痕迹。这是个可怜的箱币复制品。这称得上是个小小的奇迹。因为这些赝品很容易识别，只有傻子才会把它们当成真品。傻子，或者克洛兽。

谁也不知道杰斯茨的这些假箱币是怎么流入卢萨岱尔的，也许他曾经在自己的领地上用它们来打发农民或乞丐。不管怎么说，他的做法已经很明显了。他需要一支军队，而且也需要现金。于是他就通过伪造一个来得到另外一个。只有克洛兽才会被这种拙劣的手段骗到。

“我不明白，”汉姆从伊兰德手里拿过那枚铸币，“克洛兽怎么突然开始要钱了？御主大帝从来不给它们报酬的。”

伊兰德没说话，他回想着自己在克洛兽营地的经历。“我们是人类。我们将在你的城市里生活……”

“克洛兽在改变，汉姆，”伊兰德说，“也许我们从开始就不了解它们。总之，我们得坚强，现在还没有山穷水尽。”

“如果我们的迷雾之子没有疯，也许学会坚强不会变得如此之难。她甚至不跟我们讨论一下！”

“我知道。”伊兰德说。

汉姆摇着头站起来，“大家族总是不愿意把他们的迷雾之子作为互相攻击的武器。这有一个原因，那样只会把事情变得更危险。如果赛特确实有个迷雾之子，而他打算报复……”

“我知道。”伊兰德又说了一句，然后就向两人告别。

汉姆向“幽灵”挥挥手，然后两人离开了，去找布里兹和克拉布斯商量。

伊兰德心想：他们都显得太阴郁了，就像觉得我们会因为一次挫折就面临末日似的。他一边想，一边离开房间去找吃的。不管怎么说，赛特的撤退是一件好事。我们的一个敌人走了，而外面仍然有两支敌军。只要进攻会把自己暴露给赛特，杰斯茨就不会发动进攻；而斯特拉夫出于对纹的惧怕，也不会轻举妄动。实际上，她对赛特的袭击会让我父亲更害怕。也许这就是她这样做的原因。

“陛下？”一个声音小声说。

伊兰德转身，扫视着门口。

“陛下，”阴影里有一个矮小的身影说道，是奥索尔，“我想我已经找到她了。”

除了几名卫兵外，伊兰德没有带别人。他不想向汉姆和其他人解释他的消息来源：纹仍然坚持保守奥索尔的秘密。

在马车停下来的时候，伊兰德心想：汉姆有一件事说对了。纹是在隐瞒着什么东西，她一直都是这样。

但那并不能阻止他信任纹。他对奥索尔点点头，然后他们下了马车。在靠近那栋荒废的房屋后，伊兰德挥手示意卫兵退后。这栋房子从前曾经是一个贫穷商人的店铺，这种店铺由极低等级的贵族经营，向斯卡人工人出售一些廉价必需品来换得食品代币券，然后再用后者向御主大帝交换钱币。

这栋房子是伊兰德那些收集燃料的手下还没有涉足过的，不过，这里也没有多少可用的东西了，看来它很久以前就遭受过洗劫。灰烬在地板上积了足足四寸厚，一行小小的脚印通向后面的楼梯井。

“这是哪里？”伊兰德皱着眉问。

奥索尔耸了耸肩。

“那你怎么知道她在这里？”

“我昨天晚上跟着她，陛下，”奥索尔说。“我知道她的大概方向。所以，这只是一场细心搜索的过程。”

伊兰德皱着眉头。“你肯定用上了不少卑鄙的追踪本领，坎德拉兽。”

“这副骨头有着不一般的敏锐知觉。”

伊兰德点点头。那个楼梯井通往一条末端有几个房间的长长的走廊。伊兰德沿着走廊走进去，然后停了下来。走廊的一边，墙上的一块嵌板被移开了，露出一间小小的密室。他听到里面有动静。

“纹？”他把头探进去，问道。

墙后面是一个小房间，纹正坐在后面。这个房间只有几尺宽，更像一个藏匿点，连纹也不能在里面站直身子。她没有回答，只是背靠墙坐着，别着头没有看他。

伊兰德爬进这个小房间，双膝染上了灰尘。这个空间几乎只能让他爬进去，又不会撞到纹身上。“纹，你没事吧？”

她坐在那里，手指间玩弄着什么东西。她正盯着那堵墙，通过一个小孔。伊兰德看见阳光透过那个小孔射进来。

这是个窥视孔，他意识到，可以观察下面的街道。这不是个商店，这是窃贼的藏身处。哦，是的。

“我过去认为卡蒙是个可怕的人。”纹轻声说。

伊兰德双手双膝着地，停住了。然后，他在一个狭窄的座位上坐了下来。纹看上去至少没有受伤。“卡蒙？”他问道，“你以前的团伙首领，凯尔西之前？”

纹点点头，转过头，还是双手抱膝坐着。“他经常打人，他还杀害那些反对他的人。在街上的恶棍里，他也称得上残忍。”

伊兰德有些摸不着头脑。

“但是，”纹轻声说，“我怀疑他一辈子也没我昨天晚上杀的人多。”

伊兰德闭上了眼睛，然后他睁开眼，爬得离纹更近一些，把一只手放在纹的肩膀上。“他们是敌人的士兵，纹。”

“我就像一个小孩，坐在满是虫子的房间里。”纹低声说。伊兰德终于看清了她手里的东西。那是她的耳环，她常戴的那个简单的青铜耳环。她低头看着那个耳环，在手指间玩弄着。

“我告诉过你我是怎么得到它的吗？”她问。

伊兰德摇摇头。

“是我妈妈给我的。”她说。“我不记得过程了，是睿告诉我的。我妈妈……她有时候会听到声音。她杀了我襁褓里的妹妹，屠杀了她……就像最后选中了我一样。给一个人惩罚，却给另一个人扭曲的礼物。”

纹摇着头。“我的整个生活里都是死亡，伊兰德。我妹妹的死，睿的死。团伙成员们在我周围死去，凯尔西败给御主大帝，然后我的矛又刺进后者的胸膛。我想要保护，告诉自己我从那一切里逃了出来。然后……我又干了昨晚的那些事。”

伊兰德不知道该怎么回应，只能把她拉近自己。但是，她的身子很僵硬。“你所做的事情都有很好的理由。”他说。

“不，我没有，”纹说，“我只想伤害他们。我想吓唬他们，让他们放过你。这听起来有点儿幼稚，但那就是我的感觉。”

“这不是幼稚，纹，”伊兰德说，“这是不错的战略，你向我们的敌人展示了力量。你吓跑了我们的一个主要的对手。现在，我父亲更没有胆量发起进攻了。你为我们赢得了更多的时间！”

“用几百个人的性命换回来。”

“是进入我们城市的敌军士兵，”伊兰德说，“他们保卫压迫人民的暴君。”

“那跟凯尔西的理论一样，”纹轻声说，“在他杀死贵族和他们的保镖的时候，他说他们支持最后帝国，所以他们该死。他吓唬他们。”

伊兰德不知道该怎么回答。

“就像他认为自己是上帝一样，”纹低声说，“只要他觉得对，就可以生杀予夺。我不想和他一样，伊兰德。可是，一切似乎都在把我往那个方向推。”

“我……”他想这样说：你跟他不一样。这句话千真万确，但却说不出口。那些词听起来太空洞。

于是，他把纹拉近一些，让她的肩膀靠在他的胸膛上，她的头抵着他的下巴。“要是我知道该怎么说就好了，纹。”他低声说，“看见你这样，我会更苦恼。我想把事情变得更好，我想把握住一切，但我不知道从何下手。告诉我该怎么做，只要告诉我怎么能帮得上你就行！”

她开始对他的拥抱有些抗拒，但后来叹了口气，用双手环抱着他，紧紧地搂着。“这件事你帮不了我，”她柔和地说，“我必须一个人处理。我必须要作……一些决定。”

他点点头，“你会作出正确选择的，纹。”

“你连我要决定什么都还不知道。”

“那不重要，”他说，“我知道我帮不上你，我甚至连自己的王位都保不住。唉，你的能力比我强十倍。”

她抓着他的胳膊。“别这样说话，拜托！”

他为她话里的紧张皱了皱眉头，然后点点头。“好。不过，无论如何，我信任你，纹。你作决定吧，我会支持你的。”

纹点点头，在他的臂弯里松弛了一些。“我想……”她说，“我得离开卢萨岱尔。”

“离开？然后去哪里？”

“北方，”她说，“去特里斯。”

伊兰德跌坐在地上，背靠着墙壁。离开？他的心里翻江倒海。这就是我近来过于专注政务的结果吗？

我失去她了？他想。

然而，伊兰德刚告诉过她，会支持她的决定。“要是你觉得必须走，纹，”他听到自己这样说，“那就应该那样做。”

“要是我走的话，你愿意跟我一起走吗？”

“现在？”

纹点点头，脑袋在他的胸脯上摩擦着。

“不行，”他艰难地说，“我不能离开卢萨岱尔，有这些军队在城外，我就不能走。”

“但城里的人反对你。”

“我知道，”他叹着气说，“但是……我不能离开他们，纹。他们反对我，但我不会抛弃他们。”

纹又点点头。不知道为什么，伊兰德觉得这正是她期望的回答。

伊兰德笑了，“我们俩真是一团糟，不是吗？”

“简直无可救药。”她柔声说，然后直起身子，叹了口气。她看起来是那么疲惫。房间外，伊兰德听见了脚步声。片刻后，奥索尔出现了，它把头探进了密室里。

“你的卫兵们耐不住性子了，陛下，”它对伊兰德说，“他们很快就要来找你了。”

伊兰德点点头，开始朝出口爬。来到走廊后，他伸手帮纹。纹拉着他的手爬出来，然后站在地上掸身上的灰尘，她身上穿的还是标志性的衬衣和长裤。

伊兰德不由得想知道，现在她究竟会不会再穿上长裙呢。

“伊兰德，”她在一个袋子里摸索着，“这个，你可以拿去用，要是你需要的话。”

“天金？”他不敢相信地问，“你在哪里弄来的？”

“从一个朋友那里。”她说。

“你昨晚没有用？”伊兰德问，“在和那些士兵搏斗的时候？”

“没有，”纹说，“我把它吞下去了，但到后来没用上，所以我就把它逼出来了。”

天哪！我连她没有天金都没考虑到。要是她燃烧这点天金的话，能做出什么更惊天动地的事来啊？他一边想一边看着她。“有报告说城里有另外一个迷雾之子。”

“是的，赞恩。”

伊兰德把那颗珠子放回她手里。“那你留着吧，也许你跟他打斗的时候用得上。”

“我想不会。”纹平静地说。

“无论如何留着它吧，”伊兰德说，“这是一笔小小的财富，但现在我们有再多的财富也没用了。另外，有谁会买它呢？如果我用它来收买斯特拉夫或赛特，他们只会更加确定我留着那批天金来对付他们。”

纹点点头，然后转向奥索尔。“带着这个，”她把珠子递向它，“这颗珠子大得足以让别的熔金术师把它从我身上拉走了。”

“我会用性命守护它的，主人。”奥索尔说。它肩上的皮肉裂出一道缝隙，把那颗金属裹了进去。

纹转过身，跟着伊兰德走下台阶，跟下面的卫兵们会合了。

我熟悉我的记忆。我了解那些目前其他先知创世师所传诵的事情。

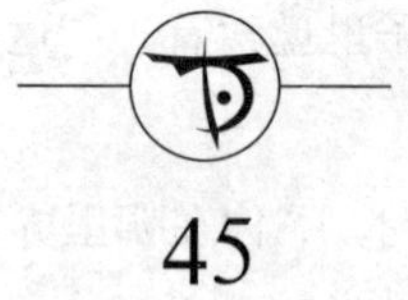

45

“永世英雄将不会是特里斯人。”婷德薇尔边读，边在列表的最底部写下一条笔记。

“我们已经知道这个了，”萨奇德说，“那本日志里说过。”

“是的，”婷德薇尔说，“但阿兰迪的记录只是一个参考，只是间接地提到了预言的影响。我发现有人引用过这个预言的原文。”

“真的？”萨奇德兴奋地问，“在哪里？”

“《海莱恩传记》，”婷德薇尔说，“他是克莱尼姆议会的最后幸存者之一。”

“写出来给我看看。”萨奇德把椅子朝婷德薇尔移近一点，一边看着她写，一边急切地眨着眼睛，他的脑子因为疲劳而眩晕了片刻。

保持警醒！他告诫自己，剩下的时间不多了，确实不多了……

婷德薇尔的情况比他好一点，但她的清醒显然也正在耗尽，因为她的精神也开始变得萎靡。他晚上在她的地板上小憩了片刻，但她一直没有休息。就他所知，婷德薇尔已经保持清醒状态一个多星期了。

婷德薇尔写道：

在那些天里，关于拉布赞的讨论很多。有人说他会和征服者作战；另一些人说他本人就是征服者。海莱恩没有对我们了解的事件作自己的评论。拉布赞据说是“不仅代表他的人民的利益，还满足他们的所有愿望”。如果是这样的话，那么征服者也许就是那个人。据说他来自克莱尼姆。

她在这里停了笔。萨奇德皱着眉头，把那些句子重新读了一遍。柯万最后的证词，就是萨奇德从瑟伦堡取得的拓片，它的用处已经通过不止一种途径得到了证实。它是一把钥匙。

柯万是这样写的：

直到几年后，我才开始相信阿兰迪是永世英雄。永世英雄，在克莱尼姆语里叫拉布赞，也被称为厄纳姆内斯……

那张拓片就像在翻译什么，不是语言之间的翻译，而是近义词之间的翻译。由此看来，永世英雄也有着其他的名字：一个如此重要的人物，有着这么多传说的人物，会拥有很多名号。然而，那些过往的岁月遗失了太多的东西。拉布赞和厄纳姆内斯对萨奇德而言都是神话里模糊不清的人物，不过，他们是众多人物里唯一被提到的两个。直到发现拓片后，他们的名字才和永世英雄产生了关联。

现在，婷德薇尔和萨奇德可以在他们的金属智库里有目的地搜寻了。也许，过去萨奇德曾经阅读过《海莱恩传记》里的每一个段落，他至少浏览过很多年代更久的记录，在其中寻找宗教的资料。然而，他绝不会意识到那些段落和永世英雄有关，一个特里斯传说里的人物被克莱尼姆人以他们的语言重新起了名字。

“啊……”他缓慢地说，“很好，婷德薇尔，很好的资料。”他伸出手，把手放在婷德薇尔的手上。

“也许吧，”她说，“尽管没有告诉我们什么新东西。”

“嗯，不过这段话也许很重要，我想。”萨奇德说，“宗教界常常对他们的著述非常认真。”

“特别是传记，”婷德薇尔微微皱着眉。她不喜欢任何有迷信和预言味道的东西。

“我本来以为，”萨奇德指出，“考虑到我们的事业，你会抛弃这样的偏见。”

“我收集信息，萨奇德。”她说，“因为这是有关人类的记录，可以鉴往知来。我研究历史是为了和宗教进行对照，我并不赞成那种永恒不灭的谎言。”

“这就是你对我传授宗教的看法吗？”他饶有兴趣地问。

婷德薇尔看着他。“有点，”她承认，“你怎么能教那些人去期待死去祖先信奉的上帝呢，萨奇德？那些宗教对他们的人民没什么好处，它们的预言也早已归入尘土。”

“宗教是一种希望的表达，”萨奇德说，“那些希望会给人力量。”

“那么你本人是不相信的？”婷德薇尔问，“你只是给人们一些东西去相信，去麻醉他们自己。”

“我不那样看。”

“那么你认为你宣扬的那些上帝确实存在？”

“我……我认为他们值得被人记住。”

“包括他们的预言？”婷德薇尔说，“我明白我们所做的这些事的学术价值，弄清楚过去的事实能为我们带来关于当前难题的信息。然而，这个关于未来的预言，在本质上是愚蠢的。”

“我不这样看，”萨奇德说，“宗教是一些承诺，承诺冥冥中有神祇看护我们，指引我们。所以，预言是人们的要求和希望的自然延伸。根本不愚蠢。”

“所以，你的兴趣是来自纯粹的学术性？”婷德薇尔说。

“我不这样看。”

婷德薇尔打量着他，盯着他的眼睛。她轻轻地皱着眉头。“你相信那件事，对吗？”她问道，“你相信那个女孩是永世英雄。”

“我还没有断定。”萨奇德说。

“你怎么会想这种事，萨奇德？”婷德薇尔问，“难道你不明白吗？希望是好事，是美妙的事物，但一定得选择适当的对象。要是你总是抱着过去的梦想不放，那么你就扼杀了自己未来的梦。”

“要是过往的梦想值得被人铭记呢？”

婷德薇尔摇着头说：“看看这个可能性，萨奇德。这样的几率会有多大？我们研究着这些拓片，恰恰在永世英雄本人的家里。”

“在涉及到预言的时候，几率是不相干的。”

婷德薇尔无奈地闭上了眼睛。“萨奇德……我认为宗教是好东西，信仰也是好东西，但从几个含糊的句子里寻找指引是在干傻事。看看上次有人认为自己发现永世英雄后发生了什么。御主大帝，最后帝国，这就是后来的结果。”

“我还是希望。如果你不相信这些预言，那为什么这样辛苦地工作，来寻找关于黑暗力量和英雄的信息呢？”

“很简单，”婷德薇尔说，“我们显然面临着一场过去曾经降临过的危机，一个再次出现的麻烦，就像瘟疫自己消失，却在几个世纪后再次降临一样。古人认识过这场灾难，有相关的信息。那些信息自然地演化成传说、预言，甚至宗教。那么，关于我们现状的线索就隐藏在过去。这不是预言的问题，而是和研究有关的问题。”

萨奇德把手放在她的手上。“我觉得，这大概是件我们不能取得一致的事。来吧，让我们回到研究上来。我们得好好利用剩下的时间。”

“我们没事的，”婷德薇尔把额头上的一绺头发往后掠了一下，说，“显然，你的英雄昨天晚上把赛特吓跑了。给我们送早饭的女仆说起了这件事。”

“我知道。”萨奇德说。

“这样一来，卢萨岱尔的局势就好转了。”

“是的，”萨奇德说，“大概吧。”

她有些不解，“你似乎有隐忧。”

“我不知道，”他垂下眼睛，说，“我感觉赛特的离开不是好事，婷德薇尔。不知道为什么感觉很不对劲。我们得尽快完成这些研究。”

婷德薇尔抬起头。“多快？”

“我想，我们尽量今晚完成。”萨奇德看着自己堆在桌子上的一摞没有装订的资料，说。这些资料里包括所有的笔记、思想，还有他们在激烈的讨论中找到的联系。这是一本书，差不多是一本讲述永世英雄和黑暗力量的指南，这也是一份很好的文献。考虑到他们付出的时间，这简直不可思议。这份资料并不完备，不过，这也许是他写出的最重要的一份东西。

虽然他还没想通为什么。

“萨奇德？”婷德薇尔皱起眉头，问道，“这是什么？”她把手伸向那叠纸，从里面抽出了一张放得稍有些歪的。在她举起那张纸的时候，萨奇德震惊地发现那张纸右下角被撕掉了一大块。

“是你撕的吗？”她问。

“不，”萨奇德说，接过那张纸。那是拓片副本里的一张，被撕掉的差不多是最后一个句子。但是，那张被撕掉的残片找不到了。

萨奇德抬起头，看着婷德薇尔迷惑的目光。她转过头，从旁边的一叠纸里抽出另一份副本，拿起来。

萨奇德不由感到一阵寒意，这份副本也缺了一个角。

“我昨天还参考过这份文件，”婷德薇尔说，“然后我只离开过房间几分钟，而你是始终在这里的。”

“你昨晚离开过没有？”萨奇德问，“在我打盹的时候去盥洗室？”

“可能吧，我不记得了。”

萨奇德盯着那张纸坐了一会儿，两张纸的撕裂痕迹令人惊奇地吻合。婷德薇尔显然也有同样的感觉，她把两张纸放在一起比较。裂痕完美吻合，就连最细微的撕裂纹路也完全相同。就算把两张纸叠在一起去撕，也不可能形成这样完美对应的痕迹。

两人目瞪口呆地坐着，然后同时开始行动起来，在资料里翻看。萨奇德有四份副本，所有这些副本都失掉了同样的部分。

“萨奇德……”婷德薇尔的声音有点发颤。她拿起一张纸，这张纸只有半页内容，文字截止在靠近中部的地方。这张纸的中间被撕了一个洞，记载着相同句子的地方被撕掉了。

“那些拓片！”婷德薇尔叫出了声，不过萨奇德已经行动起来。他飞快地从椅子上站起来，跑到他放置金属智库的箱子旁。他笨拙地摸索到挂在脖子上的钥匙，把它取下来开锁。他掀开箱子，取出拓片，然后小心地把拓片在地上摊开。他突然抽回了手指，感觉像被什么咬了一样，他看见了拓片底部的撕裂痕迹。拓片上记录同样句子的部分，也不翼而飞了。

“这怎么可能？”婷德薇尔喃喃地说，“别人怎么可能对我们的工作如此熟悉，对我们这么了解？”

“可是，”萨奇德说，“他又怎么会对我们的能力一无所知？我把完整的副本存在我的金属智库里了，我可以马上回忆出来。”

“那丢失的句子说的是什么？”

“一定不能让阿兰迪到达升华之井，不能让他把那力量占为己有。”

“为什么要拿掉这句话呢？”婷德薇尔问。

萨奇德盯着那张拓片，这似乎是不可能的……

窗口传来了什么声音。萨奇德转过身，条件反射地把意识探入白蜡智库，增进自己的力量。他的肌肉膨胀起来，他的长袍变紧了。

窗扇打开了。纹的身影一闪，出现在窗台上。当她看到萨奇德和婷德薇尔时不禁愣住了，婷德薇尔显然也抽取了力量，变得几乎像男子一样魁梧。

“我做错了什么吗？”纹问道。

萨奇德微笑着，释放了他的白蜡智库。“没有，孩子，”他说，“你只是让我们受了点儿惊。”他和婷德薇尔对视了一眼，后者开始整理那些撕裂的纸片。萨奇德把拓片叠好，他们打算随后再深入讨论。

“你见过什么人在我的房间附近长时间逗留吗，纹女士？”萨奇德在放回拓片时问道，“任何陌生人，或者任何特别的卫兵？”

“没有。”纹跳进了房间。她和平时一样，是光着脚走路的，而且也没穿迷雾斗篷。在白天里，她很少穿迷雾斗篷。要是她前一天晚上跟人打斗过，那她肯定换过衣服，因为在她的衣服上没有看到血迹，或者汗迹。“你想让我留心一下任何可疑的人物吗？”

“是的，拜托，”萨奇德把箱子锁好，“我们怀疑有人翻看过我们的东西，虽然我们对他的动机感到很迷惑。”

纹点点头。萨奇德回到自己的座位上，但纹一动不动。她盯着他和婷德薇尔看了一会儿。

“我想跟你谈谈，萨奇德。”纹说。

“我想，我可以抽些时间出来，”萨奇德说，“但是，我必须告诉你，我的研究工作非常急迫。”

纹点点头，然后看着婷德薇尔。最后，后者叹口气，站了起来。“我得去看看午饭准备得怎么样了。”

门关起来后，纹稍稍轻松了一些，然后她走到桌子旁，在婷德薇尔的椅子上坐下来。

“萨奇德，”她问道，“你怎么知道自己是不是在恋爱？”

萨奇德眨着眼睛。“我……在这个话题上，不是一个合适的讨论对象，纹女士。我对此了解甚少。”

“你总是这样说话，”纹说，“可是说真的，你几乎在一切事情上都是专家。”

萨奇德展颜一笑。“在这件事上，我可以向你保证，我确实力不从心，纹女士。”

“可是，你毕竟还是知道一些。”

“也许，有一点，”萨奇德说，“告诉我，当你跟年轻的樊乔领主在一起的时候，你的感觉是什么？”

“我想让他抱着我，”纹把头转到一旁，看着窗户外面，轻声说，“我希望他跟我说话，即使我理解不了他说的是什么。为了让他跟我在一起，我愿意做一切事。为了他，我希望自己变得更好。”

“那似乎是个很好的信号，纹女士。”

“可是……”纹低着头，“我对他来说没有好处，萨奇德。他害怕我。”

“害怕？”

“嗯，至少他跟我在一起会不舒服。那天议会遭到袭击的时候，我看见了他看着我和刺客战斗时的表情。他摇摇晃晃地离开了我，萨奇德，是被吓的。”

“他只是看见一个人被杀，”萨奇德说，“樊乔领主对这些事经历不多，纹女士。那不是因为你，我想，那只是面对可怕死亡的一种自然反应。”

“无论如何，”纹又回头看向窗外，“我不想让他那样看我。我想做他需要的那种女孩子：支持他的政治方案，大方得体，也能在他沮丧的时候安慰他。可是，那不是我。你训练过我装扮宫廷里的女人，萨兹，但我们都知道我在那方面做得不好。”

“但樊乔领主爱上了你，”萨奇德说，“因为你和其他女人的举止不一样。尽管有凯尔西领主的干涉，尽管你知道所有的贵族都是我们的敌人，伊兰德还是爱上了你。”

“我本来不该让他这样的，”纹轻声说，“我应该和他保持距离，萨兹，为了他好。那样，他就能爱上别人，一个比我更适合他的人，一个不会在沮丧时去杀死几百个人的人，也配得上他的爱情的人。”

萨奇德站起来，走到纹身旁。他蹲下身子，平视着她，把一只手放在她的肩膀上。“唉，孩子。你什么时候才能不再心事重重，安心接受自己的爱情呢？”

纹摇摇头。“没那么容易。”

“世上容易的事不多。然而，我告诉你，纹女士。我想，爱情必须是双向的，如果不是，那就不是真正的爱情。那是另外的感情，迷恋，也许是吧？不管怎么说，总有过于草率的人飞蛾扑火。我们站在旁边，注视着，认为自己因为迟钝而做对了。我们感到痛苦，为了我们自身，或者因为别人。”

他握着她的肩膀。“但是……那是爱吗？认定伊兰德跟你没有可能就是爱吗？或者说，让他在这件事上自己决定就是爱吗？”

“要是我不是适合他的人呢？”纹问道。

“你一定是爱他爱得过了火，就算你不赞同他，也要信任他的意见。你肯定尊重他的做法，不论你觉得他的想法多么离谱，也不论你认为他的决定如何差劲，你肯定尊重他作出这些决定的理由，虽然其中的一个决定是爱你。”

纹微微一笑，但她还是显得很烦恼。“可是……”她迟疑地说，“要是我，还有别的人呢？”

啊……

她突然紧张起来。“你千万别告诉伊兰德我说的这些话。”

“我不会的，”萨奇德答应了，“那个人是谁？”

纹耸耸肩膀。“只是……一个更像我自己的人，就像那种同路人。”

“你爱他吗？”

“他很强大，”纹说，“他常常让我想到凯尔西。”

这么说还有另一个迷雾之子，萨奇德想。在这件事上，他知道自己不能偏心。他对第二个人一无所知，无法评判。保管师的职责是提供信息，而不是给出明确的建议。

然而，萨奇德从来不是个循规蹈矩的人。他不认识另外那个迷雾之子，没错，但他了解伊兰德·樊乔。“孩子，”他说，“伊兰德是个难得的好人，自从你跟他在一起后，你已经变得快活多了。”

“但是，他也是我爱上的第一个人，”纹轻声说，“我怎么知道这就是对的？难道我不应该更加关注一个更适合我的人吗？”

“我不知道，纹女士。我对此确实一无所知。我提醒过你我在这个领域的无知。但是，你真的希望找到一个比伊兰德领主更好的人吗？”

她叹着气。“真让人失望，我现在应该关心的是这座城市和黑暗力量，而不是晚上该跟哪个男人约会。”

“当我们自己的生活处于混乱的时候，去考虑保卫别人是很困难的。”

“我得作个决定，”纹站起身，朝窗户走去，“谢谢你，萨奇德。谢谢你倾听……谢谢你再次回城。”

萨奇德微笑着点点头。纹推着不知什么地方的金属，返身从开着的窗户里跳了出去。萨奇德叹息一声，揉着眼睛走到房门旁，把门拉开了。

婷德薇尔正环抱双臂站在门外。“如果我不知道我们的迷雾之子有着少女一样多变的情感，”她说，“我想我在这座城市里会感觉更舒适一些的。”

“纹比你想象的稳定得多。”萨奇德说。

“萨奇德，我养育过十五个女儿，”婷德薇尔走进房间，说，“少女的情绪都不稳定，只是有些人比其他人更擅长掩饰而已。”

“那么，就庆幸她没有发觉你在偷听吧，”萨奇德说，“她常常因为这种事变得歇斯底里。”

“纹在察觉特里斯人方面的水平很差，”婷德薇尔挥挥手说，“我们要感谢你。她看起来很看重你的建议。”

“虽然我的建议不太好。”

“我认为你的话非常明智，萨奇德，”婷德薇尔坐下来，“你本该成为一个优秀的父亲。”

萨奇德困窘地低下了头，然后他也坐了下来。“我们应该——”

外面响起了敲门声。

“又怎么了？”婷德薇尔问道。

“你给我们叫了午饭吗？”

婷德薇尔摇摇头。“我根本没离开门口。”

片刻后，伊兰德探头进了房间。“萨奇德，我能跟你说几句话吗？”

“当然，伊兰德领主。”萨奇德站起身说。

“太好了，”伊兰德说着，迈着大步走进房间，“婷德薇尔，你可以离开了。”

婷德薇尔翻着白眼，恼火地朝萨奇德看了一眼，但还是起身从房间里走了出去。

“谢谢你。”伊兰德在她关上房门时说。“请坐。”他朝萨奇德摆摆手。

萨奇德坐了下来。伊兰德深深吸了口气，双手在背后紧握在一起。他已经重新穿上了那套白色的制服，尽管情绪明显低落，但他站立的姿势还保持着居高临下的气势。

萨奇德心想：某人偷走了我那个学者朋友，然后在他的位置上放了个国王。“我想这件事和纹女士有关，伊兰德大人？”

“是的，”伊兰德边回答边开始踱步，一只手挥动着，“她真不讲道理，萨奇德。我希望——该死，我还指望她有点理性呢。她不仅仅是个女人，她是纹。可是，她让我不知道如何是好。一分钟前她似乎对我很温柔，就像从前城里没有这么多麻烦的时候；下一分钟她就变得冷若冰霜，拒人于千里之外。”

“也许她也在困惑。”

“也许吧，”伊兰德表示同意，“可是我们中间难道不应该至少有一个人明白我们的关系出了什么问题吗？说老实话，萨兹，有时候我觉得我们差异太大，走不到一起去。”

萨奇德笑了。“哦，我可不知道，伊兰德大人。你也许会对你们俩如出一辙的表现感到惊讶的。”

“我很怀疑，”伊兰德继续踱着步，“她是迷雾之子，我只是个平常人；她是街头长大的，我是在官邸里；她聪明而有心计，我则是个书呆子。”

“她非常有能力，你也一样，”萨奇德说，“她被哥哥折磨，你被自己的父亲折磨。你们都痛恨最后帝国，并且与之作战。而且你们都对事情应该如何想得太多，而不是想现在如何。”

伊兰德止住脚步，看着萨奇德，“这话是什么意思？”

“我的意思是，我觉得你们两个人很合适，”萨奇德说，“我是不该作这种评判的，没错，这个意见只是来自过去几个月和你们没怎么见面的人。但是，我相信这是事实。”

“那我们的差异呢？”伊兰德问。

“乍看起来，钥匙和锁的配合也许有很多差异，”萨奇德说，“形状不同，功能不一样，设计也有差异。不了解它们实质的人也许觉得它们是对立的，因为一个是为了打开，另一个则是为了锁闭。然而，在经过近距离考察后，人们会认识到缺少了两者之一，另一个就变得毫无用处。有智慧的人就会明白锁和钥匙是基于同一目的创造出来的。”

伊兰德笑了。“有时候你应该写一本书，萨奇德。这比我读过的任何书都深刻。”

萨奇德的脸红了，他看看桌面上的那叠纸。它们会是他的遗产吗？他不能肯定它们是否深刻，但它们确实代表着他灌注了最大心力所作的原创性写作尝试。没错，里面有着大量的引用和参考，但很多文字也包含了他的思考和注释。

“那么，”伊兰德说，“我该怎么做呢？”

“关于纹？”萨奇德说，“我的建议是，给她和你自己再多点时间。”

“现在的时间非常珍贵，萨兹。”

“什么时候不是呢？”

“在你的城市没有被两支军队包围的时候，”伊兰德说，“其中一支军队的首领是个妄自尊大的暴君，另一支军队的首领则是个孤注一掷的傻瓜。”

“是的，”萨奇德缓缓地说，“你也许说得对。我该继续做研究了。”

伊兰德皱起眉头，“可是，你研究的究竟是什么？”

“这些事恐怕和你当前的难题关系不大，”萨奇德说，“婷德薇尔和我正在收集和编辑关于黑暗力量和永世英雄的文献。”

“黑暗力量……纹也提到过。你真认为它会回来？”

“恐怕它已经回来了，伊兰德大人，”萨奇德说，“它从未离开过，真的。我相信黑暗力量就是迷雾，不管是在过去还是现在。”

“可是，为什么……”伊兰德说，然后举起一只手，“等你完成研究后，我会阅读你的结论。现在我的精力分散不起。谢谢你，萨奇德，为你的忠告。”

好啊，一个真正的国王，萨奇德想。

“婷德薇尔，”伊兰德说，“你现在可以进来了。萨奇德，日安。”伊兰德朝门口转过身，门吱呀着慢慢打开了。婷德薇尔走了进来，脸上带着掩饰不住的难堪。

“你怎么知道我就在外面？”她问。

“我猜的，”伊兰德说，“你和纹一样坏。总之，你们两位，日安。”

婷德薇尔皱着眉头看着他离开，然后把目光转向萨奇德。

“你的训练的确对他起了很好的作用。”萨奇德说。

“好得过火了，”婷德薇尔坐下来，“事实上，我认为要是那些人让他继续领导，他也许已经找到拯救这座城市的办法了。来吧，我们得继续工作了。这一次，我确实找人弄午饭了，所以我们得在午饭送来之前尽可能多做点事。”

萨奇德点点头，坐下来拿起了笔。可是，他觉得很难把注意力集中在工作上。他的脑子里一直想着纹和伊兰德的事。他也不太明白为什么让他俩的关系继续发展下去会如此重要。也许只是因为他们都是他的朋友，所以他希望看到他们快乐。

也许还有别的原因。这两个人是卢萨岱尔最优秀的人物，斯卡人地下组织里最强大的迷雾之子和贵族文化产出的最高尚的领导人。他们都需要对方，而最后帝国也需要他们两个人。

另外，在他的研究里，永世英雄，这个用在许多特里斯预言里的特殊名词是中性的，确切的意思是“它”，尽管一般翻译成现代语言的“他”，但在他的书里，每一个“他”也同样可以被写成“她”。如果纹确实是永世英雄……

我要找个让他们逃出生天的办法，他突然认识到。如果卢萨岱尔陷落，这两个人一定不能在城里。

他把那些笔记放到一边，立刻匆匆写了几封信。

这两者是不同的。

46

布里兹嗅到了两条街外的阴谋。和他的大多数窃贼同伴不同，他不是在贫穷环境里长大的，也不曾被迫过隐姓埋名的生活。他成长在一个残酷得多的地方：一个贵族的宫廷里。幸运的是，其他团伙成员并没有因为他的纯贵族血统而对他另眼相看。

当然，那是因为他们根本不知道这件事。

他接受的教养使他对一些事物有特别的理解力，他怀疑任何一个斯卡人窃贼，无论他多有能力，多么博学，都会有所欠缺。斯卡人的算计给人以残忍的感觉，它关系到赤裸裸的生死问题。你背叛你的同伙，为了钱，为了权力，或者为了保护自己。

在贵族的宫廷里，阴谋会更抽象一些。背叛并不经常随着一方的死亡而终结，阴谋的根须可能会绵延几代。这是一个游戏，极其复杂。事实上，年轻的布里兹觉得斯卡人秘密组织不加遮拦的残忍更另人耳目一新。

他啜了一口暖暖的热葡萄酒，看着手里的那张字条。他原本以为他不必再担心团伙里的阴谋集团了：凯尔西的团伙是个紧密得令人厌恶的组织，布里兹在他的熔金术力量范围里，力所能及地维持着这种状况。他见识过内斗对一个家族能造成怎样的后果。

这正是这封信使他如此惊讶的原因。尽管装成若无其事的语气，但他轻而易举觉察了一些迹象。书写时匆忙的速度，有些地方涂掉却没有重写。诸如“无需告诉其他人这件事”和“不想引起注意”之类的措辞。额外加上的几滴火漆，把信纸的上缘也沾染了，仿佛是为了防止窥探的眼睛所作的另一重保护。

没错，这封信是用公文的语气。布里兹曾经受邀参加过一次密谋的会议。可是，老天啊，为什么在所有人里，萨奇德希望进行秘密会晤呢？

布里兹长叹一声，抽出决斗手杖来稳住身子。在站立的时候，他有时候会感到眩晕。这是他一直都有的小毛病，但这个小毛病最近几年变得越来越严重了。等眼前变得清晰起来后，他扭转头，朝正睡在他床上的奥瑞安娜看了一眼。

我也许更应该为她感到内疚，他一边想，一边不情愿地在长裤和衬衣外套上外衣和斗篷。可是……唉，毕竟几天后我们都会没命。下午和克拉布斯的一席长谈无疑会让人更加明白自己的命运。

布里兹漫步走出房间，走在樊乔家昏暗的、缺乏照明的走廊上。他想：说心里话，我理解节约灯油的价值，可是即使没有这些黑暗的走廊，现在的形势也够让人压抑的了。

会面的地点拐几个弯就到了。布里兹很容易就找到了那里，因为有两名士兵在门外警戒着。那是德默克斯的人，士兵们会忠诚地向他们的长官汇报的。

有意思，布里兹心想。他继续躲在侧面的走廊里，用自己的熔金术力量影响那两个人，带走他们的轻松和镇定，留下紧张和焦虑。两个士兵开始变得焦躁不安，行动迟缓。最后，一名士兵转身打开门，察看房间内部。这个动作让布里兹完完全全地看到了房间里面的内容。只有一个人坐在里面，萨奇德。

布里兹静静地站着，想决定下一步的行动。在那封信里没有任何罪证；这也不可能是伊兰德设下的圈套，不是吗？一场试图找出哪个团伙成员会背叛他的隐晦测试？对这个天性善良的孩子来说，这种试探似乎过于荒谬了。另外，即使这是真的，萨奇德也应该找一件比在某个秘密地点私下会晤更有难度的事情给自己做。

房门关上了，那名士兵回到了自己的岗位上。布里兹心想，我应该信任萨奇德，不是吗？不过，如果应该信任他，那又为什么要这样偷偷摸摸地会面呢？是我反应过度了吗？

不，那些士兵证明萨奇德担心这次会面被人发现。这有些可疑。要是别人的话，布里兹就直接找伊兰德了。但是萨奇德……

布里兹叹了口气，然后迈步走进走廊，决斗手杖丁丁当当地拖在地板上。不妨看看他要说什么吧。另外，如果萨奇德在策划什么可疑的事情的话，那就值得冒险去看看。除了这封信，除了这个奇怪的环境，布里兹觉得很难想象特里斯人会牵涉到一些完全不诚实的事情中来。

也许御主大帝也有着同样的难题。

布里兹朝两名士兵点点头，抹去他们的焦虑并使他们的心情平和。布里兹愿意冒险赴会还有另一个原因：他刚刚才意识到他的状况是多么危险。卢萨岱尔很快就会陷落，过去三十年的地下生活经历赋予他的每一种本能都在告诉他快逃。

这种感觉使他更愿意冒险。如果是几年前，布里兹早已经弃城而去了。该死的凯尔西，他一边想，一边推开了门。

萨奇德吃惊地抬起了头。房间里空空落落，只有几张椅子，亮了两盏灯。“你来早了，布里兹大人。”萨奇德迅速站了起来。

“当然来得早了，”布里兹厉声说，“我得确认一下这是不是什么圈套。”他顿了一下。“这不是圈套，对吗？”

“圈套？”萨奇德问，“你在说什么？”

“唉，别装得这么惊讶，”布里兹说，“这不是简单的会面。”

萨奇德显得有些窘迫。“这个……有那么明显吗，真的？”

布里兹坐下来，把手杖放在膝盖上，很能说明问题地盯着萨奇德，同时用抚慰的力量使他感觉更难为情一些。“你曾经帮助我们打倒了御主大帝，亲爱的朋友，不过你在不引人注目上还有很多要学习。”

“对不起，”萨奇德坐下来说，“我只希望尽快会面，来讨论几个……敏感的问题。”

“哦，我建议你把卫士打发走，”布里兹说，“他们让这间屋子变得很显眼。然后，多点几盏灯，给我们来点吃的或喝的。如果伊兰德走进来，我假定我们想躲开的是伊兰德。”

“是的。”

“哦，要是他进来看到我们坐在黑暗里，互相注视着，一副鬼鬼祟祟的样子，他就知道出事了。你越刻意表现得自然，也越容易显得不自然。”

“唉，我明白了，”萨奇德说，“谢谢你。”

门开了，克拉布斯一瘸一拐地走进来。他看看布里兹，然后看看萨奇德，然后走到一把椅子旁。布里兹瞟了萨奇德一眼，没有惊讶的表情。克拉布斯显然也收到了邀请。

“把那些卫兵打发走。”克拉布斯厉声说。

“马上，克拉登特大人。”萨奇德站起来，慢慢走到门边。他向两个卫士简短交代了两句，然后重新回到房间里。在萨奇德就座时，汉姆把头伸进了房间，一脸狐疑。

“等等，”布里兹说，“有多少人要来参加这个秘密会议？”

萨奇德示意汉姆坐下来。“所有……团伙成员里比较有经验的人。”

“你指的是除了伊兰德和纹之外的每个人。”布里兹说。

“我也没有邀请莱斯特伯恩斯大人。”萨奇德说。

是的，但“幽灵”不是我们要隐瞒的人。

汉姆犹豫着坐下来，朝布里兹询问地看了一眼。“那么……我们到底是为了什么要瞒着我们的迷雾之子和国王聚会呢？”

“不再是国王了。”门口响起了一个声音，道克森走进来坐了下来，“事实上，也可以说伊兰德不再是我们的团伙首领了。他因为偶然事件坐上了那个位置，正像他突然变成国王一样。”

汉姆涨红了脸。“我知道你不喜欢他，道克森，但我们不是来这里商议叛国的。”

“没有国王就谈不上叛国，”道克森说，“我们准备干什么呢？留在这里做他的家仆？伊兰德不需要我们。也许到了把我们的忠诚转移给彭罗德领主的时候了。”

“彭罗德也是个贵族，”汉姆说，“不要告诉我你喜欢他胜于喜欢伊兰德。”

道克森轻轻在桌子上砸了一拳。“这跟我喜欢谁无关，汉姆。这和我们要看着凯尔西甩给我们的这个该死帝国的继续存在有关。我们已经花费了一年半时间清理他留下来的烂摊子。你想眼看着这些工作白白浪费吗？”

“拜托，绅士们。”萨奇德说，试图打断这场争论，但显然不成功。

“工作，道克斯？”汉姆红着脸说，“你做了什么工作？你除了在别人提出计划时坐在那里发牢骚外还做了什么？”

“发牢骚？”道克森厉声说，“你知道要维持住这座城市不让它自己垮掉要做多少管理工作吗？你又干了些什么，汉姆？你拒绝指挥军队，只会喝酒和跟朋友们较量武艺。”

够了，这样下去，我们在被斯特拉夫处决之前就互相被对方掐死了，布里兹一边安抚这些人，一边想。

道克森背靠在椅子上，对汉姆摆了摆手，后者仍然涨红着脸。萨奇德愣在那里，显然被这场争吵搞得很伤脑筋。布里兹拂去他的不安全感。你是这里的主持人，萨奇德。告诉我们这是要来干什么的吧。

“各位，”萨奇德说，“我叫大家来不是来争吵的。我理解你们都很紧张，考虑到我们的环境，这是可以理解的。”

“彭罗德打算把我们的城市交给斯特拉夫。”汉姆说。

“那也比让他杀了我们强。”道克森反对。

“事实上，”布里兹说，“我认为我们不用担心斯特拉夫杀我们。”

“不用？”道克森皱着眉问，“你有什么没和我们分享的情报吗，布里兹？”

“哦，别自以为是了，道克斯，”汉姆叫道，“你一直因为在凯尔死后没有当上头儿不高兴。那才是你不喜欢伊兰德的真正原因，不是吗？”

道克森的脸变成了猪肝色。布里兹叹着气，同时给两人施加了一次强力的安抚。他们俩的身子都轻轻一跳，就像被针刺到一样，尽管他们真实的感觉恰恰相反。他们曾经不稳定的情绪，在顷刻间变得麻木而迟钝。

两人都看向布里兹。

“是的，”他说，“当然，我在安抚你们。说老实话，我知道哈蒙德有点不成熟，可是你，道克森？”

道克森揉着额头，松弛下来。“你可以放手了，布里兹，”过了一会儿，他说，“我会管住我的舌头。”

汉姆嘴里嘟囔着，把一只手放在桌子上。萨奇德看着两人的交锋，感到有些震惊。

这就是我们这些人的样子，亲爱的特里斯朋友，布里兹想，他们在失去希望时就会这样。他们在那些士兵面前也许能保持风度，但如果让他们单独跟朋友一起……

萨奇德是特里斯人，他的整个人生是被剥削压迫着的。但这些人，包括布里兹本人，是习惯胜利的。即使在极为不利的情况下，他们也充满信心。他们是那种就算去天堂挑战上帝，也指望得到胜利的人。他们不擅长对待失败。当然，当失败意味着死亡，又有谁能够面对？

“斯特拉夫的军队正在准备开拔，”克拉布斯说，“他做得很巧妙，但还是看得出来。”

“这么说，他打算夺城了，”道克森说，“我在彭罗德宫里的人说议会给斯特拉夫一封接一封地送公文，几乎在乞求他来占领卢萨岱尔了。”

“他不会夺城的，”克拉布斯说，“至少，只要他聪明就不会来。”

“纹仍然是个威胁，”布里兹说，“斯特拉夫不像身边有迷雾之子保护的样子。如果他进入卢萨岱尔，我想他没什么办法阻止纹刺杀他。所以，他会采取别的举动。”

道克森皱起眉头，朝汉姆瞟了一眼，后者耸了耸肩膀。

“这确实相当简单，”布里兹用决斗手杖敲着桌子说，“为什么呢？连我都想得出来。”克拉布斯哼了一声：“如果斯特拉夫装作撤退的样子，克洛兽也许会为他攻打卢萨岱尔。它们太老实，肯定不懂得一支隐藏起来的军队有什么威胁。”

“如果斯特拉夫撤退，”克拉布斯说，“杰斯茨肯定不能把它们控制在城外。”

道克森眨眨眼睛。“但它们会……”

“屠杀？”克拉布斯问道，“是的。它们将掠夺城里最富裕的地区，也许最终会把城里大多数贵族杀掉。”

“消灭那些威胁斯特拉夫的人，他们反抗他的意志，也深知他的骄傲自大。”布里兹补充说，“事实上，这些怪物有很大的可能杀死纹。如果克洛兽破城而入，你们能想象她不加入这场战斗吗？”

房间里陷入了沉寂。

“但是，事实上这不能帮助斯特拉夫得到这座城，”道克森说，“他仍然要和克洛兽作战。”

“没错，”克拉布斯愁眉不展地说，“但他们应该攻下了一些城门，更不用说也踏平了很多房屋。这就给斯特拉夫进攻被削弱的对手提供了一块干净的战场。另外，克洛兽不会制定战略，对它们而言，城墙不能提供什么帮助。对斯特拉夫来说，这简直是再有利不过了。”

“他将被视为拯救者，”布里兹平静地说，“如果他在适当的时间返回。在克洛兽攻破城防和士兵作战的时候，但在他们对斯卡人居民区造成严重破坏之前，他就可以解放那些人，并把自己变成他们的保护者，而不是他们的占领者。因为熟悉这些人的感受，我相信他们会欢迎他的。此刻，对他们而言，一个强硬的领袖比钱财在他们的口袋而权力归于议会要有意义得多。”

在大家思索着这番话时，布里兹在看着萨奇德，后者仍静静地坐着。他说得是那么少，到底在玩什么把戏？为什么要把团伙召集起来？难道他有足够的预见力，知道他们在没有伊兰德的道德心捣乱的情况下，需要作这样一场开诚布公的讨论？

“我们可以让斯特拉夫得偿所愿，”道克森说。“我指的是，取得这座城市。我们可以作出纹不动手的承诺。如果形势不可挽回的话……”

“道克斯，”汉姆静静地说，“要是凯尔听到你这样说，他会怎么想？”

“我们也可以把城市交给杰斯茨·勒卡尔，”布里兹说，“也许我们能劝他让斯卡人过有尊严的生活。”

“并让两万头克洛兽进城吗？”汉姆问道，“布里兹，你知道那些家伙能做出什么事来吗？”

道克森敲了敲桌子。“我只是说说我的看法，汉姆。我们还有别的选择吗？”

“战斗，”克拉布斯说，“然后死去。”

房间里再次陷入沉默。

“你确实懂得如何终结谈话，我的朋友。”布里兹开了口。

“这话得有人说出来，”克拉布斯低声说，“骗自己是没有用的。我们赢不了这场战斗，而且这场战斗是不可避免的。城市将遭到攻击。我们要抵抗，而且我们会失败。

“你想知道我们是不是该放弃。啊，我们不会那样做的。凯尔不同意，而且我们也不允许自己那样做。我们要战斗，然后有尊严地死去。然后，这座城市将燃起大火，但我们发出了自己的声音。御主大帝压榨了我们上千年，可现在我们斯卡人有了自尊。我们战斗，我们抵抗，我们死而无憾。”

“那么这一切又有什么价值呢？”汉姆沮丧地说，“推翻最后帝国是为了什么？杀死御主大帝是为了什么？要是暴君们继续统治着每一块大陆，卢萨岱尔化成齑粉，我们这一伙人都死于非命，如果像这样结束，我们为什么要做这些事情呢？”

“因为，”萨奇德柔和地说，“必须有人走出第一步。在御主大帝统治的时代，社会不能进步。他稳稳地把持着最后帝国，维持着高压统治。连服饰都保持千年不变，贵族们总是极力迎合他的想法。建筑和科学停滞不前，因为御主大帝对改变和发明不满。

“而斯卡人不能享有自由，因为御主大帝不同意。但是，杀死他并没有解放我们的人民，我的朋友们。只有时间才做得到。这个过程也许要用几个世纪，几个世纪的斗争、学习和成长。在一开始，不幸而又不可避免地，形势会非常艰难，甚至比我们在御主大帝统治下更艰难。”

“但我们死得没有价值。”汉姆沉着脸说。

“不，”萨奇德说，“有价值，哈蒙德大人。我们的死将会表明，有些斯卡人是不甘于被欺凌的，也不会退缩。我想，这是一个非常重要的历程。在史册和传说里，这是那种能够鼓舞人心的事件。如果斯卡人最终能掌握自己的命运，必定有能够为他们提供激励的牺牲者，就像幸存者本人那样。”

人们肃然坐在位子上，默然不语。

“布里兹，”汉姆说，“我现在需要多点信心。”

“当然可以。”布里兹说，他小心地拂去了汉姆的焦虑和恐惧。后者脸上的苍白渐渐退去，身子坐得直了点。为保险起见，布里兹也对其他的成员作了同样的处理。

“你知道多长时间了？”道克森问萨奇德。

“有段时间了，道克森大人。”萨奇德说。

“可是，你不可能早就知道斯特拉夫会撤兵，把我们交给克洛兽，是吧？只有克拉布斯猜出来了。”

“我的知识是多方面的，布里兹大人，”萨奇德用平和的语气说，“我的知识不限于克洛兽。我认为城市将要失陷已经有段时间了。我敬佩你所作的努力。我想，这些人可能很久没被打败过了。你做了一些极其重要的事情，这些事情将被人铭记几个世纪。”

“假如有人能活下去讲这个故事。”克拉布斯指出。

萨奇德点点头。“事实上，那就是我召集这场聚会的原因。我们中间留在城市里的人能活下去的机会很小，我们得协助防卫。如果我们能在克洛兽的进攻中侥幸存活，斯特拉夫又会设法处决我们。但是，我们全部留在卢萨岱尔等着失陷是没必要的。也许，我们应该派些人出去，组织反抗军阀的进一步行动。”

“我不会离开我的人。”克拉布斯闷声闷气地说道。

“我也不会，”汉姆说，“尽管我昨天的确把家里人送到地下了。”这句简单的话意味着他让他们离开了，也许藏在城里的地道里，也许从某个穿墙通道逃了出去，连汉姆自己也不知道，这样一来，他就不能泄露他们的位置。这是个难以改掉的老习惯。

“如果城市失陷，”道克森说，“我要和它共存亡，那才是凯尔希望看到的。我不走。”

“我要离开，”布里兹看着萨奇德说，“现在报志愿是不是太早了点？”

“呃，是的，布里兹大人，”萨奇德说，“我不是——”

布里兹举起一只手。“没关系，萨奇德。我想你认为应该送走的人很明显。你没有邀请他们来开会。”

道克森皱着眉头说：“我们准备誓死保卫卢萨岱尔，而你却打算把我们唯一的迷雾之子送走。”

萨奇德点点头。“大人，”他温和地说，“城里的人需要我们的领导。我们把这座城给了他们并使他们陷入了困境。我们现在不能抛弃他们。可是……我想，这个世界上还有重要的事情要做，比我们自身更重要。我深信纹是这些事情的一部分。

“即使这些事是我的错觉，纹仍然不应该死在这个城市里。在人们的心目中，她是连接幸存者最近最有力的纽带。她已经变成了一个象征。作为迷雾之子，她的能力使她逃出去的机会更大，从斯特拉夫必然发动的进攻中生还的可能性也最大。她对于将要来临的战斗有巨大的价值，她能迅速而不为人知地移动，还能孤身作战，造成更多的破坏，就像她昨晚证明的那样。”

萨奇德颔了颔首。“各位，我今天召集你们，是想讨论个办法，在我们留下来战斗的同时，如何说服她离开。我认为，这不是一件简单的任务。”

“她不会离开伊兰德，”汉姆说，“伊兰德也得走。”

“我也这样想，哈蒙德大人。”萨奇德说。

克拉布斯咬着嘴唇思考着：“很难说服那孩子逃走，他还认为我们能打赢这场仗。”

“我们不是没有赢的可能，”萨奇德说，“我的目的不是让你们失去希望。只是，这样严酷的形势，取胜的可能性……”

“我们知道，萨奇德，”布里兹说，“我们理解。”

“我们这伙人里还有另外的人可以离开，”汉姆低着头说，“除了这两个人以外。”

“我会让婷德薇尔跟他们一起离开，”萨奇德说，“她将为我的族人带回很多重要的发现。我也计划把莱斯特伯恩斯大人送走。他在战场上起不了作用，但他的间谍技能在纹和伊兰德重新唤起斯卡人的抵抗时能帮上大忙。

“不过，这四个人不是唯一活下来的。大多数斯卡人应该是安全的。杰斯茨·勒卡尔似乎能用某种方式控制克洛兽。即使他不能，斯特拉夫也会及时赶来保护城里的人民。”

“现在是假定斯特拉夫的打算和克拉布斯猜的一样，”汉姆说，“但他也可能撤退，减少自己的损失并离开卢萨岱尔。”

“不管怎样，”克拉布斯说，“能出去的人都不多。无论斯特拉夫还是杰斯茨都不可能允许大批平民逃离城市。现在街头弥漫的混乱和恐惧比人口减少更符合他们的意图。我们也许能让几个人骑马冲出去，特别是如果这些人里有一个是纹的话。剩下的人就得在克洛兽手下碰运气了。”

布里兹感觉胃里一阵翻滚。克拉布斯的话太直接……太冷酷了，但这就是克拉布斯。其实他算不上一个悲观主义者，他只是喜欢把那些他认为别人不愿意承认的事情说出来。

布里兹心想：一些斯卡人能生存下来，变成斯特拉夫·樊乔的奴隶，但那些战斗的人和那些过去一年来曾领导这座城市的人，则在劫难逃，其中包括我。

这是真的，这一次当真没有退路了。

“好了吧？”萨奇德伸开双手问，“我们同意应该让这四个人离开吧？”

众人都点了头。

“那么，我们讨论一下，”萨奇德说，“制定一个把他们送出去的计划。”

“我们只能让伊兰德相信危险没那么大，”道克森说，“如果他相信城市将被包围一段时间，他也许愿意和纹一起去某个地方执行任务。这样，他们就不会过早地意识到这里发生的事情。”

“好建议，道克森大人，”萨奇德说，“另外，我认为我们可以利用纹对升华之井的想法。”

讨论继续着，布里兹靠在椅背上，感到轻松了不少。纹，伊兰德，还有“幽灵”会活下去，我得说服萨奇德让奥瑞安娜和他们一起走，他想。他环视了一下整个房间，注意到其他人的紧张情绪已经有所缓和。道克森和汉姆似乎和解了，连克拉布斯也平静地点着头，一副满意的神情。

灾难仍会到来。但是，一些人有逃出生天的可能，那会是最年轻的几个成员，仍然不够老练、还对形势抱着幻想的人，这使得其他一切变得更容易接受些了。

纹静静地站在迷雾里，抬头看着克雷迪克肖宫黑糊糊的尖顶、圆柱和塔楼。在她的脑子里，两个声音轰隆隆地响着。雾灵的声音和那个巨大洪亮的声音。

这声音变得越来越让人急迫了。

她继续朝前走，在靠近克雷迪克肖宫的时候，把那轰然的撞击声抛到了脑后。这座有着上千个尖顶的宫殿曾是御主大帝的老巢，到现在已经被废弃一年多了，可是没有流浪汉在这里安家。这里太不吉利，太可怕，也太容易让人想起他。

御主大帝是个怪物。纹对一年前那天晚上的事记得很清楚，她来到这座宫殿，想杀了他，完成那件凯尔西潜移默化地训练她做的任务。她正是从这个庭院里走进去的，并穿过了前面那些门旁把守的卫士。

她让他们活了下来。如果是凯尔西的话就会一路打进去，但纹劝他们离开，去参加叛乱。这个做法最终救了她一命，因为其中一名叫戈兰德尔的卫兵，后来领着伊兰德去宫里的地下城里救出了她。

在某种程度上，最后帝国被推翻是因为她那次没有学习凯尔西的做法。

然而，她能把关乎未来的决定建立在那样偶然的巧合上吗？回头想想，那件事就像一个极为完美的寓言，像上课时讲给孩子听的美好故事。

纹儿时从未听过这样的故事。而且，在身边那么多人死掉的时候，她活了下来。每一个类似于戈兰德尔这样的故事，似乎在更多情况下是以悲剧收场的。

这样来看凯尔西的话，他最后是对的。他接受的教育跟那些听着童话长大的人截然相反。在处决那些挡他道的人时，凯尔西是大胆甚至兴奋的，残酷无情。他是成大事而不拘小节的人；他的目标一直是最后帝国的崩溃和像伊兰德这样的王国的最终出现。

他成功了。既然是在尽职，为什么自己不能像他一样屠杀而又不感到内疚呢？她总是被凯尔西的冒险精神吓到。然而，难道不正是同样的冒险精神导致了他的成功吗？

她走进宫里隧道一样的走廊，双脚和迷雾斗篷在尘土上画出印迹。迷雾一如既往地留在了后面。迷雾通常不进入建筑物，即使进入，也不能维持很长时间。这样，她就把雾灵抛在了身后。

她一定得作个决定。她不喜欢这个决定，但她已经习惯做自己不喜欢的事了。这就是生活。她不想跟御主大帝战斗，但最后她却杀了他。

周围很快暗下来，即使对迷雾之子的眼睛也显得过于黑暗，她不得不点起一个火把。她惊讶地发现地上并非只有自己的脚印。显然，另外某个人也来过这里。

片刻后，她进入了一个房间。她不知道是什么吸引她来克雷迪克肖宫的，更不要说宫殿中间的这间密室。但是，近来似乎她对御主大帝有了一种亲近的感觉。她的脚带着她走到这里，到了这个自从那天晚上她杀死了她所知道的唯一一个神祇后，再也没有来过的地方。

他花了许多时间在这间密室里，这个让他想起家乡的地方。这个房间的上面有穹顶，四周的墙壁上有银色的壁画，地板上全是金属的镶嵌物。纹没有理会这些，径直走向房间中心的标志物——一个小小的石头建筑。

许多年前，凯尔西和他的妻子第一次抢劫御主大帝的时候，就是在这里被捕的。梅尔在矿洞里被杀害了，但凯尔西活了下来。

就是在这里，在这同一个房间里，纹第一次面对着一个检察官，差点没命。几个月后，还是在这个房间里，她第一次企图杀死御主大帝。那一次，她还是失败了。

她走进那个小建筑里，里面只有一个房间。里面的地板已经被伊兰德的手下寻找天金时毁掉了，但是，墙上仍然挂着御主大帝留下的服饰。她举起火把，看着它们。

毯子、皮毛、一根小小的长笛，这是一千年前他的族人——特里斯人的东西。为什么他在南方建造了卢萨岱尔这座城市，而他的家乡和升华之井却位于北方？纹始终想不明白。

也许这归结于一个决定。拉谢克，也就是御主大帝也被迫作了一个决定。他本可以继续原本的生活，做一个村夫。也许他本可以和他的族人过着快乐的生活。

但他显然作出了另外的决定。这样一来，他就变成了暴君。但是，能因为这一决定本身责怪他吗？他变成了他认为自己应该成为的人。

纹的决定要平凡得多，但她知道，升华之井、保护卢萨岱尔，诸如此类的事，在她弄明白自己是谁和需要什么之前，她是不可能作出决定的。可是，站在这间拉谢克度过一生大部分时间的房间里，思考着那口神奇的井，脑子里那催命般的撞击声比以往更加响亮。

为了每个被牵涉进来的人好，她必须作决定。伊兰德是她愿意与之相伴的人，他代表着和平、快乐。但是，赞恩代表的是她觉得自己应该成为的那种人。

御主大帝的宫殿里没有给她任何线索和答案。又过了一会，纹带着不知道自己为什么来这里的迷惑和沮丧，离开了这里，重新走回到迷雾里。

赞恩被帐篷钉发出的带着特定节奏的声音惊醒了。他的反应很迅速。

他燃烧着钢和白蜡。这两种金属，他在睡觉前总会吞下些新的。他明白这个习惯也许会在某一天杀死他，金属长期留在体内是有毒的。

以赞恩看来，死在未来的某一天总比今天就没命好。

他翻身下床，把床单朝打开的帐篷门扔过去。在黑暗的夜色里他几乎什么也看不见。在他跳起来时，他听到了什么东西裂开的声音，帐篷被撕裂了。

“杀了他们！”神尖叫道。

赞恩落在地上，从床头的碗里抓起一大把铸币。在他转身时听到了惊叫声，他把铸币向四面八方扔了出去。

他推动铸币。铸币碰到帐篷的帆布，发出一片“噗噗”声，然后继续向外飞。

有人开始尖叫起来。

赞恩伏在地上，沉默地等着帐篷塌下来。有人正在击打右边的衣服。他射出几枚铸币，满意地听到了一声痛哼。在寂静中，篷布像毯子一样包裹着他，他听到了有人跑远的脚步声。

他叹了口气，松弛下来，用一把匕首割开了头顶的帐篷。这是一个迷雾重重的夜晚。今天他睡得比平时晚一些。现在已近午夜时分。总之，到了起床的时间了。

他踩着塌下来的帐篷来到床边，在篷布上割了个洞，伸手从床下的袋子里拿出一瓶金属。他喝下这瓶金属，锡使他感到周围亮了起来。四个濒死或已死之人躺在他的帐篷周围。这些人是士兵，当然，是斯特拉夫的士兵。这场袭击来得比赞恩预料的要晚。

斯特拉夫比想象中更信任我，赞恩想。他走到一具尸体旁，割开帐篷，找到一个储物箱，然后取出自己的衣物。他平静地换好衣服，从箱子里拿出一小袋铸币。他想：这一定跟袭击赛特的城堡有关。这件事最终令斯特拉夫认定我过于危险，不能再让我活下去。

赞恩在不远处的一个帐篷旁边找到了他的人。这个人受雇于赞恩，表面上在检查帐篷角绳是否牢固，实际上每天晚上负责警戒，在有人靠近赞恩的帐篷时敲打帐篷的脚钉。赞恩扔给那人一袋钱币，然后朝黑暗中走去。他经过停泊着军需船的运河水域，朝斯特拉夫的帐篷走去。

斯特拉夫有一些弱点。他擅长做大规模的计划，但在把握细节、玩弄诡计方面有所欠缺。他有能力组织一支军队粉碎他的敌人，但是，他又喜欢利用一些危险的工具，比如哈辛的天金矿井，比如赞恩。

玩弄这些工具的下场通常是引火烧身。

赞恩走到斯特拉夫大帐的侧面，在篷布上撕开一个洞，走了进去。斯特拉夫正等着他。赞恩不由得对他有了几分敬意：斯特拉夫蔑视地看着他的死神走来。赞恩在帐篷中间停下脚步，站在斯特拉夫面前，后者坐在一张硬木椅上。

“杀了他。”神明命令道。

角落里亮着几盏灯，照亮了帐篷内部。旁边的床垫和毯子凌乱不堪；斯特拉夫是和他最喜爱的情妇最后一次缠绵后才把刺客派出去的。困境里的国王还是一脸傲然，但赞恩不止看到了这些。他看见了一张汗津津的脸，还有颤抖的双手，就像生了病一样。

“我可以给你天金，”斯特拉夫说，“埋在一个只有我知道的地方。”

赞恩不动声色地站着，盯着自己的父亲。

“我打算公开宣布，”斯特拉夫说，“指定你为我的继承人。明天，只要你愿意。”

赞恩没有回应。斯特拉夫继续冒汗。

“这座城市是你的。”赞恩最后说，然后把头转开了。

他听到身后发出了一声惊恐的喘息声。

赞恩回过头。他从来没有在父亲脸上看见过如此惊骇的神情，这表情本身几乎就是最好的奖赏了。

“照我们的计划，让你的人往后撤，”赞恩说，“但不要回北部辖区。等着那些克洛兽攻城，让它们摧毁防御并杀掉抵抗者。然后，你就能大摇大摆地回来拯救卢萨岱尔。”

“但是，伊兰德的迷雾之子……”

“将会消失，”赞恩说，“她会和我一起离开，今天晚上。再见，父亲。”他转过身，从他撕裂的口子离开了。

“赞恩？”斯特拉夫在帐篷里叫道。

赞恩站住了。

“为什么？”斯特拉夫问，“我派刺客杀你，为什么你还让我活着？”

“因为你是我的父亲，”赞恩说，回过头望着迷雾，“人不该杀自己的父亲。”

然后，赞恩向这个创造了他的人道别。那个人是他深爱着的，尽管他是个疯子，尽管他知道自己受过那个人多年的虐待。

他向黑暗的迷雾里抛出一枚铸币，飞身跳向营地上空。他在营地外落了地，轻而易举地找到了他作为参照物的运河的一处弯曲。从那里一棵小树的树洞里，他抽出一卷布。这是一件迷雾斗篷，也是斯特拉夫给他的第一件礼物。对他来说，这件斗篷极为珍贵，不可以穿着、弄脏以及使用。

他明白自己傻。但是，他无法控制自己的感情。一个人不能对自己用熔金术情绪法力。

他打开那件迷雾斗篷，从里面取出它保护的东西：几瓶金属和一小袋金属珠子。天金。

他在地上跪了很长时间。然后，他把手伸向胸口，感觉着胸腔靠上，他的心脏剧烈地跳动的地方。

那里有一个大鼓包。一直都有。他平时不经常去想它，一旦去想，他的思想就会变得烦乱。然而，这才是他从来不穿斗篷的真正原因。

他不喜欢那种感觉，斗篷摩擦着肩胛之间突出的销钉尖端。这根销钉抵在他的胸骨上，隐藏在衣服下面。

“该出发了。”神明说。

赞恩站起来，把那件迷雾斗篷留在身后。他背对着父亲的大营，把他熟悉的一切抛在后面，去寻找那个将会拯救他的女人。

和其他人一样，阿兰迪对这个预言深信不疑。

47

纹的内心，对自己杀了多少人是有几分无动于衷的。但是，这种十足的冷漠令她恐惧。

从王宫返回后，她坐在阳台上，笼罩在黑暗里的卢萨岱尔躺在她脚下。她坐在迷雾里——但思路清晰多了，她不再认为自己能从迷雾翻滚的花样里找到安慰。什么都不再那样简单了。

雾灵一如往常地窥视着她。它远到看不见，但纹能感觉出来。而且，她也觉察到另外的一些比雾灵更强大的事物。那有力的砰砰声，变得越来越响。从前它听起来很遥远，但现在不是了。

升华之井。

它一定是升华之井。她能够感觉到它的力量已经回来，正重新流向世界，要被人汲取和利用。她总是发现自己朝北方看，朝特里斯山的方向，期待在地平线上看见什么。一束光，一堆闪耀的火，一阵狂风，或者别的什么。但那里只有迷雾。

近来，似乎自己什么事都不成功。爱情，保卫，责任。我让自己承受的压力太大了，她想。

需要她注意的事情太多，而且她总是努力去关注每件事。所以，她一事无成。她对黑暗力量和永世英雄的研究已经丢在那里好几天没碰了，至今还是分作几堆纸摊在地板上。而且她对雾灵也没有更进一步的了解，除了知道它在窥视自己和日志的作者认为它危险。她也没有揪出团伙里的间谍，她也不知道赞恩对德默克斯的说法是不是事实。

还有，赛特还活着。她甚至不能下定决心，痛快地来上一场大屠杀。这是凯尔西的错。他训练她取代自己，但有谁能真正做那种事呢。

为什么我们总得做别人的刀子呢？赞恩的声音在她脑海里响起来。

他的话有时候似乎说得通，但这话里有一点问题。伊兰德。纹不是他的刀子，真的不是。伊兰德不愿让她去做刺客或杀人。但是，他的理想主义使他丢掉了自己的王座，而且使自己的城池被敌人团团围困。要是她真正爱伊兰德，要是她真正热爱卢萨岱尔的人民，难道她不该做得更进一步吗？

那砰砰的脉动声冲击着她，就像一面像太阳一样大的鼓。她几乎不间断地燃烧着青铜，倾听着那脉动的韵律，让那脉动声把她带走……

“主人？”奥索尔在后面问，“你在想什么？”

“了结。”纹盯着外面，轻声说。

沉默。

“了结什么，主人？”

“我不知道。”

奥索尔跑上阳台，走到迷雾里，坐在她身边。她已经对它有足够的了解，能够看得出它眼睛里的关心。

她叹了口气，摇着头说："我只是要作几个决定。而且，不管我选择什么，都代表作了一个了结。"

奥索尔仰着头坐了一会儿。"主人，"它说，"在我看来，这太夸张了。"

纹耸耸肩，"没有什么建议给我吗？"

"作决定就是了。"奥索尔说。

纹沉默了一会儿，然后笑了："如果是萨奇德，肯定能说一些睿智而且安慰人的话。"

奥索尔皱着眉头。"我不明白为什么我们总要提起他。"

"他是我的仆人，"纹说，"在他离开之前，也在凯尔西把你的契约移交给我之前。"

"哦，"奥索尔说，"好吧，我绝对不如特里斯人那样能干，主人。他们作为仆人却极其高傲的样子很难模仿，更别提他们的肌肉了，既瘦又咬不动，让人没胃口。"

纹一脸惊奇："你模拟过特里斯人？我想不出有什么理由要这样做，他们在御主大帝的时代算不上什么有影响力的人物。"

"是啊，"奥索尔说，"但他们总是围着有影响力的人物转。"

纹点点头，站了起来。她走进自己空荡荡的房间里，点起一盏灯，熄灭了锡。雾气漫进房间，从她的那些纸张上流过，她走向卧室，脚步带起了一缕雾气。

她站住了。这有点奇怪，雾气在进入房间后很少停留这么长时间。伊兰德说这跟热和封闭的空间有关。纹则总是把这种现象归于某些更加神秘的原因。她皱起眉头，注视着雾气。

即使没有锡，她也听到了嘎吱嘎吱的声音。

她一转身，看到了站在阳台上的赞恩，他的身体在迷雾里呈现出一道黑色的剪影。他朝前走过来，雾气围绕在他身边，就像围绕着那些燃烧金属的人一样，然而……看起来也很像被他轻轻地推动着。

奥索尔轻轻吠了几声。

“是时候了。”赞恩说。

“是时候干什么？”纹放下灯，问道。

“离开。”赞恩说，“离开这些人和他们的军队，离开这个是非之地，去过自由的生活。”

自由。

“我……不知道，赞恩。”纹移开目光，说道。

她听见他往前走。“你欠他什么了，纹？他不了解你。他害怕你。事实是，他绝对配不上你。”

“不，”纹摇着头说，“根本不是这样，赞恩。你不明白，我绝对配不上他。伊兰德应该有个更好的人。他应该……有个分享他的理想的人，一个认为他放弃王座是正确的人，一个从这件事上看出了更多的高尚而不是更多傻气的人。”

“无论如何，”赞恩在离她很近的地方站住，说，“他不能理解你，也不能理解我们。”

纹没有回答。

“你会去哪里，纹？”赞恩问，“如果你不把自己束缚在这个地方，束缚在他身边，如果你是自由的，可以做无论什么自己喜欢的事，你愿意去哪里？”

那脉动声似乎更加响亮了。她朝奥索尔瞟了一眼，后者正静静地坐在墙边，身子大部分隐在黑暗里。为什么感到内疚？她向他证明过什么吗？

她回头看着赞恩。“去北方，”她说，“特里斯山。”

“我们可以去那里，不管哪里只要你愿意。我不在意任何地点，只要不是这里。”

“我不能抛弃他们。”纹说。

“即使这样做，你就能偷走斯特拉夫唯一的迷雾之子？”赞恩问，“这笔交易很合算。我爸爸会知道我消失了，但他不可能知道你不在卢萨岱尔。他甚至会更害怕发动攻击。通过给你自己自由，你也将给你的同伴留下一个宝贵的礼物。”

赞恩拉着她的手，迫使她看着自己。他长得确实很像伊兰德，像硬汉版的伊兰德。赞恩曾经被生活撕碎过，就像她从前一样，但两人都重新把自己拼起来了。这个重组的过程是使他们变得更坚强了，还是更脆弱了？

“来，”赞恩悄声说，“你能拯救我，纹。”

一场战争迫在眉睫，纹心生寒意，要是我留下来，恐怕我必须再次杀人。

于是，慢慢地，她让他拉着手离开了书桌，朝着迷雾和外面令人舒适的黑暗走去。她伸出手，为启程抽出了一个金属瓶，这个动作令赞恩狐疑地转了个身。

在看明白她的动作后，他松弛下来，微笑着转过头。纹跟着他，继续朝前走，但她突然感到一阵恐惧。她想：就是这一刻，从此以后，一切都会改变。她已经错过了作决定的时刻。

但我作了错误的决定。

伊兰德不会在我取瓶子的时候这样跳起来的，她想。

她站住了。赞恩拉着她的手腕，但她没有动。他在迷雾里朝她转过身来，皱着眉头站在阳台的边缘。

“对不起，”纹把手抽了回来，“我不能跟你一起走。”

“什么？”赞恩问，“为什么不？”

纹摇摇头，扭头走进了房间。

“告诉我那是什么？”赞恩提高声音说，“他有哪一点吸引着你？他不是个好领袖，他不是战士，他也不是熔金术师或将军。他有什么吸引了你？”

她很容易就想到了那个简单的答案。“作出你的决定，我会支持你的决定。”“他信任我。”她轻声说。

“什么？”赞恩难以置信地问。

“在我袭击赛特的时候，”纹说，“别人都认为我失去了理性，他们是对的。但伊兰德告诉他们我有一个合理的理由，即使他不知道那是什么。”

“所以他是个傻瓜。”赞恩说。

“我们后来谈过，”纹没有看他，继续说，“之后我对他很冷淡。我认为他知道我正在考虑是否和他在一起。可是……他告诉我他相信我的判断。如果我选择离开他，他会支持我。”

“这么说他也辜负了你。”赞恩说。

纹摇摇头。“不，他是因为爱我。”

“我爱你。”

纹愣了一下，看着赞恩。他看上去很愤怒，甚至绝望。“我相信你，但我还是不能跟你走。”

“但是为什么？”

“因为这样可以不离开伊兰德，”她说，“虽然我不能分享他的理想，但我可以尊重它们。即使我配不上他，但我可以在他身边。我要留下来，赞恩。”

赞恩静静地站了一会儿，迷雾在他肩头盘旋着。“这么说，我失败了。”

纹收回目光。“不，这不是你的失败，也不是你不好，只是因为我——”

他猛地撞在她身上，把她撞倒在覆盖着雾气的地板上。纹在跌到地板上时，转头看着他，震惊得喘不过气来。

赞恩俯视着她，脸色阴沉。“你本来应该拯救我的。”他尖声说。

在惊吓中，纹猛烈燃烧起所有的金属。她抵着门铰链，把赞恩向后一推，也把自己拉了起来。她向后一跃，重重地撞在门上，木门发出轻微的炸裂声，但她太紧张了，也太震惊，除了“砰”的一声什么都没感觉到。

赞恩无声地站起来，他的身影很高，很黑暗。纹屈膝向前一滚。赞恩在攻击她，实实在在的攻击。

但是……他……

“奥索尔！”纹没有理会脑海中的反对，抽出了匕首，叫道：“快逃！”

发出暗号后，纹向前一逼，想分散赞恩对猎狼犬的注意力。赞恩以漫不经心的优雅风度躲开了她的进攻。纹把匕首朝他颈部刺去，赞恩把头向后一仰，在间不容发之际闪开了。她攻向他的侧面、手臂、胸部，每次攻击都落了空。

她明白他在燃烧天金。她早有预感。她收住脚，看着他。他甚至连武器都没有抽出来。他站在她面前，沉着脸，雾气在他脚下聚成一团。“为什么你不听我的，纹？”他问道，“为什么逼着我继续做斯特拉夫的工具？我们都知道那会发生什么。”

纹没有理他，咬着牙，再次发起了进攻。赞恩冷冷地反手一击，她轻推着他身后的金属架，把自己向后抛去，就像被他打中一样。她撞到墙上，然后落在地面上。

正落在被吓坏了的奥索尔身边。

它没有裂开肩膀给她那颗天金，难道它不明白那个暗号吗？“我给你的天金，”纹叫道，“我要用了，快！”

“坎德拉兽，”赞恩说，“来这里。”

奥索尔看着她的眼睛，她在里面发现了什么。羞愧。它把目光移开，跑开了，当它跑到站在屋子中间的赞恩身边时，雾气已经爬上了他的膝盖。

“不……”纹低声说，“奥索尔——”

“你不用再听她的命令了，天宿。”赞恩说。

奥索尔点点头。

“契约，奥索尔！”纹双手撑地爬起来，“你必须听我的命令！”

“它是我的仆人，纹，”赞恩说，“我的契约。它只听我的命令。”

我的仆人……纹想。

突然，一切豁然开朗。她怀疑过每个人：道克森、布里兹，甚至伊兰德。但她从来没有联想到一个最有可能的人身上。在最后帝国时期，宫里一直就有个坎德拉兽，而且它一直在斯特拉夫身边。

“对不起，主人。”奥索尔低声说。

“多长时间了？”纹低着头问。

“自从你给我的前任，真正的奥索尔那具狗的身体之后，”坎德拉兽说，

“我在那天杀了它并取而代之，披上了一只狗的身体。你后来见到的猎狼犬都是我。”

多么简单的偷天换日手法！纹想。“可是，我们在宫里发现的那些骨头，”她说，“它们出现的时候你正和我一起在城墙上。它们——”

她相信了它关于那些骨头如何新鲜的话，她也相信了它说的那些骨头是何时产生的话。她一直认为转换身体必定是她和伊兰德在城墙上的那天发生的，但她这样想，主要是因为奥索尔所说的话。

笨蛋！奥索尔，或者天宿，就像赞恩叫它的那样，使她怀疑除了它本人外的每一个人。这是多大的错误呀！她在察觉虚伪、发现叛徒方面一向很擅长。她怎么能忽视了自己的坎德拉兽呢？

赞恩一步步逼过来。纹双膝着地，等待着。虚弱，她告诫自己，让自己看起来虚弱，让他放过你。

“安抚对我没有作用。”赞恩平静地说。然后伸手抓住她的前襟，把她提起来，向后一掷。她撞在地面上，雾气四散。纹忍着疼痛，没有叫出声来。

我得保持安静。要是卫士过来，他会杀了他们。如果伊兰德过来……

她必须安静，安静到即使赞恩踢到了她受伤的肋部。她哼了一声，疼得流出了眼泪。

“你本应拯救我的，”赞恩低头凝视着她，“我愿意跟你一起走。现在呢，还剩下什么？一无所有。除了斯特拉夫的命令一无所有。”他用一记飞脚加重了那句话的语气。

要显得渺小，她在疼痛中告诫自己，最终他会放过你的……

但她已经很多年没有在别人面前低头了。那些蜷缩在卡蒙和睿面前的日子几乎已经化作朦胧的影子，在凯尔西和伊兰德提供的光明面前被逐渐忘却。当被赞恩再次踢中时，她开始感觉自己变得愤怒起来。

他收回脚，朝她的脸踢过来。纹动了。在他踢下来时，纹推着窗户的插销把自己向后一抛，穿过迷雾冲了出去。她燃烧白蜡，抬起身体，带动了地板上的雾气。这时雾气已经漫过她的膝盖了。

她瞪着赞恩，后者带着阴沉的表情回头看着她。纹向他冲过去，但赞恩的动作更快，抢先她一步，站在她和阳台之间。即使不这样她也占不到任何便宜，借助天金，赞恩能轻而易举追上她。

就像以前他用天金攻击她时一样，只是这次更糟糕。以前，她还能够相信，如果还有一点天金的话，他们是在较量。即使他们不是朋友，也还不是敌人。她还不相信他想杀了自己。

这次她已经没有那种幻想了。赞恩的眼神是黑暗的，脸上没有任何表情，就像几天前的那个晚上，在屠杀赛特手下的时候。

纹觉得自己要死了。

她有很长时间没有感受过这样的恐惧了，但现在她在赞恩的紧逼下一步步退缩着，她看到了，感觉到了，也嗅到了。她觉得像面对着一个迷雾之子，那些被她杀死的士兵一定也是同样的感觉。没有战斗可言，也没有任何机会。

不，她捂着自己的肋部，大声在心里告诉自己，伊兰德面对斯特拉夫的时候没有后退。他没有熔金术力量，却毫无畏惧地走进了克洛兽营地。

我能战胜这个局面。

纹大叫一声，朝天宿冲过去。那条狗惊慌地后退，但它根本不用担心。赞恩已经挡在它前面了。他用肩膀撞在纹身上，然后挥动匕首，在她向后倒时在她的面颊上划出了一道伤口。这个口子很精准。和纹另一边脸颊上的伤口完美对称。那道伤口是差不多两年前，纹第一次跟另一个迷雾之子搏斗时留下的。

纹咬紧牙关，在倒地时燃烧铁。她拉过桌子上的一个袋子，伸手把那袋钱币抓在手里。她侧身撞在地上，用另一只手在下面把身子撑了起来。她把铸币倒在手上，然后挥手掷向赞恩。

血从脸颊上淌下来。纹把铸币推了出去，赞恩把它们推开了。

纹笑了，她在推的同时燃烧起硬铝。那些铸币猛地朝前飞去，它们带起的风割裂了地上的雾气，露出了下面的地板。

房间摇晃起来。

但是一眨眼工夫，纹自己再次撞回到墙上。她倒吸一口凉气，气息冲击着她的肺部，她感到一阵天旋地转。她迷惑地抬起头，吃惊地发现自己又躺在地面上了。

“硬铝，”赞恩仍然保持着一手前伸的姿势，“天宿对我说过了。我们推断你有了一种新的金属，我在燃烧铜的时候能够感觉到。然后，不费吹灰之力，它找到了冶金者的那则笔记，上面记录着制造硬铝的说明。”

她混乱的意识挣扎着把一些想法联系起来。赞恩有硬铝。他用了硬铝，推回了她射向他的一枚铸币。他一定也推着背后的什么东西，以防在两人的力量相撞时被推倒。

于是她用硬铝强化的推力把自己撞到了墙上，她艰难地思考着。赞恩逼了过来。她抬起头，感到一阵眩晕，然后用双手双膝把身子撑起来，在迷雾里爬行。雾气刚好漫过她的脸，呼吸着凉爽的空气，她感到鼻子里痒痒的。

天金，她需要天金。可是，那颗天金在天宿的肩膀里，她拉不过来。嵌在肉体里的金属是不受熔金术影响的，就像审查官身上的销钉，就像她戴的耳环。埋在人体内或刺进肉体的金属，除非用极端强大的熔金术力量，否则是无法推或者拉的。

但她曾经成功过一次。在和御主大帝战斗的时候。那一次她用的不是她自身的力量，甚至也不是硬铝的力量。而是另外的力量，迷雾的力量。

她汲取了迷雾的力量。

什么东西打在她背上，把她推倒了。她就势在地上一滚，双脚向上踢去，离赞恩的脸只有几寸，没踢中。赞恩把她的脚拍到一边，然后再次把她击倒在地板上。

他低头看着她，迷雾缠绕着她的身体。在恐慌中，她伸手感觉到了迷雾，就像一年前在和御主大帝战斗时一样。那一天，迷雾曾赋予她熔金术力量，给了她一种她本来不应该有的力量。她伸手感觉着，祈求迷雾的帮助。

然而什么都没发生。

拜托……

赞恩又一次打倒了她。迷雾仍然没有理会她的乞求。

她蜷起身子，拉着窗框作为锚点，把赞恩推向一边。他们在地上滚着，纹滚到了上面。

突然，两个人都摇晃着从地板上飞了起来，脱离迷雾朝天花板飞去，这是被赞恩推着地板上的铸币造成的。他们撞到天花板上，赞恩的身体压着她的身体，把她钉在木板上。这下他又到了上面，或者说他在底下，但这次锚点在下面。

纹喘息着。他是如此有力，比她强壮得多。尽管燃烧着白蜡，他的手指仍然抓进她胳膊上的肉里，她肋部的旧伤再次作痛。面对另一个迷雾之子，她根本没法战斗。

尤其是一个燃烧着天金的迷雾之子。

赞恩继续把他们朝天花板推。纹的头发朝他落下去，雾气在下面的地板上翻滚，就像一个缓缓升起的漩涡。

赞恩放松推力，他们坠落下去。但是，纹还在他的控制下。他把她的身子一转，在他们再次进入迷雾之前把她置于自己身体下方。他们撞在地上，这一下把纹肺里的空气都挤出去了。

赞恩的脸在她面前浮现出来，咬着牙从牙缝里说，“所有的努力，都浪费了，”他恨恨地说，“在赛特的下人中间混进一个熔金术师，让你怀疑他在议会袭击你。迫使你在伊兰德面前搏斗，让他害怕你。逼着你探索自己的力量，去屠杀，让你认识到自己真实的力量。全都落了空！”

他逼近过来。“我——还——以为——你——能——拯救我——的！”他的脸距离她只有几寸远，呼吸粗重。他用膝盖压住她那两条挣扎的手臂，然后，在这个奇异得不真实的时刻，他开始吻她。

与此同时，他用匕首刺向她胸部的侧面。纹试图呼叫，但在匕首刺进她的肉体时，他的嘴紧紧地裹住了她的嘴。

“小心，主人！”奥索尔，也就是天宿突然叫了起来，“她对坎德拉兽非常了解！”

赞恩抬起头，停了手。那声音、那疼痛，使纹清醒过来。她爆燃锡，用疼痛把自己唤醒，使意识变得清醒。

“什么？”赞恩俯视着坎德拉兽，问道。

“她知道了，主人，”天宿说，“她知道我们的秘密。我们为御主大帝服务的原因。我们忠于契约的原因。她知道我们为什么那么害怕熔金术师。”

“安静，”赞恩命令道，“别再说话！”

天宿沉默下来。

我们的秘密……纹朝猎狼犬看了一眼，察觉了那张狗脸上的焦虑。它正在设法告诉我什么，试图帮助我。

秘密，坎德拉兽的秘密。上次她试着对它用安抚术时，它曾经痛苦地嚎叫。然而，她在它的表情里看到了应允。这就够了。

她用安抚术攻击天宿。它叫了一声，撕心裂肺的嚎叫，但她再用力，没起到什么效果。她咬着牙，燃烧起硬铝。

什么东西破裂了。她立刻感到自己仿佛一分为二。她能感受到天宿站在墙边，也能感到自己的身体仍然被赞恩钳制着。天宿是她的了，彻头彻尾，完完全全。莫名其妙地，也不明白用什么办法，她控制住了它的身体，命令它朝前走。

庞大的猎狼犬的身体撞在赞恩身上，把他从纹身上掀到一旁。那把匕首掉在地上，纹摇晃着跪在地上，按着胸部，感觉着温热的血。赞恩翻了个身，显然吓了一跳，但他站起身，踢了天宿一脚。

骨头断了。猎狼犬的身子在地上翻滚，正朝着纹的方向。纹在它滚到自己脚下时抓起了地上的匕首，用匕首切开它的肩膀，用手在肌肉和筋腱里摸索着，然后用血淋淋的手拿出了一粒金属——天金。她一口吞了下去，然后转头对着赞恩。

“现在看看你的下场吧。”纹从牙缝里挤出这几个字，燃烧起天金。数十条天金的影子从赞恩身上跳出来，显示出他对她的所有可能的动作的反应，所有的影子都是模糊不清的。她在他的眼睛里必定也是一团令人困惑的影子。他们扯平了。

赞恩转了个身，面无表情地看着她的眼睛。这时，他的天金阴影消失了。

不可能！她想。天宿在她脚下发出了呻吟声。这时她意识到她的天金已经消失了，可是那颗金属球很大呀……

"你认为我会给你同样可以用来对付我的武器吗？"赞恩慢悠悠地问，"你认为我真会给你天金？"

"但是——"

"一颗铅，"赞恩一边往前走，一边说，"外面裹了一层薄薄的天金。哦，纹，你确实需要对你相信的人更小心一些。"

纹一边跌跌撞撞地往后退，一边感到自己的信心在萎缩。让他一直说话！她想，想办法让他把天金耗尽。

"我哥哥说过我不应该相信任何人……"她含混地说，"他说过……任何人都会背叛我。"

"他是个聪明人。"赞恩站在齐胸深的迷雾里，平静地说。

"他是个偏执的傻瓜，"纹说，"他使我活下来，却过着残破不堪的生活。"

"他为你做了件好事。"

纹朝天宿扭曲的血淋淋的身体瞟了一眼。它很痛苦，能从它的眼睛里看出来。她听到了远处的……砰砰的声音。她已经重新燃烧了青铜。她慢慢收回眼光。赞恩正朝她逼过来，信心十足。

"你一直在消遣我。"她说，"你破坏我和伊兰德的关系，让我认为他害怕我，让我认为他在利用我。"

"他是在利用你。"赞恩说。

"对，"纹说，"但这没什么，不是你想的那样。伊兰德利用我，凯尔西利用我。我们互相利用，为了爱，为了支持，为了信任。"

"信任会杀了你。"他说。

"信任好过死。"

“我信任你，”他在她面前停下脚步，说，“但你背叛了我。”

“不对，”纹扬起匕首说，“我打算拯救你，就像你希望的那样。”她猛地往前一冲，刺了出去，但她的希望落空了，他的天金没有耗尽。他随便一闪就躲开了。他让她的匕首贴身而过，却不能对他造成任何真正的威胁。

纹一次次的攻击，刺中的只是空气。

赞恩每每在她下一次攻击之前行动，甚至在她知道自己要怎么进攻之前就闪开了。她的匕首只能徒劳地刺在他身后。

他太快了，纹心想，肋部火烧火燎的疼痛，脑子里咚咚地响，也许是升华之井的召唤……

赞恩在她面前站住了。

她沮丧地想：我打不到他，只要他在我进攻前就知道我要朝哪里攻击！

纹愣了一下。

在我进攻之前……她想。

赞恩走到靠近房屋中间的一个地方，把她的匕首踢到空中并接到手里。他朝她转过身，迷雾尾随着他手中的雾气，他咬紧下巴，目光狠毒。

在我进攻之前，他就知道我进攻的方向。

纹扬起匕首，脸上和体侧的伤口淌着血，雷鸣般的鼓声在她脑子里轰响着。迷雾已经涨到靠近她下巴的地方了。

她清空自己的头脑，不去盘算怎么进攻。她在赞恩举起匕首向她跑来时不作任何反应。她放松自己的肌肉，闭上眼睛，听着他的脚步声。她感到雾气围绕着她升起来，然后被赞恩的到来搅乱。

她张开眼。他已经举起了匕首，刀刃在摇摆间闪着寒光。纹做好了攻击的准备，但不去想如何进攻，让自己的身子作反应。

然后她非常非常仔细地注视着赞恩。

他向左边微微退缩了一下，张开一只手掌往前伸，就像要抓什么东西一样。

来了！纹心想，她突然把身子往侧面一扭，迫使自己本能的进攻偏离了正常的轨迹。她胳膊一弯，匕首在中途改变了方向。她原本是打算向左边进攻的，正如赞恩的天金所预料的那样。

但是，赞恩通过自己的反应，向她显示出了她的下一步动作，也因此让她看到了未来。如果她能看到未来，她就能够改变它。

他们再次交手。赞恩的武器刺中了她的肩膀。但纹的匕首割开了他的喉咙。他的左手抓在空无一物的空气里，抓住了那个本该告诉他纹的胳膊所在的影子。

赞恩想呼吸，但她的刀子割开了他的喉管，他摇摇晃晃地后退，眼睛因为震惊而大睁着。他的目光和她接触了一下，然后在迷雾里倒了下去，轰然撞在木地板上。

赞恩透过迷雾向上看着，看着她。我要死了，他想。

她的天金影子在最后一刻分开了。两个影子，两种可能。他对错误的一种作出了反应。她欺骗了他，莫名其妙地打败了他。而现在他要死了。

终于。

"你知道为什么我认为你能拯救我吗？"他试着对她小声说，尽管他知道自己的嘴唇已不能正确地发出那些声音。"因为那个声音。你是我遇到的唯一一个它没有命令我杀死的人，唯一的人。"

"我当然不会叫你杀她。"神明说。

赞恩感到自己的生命在流逝。

"你知道真正好玩的事情吗，赞恩，"神明问，"这件事里最有意思的部分？你没有疯。"

"你从来就没疯过。"

纹静静地看着赞恩语无伦次地说话，看着血从他嘴里流出来。她警惕地观察着：脖子上的一刀对迷雾之子来说也是致命的，但有时候白蜡能让一个人干出可怕的事来。

赞恩死了。她检查了他的脉搏，然后重新取回自己的匕首。然后，她站了一会儿，感到……麻木，不管在精神还是身体上。她举手检查自己受伤的肩膀，这样一来，又碰到了受伤的胸脯。她流血过多，意识再次变得模糊起来。

我杀死了他。

她燃烧起白蜡，强迫自己继续活动。她拖着脚走向天宿，跪在它身边。

“主人，”它说，“我很抱歉……”

“不用说了。”她说，看着它吓人的伤势。它的腿都没用了，身体扭曲成反常的样子。“我能怎么帮你？”

“帮我？”天宿说，“主人，我几乎让你没命。”

“我知道，”她说，“我怎么给你止痛？你需要另一个身体吗？”

天宿静了一会儿，“是的。”

“用赞恩的，”纹说，“至少现在暂时用用吧。”

“他死了？”天宿惊讶地问。

它看不见了，纹意识到，它的脖子断了。

“是的。”她低声说。

“怎么死的，主人？”天宿问，“他的天金用完了？”

“没有。”纹说。

“那他怎么会死？”

“天金有一个弱点，”纹说，“它能让你看见未来。”

“那……听起来不像个弱点，主人。”

纹叹口气，身子微微摇晃了一下。集中精神，她想。“当你燃烧天金时，你会在一定时间里看到未来，所以你就能在那个未来发生之前作出改变。你能抓住一支本该继续朝前飞的箭，你也能避开一次本应把你杀死的进攻，而且你能在进攻没有发生之前就移动身体并挡开它。”

天宿没说话，明显更糊涂了。

“他让我看见了我打算做的事，”纹说，“我不能改变未来，但赞恩能。在我还不知道自己要做什么之前，他对我的攻击作出了反应，这样他就在无意中让我看到了未来。我再进行反制，于是他就挡住了一次不会出现的进攻，也让我杀死了他。”

“主人……”天宿喃喃地说，“太精彩了。”

“我相信我不是第一个想到这点的，”纹疲惫地说，“但这不是你和我分享的那种秘密。不管怎样，把他的身体拿去吧。”

“我……宁愿不要这个怪物的骨头，”天宿说，“你不知道他有多古怪，主人。”

纹疲惫地点点头，“要是你不愿意的话，我只能给你另外找个狗身体了。”

“不必了，主人，”天宿说，“我还留着你给我的另一副猎狼犬骨头，那副骨架大部分完好。如果从这个身体里拿几块完好的骨头换上去，我应该能凑出一副完整的骨架来。”

“那就动手吧，我们还得计划一下接下去该怎么办。”

天宿沉默了片刻，然后，开口说：“主人，我的契约已经解除，现在我的主人死了。我……需要回到我的族人那里，接受新的任务。”

“啊，”纹说，不由感到一阵剧烈的悲哀，“当然。”

“我不想走，”天宿说，“但是，我必须回去向我的族人汇报。请求你，原谅我。”

“没什么需要原谅的，”纹说，“谢谢你最后及时的暗示。”

天宿安静地躺在地上。她似乎看得出它眼睛里的内疚。它本来不该帮我对付它当前的主人的。

“主人，”天宿说，“现在你知道我们的秘密了。迷雾之子能够用熔金术控制坎德拉兽的身体。我不知道你会如何利用它，你要知道我把族人们保守了几千年的秘密交代给了你。用这个办法熔金术师就能控制我们的身体，并把我们变成他们的奴隶。”

“我……连发生了什么事都还不知道。”

“也许那样更好，”天宿说，“请离开我。我把另一只狗的骨头放在壁橱里了。等你回来的时候，我就走了。”

纹站起来，点了点头。然后她离开了，穿过迷雾，寻找着外面的走廊。她的伤口需要包扎。她知道自己得找萨奇德，但脚却不由自主地朝另一个方向走去。她走得很快，沿着走廊急行，最后跑了起来。

身边的一切都在崩溃。她一点办法都没有，也理不清楚。但她的确知道自己想要的是什么。

所以，她向他跑去。

他是个好人，不管怎样，他都称得上一个好人，一个富有牺牲精神的人。说实话，他所有的行为：所有那些死亡、破坏，还有他造成的其他痛苦，也深深伤害了他。所有这一切对他而言是一种牺牲。

48

伊兰德打着哈欠，检查着他写给杰斯茨的一封信。也许他能劝这个从前的朋友明白一些道理。

要是他不能……好吧，一个杰斯茨用来“支付”给克洛兽的木头铸币仿制品正放在他的桌子上。这是个完美的复制品，是克拉布斯亲手削出来的。伊兰德很有把握，他能弄到比杰斯茨更多的木头。要是他能帮彭罗德多拖几个月，他们也许能制造出足够的“钱”收买克洛兽离开。

他放下笔，揉了揉眼睛，时间不早了。

他的门被“砰”的一声撞开了。伊兰德转身一看，看到纹慌张地冲进房间，投到他的怀里。她在哭泣。

而且浑身是血。

“纹！”他说，“发生什么事了？”

“我杀了他。”她把头埋到伊兰德的怀里，说。

“谁？”

“你哥哥，”她说，“赞恩，斯特拉夫的迷雾之子。我杀了他。”

“等等。什么？我哥哥？”

纹点点头，“对不起。”

“别说了，纹！”伊兰德轻轻把她拉开，推她坐到椅子上。她脸上有一道深深的伤口，衬衣上也浸透了鲜血。“天哪！我马上叫萨奇德来。”

纹点点头，站了起来。她的身子有点微微打晃，伊兰德感到一阵心惊胆战，但她眼睛里的断然让他不敢斗胆反对。他用胳膊搂着她，让她靠在自己身上，走到了萨奇德的住处前。伊兰德停下来打算敲门，纹已经伸手推开门走进去，摇晃着坐在里面的地板上，房间里没有亮灯。

“我……就坐这里。”她说。

伊兰德惴惴不安地站在他身边，举着灯朝卧室里喊：“萨奇德！”

一会儿工夫，特里斯人出现了，一副筋疲力尽的样子，身上穿着白睡袍。他注意到纹，眨了几下眼睛，然后又退到房间里。等他再次露面的时候，他的胳膊上多了一个金属环，还带了一包医疗器材。

“唉，纹女士，”萨奇德放下袋子，“看到你这样，凯尔西大人会怎么想？你这样毁掉了不少衣服，我想……”

“现在不是开玩笑的时候，萨奇德。”伊兰德说。

“抱歉，大人，”萨奇德小心地把纹肩头的衣服剪开，“不过，只要她还清醒着，那就表示问题不大。”他凑近看了看伤口，满不在乎地从袋子里取出一块干净的布。

“看到没有？”萨奇德问，“这道伤口很深，但是刀刃被骨头碰歪了，没有伤到任何大血管。按住这里。”他把一块布按在伤口上，伊兰德把手放上去。纹闭着眼坐在地上，背靠着墙，血从她脸上慢慢滴下来。看她的样子，似乎疲倦比疼痛更多一些。

萨奇德拿着刀子割开纹的衬衣前襟，露出她受伤的胸部。

伊兰德愣了一下："也许我应该……"

"别走。"纹说。这不是请求，而是命令。她抬起头，睁开眼睛。萨奇德小心地处理这伤口，然后拿出一些药剂和一些针线。

"伊兰德，"她说，"我有些事要对你说。"

他点点头，"好。"

"我突然意识到一些关于凯尔西的事，"她小声说，"在提起他的时候，我总是把注意力集中在那些错误的事情上。他训练我成为一个熔金术师的那些时光让我难以忘怀。然而，他的伟大不是来自于他的战斗力，也不是因为他的严肃和残忍，甚至也不是因为他的力量和本能。"

伊兰德有些不解。

"你知道那是什么吗？"她问。

伊兰德按着搭在她肩头的那块布，摇了摇头。

"是他信任的能力，"她说，"是他把好人变得更好的方法，是他鼓舞他们的方法。他的伙伴们齐心协力，是因为他对他们有信心，是因为他尊重他们。而且，作为报答，他们也彼此尊重。像布里兹和克拉布斯那样的人之所以成为英雄，是因为凯尔西信任他们。"

她抬头看着他，疲倦地眨了眨眼睛。"你在这方面比凯尔西好得多，伊兰德。他要靠努力才能做到，而对于你来说，这是本性。你对菲伦那样的卑鄙小人也一视同仁，仿佛他们是善良可敬的人一样。这不像一些人想的那样是天真，而是凯尔西也拥有的那种可贵品质，甚至更伟大一些。他要向你学习。"

"你太过奖了。"他说。

纹疲惫地摇摇头，然后转向萨奇德。

"萨奇德？"她问。

"嗯，孩子？"

"你熟悉结婚典礼吗？"

伊兰德一惊，手上的布几乎掉落。

“知道一些，”萨奇德一边处理伤口，一边说，“事实上，差不多有两百多种。”

“哪种时间最短？”纹问道。

萨奇德把针脚拉拉直。“拉斯塔人结婚，只要在当地的祭司面前宣读爱的誓言。他们信仰体系的原则是朴素。也许，这是对把他们逐出的那块土地的反叛，那里以官场上的繁文缛节著称。这是个很好的宗教，注重于从自然界发现简单的美。”

纹看着伊兰德。她的脸上带着血，头发一团糟。

“呃，你看，”他说，“纹，难道你不觉得这件事也许，应该等到，你知道——”

“伊兰德，”她打断了他，“我爱你。”

他呆住了。

“你爱我吗？”她问。

这太疯狂了。“爱。”他果断地回答。

纹转向萨奇德，后者还在继续忙活着。“好了吗？”

萨奇德抬起头，手上带着血。“我认为，对这样的事件而言，现在是个非常奇怪的时间。”

伊兰德赞同地点点头。

“这只是一点点血，”纹不耐烦地说，“其实我没事，因为我已经坐下来了。”

“是的，”萨奇德说，“但是你的情绪似乎有些失常，纹女士。这不是那种在强烈情绪的影响下可以轻率作出的决定。”

纹笑了。“结婚的事不该由强烈的情绪作决定？”

萨奇德辩解道。“我根本不是这个意思。我只是不确定，你是否对自己的意识有完全的控制能力，纹女士。”

纹摇摇头。“我比过去几个月好多了。现在我应该停止犹豫了，萨奇德，不再焦虑，接受我在团伙里的位置。现在我知道我要什么了。我爱伊兰德。我不知道我们在一起的时间里会发生什么，但至少我希望有一些这样的时间。”

萨奇德想了想，然后接着缝伤口。“你呢，伊兰德大人？你的想法是什么？”

我的想法是什么？伊兰德想起一天前，当纹说起准备离开的时候，他那种如坠冰窟的感觉。他是多么依赖她的智慧，她的率真单纯——但不是头脑简单，帮了他许多。是的，他确实爱她。

这段时间里，世界变得混乱不堪。他做错了一些事。然而，尽管发生了这一切，尽管很失意，他仍然强烈地感到自己希望和纹在一起。这不是一年半前他在社交宴会上对纹的那种田园牧歌式的迷恋，而是一种更加深厚和稳固的感情。

“是的，萨奇德，”他说，“我愿意娶她。我已经期盼很久了。我……我不知道这座城市会面临什么命运，还有我的王国，但我愿意在那天到来时和纹在一起。”

萨奇德继续忙活着。“很好，那么，”他说，“如果你们要我做证婚人，我已经为你们见证过了。”

伊兰德跪在地上，按着纹肩膀上的那块布，感到有点不知所措。“这就完了？”

萨奇德点点头。“我想，这和任何圣务官的见证同样有效。注意，拉斯塔的爱情誓言是有约束力的。在他们的文化里没有任何离异的说法。你们接受我对这一事件的见证吗？”

纹点点头，伊兰德也点了点头。

“那么你们就结为夫妇了，”萨奇德把线打了个结，然后把一块布放在纹的胸脯上，“拿着这个按一会儿，纹女士，防止继续流血。”

“我觉得应该举行个仪式什么的。”伊兰德说。

“我可以主持一个仪式，只要你们愿意。”萨奇德说，“但我觉得你们不需要。我已经认识你们两个人很长时间了，我很愿意为你们的结合献上祝福。

但我只提供一个忠告：那些把他们向自己所爱的人许下的诺言视为儿戏的人，他们在生活里很难找到持久的满足。我们所生活的这个时代是个艰难的时代。那并不意味着这必定是个爱情难以生存的时代，只是你们的生活和关系确实会遇到不平常的压力。

“不要忘记今晚你们对彼此所立下的誓言，我想，它会在未来的日子里给你们力量。”说着这番话，他在纹的脸上拉紧最后一根线，然后转到肩膀上的伤口。伤处的血已经基本上止住了，萨奇德仔细观察了一会儿，然后开始处理。

纹抬头看着伊兰德，微笑着，但显得有些昏昏欲睡。伊兰德起身找到房间里的脸盆，打湿了一块布回来给她擦脸。

“对不起。”她对伊兰德说。

“对不起？”伊兰德说，“因为我父亲的迷雾之子吗？”

“不，因为让你等了这么长时间。”

伊兰德笑了。“你值得这样等待。另外，我也同样要考虑一些事情。”

“比如说，如何做国王？”

“还有如何放弃做国王。”

纹摇摇头。“你绝不能放弃当国王，伊兰德。他们能夺走你的皇冠，但他们带不走你的荣耀。”

伊兰德笑了笑。“谢谢你。不过，我不知道我对这座城市有多少好处。就算我什么也不做，也会让人们出现分歧，而最后斯特拉夫将控制这里。”

“只要他敢进城一步，我就杀了他。”

伊兰德咬着牙。又回到同一个问题上来了。他要想个周旋的办法，杰斯茨和那些克洛兽也始终是个问题。

“陛下。”萨奇德一边处理伤口，一边说，“也许我能提供一个方案。”

伊兰德低头看着萨奇德，扬起了眉毛。

“升华之井。”萨奇德说。

纹猛然睁开了眼睛。

“婷德薇尔和我一直在研究永世英雄，”萨奇德说，“我们相信拉谢克绝没有完成英雄应尽的职责。事实上，我们甚至不能确定一千多年前的阿兰迪就是永世英雄，其中存在着太多的问题和矛盾。另外，迷雾——黑暗力量仍然在那里，而且现在它们开始杀人了。”

伊兰德皱起眉头，“你在说什么？”

萨奇德把线拉紧，“仍然有一些事情要做，陛下，一些重要的事情。从局部来看的话，卢萨岱尔发生的事件和升华之井的重现是没有联系的。但是，如果看得更远一些，它们也许互为彼此的解决方案。”

伊兰德笑了，“就像锁和钥匙一样。”

“是的，陛下，”萨奇德微笑着说，“正是。”

“它在跳动，”纹闭着眼睛，低声说，“在我脑子里。我能感觉到。”

萨奇德愣了一下，然后用绷带把纹的胳膊包扎好，“你能感觉到它在哪里吗？”

纹摇摇头。“我……这种脉动声似乎没有来源方向。我觉得它在远处，但它变得越来越响了。”

“那一定是它正在恢复力量，”萨奇德说，“幸运的是，我知道能在哪里找到它。”

伊兰德转过头，纹也睁开了眼睛。

“我通过研究，发现了那个地点，纹女士，”萨奇德说，“我可以给你画一幅地图，用我的金属智库。”

“在哪里？”纹低声问。

“北方，”萨奇德说，“在特里斯的山里。在一个名叫德利亚蒂斯的较低山峰的顶端。在每年的这个季节去那里会比较困难……”

“我可以去。”纹坚定地说。萨奇德开始为她处理胸部的伤口。伊兰德的脸又红了，他没说话，把脸别开了。

我……结婚了。“你打算离开？”伊兰德问纹，“现在？”

“我必须去，”纹低声说，“我一定得去那里，伊兰德。”

“你该和她一起去，陛下。”萨奇德说。

"什么？"

萨奇德叹了口气，抬起头来。"我们必须面对现实，陛下。正如你刚才所说的，斯特拉夫很快就会得到这座城市。如果你在这里，就会被处死，而纹女士找那口井无疑需要帮助。"

"据说它蕴含着强大的力量，"伊兰德揉着下巴说，"你觉得，我们能靠它打败那些军队吗？"

纹摇摇头。"我们不能指望这个，"她说，"那些力量是一种诱惑。这就是上次出乱子的原因。拉谢克把力量据为己有，最终没有交出去。"

"交出去？"伊兰德说，"那是什么意思？"

"放弃它，陛下，"萨奇德说，"让它自行打败黑暗力量。"

"信任，"纹说，"这和信任有关。"

"不管怎样，"萨奇德说，"我认为释放这股力量将对世界产生巨大的影响：改变万事万物，修复御主大帝造成的大部分破坏。我强烈怀疑它能毁灭克洛兽，因为它们是御主大帝滥用那些力量创造的。"

"但斯特拉夫会占领这里。"伊兰德说。

"是的，"萨奇德说，"但如果你离开的话，移交的过程将是和平的。议会除了尚未决定接受他做君主外，什么都准备好了。而且就目前看来，他会让彭罗德做名义上的国王，继续管理。所以不会出现流血和杀戮，你也可以在外面组织抵抗势力。有团伙成员躲在城里，驱逐你父亲就不会很难，特别在这一年多来，他变得更加骄横自大的情况下。另外，谁知道释放那股力量会发生什么呢？纹女士也许会被改变，就像御主大帝那样。"

伊兰德咬咬牙，又是一场革命。然而，萨奇德说的不无道理。长时间以来，我们一直在操心那些小范围的事。他向纹瞟了一眼，心里涌起一股温暖和爱的激流。也许是时候听听那些她一直试图告诉我的事情了。

"萨奇德，"伊兰德说，突然有了个想法，"你觉得我能说服特里斯人来帮助我们吗？"

"有可能，陛下，"萨奇德说，"我身负禁令，不能介入任何事端——虽然我一直没有遵守——是因为我得到了赛诺德元老团特别的任命，不是因为我们的信仰是避免任何行动。如果你能使赛诺德元老团相信，在卢萨岱尔有一个强大的同盟，对特里斯人的未来有益，也许你就能从特里斯那里得到军事上的协助。”

伊兰德沉思着，点了点头。

“记着锁和钥匙的关系，陛下，”萨奇德说，结束了伤口的缝合，“在这件事上，离开似乎和你该做的事情是相反的，但是，如果看看那幅更大的画面，你会发现这正是你应该去做的。”

伊兰德伫立了片刻。锁和钥匙……“好的，”他说，“纹一恢复我们就走。”

“她明天应该就能骑马了，”萨奇德说，“你知道白蜡对身体的影响有多大。”

伊兰德点点头。“好吧，我应该早点听听你的话，纹。另外，我一直想看看你的家乡，萨奇德。你可以带着我们看。”

“恐怕我要留在这里，”萨奇德说，“我应该尽快去南方完成我的工作。但是，婷德薇尔能跟你们一起去，她有重要的信息要向我的保管师同胞传达。”

“那得要一小队人马，”纹说，“我们要硬闯，或者从斯特拉夫的阵地上偷偷溜过去。”

“只有你们三个人，我想，”萨奇德说，“不过，也许还需要一个人，在你们睡觉时守夜，一个熟悉打猎和侦察的人。莱斯特伯恩斯大人，也许可以？”

“‘幽灵’能胜任，”伊兰德点点头说，“你肯定其他成员在城里会平安无事吗？”

“他们当然会没事，”纹笑着说，“他们是行家。连御主大帝都瞒得过，别说斯特拉夫了，特别是在他们不用担心你的安危的时候。”

“那就决定了，”萨奇德站起身来，说，“你们俩今晚好好休息。你能走吗，纹女士？”

“不用麻烦了。”伊兰德一弯腰把纹抱了起来。她用手臂搂住了他，尽管搂得不紧。她的眼皮已经差不多要合上了。

伊兰德微笑起来。突然，世界似乎简单了很多。他把时间花在真正重要的地方。然后，一旦他和纹从南方找到支援，他们就能回来了。他真心期盼着回来的那一天，他能以焕发的活力来处理所有难题。

他把纹抱紧一些，向萨奇德道过晚安，然后出门朝自己房间走去。最终，似乎一切事务都得到了很好的解决。

萨奇德看着两个人离开。他在想，不知道他们听到卢萨岱尔陷落的时候，会对他有什么看法。但是至少，这两个人能够彼此扶持。

结婚祝福是萨奇德能给他们的最后礼物，另外，还有他们的生命。历史会如何评判他的谎言？他不知道。历史又会如何评价一个这样插手政治、编造神话来挽救朋友生命的特里斯人呢？他说的那些关于升华之井的话，当然，全是假的。即使那样的力量确实存在，他也不知道它在哪里，也不知道该如何利用。

一声长叹后，萨奇德弯下腰收拾好他的医疗工具，然后回到卧室里编造那份他承诺给纹和伊兰德的地图。

第五部

雪和灰

他习惯于在大善面前放弃自己的利益，只要他能发现这种大善。

49

“你是个傻瓜，伊兰德·樊乔。”婷德薇尔抱着双臂大叫，双眼因为不满而瞪得溜圆。

伊兰德拉紧马鞍上的一条绳索。婷德薇尔为他制作的行头里包括一件银黑相间的骑装，现在他正穿着这件衣服，手上戴着温暖的皮手套，外面披着一件挡灰的黑色斗篷。

“你在听我说吗？”婷德薇尔问，“你不能走，至少现在！在你的人民处于如此危难关头之时！”

“我会用另一种方式保护他们。”伊兰德检查着驮马。

他们站在城堡里过去用作接送的行廊里。纹坐在自己的马上，几乎全身裹在斗篷里，双手紧紧握着缰绳。她几乎没有骑马的经验，但伊兰德拒绝让她走路。不管有没有白蜡，她在议会遇袭时的旧伤都还没痊愈，更别提昨晚的新伤了。

“另一种方法？”婷德薇尔问，“你应该和他们在一起。你是他们的国王！”

“不，我不是。”伊兰德朝她大声说，“他们反对我，婷德薇尔。现在我必须考虑在一个更大舞台上发生的更重要的事件。他们想要一个传统的国王？那好，让他们找我父亲。等我从特里斯回来的时候，他们也许会意识到自己失去了什么。”

婷德薇尔摇着头走上前来，用平和的语气说："特里斯，伊兰德，你要去北方，为了她？你知道她为什么想去那里，对吗？"

他没说话。

"啊，这么说你的确知道，"婷德薇尔说，"你怎么想这件事，伊兰德？别告诉我你相信这些幻觉。她认为自己是永世英雄。她认为自己能在那边的山里有所发现——一些力量，或者一些启示，能够把她变成神。"

伊兰德朝纹看了一眼。她看着地面，没戴兜帽，还是静静地坐在马上。

"她是想追随她的师傅，伊兰德，"婷德薇尔小声说，"幸存者已经成了这些人心目中的神，所以她认为自己也得同样变成神。"

伊兰德严肃地说："只要她真心相信，那我支持她。"

"你支持她发疯？"婷德薇尔质问道。

"不要用那种方式说我的妻子。"伊兰德说，威严的语气把婷德薇尔吓了一跳。他飞身坐上马鞍，"我信任她，婷德薇尔，信任的一部分是无条件的相信。"

婷德薇尔哼了一声。"你不可能相信她是什么预言里的救世主，伊兰德。我了解你，你是个学者。你也许可以声称效忠于幸存者教会，但你和我一样，不相信超自然的神灵。"

"我相信，"伊兰德坚定地说，"纹是我的妻子，而且我爱她。任何对她重要的事情对我也同样重要，而且她相信的任何事物在我心里也有至少同样的分量。我们要去北方了。一旦释放那里的力量，我们就会回来。"

"很好，"婷德薇尔说，"你会被人牢记，作为一个抛弃子民的懦夫。"

"走开！"伊兰德抬起一根手指指着城堡，命令道。

婷德薇尔一转身，朝门口走去。在经过他们身边时，朝旁边的桌子指了指，上面是她先前放下的一本书大小的包裹，外面裹着棕色的纸，用粗绳子捆扎着。"萨奇德希望你把这个交给保管师长老会。你可以在塔星顿城找到他们。流亡快乐，伊兰德·樊乔。"然后，她离去了。

伊兰德叹了口气，驾马靠近纹。

“谢谢你。”她轻声说。

“为什么？”

“因为你说的话。”

“我是认真的，纹。”伊兰德靠过来，把一只手放在纹的肩头，说。

“你知道，婷德薇尔也许是对的，”她说，“尽管萨奇德也这样说，我还是有可能在做蠢事。你还记得我告诉过你，我在迷雾里看到一个精灵的事吗？”

伊兰德缓缓地点了点头。

“哦，我又看见它了，”纹说，“它像个鬼魂，是雾气形成的。我总是看见它，窥视着我，跟踪着我。而且我在脑子里听到那些节律——庄严有力的搏动声，像熔金术的脉动。只是，我不需要用青铜就能听到。”

伊兰德握着她的肩膀。“我相信你，纹。”

她抬起头，半信半疑，“真的，伊兰德？你真的相信？”

“我不确定，”他承认，“但我正在非常努力地去相信。无论如何，我认为去北方是最好的选择。”

她慢慢地点点头。“这就够了，我想。”

他笑了，扭头看着门廊说：“‘幽灵’在哪里？”

纹耸耸肩，“我想婷德薇尔不会跟我们一起去了。”

“也许吧。”伊兰德微笑着说。

“那我们怎么才能找到去特里斯的路？”

“不会很难，”伊兰德说，“我们只要沿着帝国运河到塔星顿，”他停顿了一下，回想了一下萨奇德给他的那张地图。那张地图是直接通向特里斯山脉的。他们得在塔星顿找到补给，而且雪会很深，不过……那是以后的问题了。

他下马去拿婷德薇尔留下的包裹。那显然是一本书。又过了一会儿，“幽灵”到了。他穿着士兵的制服，肩头挂着鞍囊。他冲伊兰德点点头，递给纹一个大袋子，然后走向自己的马。

他看起来有点紧张，伊兰德在他把鞍囊往马身上挂时想。“袋子里是什么？”他扭头问纹。

“白蜡粉，”她说，“我们也许需要这个。”

“准备好了吗？”“幽灵”看着他们，问道。

伊兰德看看纹，后者点点头。“我想——”

“还没有，”一个新的声音说，“我还没准备好呢。”

伊兰德扭头一看，只见奥瑞安娜神气十足地出现在走廊里。她穿着一件亮棕色和红色相间的马裙，头发束在一方头巾下。她是从哪里弄来的这套行头？伊兰德很好奇。还有两名仆人跟在她身后，身上背着行李。

奥瑞安娜停下来，带着沉思的表情张了张嘴：“我认为我还需要一匹驮马。”

“你要干什么？”纹问道。

“跟你一起走，”奥瑞安娜说，“布里兹说我必须离开这里。有时候，他是个很傻的家伙，但他又固执得要命，在和我说话时一直安抚我，以为我看不出他的鬼把戏似的。”

奥瑞安娜朝一个仆人摆摆手，后者跑去找马夫。

“我们骑马会很辛苦的，”伊兰德说，“我担心你跟不上。”

奥瑞安娜眼珠一转，“我从西部辖区一路骑马过来的！我想我应付得来。另外，纹还受着伤，也许你们不会骑那么快。”

“我们不想让你跟着，”纹说，“我们不信任你，而且不喜欢你。”

伊兰德闭上了眼。天哪，纹一点也不懂得转弯抹角。

奥瑞安娜只是咯咯一笑，这时仆人已经牵了两匹马返回来，开始把东西往一匹马身上装。“傻瓜，”奥瑞安娜说，“我们共同分享过那么多经历，你怎么能这样说话？”

“共同分享？”纹问道，“奥瑞安娜，我们只一起买过一次东西。”

“但我觉得我们很合得来，”奥瑞安娜说，“哎呀，我们几乎快成为姐妹了！”

纹冲她翻了个白眼。

“是的，”奥瑞安娜说，“而且你无疑是那个年龄更大的、严肃乏味的姐姐。”她甜甜一笑，轻轻松松上了马，显示出相当娴熟的骑术。一个仆人牵着驮马走过来，把缰绳拴在奥瑞安娜的马鞍后面。

“好了，伊兰德亲爱的，”她说，“我准备好了。出发吧。”

伊兰德朝纹看去，后者黑着脸摇了摇头。

“你们愿意的话可以撇下我，”奥瑞安娜说，“但我跟在后面会惹麻烦的，那样你们还得回来救我。别假装你们不会那样做。”

伊兰德叹了口气。“很好，”他说，“出发。”

他们骑着马缓缓穿过城市，伊兰德和纹走在前面，后面是“幽灵”带着他们的驮马，奥瑞安娜在旁边。伊兰德一直仰着头，这样只会让他看到路边窗户和门廊里探出来的人脸。很快，他们身后就跟了一小群人，尽管听不到他们的窃窃私语，但伊兰德想象得出他们在说什么。

国王，国王要抛弃我们了……

他知道他们中间很多人还不知道彭罗德当了国王。伊兰德从一条小巷里看出去，发现很多双眼睛正盯着他们，在那些眼睛里有着萦绕不去的恐惧。他希望能在里面看到谴责，但他们悲观的认可更令人沮丧。他们料到他会逃走，他们料到自己会被抛弃。他是城里少数足够富有，也足够有能力逃走的人物之一。他当然会逃走。

他紧紧地闭起眼睛，想把自己的罪恶感压下去。他本来希望晚上离开，像汉姆的家人一样通过穿墙通道溜出去。但是，让斯特拉夫获悉伊兰德和纹离开很重要，这样他才能明白自己可以不战而取得这座城市。

我会回来的，伊兰德暗暗向人们许诺，我会拯救你们。至于现在，我离开要更好一些。

锡门的宽阔城门出现在他们面前。伊兰德踢马向前，加速冲过那些沉默的跟随者们。守门的兵士已经得到了命令。伊兰德对他们点点头，放慢了马，然后那些人开始把城门推开。纹一行人也赶了上来。

“继承人女士，”一名士兵小心地问，“你也要走吗？”

纹看看旁边。“安静，”她说，“我们不会抛弃你们，我们是去寻求援助。”

那名士兵笑了。

他怎么能如此轻易地信任她呢？还是，希望是他唯一仅存的东西？伊兰德想。

纹掉转马头，面对着人群，取下了兜帽。“我们会回来的。”她承诺道。她看起来不像从前面对那些信徒时那样紧张了。

从昨天晚上开始，她改变了很多，伊兰德想。

那队士兵集体向他们行礼。伊兰德回了礼，然后向纹点点头。他一马当先，带队冲出城门，向着北边的大路疾驰而去。走那条路可以绕过斯特拉夫军队的侧翼。

没走多远，他们就被一队骑兵拦住了。伊兰德伏在马背上，朝“幽灵”和驮马看了一眼。但是，最终吸引他目光的是奥瑞安娜：她的骑术令人吃惊地娴熟，脸上带着果断的神情，没有一丝紧张。

在她侧面，纹把斗篷向后一掠，取出一把铸币。她把铸币朝空中一抛，它们就以伊兰德从其他熔金术师那里不曾领教过的速度向前飞去。天啊！他看着那些铸币带着尖啸声飞出去，以他无法捕捉的速度消失在远方，不由惊叹起来。

士兵们纷纷落地，伊兰德隐约听到金属撞击声，夹杂在风声和马蹄声中。他骑着马从那队乱成一团的骑兵中间穿过，他们中有很多已经坠马或死去。

箭开始落下来，但纹不费吹灰之力就把它们拨得七零八落。伊兰德注意到她已经打开了那袋白蜡粉，正一边疾驰一边把白蜡粉往身后撒，并把其中的一些撒在身体两侧。

接下来射出的箭镞就不会是金属制的了，伊兰德紧张地想。身后的士兵们正在叫喊着集结起来。

“我去缠住他们。”纹说，从马上跳下来。

“纹！”伊兰德掉头喊道。奥瑞安娜和“幽灵”从他身边飞奔而过。纹落了地，而且，令人惊讶的是，她跑动时身体很平稳。她喝下一瓶金属，然后朝那队弓箭手看去。

箭射过来了。伊兰德咒骂一声，开始踢着马往前跑。他把身子伏低，在箭飞来时纵马疾驰，一支箭从离他几寸远的地方掠过，落下去钉在了路面上。

箭不再落下来了。伊兰德咬着牙往后看去。纹站在一团升起的尘烟面前。是白蜡粉，他想。纹正在鼓动着那团尘埃，那些白蜡粉飞离地面，激起了地上的尘土和灰烬。

那团混杂着尘土、金属和灰烬的巨大烟尘，猛地把那些弓箭手卷了进去。它吹翻了那些士兵，使他们捂着眼睛，骂声连连，一些士兵捂着脸倒在了地上。

纹转身上了马，飞快地离开那团汹涌的烟尘。伊兰德放慢速度，等她跟上来。他们身后的士兵们正乱成一团，有人在下命令，但士兵们四处乱撞。

“快点！”纹在靠近后说，“我们快离开弓箭射程了。”

很快，他们就和奥瑞安娜及“幽灵”会合了。我们脱险了，但我父亲还是有可能派兵来追，伊兰德想。

不过，那些士兵不可能认不出迷雾之子纹。如果伊兰德的直觉正确，斯特拉夫会放他们走。他的主要目标是卢萨岱尔。他可以把追踪伊兰德的事往后放放。至于现在，他只要开开心心地看着纹离开就行了。

“谢谢你们带我出来，”奥瑞安娜观察着后面的军队，突然说，“我要走了。”

话音刚落，她已经掉转马头，朝西边的一片小山去了。

“什么？”伊兰德吃惊地问，在“幽灵”身旁勒住了马缰。

“让她走，”纹说，“我们没有时间。”

啊，我们解决了一个难题。再见，卢萨岱尔。我很快就会回来的。伊兰德想着，驱马朝北边的大路赶去。

“啊，我们解决了一个难题。”布里兹站在城墙上，看着伊兰德一行在山脚下消失。在东边，一团巨大且无法解释的烟柱从克洛兽营地升起。在西边，斯特拉夫的军队被城里出逃的人惊动，显得有些混乱。

起初，布里兹担心过奥瑞安娜的安全，但现在他意识到，对奥瑞安娜而言，没有比在纹身边更安全了。只要她跟其他人在一起，就不会有事。

和他一起站在城墙上的几个人都很安静，而且这次，布里兹几乎没有去碰触他们的情绪。他们神情肃然，正是这种情形下该有的表情。年轻的德默克斯站在年长的克拉布斯身边，性格温和的萨奇德和战士汉姆站在一起，注视着他们撒向风中的希望种子。

“等等，”布里兹皱着眉头，似乎注意到了什么，“婷德薇尔不是应该和他们一起的吗？”

萨奇德摇摇头，“她决定留下来。”

“她为什么要这样做？”布里兹问，“我不是一直听她胡说什么不介入当地争端吗？”

萨奇德摇摇头。“我不知道，布里兹大人。她是个让人难以捉摸的女人。”

“女人全都这样。”克拉布斯咕哝道。

萨奇德微微一笑，“不管怎样，看来我们的朋友已经逃出去了。”

“愿幸存者保佑他们。”德默克斯小声说。

“是的，”萨奇德说，“希望如此。”

克拉布斯哼了一声。他把一只手放在城垛上，扭头盯着萨奇德，“别纵容他。”

德默克斯脸红了，然后转身走开了。

“这是怎么回事？”布里兹好奇地问。

“这孩子一直在向我的士兵传教，”克拉布斯说，“告诉他，我不想让他的胡言乱语搞乱他们的脑子。”

“这不是胡言乱语，克拉登特大人，”萨奇德说，“这是信仰。”

“难道你真的认为，”克拉布斯说，“凯尔西会保护这些人吗？”

萨奇德迟疑着，“他们相信，所以——”

“不，”克拉布斯皱着眉头打断他，“够了，特里斯人。这些人通过信仰幸存者来欺骗自己。”

“你也对他有些信仰。”萨奇德说。布里兹想要安抚他，使这场争执少些火药味，但萨奇德似乎已经完全平静下来了。“你追随着他。你对他有足够的信仰，所以推翻了永恒王国。”

克拉布斯怒视着他，“我不喜欢你那些道德伦理准则，特里斯人，从来不喜欢。我们这个团伙——凯尔西的团伙，是为了让这些人得到自由而战斗的，是因为这是正确的事业。”

“因为你相信它是正确的。”萨奇德说。

“你认为正确的是什么呢，特里斯人？”

“那要看情况决定，”萨奇德说，“有许多价值观不同的体系。”

克拉布斯点点头，然后把头扭开，好像争论已经结束一样。

“等等，克拉布斯，”汉姆说，“你不打算对这句话作点回应吗？”

“他说得很明白了，”克拉布斯说，“他的信仰是分情况的。对他来说，即使御主大帝也是神，因为人们膜拜他，或被迫膜拜他。我说得对吗，特里斯人？”

“在某种程度上，克拉登特大人，”萨奇德说，“但是，御主大帝也许该算作例外。”

“但你仍然保存着对于钢铁教团仪式规范的记录，是吗？”汉姆问。

“对。”萨奇德承认道。

“看情况决定，”克拉布斯愤愤地说，“连那个傻乎乎的德默克斯都有选择特定的事物去信仰的觉悟。”

“不要仅仅因为自己没有而蔑视别人的信仰，克拉登特大人。”萨奇德平静地说。

克拉布斯又哼了一声。“这对你来说很容易，不是吗？”他问道，“相信一切，从来不用选择？”

“我得说，”萨奇德回答，“像我这样的信仰会困难得多，因为它要求一个人必须学会包容和接受。”

克拉布斯轻蔑地挥挥手，掉头拖着脚朝阶梯走去，“随便你吧。我得去让我的孩子们准备赴死了。”

萨奇德看着他走开，皱起了眉头。布里兹为他施加了抚慰，作为补充，也带走了几分窘迫。

“别介意，萨兹，”汉姆说，“最近我们都有点紧张。”

萨奇德点点头。“不过，他的意见很好，这些问题我以前一直没有面对。直到今年之前，我的职责就只有收集、研究和记忆。考虑把一种信仰放在另一种信仰之下，对我来说仍然非常困难，即使那种信仰建立在一个我们所熟悉的平凡人身上。”

汉姆耸耸肩。“谁知道呢？也许凯尔正在那边的什么地方，照看着我们呢。”

不，如果他真在那儿，我们就不会被困在城里等死了，而这座城市本该是由我们来拯救的。布里兹想。

“总之，”汉姆说，“我还是想知道那股烟是从哪里来的。”

布里兹朝克洛兽营地看去。那黑色的烟柱非常集中，不像是做饭形成的。“帐篷着火了？”

汉姆摇摇头。“伊尔说那里只有几顶帐篷，不足以产生这么多烟。那火已经烧了有段时间了。”

布里兹摇摇头，“没什么要紧的，我认为。”

斯特拉夫·樊乔蜷缩在椅子里，又咳嗽起来。他的胳膊上滑腻腻的都是汗，双手颤抖个不停。

他没有好起来。

起初，他以为身上发冷是紧张导致的。他刚度过了一个辛苦的夜晚，派刺客去刺杀赞恩，后来却莫名其妙地从那个发了疯的迷雾之子手中捡了条命。然而，这天晚上，他的颤抖却没有好转，而且越来越严重。这不光是因为紧张，他肯定得了某种病。

“陛下！”一个声音在外面叫道。

斯特拉夫挺直身子，使自己尽可能显得威严一些。即使如此，信使在走进帐篷后还是吃了一惊，显然注意到了他苍白的皮肤和疲倦的眼睛。

“大……人。”信使说。

“说，”斯特拉夫简略地说，试图做出一种在他心中已烟消云散的君王气派，“什么事？”

“一小队骑马的人，大人，”那人说，“出了城！”

“什么！”斯特拉夫甩开毯子站了起来。尽管感到一阵头晕眼花，他还是尽力站直了身子，“为什么没通知我？”

“他们速度很快，大人，”信使说，“我们几乎没时间派人拦截。”

“你捉到他们了，我猜。”斯特拉夫说，扶着椅子。

“事实上，他们逃走了，大人。”信使说得很慢。

“什么？”斯特拉夫气恼地一转身。动作太快，晕眩的感觉又来了，他眼前一阵发黑。他一个踉跄，用手摸着椅子，勉强使自己倒在椅子上而不是地板上。

“派人叫医生，”他听到信使喊，“国王病了！”

不，这发作得太快，不可能是病。斯特拉夫无力地想。

赞恩最后的话，是什么来着？一个人不该杀他的父亲……

一派谎言。

“阿曼兰塔。”斯特拉夫嘶哑地喊。

“主人？”一个声音问。太好了，还有人跟他在一起。

“阿曼兰塔，”他又说，“派人叫她来。”

“你的情妇，主人？”

斯特拉夫竭力保持意识清醒。坐下来后，他的视野和平衡能力恢复了少许。一个门卫正站在他身旁。这个人的名字是什么？格伦特。

“格伦特，”斯特拉夫说，竭力使自己的声音显得威严些，“你必须把阿曼兰塔带来。快去！”

那名士兵犹豫了一下，然后跑了出去。斯特拉夫调整着自己的呼吸。吸——呼，吸——呼。赞恩是条蛇。吸——呼，吸——呼。赞恩不想用刀子，不想，这是可以想见的。吸——呼，吸——呼。但这毒是什么时候下的呢？一天前他就开始感到不舒服了。

“主人？”

阿曼兰塔站在门口。她曾经美丽过，在岁月开始腐蚀她之前，就像岁月腐蚀她们所有人一样。生育毁掉女人。她曾经是多么粉嫩可人：坚实的胸脯，毫无瑕疵的肌肤……

你走神了，斯特拉夫对自己说，集中精神。

“我需要……解药。”斯特拉夫竭力挤出几个字，看着眼前的阿曼兰塔：这个女人已近三十，这个仍然有用的老东西能使他在赞恩的毒药面前活下来。

“当然，主人。”阿曼兰塔走到他的药品柜旁，取出必要的材料。

斯特拉夫靠在椅背上，把注意力集中在呼吸上。阿曼兰塔一定注意到了他情况危急，因为她没有试图要求宠幸。他看着她取出小火炉和材料。他要……找到……赞恩……

她没有按照正确的方法配制。

斯特拉夫燃烧起锡。虽然坐在阴影里，眼前的突然一亮几乎把他弄瞎，他的颤抖和疼痛感变得更加尖锐和难以忍受，但他的意识清晰起来，就像突然被淋了一头冰水。

阿曼兰塔正在准备着完全不对的材料。斯特拉夫对制作解药所知不多，所以他不得不委派别人去做，而不是自己努力去识别那些细节：各种毒药的气味、味道、色泽。但是，他曾经在很多场合看过阿曼兰塔配制她的万能解毒剂。这次她的做法不一样了。

他挣扎着离开椅子，仍燃烧着锡，尽管这一动作疼得他眼泪直流。“你在干什么？”他迈着不稳定的步伐朝她走去。

阿曼兰塔震惊地抬起头。她眼里闪现的内疚足以暴露自己。

“你在干什么！”斯特拉夫咆哮着。恐惧给了他力量，他抓住她的肩膀，摇晃着。他变弱了，但仍然比她强壮。

阿曼兰塔低着头，“准备你的解药，主人……”

“你在用错误的方法配制！”斯特拉夫说。

“我想，你看上去很疲乏，所以我想加一些东西帮你保持清醒。”

斯特拉夫停了手。这番话似乎有道理，尽管他目前思考起来有困难。然后，他低头看着这个悲伤的女人，注意到了些什么。不经意地一瞥，他看到了一点没有被紧身胸衣盖住的肌肤。

他伸手撕下了她一边的长裙，露出她的皮肤。她的左胸令他厌恶，因为微微有些下垂。那上面有一道道的疤痕和伤口，像是被刀割的。这些疤痕都是旧伤，不过即使在头脑混乱的状态下，斯特拉夫也从中看出了赞恩的影子。

“你是他的情人？”斯特拉夫问。

“这都是你的错，”阿曼兰塔恨恨地说，“一旦我上了年纪，也给你生过几个孩子，你就抛弃我。每个人都说你会这么做，可是，我希望……”

斯特拉夫感到自己越来越虚弱。头晕，他把一只手放在装药的木橱上。

“但是，”阿曼兰塔脸上挂着泪珠，“为什么你非要把赞恩也从我身边夺走？你做了什么把他赶走？为了不让他找我？”

“你让他给我下毒。”斯特拉夫说，一条腿支撑不住跪在了地上。

“傻瓜，”阿曼兰塔啐了一口，“他从来没给你下过毒，一次都没有。可是，在我的要求下，他经常让你认为他下过毒。然后，每次，你都要找我。你怀疑赞恩所做的每一件事，可是，你连一次都没有停下来想想我给你的‘解药’是什么。”

“它使我好起来了。”斯特拉夫喃喃地说。

“当你对毒药上瘾时就会这样，斯特拉夫，”阿曼兰塔低声说，“当你得到它的时候，你就会感觉很好。当你得不到的时候……你就死了。”

斯特拉夫闭上了眼睛。

“你现在是我的了，斯特拉夫，”她说，“我可以让你——”

斯特拉夫大吼一声，聚集全身的力气朝她扑过去。她惊叫了一声，被他推倒在地上。

然后她就说不出话来了，因为斯特拉夫用双手死死扼住了她的喉咙。她挣扎了几下，但斯特拉夫的身体沉重得多。他本想向她要解药，逼她救自己，但他已经不能清晰思考了。他的视野开始模糊，意识变得朦胧起来。

等他恢复意识的时候，阿曼兰塔已经脸色青紫，死在他面前的地上。他不清楚自己和她的尸体纠缠了多久。他从她身上滚下来，朝打开的药橱爬过去。他跪在地上，伸手去拿那个小火炉，但他颤抖的双手把炉子碰倒在一边，里面加热过的液体洒在了地板上。

他咒骂着自己，抓起一壶没有加热的水，开始往里面一把把地加草药。他不去碰那些盛着毒药的抽屉，只找那些放解毒剂的。然而，很多解毒剂是双刃剑，大量服用有毒，酌情使用则能够治病，而且，更多的解药会上瘾。他没时间去操心这些了。他四肢无力，连草药都几乎抓不住。他一把把地往壶里加着药，药物的棕色或黄色的颗粒不时从他颤抖的手指间掉下来。

这些药物中，有一种是使他上瘾的，其他的任何一种都可能会要他的命。他甚至根本不知道这些奇怪的东西是什么。

总之他把这些混合物喝了下去，一边大口喝，一边大口喘气，然后再次陷入了昏迷。

我确信，如果阿兰迪找到升华之井，他将取得那些力量，并以大善之名，放弃那些力量。

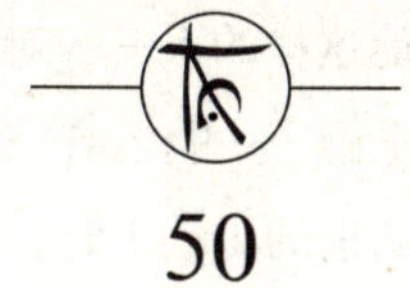

50

“你要找的是那些人吗，赛特小姐？”

奥瑞安娜审视着那个山谷，以及其中的军队，然后低头看着那个强盗，霍巴特。他殷勤地微笑着，或者说，他似乎在笑。霍巴特的牙齿比手指还少，更不用说他还缺了两根手指。

奥瑞安娜端坐在马背上，报以微笑。她横坐在马鞍上，把缰绳轻轻挽在手指上。“是的，我确信就是他们，霍巴特师傅。”

霍巴特回头看着他那伙强盗，咧着嘴笑了。奥瑞安娜略微撩拨他们的情绪，使他们想起自己多么期待她许诺的报酬。她父亲的军队正驻扎在前方。她已经徘徊了一整天，朝西方走，寻找这支军队。但是，她走错了方向。如果不是撞上霍巴特这伙热心的强盗，她恐怕要风餐露宿了。

那会令人相当不快。

“来，霍巴特师傅，”她纵马向前，“我们去见我父亲。”

一伙人快活地跟了上去，其中一个人拉着她的驮马。单纯的人通常是可爱的，就像霍巴特他们。他们真的只想要三样东西：钱、食物、女人，而且他们常常能用第一样得到另外两样。一开始遇到这队人时，她庆幸自己的运气，尽管事实上他们从埋伏的山腰上冲下来的时候，打的是抢劫和强奸的主意。好在这些人还有另外一个可爱的地方，他们对熔金术相当缺乏经验。

在朝营地跑去的时候，她牢牢地控制着他们的情绪。她不想让他们冒出任何令人失望的念头，比如“赎金通常比赏金高得多”。当然，她不能完全控制他们，只能影响他们。但是，对付这些粗鄙的人，洞悉他们脑袋里的想法相当容易。许诺一点财富就能迅速把一群粗人几乎变成绅士，的确很有趣。

当然，应付霍巴特这样的人没什么挑战性。不……和布里兹比起来，简直不值一提。她从来没有碰到过一个像布里兹这样的人，如此了解自己的情绪，也了解别人的情绪。使一个像他这样的人——对熔金术如此内行、如此固执地认定他俩年龄不适合的人，爱上她……啊，有一种了不起的成就感。

当他们走出树林，来到军队前的山坡上时，她不由得想：唉，布里兹，你的朋友中是否有人认识到你是个如此高尚的人呢？

他们的确对他不够好。当然，这是可以想见的，那正是布里兹所希望的。低估你的人更容易被你操纵。没错，奥瑞安娜在这方面也是行家里手。很少有比一个傻乎乎的年轻女孩更容易让人忽视的事物了。

“站住！”一名士兵喊道，和一名仪仗兵一起骑马跑了过来。他们拔出长剑。“离她远点，你们！”

哎呀，奥瑞安娜转着眼珠叹道。她撩拨两名士兵的情绪，增强他们的冷静。她不希望出现任何意外。

“拜托，上尉，”在霍巴特和他的手下抽出武器，犹豫地把她围在中间时，她开口说道，“这些人把我从荒野里救了出来，并送我安全到家，付了不少代价，也冒了风险。”

霍巴特坚定地点点头，这个动作被他用衣袖擦鼻子的行为毁掉了。那名上尉看着这群灰头土脸、穿着五颜六色衣服的强盗，皱起了眉头。

“招呼这些人好好吃顿饭，上尉，”她快活地说，然后踢马前行，“给他们安排个地方过夜。霍巴特，我和父亲会面后马上就把酬劳送给你。”

强盗和士兵一起走在她身后，奥瑞安娜煽动他们的情绪，增强他们的信任感。这对那两名士兵来说是一场艰苦的战役，尤其是在风向改变、把一群土匪身上的恶臭吹向他们时。幸好，他们都平安无事地进了营地。

队伍散开了，奥瑞安娜把她的马交给一名助手，并让人通知父亲她回来了。她掸掸身上的灰尘，然后迈步走过营地。她愉快地微笑着，憧憬着一场沐浴和军队里能提供的其他舒适服务。但是，她先得去处理一些事情。

她父亲晚上喜欢待在开放的军机账里，此刻他正坐在里面，和一个信使争论着。当奥瑞安娜一阵风似的走进帐篷，甜甜地向他父亲的两个将军——加利文和托尔微笑时，他抬起了头。

赛特坐在一张高脚椅上，这样能更好地观察桌子上的地图。“哦，该死的，”他说，“你回来了。”

奥瑞安娜笑了笑，走到桌子旁，看着那张地图。地图上表明了返回西部辖区的补给线。她看到的情况不太乐观。

“后院着火了，爸爸？”她问。

“还有盗贼在袭击我的补给车，”赛特说，“是那个樊乔小子的主意，我肯定。”

“是的，确实是他，”奥瑞安娜说，“但是，现在说这些都没意义了。你想我吗？”她强烈地鼓动起他对孩子的溺爱。

赛特抚着胡须哼了一声。“傻妞，”他说，“我本该把你留在家里的。”

“那在你的敌人叛乱时，我不是就落到他们手里了？”她问，“我们都知道在你把军队调出去的时候，犹蒙正准备行动。”

“但是，我觉得让你落在那个该死的圣务官手里更好！”

奥瑞安娜可怜巴巴地说：“爸爸！犹蒙会把我关起来要赎金的。你知道如果我被关起来，会憔悴得多可怕。”

赛特板起脸看着她，然后咯咯地笑起来，显然并非出自本意，“在你被关起来的日子里，你会让他心甘情愿为你献上精美的食物。也许我应该把你留在后方。至少，我能知道你在哪里，而不是担心你逃到哪里去了。你没带着那个白痴布里兹回来，是吗？”

“爸爸！”奥瑞安娜说，“布里兹是个好人。”

“这个世界上好人死得快，奥瑞安娜，”赛特说，“我最清楚，我已经杀过不少这种人了。”

“哦，是的，”奥瑞安娜说，“你很明智。用咄咄逼人的姿态逼迫卢萨岱尔，换来了这样一个积极的结局，不是吗？如果纹像你一样没有良心的话，你现在已经死了。”

“那些‘良心’可没有阻止她杀死我三百多个手下。”赛特说。

“她是个非常混乱的年轻姑娘，”奥瑞安娜说，“总之，我不得不提醒你，我赢了。你本应该和那个樊乔小子结成同盟，而不是威胁他们的。所以，你欠我五套新衣服！”

赛特揉了揉额头，“这不是个该死的游戏，女儿。”

“时尚，爸爸，可不是什么游戏，”奥瑞安娜坚定地说，“要是我看起来像个叫花子，就不能有效地用法术迷惑那些强盗带我安全回来了，现在我能吗？”

“还提强盗，奥瑞安娜？”赛特叹着气问，“你知道除掉最后一伙强盗用了我多长时间吗？”

“霍巴特是个很好的人，”奥瑞安娜不耐烦地说，“再说，他和本地的窃贼团体关系不错。给他些金子和妓女，也许你能说服他帮你拉拢那些攻击你供应线的窃贼。”

赛特看着地图，没说话，然后他开始若有所思地捻自己的胡须。“好，你回来了，”他说，“我们得好好伺候你。我想，我们回家时，是不是要找几个人为你抬轿子？”

“事实上，”奥瑞安娜说，“我们也不能回家，我们要回卢萨岱尔。”

赛特没有立即反驳这句话。他通常能分辨她什么时候是认真的。所以，他只是摇了摇头：“卢萨岱尔没有我们要的东西，奥瑞安娜。”

“我们还是不能回去，”奥瑞安娜说，“我们的敌人太强大，而且他们之中有人拥有熔金术师。那就是我们抢先来到这里的原因。在我们有了钱或者盟友之前，我们不能离开这里。”

“卢萨岱尔没有钱，”赛特说，“樊乔说那里没有天金的时候，我就确信这一点了。”

“我同意，”奥瑞安娜说，“我在宫里搜遍了，一点天金都没发现。那就是说我们要带着盟友一起离开这里，而不是钱。回去，等待战斗开始，然后帮助任何可能胜利的一方。他们会感激我们，甚至可能会帮助我们活下去。”

赛特静静地站了一会儿。“那对解救你的朋友布里兹没有帮助，奥瑞安娜。他那一派到目前为止是最弱的，即使我们和樊乔小子合作，恐怕我们也打不败斯特拉夫或那些克洛兽。在没有城墙作依仗和大量时间准备的情况下绝无可能。如果我们回去，就是要去帮助你的布里兹的敌人。”

奥瑞安娜耸耸肩，想：你要先回去才有可能帮助他，爸爸。他们不管怎样都会失败，但如果你在那个地区，那总会有帮助卢萨岱尔的机会。

一个非常小的机会，布里兹。我只能做到这些了，对不起。她想。

伊兰德·樊乔醒了，这是他们离开卢萨岱尔的第三天。在荒野的帐篷里休息一夜之后，他吃惊地感到自己是多么的精力充沛。当然，部分原因也许是身边的同伴。

纹蜷着身子躺在他身边，头枕在他的胸脯上。考虑到她平时的好动，他本来以为她是个睡得很浅的人，但她睡在他身边似乎感觉很舒适。他用胳膊搂住她的时候，她甚至看起来没那么焦虑了。

他怜爱地看着她，赞叹着她的面容，她略带鬈曲的黑色长发。她面颊上的伤口几乎已经消失了，伤口上的线已经拆了。白蜡持久而微弱的燃烧，赋予了她惊人的恢复力。尽管肩膀受了伤，她的右臂已经可以自由活动了，而且她在那场战斗后的虚弱也似乎完全消失了。

她还没有向伊兰德好好描述那晚发生的事情。她和赞恩生死相搏，后者是他同父异母的哥哥，而天宿也已经离开了。然而，这些似乎都不是造成那种悲伤的原因，那天晚上，当纹在他的房间里找到他时的那种悲伤。

他不知道是否能够得到希望的答案，但是，他开始意识到，即使他不能完全理解她，也仍然能够爱她。他弯下身子，在她的额头上吻了一下。

纹立刻紧张起来，睁开了眼睛。她坐了起来，露出了赤裸的躯体，然后朝他们的小帐篷扫视了一圈。这时天已破晓，外面朦朦胧胧地亮了起来。最后，她摇摇头，看着他："你对我的影响很坏。"

"哦？"伊兰德微笑地枕着自己的胳膊。

纹点点头，用手理着头发。"你让我习惯了在晚上睡觉，"她说，"另外，我也不再穿着衣服睡觉了。"

"如果你不这样做，会把事情变得有点麻烦。"

"是的，"她说，"可是如果我们晚上遭到攻击怎么办？我就得光着身子跟他们打了。"

"我不介意看到那一幕。"

她白了他一眼，然后伸手拿衬衣。

"你对我也有一个很坏的影响，知道吗？"他在她穿衣服的时候说。

纹扬了扬眉毛。

"你使我变得放松，"他说，"还使我不再烦恼。近来我一直被拴在城里的事务上，都忘了做一个傲慢不羁的隐士是什么感觉了。不幸的是，在我们的旅途里，我还是有时间读完了不止一本、而是所有三卷《特鲁贝尔的领导艺术》。"

纹哼了一声，跪在低矮的帐篷里，束紧了腰带。然后她趴在地上看着他。"我不知道你是怎么一边骑马一边看书的。"她说。

"哦，很容易，只要你不害怕马儿。"

"我不怕它们，"纹说，"但它们不喜欢我。它们知道我跑得比它们快，所以不高兴。"

"哦，是这个原因吗？"伊兰德笑着问，把她拉过来坐在自己身上。

她点点头，然后俯身吻他。过了一会儿，她长出了一口气，却要站起来。当他想把她拉回来时，她把他的手拍开了。

"我才辛辛苦苦把衣服穿好，"她说，"另外，我饿了。"

她跳出帐篷，来到红色的朝阳下。伊兰德叹着气躺了下去。他躺了一会儿，静静地思考着自己的运气。他还是不明白他们的关系是怎么得到突破的，还有这种突破为什么使自己如此快乐，但他更愿意享受这种改变。

最后，他开始检查自己的衣服。他只带了自己最好的制服里面的一套，还有那套骑装，但他不想经常穿这两套衣服。现在没有仆人为他把衣服上的灰洗掉了。其实，尽管这顶帐篷有两层门帘，一些灰烬还是钻了进来。现在他们远在城外，到处是灰，也没有工人来清扫。

所以，他穿了一套简单得多的衣服：一条马裤，不像纹常穿的那种长裤，还有一件带纽扣的灰色衬衣和一件黑色外套。他从前还没有这样长距离骑马的经验，马车通常是首选，不过纹和他的这段旅途走得相对较慢。他们没有真正着急的事。斯特拉夫的侦察兵没跟他们多长时间，而且沿途也没人找他们的麻烦。他们有时间从容不迫地赶路、休息，时而下马步行，这样就不会因为骑马而浑身酸痛了。

在外面，他发现纹已经生起火，“幽灵”正在照料马匹。这个年轻人曾经作过一些长距离的旅行，对照管马匹很在行，这也使伊兰德因为自己从来没学过这些而感到很难为情。

伊兰德来到纹身边。他们坐了一会儿，纹拨着火，一副心事重重的样子。

“怎么了？”伊兰德问。

她朝南方看了一眼。“我……”然后她摇摇头，“没什么。我们还需要些木柴。”她扭过头，朝帐篷边的斧子看过去。那柄斧子突然跳了起来，斧刃向前朝她飞来。她往旁边一闪，伸手抓住斧柄。接着，她走到一株倒地的树旁，两斧砍下去，轻松地砍断了那棵树，并一分为二。

“她总有办法让我们感到自己有点多余，是不是？”“幽灵”说，走到伊兰德身边。

“偶尔会。”伊兰德微笑着说。

“幽灵”摇摇头。“不管我看到或听到什么，她都能更好地感觉到，而且她能和她发现的无论什么东西战斗。每次我回到卢萨岱尔的时候，总是觉得……自己没用。”

“想想作为一个普通人，”伊兰德说，“至少你是个熔金术师。”

“也许是，”“幽灵”说，纹劈柴的声音一阵阵传来，“但人们尊敬你，伊尔。他们根本不把我当回事。”

“我可没有不把你当回事，‘幽灵’。”

“哦？”年轻人问，“我什么时候为团伙做过重要的事？”

“三天前，”伊兰德说，“当你同意和我们一起走的时候。你在这里不仅仅是照看马匹，“幽灵”，你在这里是因为你作为一个侦察兵和锡眼师的技能。你还觉得我们正在被人跟踪着吗？”

“幽灵”愣了一下，然后耸耸肩。“我不能肯定，我觉得斯特拉夫的侦察兵掉头回去了，但我一直能感到后面有什么人的目光。尽管我一直没有看到他们的样子。”

“那是雾灵，”纹把一抱木柴丢在火堆旁，“它在跟着我们。”

“幽灵”和伊兰德交换了一下眼光，接着伊兰德点点头，没有理会“幽灵”不安的目光。“啊，至少它一直跟我们保持着距离，它不算是个麻烦，对吗？”

纹耸耸肩。“但愿不是。但是，如果你看见它，马上叫我。有记录说它可能很危险。”

“好的，”伊兰德说，“我会照办的。现在，我们先来决定早饭吃什么。”

斯特拉夫醒了。他的第一个想法是惊讶。

他躺在床上，在他的帐篷里，感觉自己像被人抓起来朝墙上撞了几次一样。他呻吟着想坐起来。他身上没有伤，但浑身疼痛，脑袋里轰隆隆地响。一个年轻的军医坐在床边，已经观察了斯特拉夫一段时间。

“大人，我以为你活不过来了。”年轻的医生说。

“我没死，”斯特拉夫说着，坐了起来，“给我一些锡。”

一名士兵拿来一个金属瓶。斯特拉夫喝下去，马上感觉到嗓子里的干燥和疼痛，不由皱起了眉头。他缓慢燃烧起锡，身上更疼了，但对感官强化带来的微弱优势，他变得越来越依赖了。

“多长时间了？”他问。

“整整三天，大人，”医生说，“我们不知道你吃了什么，或者为什么。我们考虑过让你呕吐，但看样子你是有意吃下去的。”

“你做得很好。”斯特拉夫说。他把胳膊举起来，仍然有些抖，而且无法控制。“谁在掌管军队？”

“贾纳尔将军。”医生回答。

斯特拉夫点点头。“为什么他没有杀了我？”

医生吃惊地眨着眼睛，朝旁边的士兵们看去。

“大人，”士兵格伦特说，“谁敢背叛你呢？任何胆敢尝试的人最后都死在自己帐篷里了。贾纳尔将军是最担心你安全的人。”

当然，斯特拉夫突然意识到，他们不知道赞恩已经走了。如果我真死了，为什么每个人都会认为赞恩或者远走高飞，或者会报复那些他认为对我的死负责的人？斯特拉夫一声大笑，把那些看护他的人吓了一跳。赞恩曾试图杀我，但意外地，他的心狠手辣也救了我一命。

我打败了他，斯特拉夫意识到，你走了，而我活了下来。当然，这并不代表赞恩不会回来。但是，他同样也有不回来的可能性。也许，只是也许，斯特拉夫永远摆脱了他。

“伊兰德的迷雾之子。”斯特拉夫突然说。

“我们跟踪了她一段时间，大人，”格伦特说，“但是，他们走得离军队越来越远，贾纳尔将军就命令侦察兵回来了。看来他们要去特里斯。”

斯特拉夫皱起眉头。“还有谁跟她在一起？”

“我们认为你儿子伊兰德也逃跑了，”士兵说，“但这也可能是一场骗局。”

赞恩成功了，斯特拉夫吃惊地想。事实上他除掉了她。

除非这是某种花招，但是……

“克洛兽军队呢？”斯特拉夫问。

“近来它们的队伍里发生了很多争斗，大人，”格伦特说，“这些野兽似乎变得更狂躁了。”

“命令军队拔营，”斯特拉夫说，“马上，我们朝北部辖区撤退。”

“大人？”格伦特吃了一惊，“我想贾纳尔将军正在计划一次进攻，只等你的命令了。城里力量虚弱，他们的迷雾之子也走了。”

“我们往后撤，”斯特拉夫微笑着说，“至少暂时往后撤。”看看你这个计划能不能起作用，赞恩，他暗想。

萨奇德坐在一个小小的厨房凹室里，双手放在面前的桌子上，他的每个手指上都戴着一个闪闪发光的金属指环。对于金属智库而言，它们有些小，但存储储金术属性要花时间。即使装满一个戒指也要用上几周时间，而他只有几天时间。事实上，萨奇德已经为那些克洛兽迟迟没有发动进攻而感到惊奇了。

三天时间。实在不算太多，但是为了将要到来的战斗，他恐怕得尽力用上每种可能的优势。所以在那天来临之前，他必须把每种属性都储存一部分，足以使他在其他金属智库耗尽时，作救急之用。

“正如我猜想的，”当一个锡智库正在抽取萨奇德的听力时，克拉布斯说，他的声音瓮声瓮气的，“他们终于走了。”

萨奇德停顿了一会儿，努力理解着这句话，他的思想似乎在黏稠的泥浆里移动。他花了些时间才把克拉布斯的话弄明白。

他们走了，斯特拉夫的军队。他们已经撤退了。他小声咳嗽了一会，回答说：“他究竟有没有对彭罗德派来的使者作出回应？”

“没有，”克拉布斯说，“不过他杀死了最后一个使者。”

啊，那可不是个好迹象，萨奇德慢慢地想。当然，最近这些天，令人乐观的消息不多。城里正徘徊在饥荒的边缘，短暂缓解的取暖问题又出现了。如果萨奇德猜得不错，今天晚上就会下雪。而那时，他正靠着温暖的灶台，坐在厨房的角落里，边在金属智库里储备着力量、感觉和思想能力，边啜着清汤，一想到这些他就感到更加内疚了。他很少同时储存这么多力量。

“你看起来不太好。”克拉布斯坐下来，说。

萨奇德眨着眼睛，思考着这句话。“我的……金智库，”他缓慢地说，“正在抽取健康，把它储存起来。”他看着眼前的那碗清汤。“我必须靠吃东西来维持自己的体力。”他边说，边集中精神准备喝下一口汤。

这是一个古怪的过程。他的思维变得如此之慢，以至于吃东西也要花些时间思考。然后他的身体才开始缓慢地行动，他花了几秒钟移动胳膊。即使这样，他的肌肉也在颤抖，他的力量正源源不断地流入并储存在他的白蜡智库里。最后，他才得以舀起一勺清汤，无声地喝下去。汤在嘴里变得平淡无味，因为他同时也在储存着味觉，感知味道的能力也出现了严重的障碍。

他也许应该躺下来，可是这样一来，他会很容易睡着。在入睡的时候，他不能很好地填充金属智库，换句话说，他只能填充一种，青铜智库，这种金属能够储存清醒，并迫使他延长睡眠时间，让他在另一个场合长时间不用睡眠。

萨奇德叹了口气，小心地放下勺子，然后咳嗽起来。他已经尽了最大的努力避免战争的发生。他送了一封信给彭罗德领主，催他通知斯特拉夫，纹已经从城里离开。他希望斯特拉夫会因此同意做一笔交易。但是，这个计策显然失败了，几天来谁也没有得到斯特拉夫的消息。

他们的末日如同日出一样不可避免地临近了。彭罗德分别放了三拨人往城外逃，其中一拨是由贵族组成的。但自从伊兰德逃离后，斯特拉夫的士兵更加警觉，把三拨人全数俘虏并杀死了。彭罗德甚至给杰斯茨·勒卡尔派了一名使者，希望和这位南方的首领敲定一些交易，但使者没有从克洛兽营地回来。

“嗯，”克拉布斯说，“至少我们拖延了他们几天。”

萨奇德想了一会儿，“恐怕，这改变不了结局。”

“当然，”克拉布斯说，“但这几天很重要。伊兰德和纹到现在已经走了四天的路程。要是战斗开始得过早，那个迷雾之子小姐肯定会回来救我们，并送掉自己的小命。”

“是啊。”萨奇德费力地舀起另一勺汤。那把勺子在他麻木的手指里就像沉重的木头，当然，他的触觉也正在被纳入锡智库。“城防形势怎么样？”他边跟勺子斗争，边问。

“很糟糕。”克拉布斯说，“我们有两万人的军队，也许听起来很多，可是分散到这么大的一座城里……”

“但是克洛兽没有任何攻城设备，”萨奇德把注意力集中在勺子上，说，“还有弓箭。”

“是的，”克拉布斯说，“但我们有八座城门要守，而且克洛兽可以快速抵达其中的五座。这些门都不是为了抵御攻击而建造的。而且，就现状而言，我只能给每座城门分配几千名士兵，因为我不知道克洛兽会先从哪座城门进攻。”

“哦。”萨奇德平静地说。

“你想听什么呢，特里斯人？”克拉布斯问，“好消息吗？克洛兽更高大、更强壮，而且比我们更疯狂，还有数量优势。”

萨奇德闭着眼睛，颤抖的手把勺子举到半空中，他突然感到一阵虚弱，和他的金属智库无关。为什么她不跟他们一起走呢？为什么她不逃走？

当萨奇德睁开眼睛时，他看到克拉布斯正招呼一个仆人给他来点吃的。那个年轻女孩为他端了一碗汤。克拉布斯不满地盯着那碗汤看了看，但还是用他粗糙的手端起了碗。他朝萨奇德瞟了一眼。“你希望我向你道歉吗，特里斯人？”

萨奇德吃惊地坐了一会儿。“一点也不，克拉登特大人。”他说。

“好，”克拉布斯说，“你是个好人，只是有点糊涂。”

萨奇德喝了口汤，微笑起来。“我很欣慰，”他想了一会儿，“克拉登特大人。我有一个适合你的宗教。”

克拉布斯有些不满，“你还不打算放弃，是吗？”

萨奇德低着头。他花了些时间才把先前的一些想法整理清楚。“你之前所说的那些话，克拉登特大人，关于按情形而定的伦理道德准则，使我想到了一种被称为达德拉达的信仰。信奉它的人存在于很多国家。他们相信只有唯一的上帝，而且只有一种正确的方式去敬奉它。”

克拉布斯哼了一声：“我对你的那些失传的宗教确实不感兴趣，特里斯人。我认为——”

“他们是艺术家。”萨奇德平静地说。

克拉布斯迟疑了一下。

“他们认为艺术可以令人接近上帝，”萨奇德说，“他们大多对颜色和色调感兴趣，而且喜欢用诗歌描述周围世界的色彩。”

克拉布斯沉默着。“为什么向我介绍这个宗教呢？”他问，“为什么不找一个不婆婆妈妈、像我这样直来直去的宗教呢，或者一个崇拜战争和士兵的宗教？”

“因为，克拉登特大人，”萨奇德说，眨着眼睛，努力用混乱的头脑回忆着，“那不是你。只是你必须要那样做，但那不是你。只是其他人都忘记了，我想。你过去是一个木工，一名艺术家。当我们住在你店里的时候，我常常看到你给学徒们的雕刻作品进行最后的润色。我看到了你的用心。那间店铺不是单纯的幌子。你想念它，我知道。”

克拉布斯没作反应。

“你必须作为一个士兵生活，”萨奇德用虚弱的手从腰带里取出一件东西，“但你仍然可以像一个艺术家般有梦想。这儿，我做了这个给你，这是达德拉达信仰的象征。对信仰它的人来说，做一名艺术家是最高尚的职业，甚至比做神父还高尚。”

他把那个木盘放在桌子上，然后费力地向克拉布斯笑了笑。他已经很久没有传教了，但他不知为何决定把这个宗教告诉克拉布斯。也许是为了向自己证明这些宗教不无价值；也许这是倔强，是为了反驳克拉布斯先前所说的话。总之，看着克拉布斯盯着那个简单的木盘的样子，上面刻着一支画笔的图案，他很满意。

上次我传教的时候，我还在南方的那个村子里，马什在那里找到了我，他想。

马什到底发生了什么事？为什么他没有返回卢萨岱尔呢？

“你的女人正在找你。”克拉布斯把目光从桌上的圆盘上收回来，对他说。

“我的女人？”萨奇德说，“哎呀，我们不是……”他在克拉布斯的目光下住了嘴，这位总板着脸的将军太擅长使用那种意味深长的表情了。

“那好吧。”萨奇德叹着气说，看了看手指上十个闪闪发光的指环。四个是锡智库：分别储存着视力、听力、嗅觉和触觉。他继续填充着它们，它们不会对他造成太多妨碍。但是，他释放了白蜡智库、钢智库和锌智库。

顷刻之间，力量重新充满了他的身体。他的肌肉不再松弛，从消瘦变得强健。脑子里的混乱一扫而空，那黏稠的思维泥浆也不复存在，他可以清晰地思考。萨奇德精神焕发地站了起来。

“太神奇了。”克拉布斯咕哝道。

萨奇德低头看了看。

“我能看到那种变化，”克拉布斯说，“你的身体变得强壮，眼睛恢复了神采。你的胳膊不再颤抖。我猜，你不想在缺乏所有身体机能的情况下去见那个女人，呃？我不会怪你的。”克拉布斯自言自语地咕哝着，然后回头继续吃东西。

萨奇德和他道别，然后迈步走出厨房。他的双脚和双手仍然像几乎没有知觉的肉块。然而，他感觉到了一种活力。

没有什么能比和自己所爱的女人相会更能冲淡这种麻木了。为什么婷德薇尔要留下来？还有，如果她决定不回特里斯，为什么最近这些天她要躲着他？是因为他送走了伊兰德而生气，还是因为他坚持留在这里帮忙而失望？

他在樊乔城堡宏伟的聚会厅找到了她。他驻足片刻，一如往常地赞叹着这个房间无可争议的雄伟。他暂时释放了视觉锡智库，摘下眼镜，打量着这个令人敬畏的空间。

房间的两侧，庞大的彩色矩形玻璃长窗直顶天花板。萨奇德站在门口，在支撑着房间两侧画廊的巨大石柱下，觉得自己变成了矮子。房间里的每一块石头似乎都经过雕琢，每一片瓷砖都是某幅华美镶嵌壁画的一部分，每一块玻璃都在傍晚的阳光下闪耀着五彩的光芒。

好长时间了……他心想。他第一次看到这个房间，是在带领纹参加她的第一场舞会时。就是在那时，在她扮演成法莱特·雷诺克斯的时候，遇见了伊兰德。萨奇德还因为她不小心吸引了一个如此重要的人物的注意而责备她。

而现在他主持了他们的婚礼。他微笑着，放回眼镜，重新填充他的视觉锡智库。愿被遗忘的上帝保佑你，孩子，要是你能够为我们的牺牲做些事情，他在心中默念。

婷德薇尔正在房屋中央和道克森及几个官员谈话。他们都挤在一张大桌子旁边，等萨奇德走近时，他看到了桌子上铺的东西。

是马什的地图。这幅地图全面而详尽地描述了卢萨岱尔，是用官方符号绘制的。萨奇德在自己的一个黄铜智库里保存了副本，连同关于这份地图的详细说明，他曾经把这份地图的一份实物副本送回给赛诺德元老团。

婷德薇尔和其他人已经用自己的符号重新标注了这份大地图。萨奇德慢慢走过去。婷德薇尔一看到他，就招手让他过去。

"啊，萨奇德，"道克森用干练的语调说，在萨奇德虚弱的耳朵里听起来一片混乱。"很好，请来这里。"

萨奇德走进中央凹陷的舞池中，来到桌子旁。"部属军队？"他问道。

"彭罗德控制了我们的军队，"道克森说，"他还派贵族接管了全部二十个军营。相信我们不喜欢这种情况的。"

萨奇德打量了一下桌子周围的人。他们是道克森亲自训练出来的一批书记员——都是斯卡人。天哪！他该不会随时准备谋反吧？萨奇德心想。

"别怕，萨奇德，"道克森说，"我们不打算做太过激的事情，彭罗德继续让克拉布斯组织城防，他似乎是听从了他的军事指挥官的建议。另外，现在尝试造反已经太迟了。"

道克森的语气似乎有几分失望。

"总之，"道克森指点着地图说，"我不信任他指派的那些指挥官。他们一点也不懂得战争，也不知道什么叫求生。他们的时间都花在花天酒地上了。"

为什么你那样憎恨他们？萨奇德想。有趣的是，道克森是团伙里最像贵族的一个。他穿着套装比布里兹显得更自然，口才比克拉布斯和"幽灵"更好。

只是他坚持留着一撮没有贵族气质的小胡子，有些扎眼。

“那些贵族也许不懂战争，”萨奇德说，“但他们对指挥有经验，我想。”

“没错，”道克森说，“但我们也一样。所以我希望每个城门都有一个我们的人在旁边，以防在形势不妙的时候，有真正得力的人来指挥。”

道克森指着地图上的一个城门——钢门。上面标注着一千人防守编队的符号。“这是你的营地，萨奇德。钢门是克洛兽有可能进攻的门里最远的一个，所以你也许不会看到任何战斗。但是，战斗一开始，我希望你和一批信使在这里，在城门遭到攻击时把消息带回樊乔城堡。我们会在这里设一个指挥部，这里的大门方便进出，也容得下大规模的行动。”

这是对伊兰德·樊乔和全体贵族的一个不太隐晦的打击，利用这样一个美丽的房间为背景，指挥一场战争。难怪他支持我把伊兰德和纹送走。他们一走，他就获得了凯尔西团伙无可争辩的控制权。萨奇德暗想。

这不是坏事，道克森是组织的天才和快速规划的大师。不过，他确实有着某种偏见。

“我知道你不喜欢打仗，萨兹，”道克森用双手撑着桌子，俯身说，“但我们需要你。”

“我想他正在为战斗作准备，道克森大人，”婷德薇尔盯着萨奇德说，“他手上的戒指很好地表明了他的意图。”

萨奇德看了看桌子对面的她。“你在这里的角色是什么呢，婷德薇尔？”

“道克森大人找我咨询，”婷德薇尔盯着他，“他的战争经验不多，想了解一些我从过去的将军那里学到的事情。”

“哦。”萨奇德说。他转向道克森，皱着眉头想了想，然后他点点头，“很好。我愿意加入你的计划，但是，我必须警告你不要制造分歧。请告诉你的人，除非完全必要，否则不要破坏指挥系统。”

道克森点点头。

“好，婷德薇尔女士，”萨奇德说，“我能私下和你谈一会儿吗？”

婷德薇尔点点头，然后他们俩向众人告退，走到最近的一个悬空画廊下。在一根柱子后面的阴影里，萨奇德转身看着婷德薇尔。她看起来如此淳朴，如此镇定，如此平静，尽管形势如此凶险。她是怎么做到的？

“你贮存了这么多种属性，萨奇德，”婷德薇尔又看了看他的手指，说，“当然，你还有以前准备的其他金属智库吧？”

“我在回卢萨岱尔的路上把所有的清醒和速度都用光了，”萨奇德说，“我的健康储备也没有了，在南方传教的时候，我为了克服一场疾病把最后一点用掉了。我一直想另外填充一个，但我们太忙了。我确实储备了大量的力量和重量，还有一系列的锡智库。不过，我想一个人不可能准备得事事周全。”

“也许，”婷德薇尔回头看了看围在桌子旁的那群人，“如果能让我们有事可做，而不是考虑那些不可避免的事情，那么这些准备就没有浪费。”

萨奇德感到一阵寒意。“婷德薇尔，”他小声问，“你为什么要留下来？这里没有你的位置了。”

“这里也没有你的位置，萨奇德。”

“这些人是我的朋友，”他说，“我不愿意离开他们。”

“那你为什么要说服他们的领袖离开？”

“为了让他们可以活下来。”萨奇德说。

“生存对领导者来说是不能经常享用的奢侈品，”婷德薇尔说，“当他们接受别人的热爱时，他们必须接受随之而来的责任。这些人民会死去，但他们不应该在死时感到被出卖。”

“他们没有——”

“他们期望被拯救，萨奇德，”婷德薇尔咬着牙轻声说，“就连在这里的人，甚至道克森，这些人里最实际的一个，都认为他们会活下去。你知道为什么吗？因为，在内心深处，他们相信某个事物会拯救他们。某个曾经拯救过他们的事物，幸存者留给他们的唯一馈赠。纹对于他们代表着希望，但你把她送走了。”

“为了活下去，婷德薇尔，”萨奇德重复道，“如果纹和伊兰德在这里死掉，那将是一种浪费。”

“希望绝不会被浪费，”婷德薇尔的眼睛闪着光，“在所有的人里面，我认为只有你懂得这个道理。你以为我在繁衍师手里的那么多年，只是靠倔强活下来的吗？”

“但是，你留在这里，是因为倔强或希望吗？”他问道。

她抬头看着他，“都不是。”

在画廊角落的阴影中，萨奇德长久地看着她。其他人继续在舞厅里讨论着，他们的声音在房间里回响。窗外透进来的点点光线被大理石地面反射，在墙上映出一条条亮斑。萨奇德缓慢而笨拙地用双臂搂住了婷德薇尔。她叹息着，让他抱住了自己。

他释放锡智库，让感觉重新在身体里流动。

她更深地埋进他的怀抱，把头靠在他的胸膛上。她皮肤的柔软和身体的温暖流过他的全身。她头发的气味充满他的鼻腔，不施香水，但清洁而新鲜，这是三天来他闻到的第一种味道。他用笨拙的手拿下眼镜，这样可以更清楚地看着她。当声音重新回到耳朵里的时候，他听见了婷德薇尔在他身边呼吸的声音。

“你知道我为什么爱你吗，萨奇德？”她轻声问。

“我猜不到。”他老实回答。

“因为你从不屈服，”她说，“其他人的强大像砖头：强硬，绝不低头，但如果你长时间敲打他们，他们会碎。而你……你的强大像风，总是在那里，很愿意改变方向，但在必须强硬的时候，却绝不回头。我不认为你的任何朋友懂得这种力量。”

曾经有一个朋友懂，他想。不过，她这样说也没错。“只怕我有再多的力量都不足以拯救他们了。”他低声说。

“但是，救出他们中的三个就够了，”婷德薇尔说，“你送他们走是错的……但你也有可能是对的。”

萨奇德没说话，只是闭上了眼睛，搂着她，责备她留下的决定，但也因此爱她。

就在这时，城头报警的鼓敲响了。

因此，我最后赌了一次。

51

早晨本不该有这种雾蒙蒙的阳光，迷雾应该在天亮前消失。热量会使雾气消失，即使把雾气关在封闭的房间里，它也会消失。它本不该经得起阳光的照射。

但不该发生的事情却发生了。离卢萨岱尔越远，早晨迷雾逗留不去的时间就越长。这种变化很轻微，他们离开卢萨岱尔只有几天，但纹却发现了。她察觉到了不同。这天早上，迷雾看来似乎比她预料中更强，在太阳升起后也没有减弱。迷雾遮蔽了阳光。

迷雾，黑暗力量，她想。她越来越相信自己在这件事上的猜测是对的，尽管她不明白原因。黑暗力量不是某个怪物或暴君，而是一种自然的力量，因此也更可怕。活物杀得死，但迷雾……令人无奈。黑暗力量不会用圣务官压迫百姓，而是利用人们本身的迷信和恐惧。它不能利用军队杀戮人民，而是利用饥饿。

一个人怎么能和某种比陆地还大的东西斗争呢？而且这个东西没有愤怒、疼痛、希望或仁慈的感觉？

然而，这就是纹面对的任务。夜晚，她静静地坐在篝火旁的一块大石头上，双手抱着腿，顶在胸脯上。伊兰德还在睡着，“幽灵”在外面巡逻。

她不再质疑自己的位置了。不管她是疯子还是永世英雄，击退迷雾都是她的任务。可是……难道那撞击声不该变得更响吗？为什么反而变弱了呢？她皱着眉头想。他们走得越远，似乎那砰砰声就变得越微弱。是她去得太晚了吗，还是井边发生了什么事，它的力量受到了抑制，还是有另外的人已经得到了它的力量？

我们必须继续前进。

换个人在她的位置，也许会问自己为何被选中。纹认识几个这样的人。不管在卡蒙的团伙还是伊兰德的政府，那些人每次得到任命时，都会抱怨。“为什么是我？”他们会问。缺乏安全感的人认为自己不胜任；懒惰的人希望逃避任务。

纹觉得自己既不自信，也不善于自我激励。不过，她觉得没有理由问为什么。生活告诉她，有时候事情就那样发生了，就像睿常常无缘无故打她一样。况且，原因只是软弱的安慰。比如现在她明白了凯尔西赴死的原因，但这并不能减弱她对他的思念。

她有任务要完成。不理解这件任务，并不能阻止她认定她必须设法完成这件任务。她只希望自己在时机到来时，知道该怎么做。尽管那砰砰声变弱了，但它还在那里。它吸引她前进，去升华之井。

身后，她感觉到雾灵的微弱震动。它在迷雾消失前一直在那里。它曾经一个早上都在那里，正站在她身后。

“你知道这一切的秘密吗？”在被阳光染红的迷雾里，她扭头问雾灵，“你有……”

雾灵的熔金术脉动正朝她和伊兰德共用的帐篷方向去。

纹跳下石头，踏上覆霜的地面，匆忙向帐篷跑去。她掀开帘子。伊兰德正睡在里面，脑袋几乎没有从毯子里露出来。迷雾弥漫在小小的帐篷里，盘旋着，缠绕着，这就够古怪了。迷雾通常是不进帐篷的。

而且，那精灵就在迷雾中间，正站在伊兰德的上方。

它实际上并不是一个实体。它只是迷雾里的一个轮廓，由雾气的混乱移动而形成一幅画面，然而它是真实存在的。她感觉得到，而且看得到，看到它抬着头，用不可见的眼睛和她对视着。

是憎恶的目光。

它抬起虚无的胳膊，纹看到什么东西在闪着光。她立刻行动起来，抽出匕首冲进帐篷，挥起一刀。她击中了雾灵手里的一个有形的东西。一个金属声在平静的空气中响起，纹感到胳膊上传来一股强大的、令人麻木的冰冷。她浑身寒毛直立。

接着它消失了，消散了，就像那个声音，不知为何如同真实的刀锋般响亮。纹眨眨眼，然后从被风吹起的帐帘朝外看去。外面的迷雾消失了，白昼终于胜利了。

但它的胜利似乎坚持不了多久。

“纹？”伊兰德打着哈欠，醒了过来。

纹平复了一下呼吸。雾灵已经消失，白昼代表着安全。她想：从前，我只有在晚上才会感到安全。然后，凯尔西给了我安全感。

“怎么了？”伊兰德问。一个人怎么可以起床起得这么慢，即使是一个贵族，难道他对自己在睡梦中表现出的弱点一无所知？纹暗想。

她把匕首插回鞘里。我怎么能告诉他呢？我怎么能在一个几乎看不见的东西面前保护他呢？她得好好想想。“没什么，”她平静地说，“只是我……又大惊小怪了。”

伊兰德翻了个身，安心地叹了口气，“‘幽灵’又去侦察了？”

“是的。”

“等他回来叫醒我。”

纹点点头，但他大概没看到。当太阳在身后升起时，她跪下去，看着他。她把自己给了他，不止是她的身体，也不止是她的心。她抛掉了矜持，放弃了保留，都是为了他。

她绝不会这样相信任何人，即使是凯尔西，即使是萨奇德，即使是睿。伊兰德就是一切。这个认识使她内心战栗。如果失去了他，自己就什么都没有了。

我一定不能再想下去了！她告诫着自己，站起身来。纹走出帐篷，轻轻关上门帘。在远处，她看到了一个移动的影子，“幽灵”回来了。

“那边有人，”他小声说，“不是雾灵，纹。五个人，还搭了一个营地。”

纹皱起眉头。“追踪者？”

“肯定是。”

她想：是斯特拉夫的侦察兵。“让伊兰德决定怎么处置他们。”

“幽灵”耸耸肩，走过来坐在她坐的石头边。“你要去叫醒他？”

纹转头说：“让他再多睡会儿吧。”

“幽灵”又耸了耸肩。他看着她走到火堆旁，解开他们昨天晚上砍的木柴，然后开始生火。

“你变了，纹。”“幽灵”说。

她继续忙活着。“每个人都在变，”她说，“我不再是个窃贼了，而且我有支持我的朋友。”

“我指的不是那个，”“幽灵”说，“我是说最近，从上周以来，你和以前不一样了。”

“怎么个不一样法？”

“我不知道，你不像以前那样总是害怕了。”

纹愣了一下。“我作了一些决定，关于我是谁，我要做什么样的人，还有我想要的是什么。”

她默默地忙了一会儿，又想到了一些。“我受不了愚蠢，”她说，“别人的愚蠢和我自己的愚蠢。我决定行动起来，而不是在事后算账。也许这是一种不成熟的处世态度，但这样感觉很好，就目前来说。”

“这不是不成熟。”“幽灵”说。

纹看着他，笑了。十六岁，身体几乎还没长成，他和纹被凯尔西收留时同龄。他眯着眼对着阳光，虽然太阳还很低。

“减弱你的锡，”纹说，“现在不用燃烧得那么强烈。”

"幽灵"耸耸肩。她看到了他脸上的犹豫。他太想立功了，她熟悉那种感觉。

"你呢，'幽灵'？"她准备着早饭，照例是肉汤和饼，"你最近怎么样？"

我几乎忘了试着和十几岁的男孩聊天是什么感觉了，她边想边露出微笑。

"'幽灵'……"她说，"你对这个绰号怎么看啊？我记得那时，每个人都叫你的真名。"莱斯特伯恩斯，纹曾试图把它写出来。她差不多弄错了五个字母。

"凯尔西给我取了那个名字。""幽灵"说，似乎这足以作为保留那个名字的理由。也许确实如此，纹看到了"幽灵"提到凯尔西时的眼神。克拉布斯是"幽灵"的舅舅，但凯尔西是他最重视的人。

当然，他们都重视凯尔西。

"我希望我能变得强大，纹，""幽灵"双手抱膝坐在那块石头上，幽幽地说，"像你一样。"

"你有自己的能力呀。"

"锡？""幽灵"说，"几乎毫无价值。如果我是迷雾之子，就能干大事了，变成一个重要人物。"

"变得重要没那么好玩，'幽灵'，"纹倾听着脑袋里砰砰的脉动声，说道，"在大多数时候，它只会让人烦恼。"

"幽灵"摇摇头。"如果我是迷雾之子，我就能救人，帮助那些需要帮助的人，使他们不再死去。但是……我只是软弱的"幽灵"，一个懦夫。"

纹皱起眉头看着他。但"幽灵"低着头，不愿和她对视。

这是怎么了？她感到奇怪。

萨奇德用了一点能力，帮他一步跨上三个台阶。他紧跟着婷德薇尔从楼梯井冲出来，和团伙的其他成员一起站到了城墙上。那些鼓仍在不停地敲着，每面鼓都有着不同的节奏，合在一起混乱地回响在建筑和巷道里。

没有了斯特拉夫的军队，北边的地平线上空空荡荡。要是东北边也是这种情形就好了，可惜这里的克洛兽营地正一片沸腾。

“有人能看清楚发生了什么事吗？”布里兹问。

汉姆摇摇头，“太远了。”

“我的侦察兵里有一个是锡眼师，”克拉布斯拖着腿走过来，“他发出了警报，说克洛兽在打仗。”

“老兄，”布里兹说，“难道那些邪恶的家伙不是一直在打来打去吗？”

“比平常严重，”克拉布斯说，“大规模的骚乱。”

萨奇德立即感到了一线希望。“它们在战斗？”他说，“也许它们会自相残杀！”

克拉布斯意味深长地看了他一眼。“读读你的那些书吧，特里斯人。看看它们是怎么描述克洛兽的情绪的。”

“它们只有两种情绪，”萨奇德说，“厌倦和暴怒。但是——”

“它们总是这样开始一场战役的，”婷德薇尔说，“首先开始内斗，卷入越来越多的自己人，然后……”

她没再说下去，但萨奇德明白了。东边的一团黑影开始变淡，散开，分解成一个个的人影，朝城市冲了过来。

“该死，”克拉布斯咒骂一声，然后迅速朝台阶走去。“信使离开！”他大声吼叫着，“弓箭手上城墙！守好河栅！各营就位！准备开战！你们想让那些东西闯进来吓唬你们的小孩吗？”

接下来一片混乱。人们开始跑向各个方向。士兵们开始往城墙上爬，阻塞了通道，使得团伙成员动弹不得。

开始了，萨奇德麻木地想。

“等楼梯井一通，”道克森镇定地说，“我希望你们每个人去自己的营地。婷德薇尔，你在锡门，在樊乔城堡北方。我也许需要你的建议，但你先暂时和那些小伙子一起。他们会听你的，他们尊重特里斯人。布里兹，从四营到十二营，你在每个军营都有一个安抚者？”

布里兹点点头，“人手不太多，但是……”

“命令他们让这些小伙子一直战斗！”道克森说，“不要让他们休息！”

“一千个人对一个安抚者来说太多了，我的朋友。”布里兹说。

“让他们尽力就行，”道克森说，“你和汉姆负责白蜡门和锌门，看样子克洛兽打算先攻这两座门。克拉布斯会带部队增援你们。”

两人点点头。然后道克森看着萨奇德。“你知道去哪里了？”

“是……是，我想我知道。”萨奇德抓着城墙说。空中，漫天尘埃。

“出发吧。”最后一队弓箭手上了城墙，楼梯井空了下来。

“樊乔大人！”

斯特拉夫转头看去。借助一些兴奋剂，他才得以有足够的力量坐在马鞍上，更别提打仗了。当然，他本来就不用打仗，那不是他做事的方法。那种事是将军干的。

他掉转马头，看着那个信使气喘吁吁地跑过来。那人在斯特拉夫的马旁站定，把双手放在膝盖上，片片灰烬在他的脚下盘旋着。

“大人，”那人说，“克洛兽军队开始进攻卢萨岱尔了。”

被你料到了，赞恩。斯特拉夫惊讶地想。

“克洛兽，进攻了？”贾纳尔将军骑马来到斯特拉夫身边，问道。这名英俊的将军皱着眉头，然后看看斯特拉夫，“你早预料到了，大人？”

“当然。”斯特拉夫微笑着说。

贾纳尔一脸敬佩。

“传令下去，贾纳尔，”斯特拉夫说，“我要返回卢萨岱尔。”

“我们一个小时就能赶到那里，大人！”贾纳尔说。

“不，”斯特拉夫说，“我们多花点时间。我们不希望军队过于劳累，是吗？”

贾纳尔笑了。“当然了，大人。”

弓箭似乎对克洛兽影响不大。

萨奇德站在钢门的瞭望塔上，吓得呆住了。他不是正式的指挥者，所以他没有什么命令可下。他和侦察兵及信使站在一起，等着看是否需要自己出面指挥。

这样他就有充足的时间观察那可怕的场面。克洛兽还没有朝他这个地区来，当它们向远处的锡门和白蜡门蜂拥而去的时候，萨奇德手下的人紧张地观察着。

虽然很远，瞭望台使他们可以越过城市的一部分看到锡门，萨奇德看到克洛兽在冰雹般的箭雨里奔跑着，好像有一些体形较小的死伤倒地，但大多数仍在继续往前冲。身边的人们一边看，一边嘀咕。

我们还没准备好，萨奇德想，虽然经过了几个月的计划和提前筹备，我们还是没准备好。

这就是我们的下场，在被一个神统治了一千年之后。那是一千年的和平，残暴的和平，但仍然是和平。我们没有将军，却不乏贪图享乐的人；我们没有战略家，却有一大堆官僚；我们没有战士，只有拿着手杖的年轻人。

注视着即将来临的末日，他还保持着学者的心态。他提取视力，能看到许多远处的怪物，特别是身材更高大的，手里拿着连根拔起的小树。它们用自己的方式做好了准备，准备闯进这座城市。那些树不如真正的撞车有效，但在另一方面，这些城门首先就不是为了防御真正的攻击而建造的。

他想：这些克洛兽比我们认为的聪明得多。它们能够认识到货币的抽象价值，即使它们没有经济体系。它们明白要用工具才能打破我们的城门，虽然它们不知道怎样制造这样的工具。

第一批克洛兽冲到了城墙下。人们开始往下掷石头和其他东西。萨奇德这边也准备好了同样的一堆，就在门拱上，靠近他站着的地方。但弓箭都几乎没效果，几块石头又能怎样？克洛兽聚集在城墙角下，就像被拦截的河水。远远传来的撞击声显示它们开始砸城门了。

“十六营！”一名信使在下面喊着，骑马来到萨奇德的城门旁，“卡尔利大人！”

“这里！”一个人在瞭望塔旁的城墙上喊道。

“白蜡门需要立即增援！彭罗德大人命令你带六个连跟我去！”

卡尔利开始下令。六个连……萨奇德想，我们一千个人中的六百个。他想起克拉布斯早先的话：两万人也许看上去很多，但一分散开，你就知道他们有多么少了。

六个连的士兵开走了，使得钢门上下令人不安地空落。还剩下四百名士兵，三百名在城下，一百名在城墙上。他们有些无声的骚动。

萨奇德闭上眼睛，提取他的听力锡智库。他听到了……木头互相撞击的声音、尖叫声，人类的尖叫声。他很快释放听力锡智库，然后提取视力，探身出去朝战斗正在进行的那段城墙看过去。那些克洛兽正在把落下来的石头扔回去，它们可比守城的人准确得多。萨奇德看到一名年轻士兵的脸被砸开了花、身体被石头的力量掀下城头。他不由得跳了起来，连忙释放了锡智库，呼吸变得急促起来。

“不要慌，大家！”城墙上一名士兵喊道。他勉强称得上青年，是一名贵族，但他不可能大过十六岁。当然，军队里的很多人都是这个年纪。

“站直身体……”那年轻的指挥官又说。他的声音不够坚决，而且在他注意到远处的什么时，话音落了下去。萨奇德转过身，顺着他的目光看过去。

一些克洛兽对挤在一座城门下无事可做不耐烦起来。它们开始分散开来，涉水穿过香奈瑞尔河，朝其他城门拥过来。

也向萨奇德负责的这扇城门拥过来。

纹直接落在那个营地的中间。她撒了一把白蜡粉到火堆上，然后一推，把木炭、余烬和烟雾朝两个惊呆了的守卫身上吹去。接着，她接连拔掉了三个小帐篷的木桩。

三个帐篷都垮了下去。一个里面没有人，但另外两个都响起了惊叫声。帆布上露出挣扎着的、混乱的人的轮廓：较大的帐篷里有一个人，较小的里面有两个人。

两个守卫蹒跚着往后退，仰起胳膊保护眼睛免受烟灰和火星的伤害，然后伸手摸剑。纹冲他们扬了扬拳头，然后，等他们眨着眼睛能够看清楚的时候，她向地上丢了一枚铸币。

两个守卫不动了，把手从剑柄上收了回来。纹看着那顶较大的帐篷，管事的人应该在里面，这个人才是需要她对付的人。也许是斯特拉夫的一个军官，尽管守卫身上没有佩戴樊乔家的族徽。也许——

杰斯茨·勒卡尔从帐篷里探出头来，一边咒骂，一边费力地从帐篷里钻出来。和纹最后一次见到他的时候比起来，这两年他的改变太多了。但是，一个人会变成什么样子还是有踪迹可循的。他单薄的身体变成了纺锤形，他秃头上的最后一根头发消失了。然而他的脸怎么会变得这样憔悴……这样苍老？他和伊兰德是同样的年纪。

“杰斯茨，”伊兰德从树林里的藏身处走出来。他走到这片开阔地，“幽灵”站在他身边。“你怎么在这里？”

杰斯茨在他的另外两名士兵割开帐篷后钻出来，终于吃力地站了起来。他示意他们不要动。“伊尔，”他说，“我……不知道还能去哪里。我的侦察兵说你逃走了，这看上去是个好主意。不管你要去哪里，我想跟你一起去。我们也许可以躲在那里。我们可以——”

“杰斯茨！”伊兰德走到前面站在纹身边，厉声说道，“你的克洛兽在哪里？你把它们赶走没有？”

“我试了，”杰斯茨垂着头说，“它们不愿意走，看到卢萨岱尔后它们就不愿走了。然后……”

“什么？”伊兰德质问道。

“一场火灾，”杰斯茨说，“把我们的……粮车烧了。”

纹皱起了眉头。

“你的粮车？”伊兰德说，“装木头铸币的那些车？”

“是的。”

“天哪，”伊兰德往前踏了几步，说道，“于是你就把失去领导的它们留在了那里，在我的家门外？”

“它们会杀了我的，伊尔！”杰斯茨说，“它们打斗得越来越频繁，要更多的铸币，要求我们攻城。如果我留在那里，它们会杀了我！它们是野兽，只是勉强有点人样的野兽。”

“所以你走了，”伊兰德说，“你把卢萨岱尔抛给了它们。”

“你也抛弃了卢萨岱尔，”他走上前，举着手恳求地说，“看着，伊尔。我知道我错了。我以为我能控制它们。我没想到会发生这种事！”

伊兰德沉默着，纹看到了他眼睛里的冷酷，不是像凯尔西那种危险的冷酷，更像一种……庄严的气度。他站得很直，居高临下地看着那个在他面前为自己辩护的人。

“你招了一支残忍的怪物组成的队伍，然后领着它们发动了一场残忍的袭击，杰斯茨，”伊兰德说，“你导致无辜村民被杀害。然后，你又把这支没有首领、无人控制的军队抛弃在整个最后帝国人口最多的城市外面。”

“原谅我。”杰斯茨说。

伊兰德盯着他的眼睛。“我原谅你。”他平静地说。然后，他以流畅的动作拔出长剑，齐肩砍下了杰斯茨的脑袋。“但我的王国不能原谅。”

纹目瞪口呆地看着那具尸体倒在地上。杰斯茨的士兵们惊叫着抽出了武器。伊兰德神情肃穆地转过身，扬起血淋淋的剑对着他们。“你们认为处决他错了吗？”

那些士兵迟疑着。“不，大人。”其中一个人低着头说。

伊兰德跪在地上，用杰斯茨的斗篷上把剑擦干净。“考虑到他的所作所为，这样死便宜他了。”他把剑“刷”的一声插回到剑鞘里，“但他是我的朋友。埋了他吧。等你们完成后，欢迎你们和我一起去特里斯，你们也可以回家，凭你们选择。”说完这番话后，他重新朝树林里走去。

纹站在那里，看着那些士兵。他们肃然地收起杰斯茨的尸体。她朝“幽灵”点点头，然后冲向树林里找伊兰德。没走多远，她就看到伊兰德正垂着头，坐在不远处的一块石头上。灰烬开始飘落，但大多落在树冠上，把树叶染成了苍苔。

“伊兰德？”她问。

他抬起头，看向树林深处。“我不知道为什么要这样做，纹，”他轻声说，“为什么我要做带来公正的人？我连国王都不是了。但是，我觉得这件事非做不可。现在我也是一样的想法。”

纹把一只手放在他的肩膀上。

“他是我杀的第一个人，”伊兰德说，“他和我从前有过那样的梦想：我们两个实力最强大的帝国家族联合起来，把卢萨岱尔前所未有地整合起来。我们的这些梦想不是贪婪的条约，而是以把城市变成一个更好的地方为目标的真正的政治同盟。”

他抬头看着她。“我认为我现在懂得你的感受了，纹。在某种意义上，我们都是刀子，都是工具，不是为了彼此，而是为了这个王国，这些人民。”

她用胳膊环抱着他，搂着他，把他的头靠在自己的胸脯上。“对不起。”她轻声说。

“这是不得不做的事情，”他说，“让人伤心的是，他是对的。我也抛弃了他们。我应该用这把剑迎接我的命运。”

“你离开有一个很好的原因，伊兰德，”纹说，“你离开是为了保护卢萨岱尔，是为了让斯特拉夫不用武力攻城。”

“如果克洛兽在斯特拉夫之前攻城呢？”

“也许它们不会，”纹说，“它们没有首领，也许它们会攻击斯特拉夫呢。”

“不会的。”“幽灵”的声音响了起来。纹转过头，看到“幽灵”正穿过树林走过来，迎着光的眼睛眯缝着。

这孩子燃烧了太多锡了，她想。

“你是什么意思？”伊兰德转身问道。

“幽灵”低着头。“它们不会攻击斯特拉夫的军队，伊尔。它们应该不在那里了。”

“什么？”纹问道。

“我……”“幽灵”的眼睛躲闪着，脸上露出一丝羞惭。

我是个懦夫。纹想起他早些时间说的话。“你早就知道，”纹说，“你知道那些克洛兽打算攻城。”

“幽灵”点点头。

“荒唐，”伊兰德说，“你不可能知道杰斯茨要跟踪我们。”

“我不知道。”“幽灵”说，一团灰烬从他身后的树上落下来，在风中散成几百片落在地上。“但我舅舅猜到斯特拉夫会后撤军队，让克洛兽攻城，所以萨奇德决定把你们送出去。”

纹突然感到一阵寒意。

萨奇德是这样说的：我已经发现升华之井的位置了，在北方，在特里斯山脉……

“克拉布斯告诉你的？”伊兰德说。

“幽灵”点点头。

“但你没有告诉我们？”伊兰德站起身，问道。

哦，不……

“幽灵”沉默了一下，然后摇了摇头。“你不应该回去！我不想让你去送死，伊尔！对不起。我是个懦夫。”他畏缩着，看着伊兰德的长剑，往后退了一步。

伊兰德停下来，好像意识到自己正在不自觉地朝“幽灵”走过去。“我不会伤害你，‘幽灵’，”他说，“我只是为你感到害臊。”“幽灵”垂着头，然后身子一软，背靠一棵白杨坐在了地上。

那砰砰的脉动声，变得更微弱……

“伊兰德，”纹低声说。

他转过身。

“萨奇德在撒谎。那口井不在北方。”

“什么？”

“它在卢萨岱尔。”

“纹，那太荒唐了。我们找到它了？”

“还没有，”她站起身，看着南方，坚定地说。她集中注意力，感受着那种脉动流过她的身体，拉扯着她。

南方。

“那口井不可能在南方，”伊兰德说，“那些传说都说它在北方，在特里斯山脉。”

纹困惑地摇了摇头。“它在那里，”她说，“我知道它在那里。我不知道是怎么回事，但它的确在那里。”

伊兰德看着她，然后点了点头，相信了她的直觉。

哦，萨奇德，你的目的也许是好的，但可能会把我们全都害了。要是城市落在克洛兽手里……她想。

“我们多快可以回去？”伊兰德问道。

“那要看情况。”她说。

“回去？”“幽灵”抬头问，“伊尔，他们都死了。他们告诉我一旦我们到了塔星顿，就让我告诉你真相，这样你就不会在冬天去爬那座什么都没有的山，白白去送死。不过，在克拉布斯告诉我的时候，那也是在向我道别。我能从他的眼睛里看出来。他知道以后再也看不到我们了。”

伊兰德沉默着，纹看着他的眼睛，那里面有犹豫、痛苦、恐惧。她知道那些感情，因为她自己也是同样的感觉。

萨奇德、布里兹、汉姆……

伊兰德握住她的胳膊。“你一定要去，纹，”他说，“那里也许有幸存者……灾民。他们需要你的帮助。”

她点点头，他手掌的稳定，声音里的坚决，给了她力量。

“‘幽灵’和我会跟在你后面，”他说，“我们恐怕要花几天时间，但熔金术师远比任何马都快。”

“我不想离开你。”她低语。

“我知道。”

还是很难。她怎么能在刚刚重新找到他之后，很快又离开他呢？可是，现在她确定了它的位置，她感到升华之井的召唤愈加迫切。如果她的一些朋友得以劫后余生的话……

纹咬了咬牙，然后打开口袋，倒出最后的一些白蜡粉。她从水瓶里喝了口水，把这些白蜡粉末吞了下去。不算太多，应该不会让我得白蜡症太久的，她想。

“他们都死了……”“幽灵”咕哝了一句。

纹转过身去。那脉动声显得更紧迫了，来自南方。

我来了。

“伊兰德，”她说，“就算是为了我，别在晚上迷雾出来的时候睡觉。晚上赶路，要保持清醒。小心那个雾灵，我认为它对你有恶意。”

伊兰德皱起了眉头，但点头同意了。

纹燃烧起白蜡，然后朝大路跑去。

我的恳求、我的教导、我的反对，甚至我的背叛都全无作用。阿兰迪现在有了别的指导人，这个人会对他说他愿意听的话。

52

布里兹竭力做出自己没有卷入战争中心的样子，但不太成功。

他骑着马站在锌门下的空地上。士兵们列队站在门前，一边等待，一边看着城头的同伴。他们不安地移动着，身上的盔甲丁当乱响。

城门上咚的一声响。布里兹不免有些畏缩，但仍然继续施展安抚术。“坚强点，”他小声说，“恐惧、不安，被我抑制了。死亡也许会通过这些门进来，但它打不过你。它赢不了。坚强点……”

布里兹剧烈燃烧着黄铜，感到胃里似乎有一团营火。他有很长时间没有这样把金属瓶用光了，他已经吞下几把黄铜粉和好几口水。要谢谢道克森骑着马的信使，他才能得到稳定的补给。

这种情况能持续多长时间？他边想边擦汗，继续安抚。幸运的是，熔金术对身体很宽容：熔金术的力量源于金属本身，而不是燃烧金属的人。然而，安抚术比其他熔金术技能复杂得多，而且需要持久的注意力。

“害怕、恐惧、焦虑……”他低语着，“逃走或放弃的欲望。我把这些从你们身上带走……”当然，这种咒语并无必要，但他一直用这种办法来帮助他集中注意力。

他看着怀表，又经过了几分钟的安抚，然后拨马小跑到场地的另一边。城门继续咚咚响着，布里兹又开始擦汗了。他注意到，擦汗的手帕已经湿得没法用了。天上也开始下雪。潮湿会把灰烬粘在他的衣服上，而且他的套装绝对会被弄得一塌糊涂。

这套衣服也会被你的血毁掉，布里兹，他对自己说，装傻的时候结束了。这次是玩真的了。真要命。你怎么能在这里完蛋呢？

他用上两倍的力气，安抚着一群新的士兵。他是最后帝国最强大的熔金术师之一，在情绪熔金术领域。他能同时安抚几百个人，只要他们靠得足够近，且他把力量集中在简单的情绪上，连凯尔西也没有同时对付这么多人的本事。

然而，这么多的士兵还是超出了他的能力，他不得不对他们分片进行安抚。当他对新的一群人施展法术时，被他放下的那些人就开始畏缩，他们的焦虑又占了上风。

等门一破，这些人将会四处逃散。

城门被撞得“轰隆”一声。士兵们聚集在城墙上，往下扔石头，射箭，毫无章法地疯狂作战。偶尔有一名官员走到他们中间，喊叫着命令，试图协调他们的力量。但布里兹离得太远，分辨不出他们说的是什么。他只能看到人们混乱地移动、尖叫、射箭。

当然，他也看到了对手的还击。石头从下面飞上来，有些在城墙上就砸碎了。布里兹尽力不去想城墙的另一面，那数千头暴怒的克洛兽。偶尔会有士兵跌落下来。鲜血从城墙上滴落，染红了下面的几处空地。

“恐惧、焦虑、害怕……”布里兹低语着。

奥瑞安娜已经逃出去了。纹、伊兰德和“幽灵”是安全的。他必须把注意力集中在这些成功上。谢谢你，萨奇德，你让我们把他们送了出去，他想。

身后响起了马蹄声。布里兹一边继续安抚，一边转身看去。是克拉布斯。将军弓着腰懒洋洋地坐在马上，睁着一只眼睛盯着士兵，另一只眼睛则永恒地乜斜着。“他们干得不错。”他说。

“老兄，”布里兹说，“他们吓死了。连那些被我安抚着的人也盯着那扇门，好像里面有一张大嘴要把他们吸进去一样。”

克拉布斯盯着布里兹，“今天很有想象力，不是吗？”

“即将来临的末日常常对我有这种效果，”布里兹感觉着门扇的摇动，“不管怎样，我不觉得他们做得很‘好’。”

克拉布斯不满地说：“在战争面前人们都会紧张。不过，他们都是好小伙子。他们会守住的。”

城门摇动着颤抖着，门扇的边缘出现了裂纹。那些铰链要坏了……布里兹心想。

“你不认为可以安抚那些克洛兽吗，”克拉布斯问，“让它们温柔一点？”

布里兹摇摇头。“安抚术对那些野兽无效，我试过了。”

他们听着城门发出的轰隆声，陷入了沉默。最后，布里兹看了一眼克拉布斯，后者镇定地坐在马背上。“你以前打过仗，”布里兹说，“打得多吗？”

“在我年轻的时候，断断续续差不多有二十年，”克拉布斯说，“平定边远地区的叛乱，和沙漠地区的游牧民族作战。御主大帝在平息这些冲突方面做得很好。”

“那么……你是怎么做的？”布里兹问，“你经常胜利吗？”

“一贯如此。”

布里兹露出了一丝微笑。

“当然，”克拉布斯看了布里兹一眼，“我们这边是有克洛兽的一方。那些畜生，太难杀死了。”

很好，布里兹心想。

纹奔跑着。

她从前只得过一次“白蜡症”。两年前，和凯尔西一起。在稳定地剧烈燃烧白蜡的时候，一个人能以不可思议的速度奔跑，就像短跑时的冲刺一样，根本不会累。

然而，这个过程会对身体产生一些影响。白蜡使她不停地奔跑，但也累积起自然的疲劳。同时导致她意识模糊，产生一种精力耗尽后的恍惚状态。她的精神极度渴望休息，然而她的身体却跑个不停。奔跑，奔跑，奔跑，沿着运河的纤道向南，向卢萨岱尔奔跑。

纹这次对白蜡症早有准备，所以她适应得不错。她战胜了恍惚，把精神集中在目标，而不是身体的重复运动上。但是，这种精神的集中导致了一些令人不安的想法。

为什么我要这样做呢？她想知道，为什么这样逼迫自己？“幽灵”都说了，卢萨岱尔肯定已经陷落，不需要这样急切。

可是，她仍然奔跑着。

她在头脑里看到了死亡的画面。汉姆、布里兹、道克森、克拉布斯，还有亲爱的萨奇德，她认识的第一个真正的朋友。她爱伊兰德，她祝福其他那些送伊兰德脱离危险的人。可是，同时她也为他们让她离开而愤怒。这股愤怒指引着她。

他们让我抛弃他们，他们逼着我抛弃他们。

凯尔西用了几个月时间教她学习如何信任。他生命里留给她的最后的话是关于谴责的，而这些话是她永远忘不掉的。关于友谊，你仍然有很多需要学习，纹。

他曾经两次冒着生命危险，使“幽灵”和奥索尔脱离了危险，击退并最终杀死了一个钢铁审判官。尽管纹抗议说那样的冒险毫无意义，他还是那样做了。

她错了。

他们好大的胆子！她想，一边流泪，一边沿着运河宽敞的纤道飞奔。白蜡赋予了她非同一般的平衡感和速度。对任何其他人而言称得上危险的速度，对她却自然而然。她不会被绊倒，也不会失足，但在外人看来，她的速度是不顾一切后果的。

树呼呼地向后退去。她像从前那次一样地奔跑着，而且比那天对自己逼迫得更厉害。那一次，她这样奔跑是为了追上凯尔西。这一次，她奔跑是为了她爱的人们。

他们好大的胆子！他们怎么敢不给我和凯尔西同样的机会！他们怎么敢拒绝我的保护，拒绝让我帮助他们！她又一次在心中默念。

他们竟然胆敢去死……

她的白蜡不多了，但她才只跑了几个小时。说老实话，她这几个小时或许已经跑完了步行一天才能走完的路程。然而，不知怎么的，她觉得这样远远不够。他们已经死了。她已经太晚了，就像几年前她奔跑的时候一样，晚得不足以拯救他们的军队，晚得不足以拯救她的朋友。

纹继续跑着，继续流着泪。

“我们是怎么到这儿的，克拉布斯？”布里兹轻轻问。他还站在城门下的空地上，听着城门发出的咚咚声。他骑在马上，站在雪和灰混合成的一片泥泞里。那纷纷扬扬的白色和灰色似乎要掩盖那些尖叫的人、那破裂中的城门和飞落中的石块。

克拉布斯疑惑地看着他，皱起了眉头。布里兹继续盯着灰和雪，黑和白，懒洋洋地飘落着。

“我们不是那种循规蹈矩的人，”布里兹平静地说，“我们是窃贼，犬儒主义者。你，一个厌倦了为御主大帝当差的人，一个决心亲眼看着自己成功一次的人。我，一个无视道德、喜欢玩弄别人，把他们的感情当作儿戏的人。我们怎么死在了这里，站在一支军队前面，为一个理想主义者的事业打仗？像我们这样的人不应该做领袖的。”

克拉布斯看着他。“我猜我们是白痴。”他冒了一句。

布里兹没说话，他注意到了克拉布斯眼睛里的那道闪光。那点幽默的闪光，不是非常熟悉克拉布斯的人是无法察觉的。正是这隐约的一闪告诉了他真相，克拉布斯是一个有着少见理解力的人。

布里兹笑了。“我想我们是的，就像我们从前说过的，是凯尔西的错。他把我们变成了愿意站在一支末日来临的军队前面的人。”

“那个浑蛋。”克拉布斯说。

“的确。”布里兹说。

灰和雪继续落着。人们惊慌地叫起来。

城门轰然打开了。

“东门已经被打开缺口了，特里斯老爷！”道克森的信使喘息着，蹲在了萨奇德身边。他们两人坐在城垛下，听着克洛兽撞门的声音。那个失陷的门应该是锌门，在卢萨岱尔的最东面。

“锌门的防守是最好的，”萨奇德镇定地说，“他们应该能守住的，我想。”

信使点点头。风吹着城头的灰烬，填塞着石头上的裂缝和凹陷，黑色的灰烬间偶尔夹杂着一点点白骨般的雪。

“有要让我向道克森大人汇报的事情吗？”信使问道。

萨奇德看了看城墙上的防御，沉默了一下。他从瞭望塔爬下来，加入了普通士兵的行列。士兵已经用完了石头，但弓箭还发挥着作用。他从墙边向下瞥了一眼，看到了下面堆起来的克洛兽的尸体。但是，他也看到了破裂的前门。萨奇德低下头，心想：它们的狂暴能持续这么长时间，真让人吃惊，它们一直在怒吼和尖叫着，就像野狗一样。

他靠在湿冷的石头上，在寒风里颤抖着，脚趾也变得麻木起来。他找到黄铜智库，从里面提取出他储存在里面的热，他的身体很快淹没在一股令人愉快的温暖里。

“告诉道克森大人，我担心这里的城防，”他说，“最好的人被抽到东门协防了，而且我对我们的指挥官缺乏信心。如果道克森大人可以另外派一个人到这里指挥，我想那样是最佳的选择。”

那个信使面带迟疑。

“怎么了？”萨奇德问。

“他派你来难道不是为了这个吗，特里斯老爷？”

萨奇德皱着眉头。“请告诉他，我对自己领导……或战斗能力的信心比对我们的指挥官还小。”

信使点点头离开了，他匆匆走下楼梯，朝他的马走去。萨奇德被一块砸在上面城墙上的石头吓了一跳，崩裂的碎石跳过城齿，散落在他面前的城垛上。以被忘却的上帝之名……我在这里干什么呢？他在心中默念。

他察觉身边的城墙上有人活动，转身看到年轻的贝达上尉正小心翼翼地低着头，向他移动过来。贝达是个高个子，浓密的长头发垂到眼睛上面，单薄的身材即使隔着盔甲也看得出来。这个年轻人看上去似乎应该在舞会上跳舞，而不是在战争中率领士兵。

“你的信使说什么了？”贝达紧张地问。

“锌门失陷了，大人。”萨奇德回答。

年轻上尉一下子白了脸。“我……我们该怎么办？”

“为什么问我，大人？”萨奇德问，“你在指挥啊。”

“拜托，”贝达抓着萨奇德的胳膊说，“我不懂……我……”

“大人，”萨奇德压下自己的紧张，严厉地说，“你是个贵族，是不是？”

“是……”

“那么你是习惯发号施令的，”萨奇德说，“现在就下令吧。”

“命令什么？”

“都没关系，”萨奇德说，“让那些人知道你在负责。”

年轻人踌躇着，然后一声尖叫，伏下了身子。一块石头打中了附近一名弓箭手的肩膀，把他抛下了城墙。下面的人一阵骚乱。这时萨奇德注意到一件奇怪的事：一群人聚集在城墙下的空地后面。是斯卡平民，身上穿着被灰烬染黑的衣服。

“他们在这里干什么？”萨奇德问，“他们应该藏起来，而不是在这里等那些怪物破门而入时招惹它们！”

“破门而入？”贝达上尉问。

萨奇德没理他，平民他能够应付。他管理过贵族的仆人，早习惯了。

“我去和他们谈谈。”他说。

“好……”贝达说，“这是个好主意。”

石阶覆盖着一层灰白色的烂泥，变得又湿又滑，萨奇德沿着阶梯走下去，来到那群人身边。这里的人比他想象的多，一直延伸到街道里。大约一百名平民紧靠着站在一起，忍受着寒冷，透过纷纷扬扬的雪注视着城门。看着他们，萨奇德不由为自己黄铜智库带来的温暖感到内疚。

几个人在他走近时向他俯首致礼。

“你们为什么在这里？”萨奇德问，“唉，你们必须找个避难所。如果你们的房子靠近这里，那就躲到城中心去。等克洛兽解决了那些军队，它们会很快开始掠夺的，所以城边缘的房子更危险。”

一个人都没有动。

“快走！”萨奇德说，“你们必须走。如果留下来，你们会没命的！”

“我们来这里不是为了寻死，神圣见证人，”一个站在前面的老人说，“我们是来这里看克洛兽失败的。”

“失败？”萨奇德问。

“继承人女士会保护我们的。”另一个女人说。

“继承人女士已经离开这座城市了！”萨奇德说。

“那么我们希望看看你，神圣见证人。”那个由一个年轻人搀扶着的老人说。

“神圣见证人？”萨奇德说，“为什么用这个名字叫我？”

“你是带来御主大帝死讯的人，”那个人说，“你给了继承人女士刺死御主大帝的那把矛。你是见证她的行动的人。”

萨奇德摇摇头。“那也许是对的，但我不值得崇拜。我不是个神圣的人，我只是个……”

“一个见证人，”那位老人说，“如果继承人要加入这场战斗，她会在你附近出现。”

“我……对不起……”萨奇德涨红了脸。我送她走了，我把你们的神送去了安全的地方。

那些人注视着他，他们的眼神里饱含虔诚。这不对，他们不应该崇拜他。他只是一个旁观者。

可是，他已经把自己变成了这些事件的一部分，就在婷德薇尔间接地警告他的时候。现在萨奇德已经参与到这些事件里，他自己也成了崇拜的目标。

“你们不该这样看待我。”萨奇德说。

“继承人女士也说过同样的话。”那老人微笑着说。

“那不一样，”萨奇德说，“她是……”他的话被身后的惊叫声打断了。城墙上的弓箭手正在挥手发出警告，年轻的贝达上尉朝他们跑过去。这时……

一个野蛮的蓝色生物突然爬上了城墙，它皮肤上的裂纹往下滴着猩红色的鲜血。它把一名惊呆了的弓箭手推到一边，然后抓住贝达上尉的脖子，把他向后扔下去。那孩子消失了，落到下面克洛兽一边。即使在这样远的距离，萨奇德仍然听到了那声尖叫。第二头克洛兽也爬上了城墙，接着是第三头。弓箭手吓得溃不成军，丢掉了手里的武器，一些人甚至在慌乱中把别人挤下了城墙。

那头克洛兽是跳上来的，萨奇德意识到。下面一定堆了足够多的尸体。可是，要跳得这么高……

越来越多的克洛兽攀上了城墙。它们都是怪物里面体形最大的，这些家伙的身高超过十尺，能够轻而易举地把挡它们路的弓箭手推开。不停地有人从城墙上掉下去，擂门的声音也变得更响了。

“快走！”萨奇德向身后的人挥了挥手。一些人退开了，还有很多人坚定地站着。

萨奇德绝望地转身朝城门走去。木制的城门开始破裂，碎片溅到混杂着雪和灰烬的空气里。士兵们惊恐地后退。终于，“啪”的一声，门杠断裂了，右边的门扇轰然打开。一头极为高大、浑身是血的克洛兽吼叫着跳了进来。

士兵们丢下武器逃跑了，另一些则被吓得当场愣住。萨奇德站在他们背后，后面是为数不少的斯卡人。

我不是战士，他想着。看着那些怪物，他的手心里都是汗。看着它们尖叫，它们拔出巨大的长剑，它们的皮肤在攻击人类士兵时撕裂而出血，他感到勇气开始消散。

但是如果我不做些什么的话，就没有人会反抗了。

他抽取自己的白蜡智库。

他的肌肉开始增长。在向前冲去的时候，他从钢智库里抽取了有史以来最多的力量。他多年来储存的力量，很少有机会使用，现在到了派用场的时候了。

他的身体改变了，瘦弱的学者的手臂变得粗大，肌肉隆起。他的胸膛变得宽阔、膨胀起来，肌肉因为力量而变得紧张。在虚弱中度过的几天就是为的这一刻。他从士兵中间挤开一条路，把变得局促的袍子从头上拉掉，身上只剩下一条缠腰布。

带头的克洛兽扭过头，发现面前站着一个几乎和自己一样高大的人。尽管它情绪狂暴，毫无人性，还是吃了一惊。

萨奇德一拳砸向这个怪物。他没有为战争训练过，对搏斗也毫无所知。然而在这个时候，他的缺乏经验一点也不要紧。他那一拳打在对手的脸上，打碎了它的颅骨。

萨奇德迈动粗壮的双腿，回头看着震惊的士兵。说些勇敢的话！他告诉自己。

“战斗！”萨奇德大喊，为自己突然变得浑厚有力的声音吃了一惊。

然后，令人惊讶的是，他们开始战斗了。

纹筋疲力尽地跪倒在泥泞的大路上，她的手指和膝盖杵在冰冷的泥土里，但她根本不在乎。她喘着粗气，再也跑不动了。白蜡消失了。她两腿酸痛，肺里仿佛在燃烧。她只希望倒在地上，把身子蜷起来拼命咳嗽。

这不过是白蜡症，她拼命说服自己。她透支了自己的身体，现在不得不付出代价。

她呻吟着，又咳嗽了一会儿，然后用湿淋淋的手从口袋里拿出了最后两个金属瓶。瓶子里是八种基本金属的混合物，还有硬铝，其中的白蜡能使她多挺一会儿……

但不会很久。她距离卢萨岱尔还有几个小时的路程，即使用上白蜡，她也不可能在夜深之前到达。她叹着气，把金属瓶放回去，然后强制自己站起来。

等我到了又会怎么做？为什么要这样拼命？我那么渴望继续战斗杀戮吗？纹心想。

她知道自己不可能及时赶上这场战斗。事实上，克洛兽也许几天前就开始攻打卢萨岱尔了。可是，攻击赛特城堡时的那些事，她造成的那些死亡仍然困扰着她，在她脑海里不时闪现出可怕的图景。

可是，现在她的感觉有了不同。她已经接受了自己作为刀子的地位。但刀子是什么？难道不是另外一种工具？它可以用来作恶，也可以行善；它可以杀人，也可以保护人。

可是现在她这么虚弱，想这些又有什么用呢？在她燃烧起锡来清醒头脑的时候，她的双腿颤抖着，怎么也控制不住。她站在帝国的官路上，在纷纷扬扬的雪花下，这条满是泥泞、坑坑洼洼的路扭曲着伸向远方，似乎永远没有尽头。这条路是和帝国运河并行的，后者就像大地上一条蛇形的伤口，很宽，但空荡荡的，在官道旁伸展开来。

之前和伊兰德一起的时候，这条路显得崭新而光亮，现在看上去则黑暗而令人沮丧。升华之井脉动着，那声音随着她返回卢萨岱尔的每一步而变得更加有力。然而，她醒悟得太晚了，无法使她及时阻止克洛兽攻下那座城市。

也使她无法及时拯救她的朋友。

对不起……她一边想，一边拉紧了斗篷。没有白蜡帮助她抵御寒冷，她的牙齿开始打架。我让你们失望了，她想。

她看见了远方的一道烟。她用尽目力看过去，但没有更多的发现。在灰蒙蒙的飞雪里，地平线上一片茫然。

一个村庄，她仍然麻木的头脑里想道。在这个地区有很多村庄。卢萨岱尔是帝国诸多省份里最大的城市，但它周围还是有着不少村落。伊兰德虽然不能使这些地区的土匪绝迹，但和最后帝国其他区域比起来，这里的情况要好得多。

纹奋力在黑泥地里挣扎着，跌跌撞撞地朝那个村子的方向走去。走了差不多十五分钟，她离开干道，上了通向那个村子的一条支路。村子很小，即使以斯卡人的标准。村里只有几间草屋和两间比较好的建筑。

这不是种植园，是一个以前的驿站，供赶路的贵族歇宿的地方。这个小庄园，从前大概由一个小贵族地主管理，很暗。但是，有两间斯卡人茅屋里有亮光和木柴燃烧的炸裂声。在这样的阴冷天气里，人们一定会早早放下工作回到家里。

纹哆哆嗦嗦地走向一间茅屋，她听到了里面的谈话声。她停下脚步，倾听着。儿童的笑声，男人充满活力的讲话声。她还闻到了一定是刚端上来的晚饭的味道，一顿简单的蔬菜汤。

斯卡人……她想。一间这样的茅屋在御主大帝时代应该是充满忧郁和恐惧的地方。快乐的斯卡人被认为是不好好工作的斯卡人。

我们毕竟做了点事情，这一切都是有意义的。

可是，这值得用她朋友的死来换取吗？值得用卢萨岱尔的陷落换取吗？没有伊兰德的保护，连这样的小村子也将很快被某个暴君占领。

她听着那笑声。凯尔西没有放弃。他面对着御主大帝，最后说的话是充满蔑视的。即使他的计划看来毫无指望，他的尸体躺在大街上，他仍然胜利了。

她站直身子，想道：我不能放弃，在亲手抱着他们的尸体之前，我拒绝承认他们的死亡。

她举起手敲了门。茅屋里的声音突然停止了。纹在门吱吱嘎嘎开启时熄灭了锡。斯卡人，尤其是乡下的斯卡人，是特别容易大惊小怪的人。也许她得……

"哦，小可怜！"主妇惊叫着，把开了个小缝的门拉开了，"快进来避避雪。你在外面做什么！"

纹迟疑着。主妇穿着简朴，但足以抵御冬天的寒冷。小屋正中间的火坑里闪亮的火光带来令人舒适的温暖。

"孩子？"女主人问道。她身后，一个留着胡须的矮壮男人站了起来，把一只手放在女人的肩膀上，注视着纹。

"白蜡，"纹小声说，"我需要白蜡。"

那对夫妇对视了一眼，皱起了眉头。他们也许以为她的脑子糊涂了。毕竟，看看她的样子，头发被雪濡湿了，衣服也湿漉漉地粘着灰烬。她身上只穿了一套简单的马装：一条长裤和一件普通的斗篷。

"为什么你不进来，孩子？"男主人提议，"吃点东西，然后我们再谈谈你从哪里来。你的父母在哪里？"

纹气恼地想：天哪！我看起来没那么小吧？

她向那对夫妇施以安抚术，平息他们的关切和疑惑，然后她又挑动起他们帮助人的意愿。她不如布里兹那样在行，但毕竟不是生手。那对夫妇立刻平静多了。

"我没有那么多时间，"纹说，"白蜡。"

"主人家里有一些很好的餐具，"男人慢吞吞地说，"但我们把大部分都拿去换衣服和农具了。我记得还剩下一对酒杯。克莱德大人——我们的长老，把它们放在一间茅屋里了……”

“那也许能用。”纹说。尽管做酒杯的白蜡有可能不是按熔金术金属的比例混合的，也许里面有过量的银或过少的锡，使白蜡燃烧起来缺乏效率。

那对夫妇皱着眉头，然后交换了一下眼色。

纹感到绝望再次爬回她的胸膛。她在想什么？即使这些白蜡是适用的合金，也要花些时间把它削成能供她使用的金属屑。白蜡燃烧得相对较快，她需要大量的白蜡。准备这些白蜡花的时间也许可以让她走回卢萨岱尔了。

她转过身，透过黑暗的、大雪茫茫的天空朝南方看去。即使有了白蜡，也要再花上几个小时奔跑。她真正需要的是一条钉路，一条沿途钉满钉子的路，可以让熔金术师推着，在钉子之间连续纵跃。在这样一条安排好的路上，她从前从卢萨岱尔到菲利斯，本来马车一小时的路程，只用了不到十分钟。

但从这个村子到卢萨岱尔没有钉路，运河河道沿途也没有。钉路设置起来很难，而且用途太单一，不值得费时费力地在很长的道路上修建。

“那是马厩吗？”纹朝一座没有亮灯的建筑点点头，问道。

“是的，”那个男人迟疑地说，“但我们没有马，只有几头山羊和牛。你肯定不想——”

“马蹄铁。”纹说。

那个男人皱起了眉头。

“我需要一些马蹄铁，”纹说，“要很多。”

“跟我来，”那人对她的安抚术作出了回应。他领着她走出小屋。另一些人跟在他们后面，纹注意到两个男人手里拿着棍棒。这些人能够不受干扰地生活，也许不仅仅是因为伊兰德的保护。

那个矮壮的男人用肩头向马厩门一撞，把门撞开了。他指着里面的一个桶。“都生锈了。”他说。

纹走过去，拿出一个马蹄铁，掂掂重量。然后她把那只马蹄铁往前面一抛，利用钢的短促燃烧用力一推。那只马蹄铁射了出去，划过一条弧线落在几百步远的一个水塘里。

很好，她想。

那些斯卡男人目不转睛地看着她。纹伸手从口袋里拿出一个金属瓶喝下去，恢复她的白蜡。在出现白蜡症的状态下，她剩余的白蜡实在捉襟见肘，不过她有大量的钢和铁。这两种金属都燃烧得很慢，可以让她推拉金属用上几个小时。

“你们得准备好，”她燃烧着白蜡，数出了十个马蹄铁，“卢萨岱尔被包围了，也许已经失陷了。如果你们听到这样的消息，我建议你们带着人转移到特里斯。沿着帝国运河一直向南走。”

“你是谁？”那个男人问。

“无名小卒。”

他愣了一下。“你是她，对吗？”

纹不需要问这句话是什么意思。她往身后抛下一枚马蹄铁。

“对。”她轻声说，然后推动那枚马蹄铁。

她的身体呈一个角度射向空中。在她开始往下落的时候，她丢下了另一个马蹄铁。但是，她等身子快落地时才推这个马蹄铁；她要持续往前运动，而不是向上。

这一系列动作她都做过。和用铸币跳跃不尽相同，这次的目的是保持身体的移动。在她推着第二枚马蹄铁，把自己重新推向雪花纷飞的天空的时候，她用力拉起了第一枚马蹄铁。

那枚马蹄铁随着她飞起来，一直飞到她丢下第三枚马蹄铁的时候。她任由第一枚马蹄铁飞出去，让它随着惯性继续往前。在她推着第三枚马蹄铁并拉回已经距离她很远的第二枚时，第一枚马蹄铁落了地。

这样太难了，纹想。她在经过第一枚马蹄铁时集中精神推动它。但是，她的角度不对，而且落点也有偏差。那枚马蹄铁在她身后飞了出去，而且没有给她以足够的向上的冲量。她重重地撞在地上，但她很快拉回那枚马蹄铁，进行下一次尝试。

前几次的尝试很慢。最大的难题是角度的把握。她推马蹄铁时必须用力恰到好处，既给它足够的向下的力使它扎在地里，又有足够的向前的力量使她向正确的方向移动。第一个小时里，她不得不经常落到地面，回去拿马蹄铁。她没有时间进行大量的实验，而是靠意志来逐步完善这个过程。

终于，她可以用三枚马蹄铁很好地运作了；潮湿泥泞的路面很有帮助，她的重量把马蹄铁压进泥土里，使她在把自己往前推时有一个稳固的锚点。很快，她可以加入第四个马蹄铁了。推的频率越高，需要的马蹄铁就越多，她的速度也就越快。

在离开那个村子一个半小时的时候，她加进了第五个马蹄铁。如果有人看到，就会发现一团在天空飞舞的铁块。纹在这些铁块之间推，然后拉，再推再拉，以持久的专注移动着，就像一颗朝卢萨岱尔方向飞奔的箭。

地面不断后退，马蹄铁在头顶飞舞。随着她越来越快的速度，风声变成了号叫，推动她一路向南。她就是一团铁和影子形成的飓风，就像凯尔西最后杀死审判官时的样子。

不同的是，她这次是为了救人。她想：我也许不能及时到达，但我不会半途而废。

我有个年轻的侄子，叫拉谢克。他以青年人的嫉妒的激情痛恨克莱尼姆的一切。他对阿兰迪的痛恨尤其强烈，尽管两人根本没见过面，因为拉谢克有被出卖的感觉，一个压迫我们的人竟然被选为了永世英雄。

53

斯特拉夫在他的军队爬上最后一座小山，俯瞰卢萨岱尔的时候，事实上已经开始感觉自己的状态很好了。他谨慎地尝试了药橱里的几种药品，然后确信他知道了阿曼兰塔给他的是哪一种药：黑弗莱恩。一种险恶的药物。他必须慢慢戒掉它，但是，目前少量咀嚼它的叶子会使他比从前更有力和清醒。事实上，他感觉好极了。

他相信卢萨岱尔的人一定体会不到这种感觉。克洛兽蜂拥在城墙外围，仍然撞击着北边和东边的几座城门，而城里也在冒烟。

“我们的侦察兵说那些怪物已经突破了四个城门，大人，”贾纳尔说，“他们先抵达东门，在那里遭遇了顽强的抵抗。北门接着被攻破，然后是西北方的城门，但两座门的军队都把守住了。最大的缺口出现在北门。克洛兽显然是从那个方向开始破坏的，烧杀掠夺。”

斯特拉夫点点头，想：北门是离樊乔城堡最近的一道门。

“我们出兵吗，大人？”贾纳尔问。

“北门被攻破多长时间了？”

“大约一个小时，大人。”

斯特拉夫懒洋洋地摇摇头。“那么，让我们等着吧。这些怪物费这么大力气攻进了城，我们至少应该在杀死它们之前让它们找点乐子。”

“你确定吗，大人？”

斯特拉夫微笑着。“等它们的杀戮欲望在几个小时后消失了，变得疲劳并平静下来后，那将是我们出兵的最好时机。它们的力量在城里变得分散，对抵抗变得软弱。我们用这个方法可以轻而易举地战胜它们。”

萨奇德抓住对手的喉咙，把它扭曲的脸用力向后压。那怪物的皮肤被撑得如此之紧，以至于从脸部正中裂开了，露出牙齿上方、鼻孔周围血淋淋的肌肉。它狂暴地喘着气，每次呼气都把一些细小的血滴喷向萨奇德。

力量！萨奇德从锡智库里取出更多的力量。他的身体变得如此魁梧，几乎使他担心挣破自己的皮肤。幸好他的金属智库还有扩大的空间，护臂和戒指的连接处都没有做死。他庞大的身躯令人望而生畏，也许他根本不能行走或躲避，但这不要紧，因为那头克洛兽已经被他踢倒在地上了。他只需在手上加一把劲。那怪物一只手抓着他的胳膊，另一只手向后伸，设法拔剑……

萨奇德的大手终于捏断了它粗壮的脖子。它要吼叫，但没法呼吸，只能在地上绝望地挣扎。萨奇德费力地站起来，举起这个怪物的身体向它的同伴们掷过去，以如此超人的力量，十一尺高的身体在他的手里都显得轻若无物。那具尸体砸中了几个正在进攻中的克洛兽，把它们撞翻在地上。

萨奇德喘了口气。我把力量用得太快了。他想着，释放了他的锡智库，他的身体像气球一样缩小下来。他不能这样持续大量地抽取储备。他已经用掉了一半多的力量了，这些力量是他花了几十年时间储存起来的。他还没用那些指环，储存在指环里面的每种属性只够他用几分钟，要等到紧急情况下才能使用。

这时，他们仍然把守着钢门的广场。尽管克洛兽撞破了城门，但只有少数克洛兽能够立刻通过，而且只有体形最大的能够跳上城墙。

但是，萨奇德的一小队士兵面临的压力很大。广场上散落着尸体。后面的斯卡人信徒已经开始把伤员转移到安全处。萨奇德能够听到身后的呻吟。

克洛兽的尸体也乱七八糟地躺在广场上。尽管场面惨烈，看着这些怪物进入这扇城门付出的代价，萨奇德仍情不自禁地感到一阵骄傲。

克洛兽的进攻似乎暂时受挫，广场上的几处小规模战斗仍在继续着，一群新的怪物正在城门外集中。

城门外，萨奇德朝旁边瞟了一眼，心想：这些怪物只撞开了左边的一扇门。门洞里也许堆了几百具尸体，但克洛兽为了进入广场，已经清理掉了沿途的很多尸体。

也许……

萨奇德没有时间去想了。他冲过去，再次抽取他的白蜡智库，给自己五个人的力量。他捡起一具较小的克洛兽尸体从门里掷出去。外面的怪物一阵混乱，散开了。那里仍然有数百头克洛兽在外面等机会进来，但它们在匆忙躲闪时出现了一片混乱。

萨奇德在抓起第二具尸体向旁边扔时，在血泊中滑了一下。“跟我来！”他大叫一声，希望有人能听到，有人能作出回应。

克洛兽意识到他在做什么时已经晚了。他踢开另一具尸体，然后背靠那扇打开的城门并抽取铁智库，从中汲取他存在里面的重量。突然，他变得沉重起来，他把体重压在门上，使门慢慢合上了。

克洛兽从另一边冲向门道。萨奇德用力抵住门，推开尸体，把厚重的门扇完全合了起来。他从铁智库里抽取更多的重量，以惊人的速度消耗着宝贵的储存。他的身体变得极重，几乎把自己压垮，但他靠着同时增长的能量站稳了身体。受挫的克洛兽开始撞门，但他顶住了，挡住了它们。他的双手和胸部抵在粗糙的木门上，脚趾踏在凹凸不平的鹅卵石上。靠着黄铜智库，他一点也不觉得冷，尽管脚下就是灰烬、雪和血的混合物。

士兵们吼叫着，一些人死了，一些人则学他用自己的身体顶住了大门。萨奇德这时才得空往后瞄了一眼。剩下的士兵们在门口围了一圈，防守着城里的克洛兽。这些人勇敢地战斗，退到城门旁，只有萨奇德的力量阻止着城门再次被撞开。

然而，他们还在战斗。萨奇德奋力大叫着，脚下打着滑，控制着城门，一直等到士兵们解决了广场上剩余的几头克洛兽。然后一队人扛着一段粗大的木头从旁边跑进来。萨奇德不知道他们是从哪里弄来的，也不再关心了，因为他们把木头插进了原来门杠所在的位置。

他的重量用完了，铁智库变得空空荡荡。这些年来，我本该多存些的，他疲惫地叹了口气，在门背后坐了下去。

我常常储存重量来使身体变轻，现在才发现，增加体重才是使用铁的更有效的方法。

他释放掉锡智库，身体缩小下来。幸好，这样扩张身体并不会使他的皮肤变得松弛。他变回了原来的自己，只是身上多了一种令人不适的疲乏感和轻微的疼痛感。克洛兽继续撞着城门。萨奇德睁着疲倦的眼睛，光着身子躺在纷纷扬扬的雪花和灰烬中。士兵们庄严地站在他的身边。

这么少，他想。原来的四百名士兵现在几乎只剩下五十名了。门洞本身也变成了红色，就像刷了油漆——克洛兽鲜亮的血混合着人类暗黑色的血。令人作呕的蓝色尸体横七竖八地躺在地上，其间点缀着人类扭曲和破碎的肢体。

撞门声持续着，像低沉的鼓声，有一种疯狂的节奏。城门摇动着，克洛兽的情绪变得更狂热。它们也许闻到了血腥，感觉到了近在咫尺的同类的血肉。

“门板挡不了多久，”一个士兵小声说，一蓬灰尘被震下来，落在他面前，“门铰链已经裂了，它们很快会闯进来的。”

萨奇德挣扎着站起来，“那我们再打一场。”

“大人。”一个声音说，萨奇德扭过头，看见道克森的信使正骑着马绕过一堆尸体，“道克森大人说……”信使这才注意到萨奇德的城门是关闭的，惊得目瞪口呆，说不出话来，“怎么……”

“继续传你的口信，年轻人。”萨奇德疲惫地说。

“道克森大人说不会有增援部队来了，”那名信使让马放慢脚步，“锡门已经陷落，而且——”

“锡门？”萨奇德问。那是婷德薇尔的门！他突然意识到，“什么时候？”

“一个小时以前，大人。”

一个小时？我们战斗了多长时间？他震惊地想。

“你必须守住这里，大人！”那个年轻人说着，掉转马头，沿原路返回了。

撞门声变得更响了，门扇出现了裂缝。士兵们跑去找别的东西来加固城门，但萨奇德发现固定城门的底座正开始开裂。他们只要一离开，就没法再把城门关起来了。

他闭起眼睛，一边感到疲劳的重压，一边探询自己的白蜡智库。已经近乎枯竭了。一旦里面的力量用完，他就只剩下戒指里的一点点力量了。

然而，他还有什么办法呢？

门扇“咔吧”一声，人们惊叫起来。

“撤退！”克拉布斯大叫，“往城里撤！”

剩余的军队散开了，从锌门撤退了。布里兹惊恐地看着越来越多的克洛兽拥进广场，很快追上了几个过于虚弱和伤势较重的人。那些怪物像蓝色的潮水一样蔓延过来，手持铁剑，眼睛血红。

天空里，太阳只是彤云后一抹黯淡的影子，像一道流血的伤口般爬上了地平线。

“布里兹，”克拉布斯大喝一声把他拉回来，“该走了。”

他们的马已经拴了很长时间了。布里兹跌跌撞撞地跟在将军身后，极力不去听身后传来的吼叫声。

“往紧急避难所撤，”克拉布斯对那些能听到他声音的人喊道，“一队去勒卡尔城堡！哈蒙德大人应该在那里了，准备防御！二队，和我一起去哈斯丁城堡！”

布里兹继续往前走着，头脑像双脚一样麻木。他在战斗中几乎毫无用处。他极力抑制士兵们的恐惧，但他的努力似乎完全不够用，就像……拿起一张纸想遮住太阳的光芒。

克拉布斯举起一只手，两队士兵停了下来。布里兹往四周看去，街道在飘落的灰烬和雪花下一片寂静。一切都显得……那么暗淡。天空一片昏暗，城市的轮廓被一张夹杂着黑色灰烬的雪毯遮蔽起来。从可怕的猩红色和蓝色相间的场景里逃出来，看着城里的这幅光景，这种感觉非常奇怪。

“该死！”克拉布斯咒骂一声，在一队狂暴的克洛兽从小巷里冲出来时，把布里兹推到了一旁。克拉布斯的士兵们排成一队，但另一群刚冲进城门的克洛兽从后面追了上来。

布里兹一个趔趄，摔倒在雪地上。那群克洛兽是从北边来的！这些怪物已经攻破这么远的城门了吗？

“克拉布斯！”布里兹扭过头，说，“我们……”

他看到一把巨大的克洛兽长剑划过克拉布斯高举的胳膊，然后打中了他的肋部。克拉布斯闷哼一声，从马背上摔了下去，他举着剑的手臂，连同武器，一起飞离了他的身子。他挣扎着站起来，一头克洛兽双手握着剑向他劈下去。

肮脏的雪地上终于有了颜色。一片血红。

布里兹目瞪口呆，盯着朋友的残躯。那头克洛兽转头对着他，发出了一声怒吼。

能给它致命一击的可能性，比冰冷的雪更能刺激他打起精神。布里兹急忙爬起来，在雪地上滑了一下，本能地伸出手，试图安抚那个怪物。当然，什么都没发生。布里兹挣扎着站起来，而那头克洛兽和另外几个同类开始向他逼近。正在这时，另一队从城门旁逃离的士兵出现在一个十字路口，吸引了克洛兽的注意。

布里兹做了一件最自然的事。他爬进一栋房子里，躲了起来。

“这都是凯尔西的错。”道克森喃喃地说着，在地图上做了另一条标注。根据信使的消息，汉姆已经退到了勒卡尔城堡。那里也守不了多久。

樊乔城堡的大厅里，惊恐的书记员四处乱撞，他们终于意识到克洛兽根本不在乎一个人是不是斯卡人、学者、商人或贵族。这些怪物只是喜欢杀戮。

“他本应该跟我们一起面对这些事，”道克森接着写道，“而他把这个烂摊子交给我们，然后假定我们能想办法处理好。唉，我不能在敌人面前把一座城藏起来，不像我把同伙藏起来那么简单。虽然我们是优秀的窃贼，但并不意味着我们在管理一个王国上有任何独到之处。”

没有人听他说话。信使都逃走了，守卫在城堡大门战斗。每个城堡都有自己的防御设施，所以克拉布斯决定利用这些城堡作为退却时据守的地方。它们不是用来抵御大规模攻击的，而且相互之间距离很远，撤退到这些城堡里将割断和人类军队的联系。

“我们真正的难题是解决后续问题。”道克森一边说，一边在锡门写下最后一句标注，说明了那里发生的事情。他没有料到萨奇德的城门是固守到最后的。

“后续问题，”他接着说，“我们以为自己能比那些贵族做得更好，但等我们掌了权，却让他们回来接着管理。如果我们杀光他们，也许还能够有一个全新的开始。当然，那意味着我们要入侵其他辖区，也许我们要派纹处理那些最重要、最成问题的贵族。那样也许会掀起一场最后帝国前所未有的大屠杀。但是，如果我们那样做了……”

一扇巨大宏伟的彩色玻璃窗“哗啦”一声碎了，道克森抬起头，话音戛然而止。其他的窗户也开始爆裂。是被石头砸破的。几头高大的克洛兽从破洞里跳进来，落在撒满玻璃碎片的大理石地板上。虽然破了，那些窗户仍然很美丽，尖利的玻璃边缘在傍晚的阳光下闪闪发亮。透过一扇窗户，道克森看到暴雪已经停止，阳光现了出来。

“但如果我们那样做，”道克森平静地说，“我们和禽兽又有什么两样？”

书记员尖叫着，试图在克洛兽展开一场屠杀前逃离。道克森静静地站立着，听着身后嘈杂的声音：咕噜声、刺耳的呼吸声。克洛兽穿过后面的走廊逼近了。他伸手握住了剑柄。

他闭上眼睛，想：你知道，凯尔。他们说你是某种形式的神，在冥冥中佑护着我们，我快要开始相信他们是对的了。

他转过身，睁开眼睛，把剑从剑鞘里拔了出来。他瞪着那个从后面逼近的怪物，不禁惊呆了。这么大！

道克森咬着牙，以凯尔西的方式咒骂一声，挥剑冲了上去。

那个怪物随便一伸手，抓住了他的剑，根本不在乎手上的伤。接着，它举起自己的武器砍了下来，黑夜降临了。

“大人，”贾纳尔说，“卢萨岱尔已经失陷了。看，你能看到它在燃烧。克洛兽攻击了四座城门，有三座已经被攻破了，它们在城里到处跑。它们没有停下来掠夺，它们只管杀人，屠杀。没剩下多少士兵反抗它们了。”

斯特拉夫静坐着，看着卢萨岱尔在燃烧。在他看来，那似乎是一个符号，一个代表公正的符号。以前他从这个城市逃走，把它留给了里面的斯卡歹徒，而当他来讨回这座城时，那些人却反抗他。

他们藐视他，他们罪有应得。

“大人，”贾纳尔说，“克洛兽军队已经变得够弱了。它们的数目很难计算，但根据丢在后面的尸体看，它们已经失去了差不多三分之一的兵力。我们能战胜它们！”

“不，”斯特拉夫摇摇头说，“还不到时候。”

“大人？”贾纳尔说。

“让克洛兽占领那座该死的城市，”斯特拉夫轻声说，“让它们把那里清理干净，把里面的一切烧成白地。火损伤不了我们的天金——事实上，也许能使那些金属更容易找到。”

“我……”贾纳尔似乎吃了一惊。他没有进一步反对，但眼神流露出不以为然的神气。

我以后一定会处理你的，斯特拉夫心想，如果贾纳尔知道赞恩失踪的话，一定会造反的。

此刻什么都不重要了。那座城市曾经反对他，所以它必须灭亡。他会在原地建造一座更好的城市。

“爸爸！”奥瑞安娜急切地说。

赛特摇摇头。他和奥瑞安娜并排骑在马上，站在卢萨岱尔西边的一座小山上。他看得到斯特拉夫的军队在北方集结，正注视着他面前的一切。死亡折磨着那座命途多舛的城市。

“我们必须帮助他们！”奥瑞安娜坚持道。

“不，”赛特摆脱她的情绪控制，不为所动。他很久以前就适应了她的这些手法。“我们的帮助无济于事。”

“我们必须做点什么！”奥瑞安娜拉着他的胳膊说。

“不！”赛特的声音更加坚决。

“但是你回来了！”她说，“如果不帮助他们，我们为什么要回来？”

“我们会帮的，”赛特平静地说，“我们会在斯特拉夫愿意的时候帮助他夺城，然后我们要服从他，希望他开恩放我们一条生路。”

奥瑞安娜脸色苍白。“就这样？”她愤愤地说，“这就是我们回来的原因，把我们的王国交给一个怪物？”

“你还想怎么样？”赛特问道，“你了解我，奥瑞安娜。你知道那是我不得不作的选择。”

“我原以为我了解你，”她厉声说，“我原来以为你是个好人，在内心深处。”

赛特摇摇头。“好人都死了，奥瑞安娜。他们死在了那座城里。”

萨奇德在继续战斗。他不是战士，没经过训练，也没有长期磨练后的本能。他本以为自己在几个小时前就会没命。可是，稀里糊涂地，他设法活了下来。

也许因为克洛兽也不是靠技巧战斗的。它们很迟钝，就像它们巨大的楔形长剑一样，总是不考虑任何策略地扑向对手。

这样就够了。萨奇德防守着，在他据守的地方，他手下为数不多的战士也和他一起守卫着。克洛兽把愤怒发泄到他们身上，但萨奇德的人看到那些虚弱年迈的人站在那里，等待着，就在广场的边缘。士兵们明白他们战斗的目的。

这个提醒足以使他们继续战斗，即使在克洛兽冲到广场边缘，他们开始被包围的时候。

到这时，萨奇德明白不会有任何救援出现了。他曾希望斯特拉夫会像克拉布斯说的那样，决定派兵夺城。但现在已经太迟了，夜晚正在到来，太阳正缓缓地朝地平线爬行。

结局终于到来了，萨奇德在身边的一名战士被打倒时想。他在血泊里滑了一下，侥幸躲过了一把本可以把他的脑袋砍掉的长剑。

也许婷德薇尔已经找到了一处安全的避难所。希望伊兰德能够顺利地把他和婷德薇尔研究的东西送出去。那些东西很重要，虽然他不知道为什么。

萨奇德挥起一把从克洛兽手里夺过的长剑，发动了攻击。他在长剑将要接触克洛兽的肉体时，最后一次强化他的肌肉，给予他力量。

他击中了。那种阻力，碰撞时发出的湿乎乎的声音，胳膊的震动，这些感觉他现在很熟悉了。克洛兽鲜亮的血液喷洒在他身上，另一个怪物倒了下去。

而他的力量也消失了。

白蜡智库已空空如也，手里的克洛兽长剑变得沉重无比。他试图向第二头克洛兽挥起长剑，但他虚弱、麻木、疲劳的手指再也拿捏不住，长剑从他的手里滑落了。

这头克洛兽体形巨大，接近十二尺高，是萨奇德见过的最大的。萨奇德想躲开，但在一具刚被杀死的士兵尸体上绊倒了。在他倒下去的同时，他的士兵们崩溃了，最后的十几名士兵逃散开来。他们做得很好。太好了，也许他应该让他们早些撤退……

看看自己的死，我想我做得也不错，比任何纯粹的学者所能做得都要好。

他想到了手指上的戒指。也许它们能为他带来一点优势，让他跑起来，逃走。然而，他提不起劲儿。为什么要抵抗？既然知道命中注定，为什么一开始要反抗呢？

他想：你看错我了，婷德薇尔，有时候，我确实会放弃。很久以前我就放弃了这座城市。

克洛兽在萨奇德头顶出现了，他仍旧半躺在血淋淋的烂泥里。在怪物的两腿之间，红色的太阳挂在城门洞外的山头上。那一道道阳光，就像嵌在天空里的一片片碎玻璃。

阳光似乎在闪耀着向他扑过来，仿佛太阳在欢迎他，伸手迎接他的灵魂一般。

然后，我死了……

一个光点在阳光下闪烁了一下，然后打在那头克洛兽的后脑勺上。那怪物咕噜了一声，身体一下子僵住了，丢下了手里的剑，颓然倒在地上。萨奇德躺在地上，愣了一会儿，然后抬头朝城墙上看去。

一个小小的黑色身影被阳光勾勒出来，斗篷在她身上轻轻飘动。萨奇德眨眨眼。他看到的那点闪光……是一枚铸币。站在他身前的克洛兽已经死了。

纹回来了。

她纵身一跃，在空中划过一道优美的弧线，径直落在那些克洛兽中间。她一转身，手里的铸币像愤怒的昆虫一样尖叫着飞了出去，钻进蓝色的肉体里。那些怪物不像人类那样会被轻易打倒，但攻击吸引了它们的注意力。这些克洛兽放过了逃离中的士兵和没有抵抗能力的市民，向纹转过身来。

广场背后的斯卡人们唱起了圣歌。在战斗中途，这声音听起来非常怪异。萨奇德不顾浑身的疼痛和乏力，挣扎着站了起来。城门吱吱嘎嘎地响着，突然倾斜起来，铰链像麻花一样扭曲。克洛兽已经把门撞得七零八落了……

箍着铁条的厚重木门被纹拉着，“砰”的一声脱离了城墙。萨奇德麻木地想：这力量，她肯定拉着身后的什么东西。可是，那意味着她被两股和门一般重的力量拉着。

然而，她做到了，那扇沉重的硬木门被她的巨力拖曳着，撞进克洛兽的队伍里。然后她巧妙地在空中一折身子，落在了一旁，那扇木门也如同舞蹈般随着她的动作一荡，就像被她用一根锁链牵引着似的。

克洛兽的身体飞向半空，骨头碎裂，在这件庞大的武器面前它们就像风中的树叶。一击之下，纹已经清理掉了广场上的敌人。

门落下来。纹在一堆破碎的尸体中落了地。她无声地踢起一根士兵的战杖，抓在手里。门外剩余的克洛兽只暂停了片刻，然后冲了过来。纹敏捷而精准地开始了攻击。随着颅骨的碎裂声，想越过她的克洛兽一个接一个地倒在泥污里。她旋转身体，几头克洛兽应声倒地，把灰红色的泥污溅到后面冲上来的克洛兽身上。

我……我必须做点什么，萨奇德从麻木中醒悟过来，想道。他仍然光着身子，但仗着黄铜智库，虽然已经近乎耗尽了，他对寒冷无动于衷。纹仍然在战斗，克洛兽一个接一个地倒下去。但她的力量不能永远持续。她救不了这座城市。

萨奇德摇摇晃晃地站起来，来到广场后面。他抓住站在人群前面的那个老人，把他从咏唱中摇醒。“你是对的，”萨奇德说，“她回来了。”

“是的，神圣见证人。”

“她能为我们争取一些时间，我想，”萨奇德说，“克洛兽已经冲进城里了。我们要集合所有的人，逃出去。”

老人沉默着，一瞬间，萨奇德以为他会反对，声称纹能够击败敌人的整支军队，能够保护他们。但是，谢天谢地，他点了点头。

“我们从北门逃出去，”萨奇德急切地说，“那是克洛兽最先进入的地方，因此它们很可能已经离开了那片区域。”

萨奇德想：希望能成功，冲出去作个预警。那些撤退驻守的地方应该是高级贵族的城堡，也许他们能在那里找到生还者。

这样看来，原来我是个懦夫。布里兹想道。

这不是一个让人惊奇的发现。他以前总说，一个人最重要的是了解自己，而且他也知道自己的自私。所以，发觉自己蜷缩在一栋老旧的斯卡人小屋里，靠在剥落的砖块上，对外面的尖叫声充耳不闻时，他并不觉得十分震惊。

那个骄傲的人现在在哪里？那个谨慎的外交家、那个身着完美套装的安抚者又在哪里？他消失了，只留下这个瑟瑟发抖、百无一用的躯体。他试过几次燃烧黄铜，安抚那些在外面战斗的人。然而，他却无法完成这个最简单的动作。他甚至不能移动身体。

如果这种发抖也可以看作移动的话。

布里兹想：真奇妙，就像从远处观察自己一样，看着那个穿着破破烂烂、血迹斑斑的套装的可怜虫。当压力变得无法承受时，这就是发生在我身上的事吗？真好笑。我一辈子都在控制别人的情绪。而我现在却这样害怕，甚至变成了废人。

外面的战争仍然在继续。持续了这么长时间，难道那些士兵还没死？他想。

“布里兹？”

他无法走过去看谁在那里。像是汉姆的声音，真好笑，他应该也死了。

“天哪！”汉姆走入了布里兹的视线。他的一条胳膊上挂着血迹斑斑的吊带，在匆忙中摔倒在布里兹身边。“布里兹，你能听见我说话吗？”

“我们看到他躲在这里，大人。”另一个声音说。一名士兵？“在这里躲避战斗。但是，我们能感觉到他在安抚我们。在我们想放弃的时候，他使我们继续战斗下去。在克拉登特大人死后……”

我是个懦夫。

另一个身影出现了，是面带关切的萨奇德。“布里兹，”汉姆跪在地上说，“我的城堡被攻破了，萨奇德的城门也丢掉了。我们有一个多小时没得到道克森的消息了，现在我们发现了克拉布斯的尸体。拜托，克洛兽正在城里搞破坏。我们想知道该怎么办。”

哦，别问我，布里兹说，或者努力想说出来。他知道这番话在他嘴里成了意义不明的嗫嚅。

“我不能背你，布里兹，”汉姆说，“我的胳膊差不多废了。”

啊，没关系，布里兹的嘴唇翕动着，你明白吗，老兄，我觉得我没什么大用处了。你应该往前走，把我丢在这里完全没问题。

汉姆无奈地看了看萨奇德。

“赶快，哈蒙德大人，”萨奇德说，“我们可以让士兵带上伤员。我们去哈斯丁城堡，也许我们能在那里找到避难所。或许……我们可以趁克洛兽分心的时候溜到城外去。”

分心？布里兹咕哝着，你指的是，因为屠杀其他人而分心。啊，我们全都是懦夫，这多少让我感到几分安慰。唉，要是让我在这里多躺一会儿，我也许能睡着……

然后把这一切都忘记。

阿兰迪穿越特里斯山脉时需要向导。我叮嘱过拉谢克，确保他和他最信任的朋友被选为向导。

54

在一头克洛兽的脸上，纹的战杖敲断了。

哦，别再这样了，她失望地想。一转身，她把折断的棍子戳进另一头怪物的胸膛。回过头，她和另一个大家伙正好面对面，一头比她高出足有五尺多的克洛兽。

它挥剑朝她刺过来。纹纵身一跳，那把剑砸碎了她脚下的鹅卵石。她不借助任何铸币，就轻松跳到了和那头克洛兽视线平齐的高度，面对着它扭曲的脸孔。

它们总是一副惊奇的表情。即使在看着她打倒了数十个同伴之后，它们对她能躲开它们的攻击似乎还是感到非常惊讶。它们的头脑里似乎把体形等同于力量，体形较大的克洛兽总能打败体形较小的克洛兽。一个身高五尺的人类是不应该打败一头这么大的怪物的。

纹剧烈燃烧白蜡，一拳砸在那头怪物的头上，怪物的颅骨在她的指节下应声而碎。在她落到地面的同时，那头怪物也向后倒了下去。然而，不可避免地，又一头克洛兽扑了上来。

她已经累了，在开始战斗之前就已经累了。她已经出现了白蜡症，然后又用自己的钉路赶了那么长时间的路。她已经筋疲力尽了。现在她能继续站着，是因为最后一瓶金属里的白蜡。

我应该问萨奇德要一个空的白蜡智库！她记得储金术金属和熔金术金属是一样的。她应该也可以燃烧，尽管它可能是个护臂或手镯，大得根本吞不下去。

在另一头克洛兽进攻的时候，她闪到了旁边。铸币阻止不了这些家伙，而且它们太重，在没有锚点的情况下很难把它们推开。此外，她的钢和铁已经快要耗尽了。

她又杀了一头克洛兽，为萨奇德和那些人找到庇护所争取时间。和赛特宫殿的屠杀不同，这次她的感觉很好。这不仅仅是因为她杀的是怪物。

这是因为她明白了自己的目的，而且她认同这一目的。她能够战斗，能够杀人，只要是为了保护那些无法自保的人。凯尔西也许能够为了惩罚或震慑他人而杀人，但纹有更好的理由。

而且她绝不允许凯尔西式的滥杀再次出现。

这个决定为她的战斗补充了力量。她用一把抢来的克洛兽长剑砍断了一头克洛兽的双腿，然后又刺穿了一头克洛兽的胸膛。接着，她拉起一名士兵落地的长剑，抓在手里。她后退了一步，几乎被一具尸体绊倒。

我太累了，她想。

广场上已经躺了几十具尸体，也许有上百具。事实上，在她脚下就有一堆尸体。她爬过这堆尸体，在那些怪物再次朝她围过来的时候，向后退了几步。克洛兽爬上它们死去同胞的尸体，滴血的眼睛里充斥着暴怒。人类的士兵也许会避实就虚，会放弃，而这些克洛兽却前仆后继，附近其他听到搏斗声的克洛兽也加入了进来。

她挥起一剑，在白蜡的帮助下砍掉一头克洛兽的手臂，顺势砍断了另一头克洛兽的腿，最后削掉了另一头克洛兽的脑袋。她躲闪着，跳跃着，保持在它们的攻击范围之外，尽力杀死更多的敌人。

但她虽然有着不顾一切的决心，有保护卢萨岱尔的强烈愿望，她明白自己不能像这样一直战斗下去。她只是一个人，单枪匹马，她是拯救不了卢萨岱尔的。

“彭罗德大人！”萨奇德站在哈斯丁城堡的大门前喊道，“你必须听我说。”

没有回应。尽管萨奇德能感觉到他们的不安，但那些站在城墙上的士兵都没说话。他们不喜欢装作没看到他的感觉。远处，战斗仍然持续着，克洛兽的尖叫声不时响起。它们很快就能找到萨奇德和汉姆，因为他们周围聚集了越来越多的庞大队伍，已经达到数千人。此刻，他们正无声地在哈斯丁城堡的大门外挤成一团。

一个憔悴的信使来到萨奇德身边，正是道克森派往钢门的那名使者。他的马不知道落在哪里了，他是在幸存者广场跟着一队难民来的。

“特里斯老爷，”信使小心地说，“我刚从指挥所回来。樊乔城堡已经失陷……”

“道克森大人呢？”

那人摇摇头。“我们发现几个他手下的书记员藏在城堡外面。他们看见他死了。克洛兽还在城堡里，破坏窗户，翻箱倒柜……”

萨奇德扭头看着城里，大量的浓烟被吹上天空，就像迷雾已经出现一样。为了避免闻到阵阵恶臭，他开始补充味觉锡智库。

攻城的战争也许结束了，但真正的悲剧还未上演。城里的克洛兽杀完了士兵，会接着屠杀平民。它们还有上万兵力，萨奇德知道这些怪物很乐于扩大这场惨剧。抢劫暂时不会发生，在屠杀结束之前。

越来越多的尖叫声响起来。他们失败了，现在，城市的末日真的到来了。

迷雾将很快降临，他试图给自己一些希望。也许迷雾能给我们带来一些掩护。

然而，一幅画面赫然出现在他的眼前。克拉布斯，死在雪地里，萨奇德给他的那个木制的圆盘就挂在他脖子上。

毫无希望。

萨奇德转身对着哈斯丁城堡。“彭罗德大人，”他大声叫道，“我们打算想办法从城里溜出去，我们欢迎你的部队和你的领导。如果你待在这里，克洛兽会攻打这座城堡，会杀了你的。”

还是没人回应。

萨奇德叹了口气。这时汉姆来到他身旁。“我们得走了，萨兹。”汉姆小声说。

“你身上带着血，特里斯人。”

萨奇德抬起头。费尔森·彭罗德正站在城墙顶上，俯视着他们。他穿着贵族的套装，仍然显得很洁净，他甚至还戴着一顶遮挡雪和灰烬的帽子。萨奇德看看自己，他身上还是只束着一条缠腰带。他没有时间关心穿着，特别是有黄铜智库为他保持温暖时。

“我从未见过一个战斗的特里斯人。”彭罗德说。

“这是非常时期，大人。”萨奇德说。

彭罗德抬起头，眺望着城里。“这座城被攻破了，特里斯人。”

“那正是我们必须离开的原因，大人。”萨奇德说。

彭罗德摇摇头，他还戴着伊兰德的小皇冠。“这是我的城市，特里斯人。我不会抛弃它。”

“一个尊贵的姿态，大人，”萨奇德说，“但我身边的这些人是你的子民。当他们逃往北方时，你会抛弃他们吗？”

彭罗德没说话，然后他再次摇摇头。“不能往北方逃，特里斯人。哈斯丁城堡是城里最高的建筑之一，从这里，我们能看到克洛兽在做什么。你们逃不掉的。”

“它们也许会转头掠夺，”萨奇德说，“也许我们可以绕过它们逃出去。”

“不，”彭罗德说，他的声音在冰雪覆盖的街道上回响着，“我的锡眼师表明，那些怪物已经攻击了你们送往锡门逃走的人。现在克洛兽已经沿着这条路掉过头。它们正冲向我们。”

远处的街道里传来的叫喊声越来越近，萨奇德明白彭罗德的话肯定是对的。“打开门，彭罗德！”萨奇德大声喊道，“让难民们进去！”

“没地方了，”彭罗德说，“也没时间。我们认命吧。”

“你必须让我们进去！”萨奇德高叫。

“真奇怪，”彭罗德的声音变得柔和了些，“从樊乔小子那里拿过这顶皇冠，让我救了他的命，却把我自己丢在了这里。我救不了这座城市，特里斯人。我唯一的安慰是我认为伊兰德也做不到。”

他转身走开了。

“彭罗德！”萨奇德叫道。

彭罗德没有出现。太阳正落下去，迷雾开始出现，而克洛兽也越来越近了。

纹砍倒另一头克洛兽，然后向后一跳，躲开了一把落下来的长剑。她喘着粗气，从一群克洛兽中间脱身而出，身上几处小伤口还在流着血。她被一头怪物击中了，手臂变得麻木。她可以杀人，比任何她认识的人都在行。但是，她不能永远战斗下去。

她落在一个房顶上，然后一个踉跄，跪倒在一堆雪上。克洛兽在下面狂吼乱叫，但它们上不来。她已经杀死了几百头克洛兽，但那只是两万多头克洛兽里的几百头。

她在心里问自己：你还想怎样？为什么在知道萨奇德逃离后还要战斗呢？难道你认为能把它们全都挡住，杀死那支军队里的每一头克洛兽？

从前，她曾经阻止凯尔西单枪匹马地冲向一支军队。凯尔西是个伟大的人，但仍然不过是一个人。他阻止不了一整支军队，自己也一样。

她果断地想，我必须找到那口井。她燃烧起青铜，那脉动的声音，她在战斗中一直没有在意，如今在耳朵里变得更响了。

然而，同一个问题又出现了。她现在知道它在城里，她也能感觉到充斥在耳朵里的脉动声。但这声音太强，几乎无处不在，她感觉不出它的来源。

另外，她有什么证据可以证明找到升华之井会有所帮助呢？如果萨奇德在井的位置上撒了谎，而且为此画了一幅假地图，那他也许还在别的地方撒了什么谎呢？那力量也许能阻止迷雾，但阻止迷雾对烽烟四起、处于死亡威胁中的卢萨岱尔又有什么好处呢？

她沮丧地跪在房顶上，用拳头在雪地上捶了一下。她确实太虚弱了。如果她的努力改变不了一切，回来有什么用处？有保护他人的决心又有什么用？

她喘着粗气，又在房顶上跪了一会儿。最后，她用尽力气站起来，丢下一枚铸币，跳向空中。她的金属已经差不多用尽了，剩下的钢还可以让她再纵跳几次。她在克雷迪克肖宫附近放慢了速度。在那一千座尖塔组成的小山里，她抓住了处于宫殿顶端的一座尖塔的塔尖，旋转身体，眺望着天色渐暗的城市。

燃烧中的城市。

克雷迪克肖宫安静而沉默，对发生在两个种族间的掠夺不加干涉。纹看着黑暗中的火光。迷雾被无处不在的火光照得发亮。

这个情景就像……就像两年前的那天，她想。斯卡人叛乱的那个夜晚。只是，在那一天，火光来自于叛乱者手里的火把，当时他们正从各个方向赶向这座宫殿。而今天晚上，发生的是另一种类型的革命。她可以听到，因为她燃烧着锡。她让锡燃烧得旺一些，然后用心倾听。她听到尖叫声、死亡。看来，克洛兽还没有完全杀光城里的军队，到目前为止还没有。

它们只是刚刚开始。

克洛兽正在把他们杀光。当火光在前方烧起时，她不由得打了个寒战。伊兰德的人民，那些因为我而被他抛下的人民，他们正在死去。

我是他的刀，他们的刀。凯尔西让他们信任我。我应该能够做些什么……

她从屋顶滑下去，落在宫殿的庭院里。迷雾聚集在她身边。空气厚重，其中不仅仅有灰和雪，她能够在微风中嗅到死亡，在它的低语中听见尖叫。

她的白蜡耗尽了。

她跌倒在地上，筋疲力尽的感觉重重地击倒了她，使其他的一切都显得微不足道。她不应该这样依赖白蜡，也不应该这样逼迫自己。但是，还有别的办法吗？

她感到自己开始滑进人事不省的状态。

但人民还在尖叫，她听得到。伊兰德的城池……伊兰德的人民……即将死去。她的朋友们正在外面的某个地方，凯尔西信任并交给她保护的朋友们。

她咬着牙，把疲惫的感觉推到一旁，挣扎着站起来。她透过迷雾看去，朝着恐惧的人民发出惨绝人寰的惨叫的方向。她开始向他们冲去。

她不能跳跃，没有钢了。她甚至跑不快，但还是极力拖着自己的身体往前冲，身体的反应越来越快，逐渐从长时间依赖白蜡造成的麻木迟钝状态中挣脱了出来。

她从巷子里冲出去，在雪地上滑了一下，发现有一群人正被一个克洛兽突击小组追赶着。一共六头怪物，体形不大，但仍然很危险。就在纹停住脚步时，一头克洛兽砍倒了一名老人，几乎把他砍成了两半。另一头克洛兽抓起一个小女孩，正要把她朝一栋建筑的墙上掷出去。

纹抽出匕首向前冲去。她仍然感觉筋疲力尽，但不知为何身上又有了几分力气。她必须一直往前冲，往前冲。一停下来也许就再也站不起来了。

几个怪物转身对着她，跃跃欲试。有一头怪物挥剑向她砍来，纹在雪地上一滑，滑到它身边，在它腿的后部砍了一刀。它痛得吼起来。在第二头克洛兽挥剑砍来时，纹勉强拔出了匕首。

她勉强躲开了第二头克洛兽的攻击。我太慢了！她失望地想。对方的剑带着寒风贴着她的身子掠过，她向前一跳，让匕首刺进了它的眼睛。

纹突然感激起汉姆的几次特训，他让她在不使用熔金术的情况下战斗。她扶着一堵墙，在滑溜溜的雪地上稳住身子。然后她向前一冲，用肩膀把那头被她刺伤眼睛的克洛兽撞向它的同伴，后者正抓着眼睛上的匕首大声嚎叫。抓着小女孩的那头克洛兽惊讶地转过身，纹的另一把匕首刺进了它的脊背。它没有倒下去，但放开了那个孩子。

御主大帝啊！这些家伙可真结实！特别是在你无法让自己变得结实的时候。纹弯腰抱起那个孩子，冲了出去。我需要金属，她想。

当一头克洛兽的嚎叫声响起时，纹怀里的小女孩畏缩了一下。纹燃烧锡，以免自己在极度疲劳中失去意识。她转身看去，那些怪物没有追上来，它们正在争抢着死人身上的几件衣服。嚎叫声又响起来。这一次纹明白了，那是从另一个方向传来的。

人们又开始尖叫。纹抬头一看，发觉刚被她救下的人们面前出现了一伙数量更多的克洛兽。

"不！"纹扬起一只手。但是，它们离得太远。如果没有锡，她恐怕都看不见它们。结果，她只能痛苦地看着那伙怪物用厚背长剑屠杀那群手无寸铁的平民。

"不！"纹又大叫一声，发生在面前的死亡惊吓着她，打击着她，就像在提醒她无力阻止这些杀戮一样。

"不！不！不！"

白蜡，没了。钢，没了。铁，没了。她什么都没有了。

或者……她还有一种金属。她想都没想，向那群怪物施加了用硬铝增强的安抚。

就像她的意识撞到了什么东西。然后，那东西碎了。纹震惊地停下脚步，孩子还在她怀里，克洛兽停住了，它们可怕的屠杀动作冻结在那里。

我刚才做了什么？她想，在混乱的头脑里回想着，试图把这些事情串起来。是因为自己放弃后产生的幻觉吗？

不，她记得御主大帝为审判官留了一个弱点：从他们背上除去一根特别的销钉，他们就会死亡。他也为坎德拉兽留了一个弱点，克洛兽一定也有弱点。

天宿把克洛兽叫作……兄弟，她想。

她站直身子，黑暗的街道一下子静寂下来，除了斯卡人的哽咽声之外什么声音都没有。克洛兽一动不动，但她感到自己在它们的头脑里。正如它们是她的身体的扩展，这种感受和她控制天宿的身体时别无二致。

的确是兄弟。御主大帝为克洛兽制造了一个弱点，和坎德拉兽同样的弱点。他给自己留了一个控制它们的办法。

她突然明白了，他在漫长的年月里，把它们牢牢控制在手心里的办法。

萨奇德站在一大群难民的前面。雪和灰烬，虽然隐在雾蒙蒙的黑暗里看不见，仍然继续飘落着。汉姆坐在他旁边，显得昏昏欲睡。他流了太多的血，要是没有白蜡的话早就没命了。有人给了萨奇德一件斗篷，但他把那件斗篷裹到了浑浑噩噩的布里兹身上。虽然从黄铜智库里已经抽取不到太多温暖，但他不冷。

也许是因为身体变得太麻木了。

他把双手举在眼前，握起拳头，在这群人唯一拥有的火把下，十枚戒指闪着光。克洛兽从黑暗的小巷里靠近了，它们在黑夜里形成了挤成一团的影子。

萨奇德的士兵往后退开，他们的信心所剩无几了。萨奇德一个人站在寂静的雪里，一个瘦高、光头的学者，身上近乎赤裸。他，最后一个传道者。他，也应该是这些人里最有信念的人。

十枚戒指，几分钟的力量，也意味着几分钟的生命。

他等着克洛兽围上来，这些畜生晚上变得出奇的沉默。它们不再靠近，静静地站着，站成一条土堆一样的黑色剪影。

它们怎么不进攻！萨奇德泄气地想。

一个孩子抽噎了一下。然后，克洛兽又开始移动了。萨奇德紧张起来，但它们没有往前走，而是向两旁分开，然后一个身影从它们中间走了出来。

“纹女士？”萨奇德问。从在城门旁被她救了一命后，他还没找到机会跟她说过一句话。她看起来异常疲惫。

“萨奇德，”她疲倦地说，“为什么你光着身子站在城堡外面？”

“我……”萨奇德仰头看着克洛兽，“纹女士，我——”

“彭罗德！”纹突然喊道，“你在上面吗？”

国王现身了，他的表情和萨奇德一样困惑。

“开门！”纹大声说。

“你疯了？”彭罗德大声回答。

“我也不确定。”纹说，转过身，那群克洛兽走上来，像得到命令般静静地走过来。体形最大的一头克洛兽把纹从地上抱起来，高高举起，直到她和城堡的矮墙一样高。上面的几名卫士吓得纷纷后退。

“我累了，彭罗德。”纹说。萨奇德不得不抽取他的听力锡智库，才听清了她的话。

“我们都累了，孩子。”彭罗德说。

“我特别累，”纹说，“我厌倦了这些游戏。我讨厌看到人们因为首领间的争吵死去；我讨厌看到好人被利用。”

彭罗德无声地点了点头。

“我希望你召集剩余的士兵，”纹回头看看城里，说，“我们这里还有多少？”

“大约两百个。”彭罗德说。

纹点点头，“城没有失守，克洛兽还在和士兵战斗，但还没有足够的时间屠杀平民。我希望你派士兵找到任何正在抢劫或杀人的克洛兽。保护那些人民，但不要攻击克洛兽，派信使通知我去处理。”

想起先前彭罗德的顽固，萨奇德以为他会拒绝，但他没有，而是点了点头。

“我们接下去怎么办？”彭罗德问。

“我会处理那些克洛兽，”纹说，“我们先去收复樊乔城堡，我需要一些金属，那里有大量的储备。等城市安全了，我希望你和你的士兵扑灭那些火。那应该不难，能烧起来的房子不多了。”

“很好。”彭罗德说，然后转头向士兵下令。

萨奇德肃然地看着那个身材庞大的克洛兽把纹放到地上。它站着一声不响，就像石头凿出来的一样，而不是一个能呼吸、会流血、有生命的生灵。

“萨奇德。”纹轻声说，她的声音浸透了疲倦。

“纹女士。”萨奇德说。旁边，汉姆终于摆脱了昏昏欲睡的状态，看到纹和克洛兽，他吃了一惊。

纹继续看着萨奇德，研究着他。萨奇德不敢和她对视。是的，正如她想的，他们可以之后再讨论他的背叛，还有很多很多重要的事情要去完成。“我知道你也许有工作要派我做，”萨奇德打破了沉默，说，“但是，我可以先离开一下吗？我还有一件……任务。”

“当然，萨奇德，”纹说，“不过，请先告诉我。你知道有哪些人还活着吗？”

“克拉布斯和道克森死了，纹女士，”萨奇德说，“我没看到他们的尸体，但信息来源是可靠的。你已经看到哈蒙德大人了，尽管他伤得很重。”

“布里兹呢？”她问。

萨奇德朝一个蜷缩在墙边的身影点点头。“谢天谢地，他还活着，但他的头脑似乎受到了一些恐怖场面的刺激，应该不是简单的惊吓。或者……可能要花上一段时间恢复。”

纹点点头，对汉姆说：“汉姆，我需要白蜡。”

汉姆迟钝地点点头，用没受伤的手取出一瓶金属扔给纹。纹接下去一饮而尽，身上的疲劳立刻减轻了很多。她身子站得更直，眼睛也变得更有神采。

这肯定不是健康的表现，她一路过来到底用了多少白蜡？萨奇德担心地想。

纹迈着有力的脚步，向她的克洛兽走去。

“纹女士？”萨奇德问，“外面还有一支军队呢。”

“哦，我知道。”纹说。她伸手从一头克洛兽手里拿过一把巨大的楔形长剑，这把剑实际上比她还要高几寸。

“我很清楚斯特拉夫的意图。”她把那把剑背在肩上，回答说。然后，她回到了雪和迷雾中，朝樊乔城堡走去，她奇怪的克洛兽卫士们也跟着她迈开了脚步。

萨奇德直到深夜才完成了他给自己分配的任务。他在寒冷的夜里一具具地翻看尸体，很多尸体都冻硬了。雪已经停了，刮起了大风，把地上半融的雪化成了滑溜溜的冰。他不得不把一些冻在一起的尸体分开，一一查看它们的面孔。

如果没有黄铜智库供暖，他不可能完成这件艰巨的任务。即使如此，他还是给自己找了些保暖的衣服——一件棕色长袍和一双靴子。他整晚忙碌着，风卷着雪花和碎冰在地上打着转。当然，他是从城门旁开始的。那里的尸体最多。但是，最后他不得不转到附近的街巷。

在临近清晨的某个时间，他找到了她的尸体。

城市已经不再燃烧。他唯一的光亮是手上的灯，但这点光亮足以让他看到埋在雪堆下的一丝飘动的衣角。一开始，他以为那不过是某具尸体上落下来的染血的绷带。然后他看到了一点棕色和黄色的亮光，于是他走过去，他没有力气跑了，把手伸向那堆雪。

当他把婷德薇尔的尸体翻转过来时，听到了轻微的咔嚓声。她身体侧面的血已经冻成了冰，当然，她睁着的眼睛也已经凝固住。从方向看，她当时正领着士兵往樊乔城堡撤退。

哦，婷德薇尔，他用手触摸着她的面颊。她的皮肤还保持着柔软，但冰得要命。遭受过繁衍师多年的虐待，在九死一生之后，她却得到了这样的结局——死在一个不属于她的城市，有了一个配不上她的男人——不，半个男人。

他释放黄铜智库，让夜晚的寒气笼罩住自己。此刻他不想有温暖的感觉。他的灯发出摇曳的光线，照亮了这条街道，把冰冷的尸体掩在阴影里。在卢萨岱尔冰冷的小巷里，垂头看着他深爱的女人的尸体，萨奇德意识到了什么。

他不知道该怎么办。

他试图找些适当的话来说，找一些适当的东西思考。可是突然间，他所有的宗教知识似乎都失去了意义。给她一场葬礼有什么用？为她念诵一段早已无人信奉的神的祷文，有什么价值？他又有什么用处？达德拉达宗教没有帮上克拉布斯；幸存者没有拯救数千名士兵的生命。这有什么意义呢？

萨奇德的所有知识都不能给他以安慰。他接受那些宗教，相信它们的价值，但它们给不了他需要的东西。它们不能向他保证婷德薇尔的灵魂仍然活着。相反，它们给他带来了问题。如果有那么多的人信仰那么多不同的宗教，那么又怎么能说这些宗教中的一种是真实的呢，或者说，这一切是真实的呢？

那些斯卡人称萨奇德为圣人，但这时他意识到自己是个最平凡不过的人。他是个懂得三百多种宗教的家伙，然而没有信仰其中的任何一种。

他流下了眼泪，几乎在脸上冻成了冰，悲伤和他的宗教一样不能给他带来任何安慰。他呜咽着，朝眼前冰冻的尸体俯下身子。

我的生活，是一场骗局，他想。

拉谢克打算把阿兰迪引向错误的方向，使他泄气，或者使他的任务泡汤。阿兰迪还不知道他被欺骗了。我们全都被欺骗了，而且他再也不肯听我的话了。

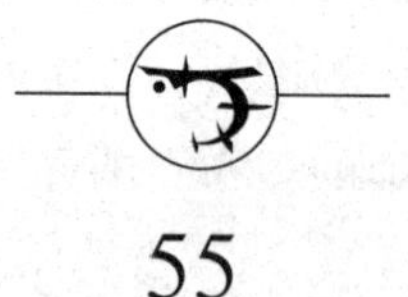

55

斯特拉夫在寒冷的早晨醒过来，立即伸手拿了一片黑弗莱恩的叶子。他开始意识到上瘾的好处了。它能更快更容易地唤醒他，并使他的身体在凌晨时分感到温暖。本来也许要用几个小时准备好的事情，他几分钟就完成了。他穿好了衣服，为这天做好了准备。

这将是辉煌的一天。

贾纳尔在帐外和他会面，然后两人走过熙熙攘攘的兵营。斯特拉夫的靴子踩着半是冰半是雪的路面，来到坐骑旁边。

“城里的火已经熄了，大人，”贾纳尔解释道，“也许是因为下雪。克洛兽也许结束了暴怒，因为寒冷躲到房子里了。我们的侦察兵不敢靠得太近，但他们说城里就像一个坟场，除了尸体，空荡荡的什么都没有。”

“也许他们真的互相干掉了对方。”斯特拉夫爬上马鞍，呼吸着清晨冷冽的空气，兴高采烈地说。军队围绕着他，开始慢慢集结起来。五万名士兵，渴望着夺取城市。不仅可以掠夺战利品，移军卢萨岱尔还意味着有房子可以遮风避寒。

“有可能。”贾纳尔上了马。

不会那样轻松吧，我的所有敌人都死了，城市和城里的财富变成了我的，还不用操心什么斯卡人，斯特拉夫满面笑容地想。

“大人！”有人惊叫起来。

斯特拉夫抬头看去。在卢萨岱尔和他的军营之间覆盖了一片灰色和白色，是混杂着灰烬的雪。在雪的另一边，是聚集起来的克洛兽。

“看来它们还活着，大人。”贾纳尔说。

“确实。”斯特拉夫皱着眉头说。看样子那些怪物的数量还不少，它们从西门拥出来，没有立刻进攻，而是集合成一个很大的群体。

“侦察兵说它们的数量比原来少，”过了一会儿，贾纳尔说，“是原来数量的三分之二，可能更少。不过，它们是克洛兽……”

“但它们放弃了防御工事，”斯特拉夫笑着说，黑弗莱恩温暖着他的血液，使他感觉像在燃烧金属一样，“它们向我们冲过来了，让它们冲吧。这场战斗很快会结束的。”

“是，大人。”贾纳尔的声音有些犹豫。他皱起了眉头，然后，指着城市南部，“大……人？”

“怎么了？”

“士兵，大人，”贾纳尔说，“人类士兵。看上去有几千人。”

斯特拉夫眉头紧锁，“他们应该全死了！”

克洛兽冲了过来。当那群蓝色的怪物从那片灰色区域冲过来时，斯特拉夫的马不安地移动着脚步。卢萨岱尔的人类士兵排着更有秩序的队列跟在后面。

“弓箭手！”贾纳尔喊道，“准备首次齐射！”

也许我不该来前线，斯特拉夫突然想道。他掉转马头，却突然注意到一件事。一支箭从行进中的克洛兽队伍中射了出来。

但是，克洛兽是不用弓的。另外，那些怪物仍然很远，而那个物体太大了，总之不像一支箭。一块石头，也许？看上去似乎比石头还大……

它开始朝着斯特拉夫的军队落下来。斯特拉夫抬起头，目不转睛地盯着那个奇怪的物体。它逐渐变得清晰起来。那不是一支箭，也不是石头。

那是一个人——一个身着迷雾斗篷的人。

“不！”斯特拉夫失声大叫。她应该消失了才对！

纹靠着硬铝增强的跳跃呼啸而下，巨大的克洛兽长剑在她手里轻若无物。她一剑劈在斯特拉夫的脑袋上，然后顺势而下，直劈入地，扬起一片雪和冻土。

那匹马分成两片倒在地上，前面一片，后面一片。前国王的残余物和马尸一起混在泥土里。纹看着那片残尸，冷笑了一声，然后向他挥手道别。

毕竟，伊兰德曾经警告过他攻城的后果。

斯特拉夫的将军和侍从围着她站成了一圈，不知所措。后面，克洛兽军队正向前疾驰，斯特拉夫军中的混乱使得弓箭手的齐射毫无章法，效果大减。

纹握紧手中的剑，然后用硬铝增强的钢向外推去。骑马的人被抛下了马，他们的马被马蹄铁绊倒。以纹为圆心的几十米范围里，士兵像风中的树叶一样向外飞去，尖叫声响成一片。

纹喝下另一瓶金属，恢复了使用钢和白蜡的能力。然后她跳起来，寻找其他将军和官员等值得攻击的目标。与此同时，她的克洛兽军队也和斯特拉夫军队的前锋开战了，真正的残杀开始了。

“他们在干什么？”赛特匆匆披上斗篷，问道。

“显然在进攻，”他的助手巴曼说，“看！他们在和克洛兽合作。”

赛特皱着眉头，把斗篷的带子系好，“一个协议？”

“和克洛兽？”巴曼问。

赛特耸耸肩。“哪一边会赢？”

“看不出来，大人，”巴曼说，“克洛兽……”

“这是怎么了？”奥瑞安娜问道。她骑着马顺着斜坡跑上来，后面跟着几个气喘吁吁的卫兵。当然，赛特命令过他们要看着她不准出营，但是，当然也料到她最终能摆脱他们。

至少我可以指望她早上的梳洗打扮能拖延一点时间。她穿着一条长裙，头发也梳理过，浑身上下无可挑剔。如果房子着了火，奥瑞安娜在逃走之前肯定会先停下来化好妆。

“似乎战斗已经开始了。”赛特朝战场点点头。

“在城外？”奥瑞安娜拨马来到他旁边，问道。接着，她的眼睛亮了。“他们在攻击斯特拉夫的阵地！”

“是的，”赛特说，“那就让城里……”

“我们必须帮助他们，爸爸！”

赛特转了转眼珠。“你知道我们不会做这种事的，我们会看看谁胜。如果他们太弱，我希望如此，我们就攻打他们。我没有把我的兵力都带回来，但也许……”

他注意到奥瑞安娜眼睛里的一种东西，音量不由得小了下来。他张口要说话，但还没等他说出来，她已经踢马跑了出去。

她的卫兵咒骂着冲出去抓她的缰绳，太晚了。赛特吃了一惊，这真有点出格，她怎么敢……

她纵马跑下小山，朝战场疾驰，然后如他所料，勒住了马缰。她转过身，回望着他。

“要是你想保护我，爸爸，”她喊道，“你最好出兵！”

说完，她回头继续奔跑起来，她的马踢起一阵阵雪雾。

赛特没有动。

“大人，”巴曼说，“两方看起来几乎势均力敌。五万人类士兵对约一万两千头克洛兽和五千人类士兵。只要把我们的力量加入任意一方……”

该死的蠢丫头！他一边看着奥瑞安娜骑着马远去，一边想。

“大人？”巴曼问。

为什么当时我要抢先一步进入卢萨岱尔呢？是因为我觉得能得到那座城市吗？没有熔金术师，家里还闹着内乱？是因为我在寻找着什么吗？那些传说的证明？就像那天晚上我看到的，继承人差点杀死我时的那种力量，赛特想。

他们是如何使克洛兽和他们并肩作战的，到底用什么办法？

“集结军力！”赛特命令道，“我们向卢萨岱尔的城防进军。谁派几个人去追我的那个傻丫头！”

萨奇德稳稳地骑着马，他的马缓慢地走在雪地上。在他前面，战斗正进入白热化，但他离得很远，不至于有什么危险。背后是卢萨岱尔城，劫后余生的女人和年长者在城墙上观看着。纹把他们从克洛兽手下救了出来。如果她能再从另外两支军队手下救出他们，那么真正的奇迹就诞生了。

萨奇德没有进入战场。他的金属智库几乎都空了，而且他的身体几乎和精神一样疲惫。他牵着马停下来，一个人坐在雪茫茫的平原上。马匹在寒冷中打着响鼻。

他不知道如何对待婷德薇尔的死。他感觉……脑子里一片空白。他希望自己能变得无知无觉。他希望能回到过去，帮助她守卫她负责的城门，而不是自己的。为什么他不在听到北门失陷的时候回去找她呢？那时她应该还活着。也许他能够保护她……

为什么他要有那么多的牵挂？为什么自寻烦恼？

但是，那些拥有信仰的人是正确的，纹回来保护了城市。我失去了希望，但他们从来没有。他想。

他骑着马继续往前走。战斗的声音从远处传来。他试图把注意力集中在婷德薇尔以外的任何事上，但他的思想总是回到他和她一起研究的那些东西上去。那些事实和传说变得愈加珍贵，因为它们是连结她的一根纽带。一根痛苦的纽带，但他不能抛弃。

永世英雄不是一名单纯的战士，他是一个能团结其他人、可以把他们凝聚在一起的人。一名领袖。

他知道纹认为她是那个英雄，但婷德薇尔是对的：这在很大程度上是巧合。而且，他已经不再确信他所信仰的那些东西了。

永世英雄是一个与特里斯人格格不入的人。他一边看着克洛兽进攻，一边想，他不是王族出身，但最终却成了君王。

萨奇德停在开阔空旷的田野中间。四周的雪地上插着箭支，地面被完全践踏了一遍。远处传来了鼓声，他转过头，看到一支军队从西边冒出来。他们打着赛特的旗号。

他号令全世界的军队，让国王们纵马施援。

赛特的军队加入了反对斯特拉夫的战斗。随着一声金属互撞的脆响，尸体落地的闷声，一个新的前线形成了。纹的军队数量仍然不占优势，但斯特拉夫的队伍开始撤退，他们被分割成几块，士兵们漫无目的地各自为战。他们的动作显示出内心的惊恐。

她杀死了他们的首领，赛特想。

赛特是个聪明人。他自己也骑马上了战场，但他一直在队伍后面，他的疾病使他只能被绑在马鞍上，打仗就显得勉为其难。但是，既然加入了战斗，他相信纹不会让克洛兽掉头来对付他。

因此，在萨奇德眼里，这场战斗的胜者已经毫无疑问。的确，一个小时后，斯特拉夫的队伍就开始大批大批地投降了。战斗的声音逐渐消失，萨奇德踢马赶了上去。

他想：神圣见证人，原来我还相信这个。不过，无论如何，我要去那里看看接下来会发生什么。

克洛兽停止了战斗，沉默地站立着。它们在萨奇德通过时，为他让开一条路。最后，他看到纹满身是血，扛着巨大的克洛兽长剑站在那里。几头克洛兽拖着一个人走过去——一个穿着华丽的服饰和银色护胸甲的贵族。它们把那个人丢在纹面前。

之后，彭罗德骑着马，由一头克洛兽领着，和一个魂不守舍的卫士一起从后面走过来。没有人说话。最后，克洛兽又分开了，这次来的是多疑的赛特，骑着马被一大帮士兵围在中间，仍然由一头克洛兽带领着。

赛特看看纹，然后挠了挠下巴。“算不上什么战斗。”他说。

“斯特拉夫的士兵们害怕了，”纹说，“他们冷，而且也没有和克洛兽战斗的热情。”

“他们的头儿呢？”赛特问。

“我杀了他，”纹说，“除了这个。你叫什么？”

“贾纳尔领主。”那个斯特拉夫的手下说。他显然断了一条腿，克洛兽是架着他过来的。

“斯特拉夫已经死了，”纹说，“现在你控制着这支军队。”

那名贵族低了一下头。“不，我不是，你来。”

纹点点头。“跪下来。”她说。

克洛兽把贾纳尔放到地上。他疼得咕哝了一声，然后跪在地上，弯下腰。“我发誓，我的军队效忠于你。”他低声说。

“不，”纹厉声说，“不是对我，是对樊乔家族的正式继承人。他现在是你的主人了。”

贾纳尔愣了一下。“很好，”他说，“如您所愿。我发誓效忠于斯特拉夫的儿子，伊兰德·樊乔。”

一队队士兵们无声地站在寒风里。纹盯着彭罗德，向地上指了一下。彭罗德翻身下马，然后伏在地面上。

“我也同样发誓，”他说，“效忠于伊兰德·樊乔。”

纹转头看着赛特。

“你想让我也这样？”满脸胡须的赛特气极而笑。

“是的。”纹平静地说。

“如果我拒绝呢？”赛特问。

“我会杀了你，”纹说，“你带兵攻打我的城市，你威胁我的人民。我不会杀你的士兵，让他们为你的行为还债，但我会杀了你，赛特。”

沉默。萨奇德转过头，看着那群站在布满鲜血的雪地上、一动不动的克洛兽。

“你明白的，这是威胁，”赛特说，“你的伊兰德不会容忍这样的事情。”

“他不在这里。”纹说。

“你认为他会怎么说？”赛特问，“他会告诉我不要为这样的要求屈服，高贵的伊兰德·樊乔不会因为有人威胁他的生命而屈服。”

“你不是伊兰德那样的人，”纹说，“你明白。”

赛特愣了愣，接着笑了。“对，对，我不是。”他转头对助手说，“帮我下来。”

纹静静地注视着赛特的卫士解开他的腿，然后抬着他放在积雪的地上。他伏在地上。“那么，很好。我发誓忠于伊兰德·樊乔。欢迎他来到我的王国……假如他能把它从那个该死的圣务官手里夺回来。”

纹点点头，扭头对萨奇德说：“我需要你的帮助，萨奇德。”

“请下令，主人。”萨奇德轻声说。

纹愣了一下，“请不要那样叫我。”

“如你所愿。”萨奇德说。

“你是这里我唯一信任的人，萨奇德，”纹没有理会那三个跪着的人，对萨奇德说，“汉姆受了伤，布里兹……”

“我会尽力，”萨奇德微微颔首说，“你想让我去做什么？”

“保护卢萨岱尔，”纹说，“确保人们有房子住，从斯特拉夫的仓库送些给养回去。让这些军队不要自相残杀。然后派一队人去找伊兰德，他正沿着运河旁的官道向南赶。”

萨奇德点点头，然后纹转向三个跪着的国王。“萨奇德是我的副手，你们得服从他的命令，就像服从我和伊兰德一样。”

三人轮流点了头。

“但是，你要去哪里呢？”彭罗德抬起头问。

纹叹了口气，突然显出惊人的虚弱。“睡觉。”她说。她丢下长剑，推着它把身子射向天空，朝卢萨岱尔而去。

*他醒来后留下了一片废墟，但那里已经被遗忘。*萨奇德回头看着她飞去，心想，*他创造了众多王国，然后在重新创造世界时又把它们毁掉。*

我们一直弄错了性别。

第六部

钢铁上的词句

如果拉谢克不能成功地把阿兰迪引上歧途，我命令他把阿兰迪杀死。

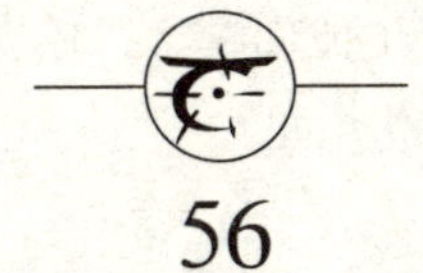

56

纹怎么受得了这些？伊兰德惊讶地想。他只能勉强在迷雾里看到二十尺远。在夜间赶路，路边的树好像是围在他身边的鬼魂，它们扭曲的枝条就像鬼魂的爪子。迷雾似乎是有生命的：移动着，打着旋，在寒冷的夜气里涌动着。迷雾吞噬他呼出的气息，就像从他身上把灵魂拽去一片。

他哆嗦着继续往前走。雪在过去几天里已经融化了一部分，但背阴的地方还积着雪堆。幸好，运河旁的官道上已经基本干净了。

他肩上背着一个包裹，只带着必须的东西。在"幽灵"的建议下，他们几天前在一个村子里卖掉了马匹。这些天来他们让那些马很辛苦，这样可以让它们填饱肚子，并活下去。"幽灵"觉得他们回卢萨岱尔的最后一段路程不值得付出它们性命的代价。

另外，不管城里发生了什么，很可能已经过去了。所以伊兰德一个人行走在黑暗里。尽管黑夜阴森可怖，他还是遵守承诺，只在夜里赶路。不仅因为这是纹的意愿，"幽灵"也声称夜里更安全。很少有旅人敢于在夜间赶路。因此，大多数强盗不会选择夜里在大路上打劫。

"幽灵"在前面探路，他敏锐的直觉能让他及早察觉伊兰德会贸然踏入的危险。伊兰德一边走，一边想：这究竟是怎么做到的？锡据说能使你的视力更好。但在迷雾遮蔽一切的时候，你能看多远又有什么关系？

学者们声称熔金术能以某种方式使人看穿迷雾，伊兰德一直想知道那是什么感觉。当然，他也很想知道使用白蜡是什么感觉，或者用天金战斗的感觉。熔金术师即使在高级贵族里也是很少见的。因此，由于斯特拉夫对待他的方式，伊兰德一直对自己不是熔金术师感到内疚。

虽然我没有熔金术法力，但我最终当上了国王，他好笑地想。他失去了王冠，没错。不过，他们夺去他的王冠，却夺不走他的成就。他已经证明议会是有效的。他保护了斯卡人，给了他们权力，还有他们永远忘不掉的自由的感觉。他的成就已经超出了人们的预期。

迷雾里发出了沙沙声。

伊兰德凝视着黑暗，吓呆了。他紧张地想：那声音像树叶，什么东西在树叶上走？或者……是风吹动了它们？

这时，他觉得没有什么比盯着雾蒙蒙的黑暗、看着不停移动的黑影更令人紧张的了。他甚至觉得自己宁愿对着一支克洛兽军队，也不要孤身一人，在夜里，站在未知的树林里。

“伊兰德。”有人低声叫。

伊兰德一转身，看见“幽灵”走过来，吓得把一只手放在了胸口上。他想责备这孩子神出鬼没地吓人，可是，这是在迷雾里，还有其他的办法吗？

“你看见什么没有？”“幽灵”小声问。

伊兰德摇摇头，“我觉得听到了一些声音。”

“幽灵”点点头，然后又消失在迷雾里。伊兰德站在原地，不知道是该继续往前走，还是等着。但没过多长时间，“幽灵”就回来了。

“没什么好担心的，”“幽灵”说，“只是一个迷雾阴魂。”

“什么？”伊兰德问道。

“迷雾阴魂，”“幽灵”说，“你知道的。又大又蠢的东西，和坎德拉兽类似的东西，别告诉我你没有读过有关它们的书。”

“我读过，”伊兰德紧张地向黑暗里扫视着，“可是，我从来没想过我会在外面的迷雾里遇见一个。”

“幽灵”耸耸肩。“它也许只是跟着我们的气味，希望我们会丢些垃圾给它吃。这种东西大体上是无害的。”

“大体上？”

“你对它们的知识也许比我还多。看，我回来不是谈食腐动物的，前面有亮光。”

“有村子？”伊兰德问道，回想着他们来时经过这里的情景。

“幽灵”摇摇头，“看起来像守夜的营火。”

“军队？”

“也许是的，我想你应该在后面等一会儿。要是你走进侦察哨位的话会发生很可怕的事。”

“同意。”伊兰德说。

“幽灵”点点头，然后出发了。

伊兰德再次一个人站在黑暗里。他颤抖着，把身上的斗篷拉紧，紧张地注视着他听到迷雾阴魂的方向。他知道迷雾阴魂被认为是无害的，但有一个东西趴在那里注视着他，它的骨架是由各种各样的骨头构成的，那种感觉让人毛骨悚然。

不要去想这些，伊兰德对自己说。

他把注意力转移到迷雾上。至少，纹在一件事上是正确的。迷雾在日出后徘徊不去的时间越来越长了。有几天早晨，迷雾在太阳出现后过了一个小时才散。很容易想象，如果迷雾持续一天的话，会在大地上造成什么样的灾难。庄稼将会颗粒无收，牲畜饿死，文明将崩溃。

黑暗力量真是如此简单的事物吗？伊兰德对黑暗力量的感觉是基于学者角度的。一些作者直接把这种事情当作一个传说，是圣务官为了增强他们神灵的光环和神性所散布的谣言。大多数人接受了这种对黑暗力量的史学定义——一只被御主大帝杀死的黑暗怪物。

然而，把黑暗力量等同于迷雾似乎也有几分道理。一个怪物，不管它有多危险，又怎么能对整个大陆造成威胁呢？而迷雾可能极具破坏性，能够毁灭植物，甚至可能……杀人，像萨奇德所说的那样？

他看着迷雾在身边移动，既活跃，又虚无缥缈。是的，他可以把迷雾看作黑暗力量，比怪兽更恐怖，比一支军队还危险。它的名声并非空穴来风。事实上，注视着迷雾，他觉得它似乎正在极力欺骗他的头脑。比如说，雾气正在他身前汇聚，似乎在构成一个形体。伊兰德看着迷雾里偶然形成的一个形状，不觉笑了出来。那个形状几乎像一个站立的人，就站在他前面。

那个人向前走了一步。

伊兰德跳了起来，往后退了一小步，脚踩在一块表皮冻硬的雪上。别傻了，他告诉自己，你的意识在欺骗自己，那里什么都没有——

迷雾里的那个形体又向前走了一步。它模糊不清，几乎没有形体，然而看起来似乎是真实的。迷雾的随机运动勾勒出它的脸、它的身体、它的双腿。

“天！”伊兰德惊叫一声，向后跳去。那个东西继续注视着他。

我要疯了，他想，双手开始不自觉地颤抖。那个雾气形成的身体在他面前几步远的地方停了下来，扬起右臂指点着。

北方，离开卢萨岱尔。

伊兰德皱起眉头，向北方看去。除了更多虚无缥缈的雾气之外一无所有。他转过头看着它，但它站着一动不动，胳膊向上举着。

纹提到过这个东西，他强忍着害怕，回忆着。她对我说过它，但我认为她是捏造的！她说得没错，正像她说的迷雾在白天逗留时间更长、迷雾可能是黑暗力量这两件事一样正确。他开始怀疑他们俩到底谁是学者了。

那个雾构成的形体继续指点着。

“什么？”伊兰德问，他的声音在寂静的空气里听起来令人不安。

它又往前走了一步，还是举着胳膊。伊兰德紧张地把手按在剑柄上，但没有后退。

“告诉我，你想让我干什么！”他壮着胆子说。

那个东西又指了一下。伊兰德扬起了头，它的确不像有什么危险。实际上，他产生了一种反常的平静感。

熔金术？它在影响我的情绪！他想。

“伊兰德？”迷雾里飘来了“幽灵”的声音。

那个形体突然消失了，它的形状融化在迷雾里。“幽灵”走过来，他的脸在黑暗里显得模糊不清。“伊兰德？你在说什么？”

伊兰德把手从剑柄上放开，站直了身体。他盯着迷雾，还是对自己刚才是否看到了东西不完全肯定。“没什么。”他说。

“幽灵”回头朝自己来的方向看了看，“你不想来看看这个？”

“军队？”伊兰德皱着眉头问。

“幽灵”摇了摇头。“不，是难民。”

“保管师都死了，大人。”坐在伊兰德对面的老人说。他没有帐篷，把一张床单绑在几根柱子间充作帐篷。“不是死了，就是被抓起来了。”

另一个人以仆人的姿态给伊兰德端了一杯热茶。两人都穿着侍从官的长袍，虽然他们的眼睛里流露出疲惫的神色，但他们的袍子和双手都很清洁。

古老的习惯，伊兰德感激地点点头，啜了一口热茶。特里斯人也许已经宣布自己独立了，但上千年的奴役地位形成的习惯是没那么容易抛弃的。

这个营地是个奇怪的地方。“幽灵”说里面约有一千人，在寒冷的冬天照顾、给养和管理这么多人几乎是个噩梦。营地里很多是老人，而且其中大多是侍从官：是培养来为上流社会服务的阉人，没有打猎的经验。

“给我说说发生了什么。”伊兰德说。

年长的侍从官点点头，他的脑袋摇摇晃晃。他看起来不是特别虚弱。实际上，他像多数侍从官表现的那样，有一种同样克制的尊严。但他的身体在缓慢地、有规律地颤抖。

“赛诺德元老团在最后帝国崩溃后，变得公开化了。”他接过一杯茶，伊兰德注意到杯子是半满的，鉴于他在颤抖时几乎把茶水洒出来，这样做很容易理解。“他们变成了我们的统治者，也许这么快暴露他们是不明智的。”

不是所有的特里斯人都是储金术师，事实上，只有很少的人是。保管师，像萨奇德和婷德薇尔这样的人，在御主大帝的逼迫下长期隐瞒身份。他对储金术和熔金术血统混合的可能性害怕到偏执，因为有可能生出一个和他有着同样能力的人，这让他试图灭绝所有储金术师。

“我知道保管师，朋友，”伊兰德轻声说，“很难相信他们会被轻易打败。谁干的？”

“钢铁审判官，大人。”老人说。

伊兰德打了个哆嗦。这么说他们是从那里来的。

“他们有几十个人，大人，”老人说，“他们和一支由克洛兽畜生组成的军队进攻了塔星顿。但是，这是在声东击西，我认为。当我们的军队和那些畜生战斗的时候，那些审判官袭击了赛诺德元老团。”

天哪……伊兰德胃里一阵翻滚。这样一来，我们应该怎么处理萨奇德让我们交给赛诺德元老团的那本书呢？我们是该把这本书交给这些人，还是自己留着？

“他们把尸体带走了，大人，”那位老人说，“特里斯已经毁了，这就是我们去南方的原因。你说你认识樊乔国王？”

“啊……我见过他，”伊兰德说，“他统治着卢萨岱尔，我就是从那里来的。”

“你觉得他会收留我们吗？”老人问，“我们没什么指望了。塔星顿是特里斯的首都，但连那里也容不下我们。现在，我们的人很少，御主大帝可以作证。”

“我不知道卢萨岱尔是否会帮助你们，朋友。”

“我们可以提供一流的服务，”老人许诺说，“我们宣布自己自由太傲慢了。在审判官进攻之前，我们就已经挣扎在生存线上。也许他们把我们驱逐出来反而帮了我们一个忙。”

伊兰德摇摇头。“克洛兽在一个多星期前攻击了卢萨岱尔，”他说，“我自己也是个难民，侍从官老爷。据我所知，卢萨岱尔也陷落了。”

老人陷入了沉默。“哦，我明白了。”他说。

“抱歉，”伊兰德说，“我正赶回去看看发生了什么情况。我不久前刚从这条路上走过，告诉我，我怎么会在去北方的途中错过了你们呢？”

“我们不是沿着运河河道走的，大人，”那位老人说，“我们是从田野里抄近路走来的，因此我们能够在苏令夏得到补给。你……对卢萨岱尔还有别的情况可以提供吗？那里住着一个令人尊敬的保管师。我们希望，也许，能得到她的建议。”

“婷德薇尔女士？”伊兰德问。

老人仰起了头，“是的，你认识她？”

“她是王宫里的一名侍者。”伊兰德说。

“婷德薇尔保管师可以被认为是我们的首领，我想，”老人说，“我们不清楚有多少保管师在外游历，但她是在我们受到攻击的时候，唯一一个不在城里的赛诺德元老团成员。”

“我走的时候她还在卢萨岱尔。”伊兰德说。

“那她大概还活着，”老人说，“我们还有希望。谢谢你，旅行者，谢谢你的消息。另外，在我们的营地里请随意，不用拘束。”

伊兰德点点头，站了起来。“幽灵”站在不远处，站在两棵树旁边的雾气里。伊兰德来到他身边。

那些人在夜里点起了一大堆营火，仿佛是为了抵抗迷雾。亮光确实对抵挡迷雾有一些用处，然而火光似乎也衬托了迷雾，制造出一些令人眼花缭乱的立体阴影。“幽灵”靠在粗糙的树干上，向四周看着伊兰德看不见的东西，听着伊兰德听不到的声音：哭叫的孩子、咳嗽的男人、不安地骚动着的牲口。

“看起来不太好，是吗？”伊兰德悄声问。

“幽灵”摇摇头。“我希望他们把火熄掉，”他抱怨地说，“火光会伤害我的眼睛。”

伊兰德看了看，“没有那么亮。”

“幽灵”耸耸肩，“他们只是在浪费木柴。”

“原谅他们享受暂时的舒适吧。接下来的一个星期里，他们还要受很多苦。”伊兰德停顿了一下，看着经过他们身边的一队特里斯“战士”，这伙人明显是侍从官。他们的姿势完美，走起路来风度翩翩，但伊兰德怀疑他们根本不懂得如何使用除了菜刀之外的任何武器。

看来没有特里斯军队来帮助我的人民了。

“你派纹回去召集我们的伙伴，”“幽灵”说，“带他们和我们碰头，也许可以去特里斯寻求庇护。”

“我知道。”伊兰德说。

“可是，我们不能在特里斯集合。”“幽灵”说，“那里有审判官。”

“我知道。”伊兰德又说。

“幽灵”沉默了一会儿。“全世界都乱套了，伊尔，”他又开口说，“特里斯，卢萨岱尔……”

“卢萨岱尔还没被毁掉。”伊兰德严厉地盯着“幽灵”。

“那些克洛兽——”

“纹会想办法阻止它们，”伊兰德说，“我们都知道，她已经在升华之井旁找到了力量。我们要继续前进。我们能够，而且将会把所有失去的重新建造起来，然后我们再考虑帮助特里斯。”

“幽灵”没说话，然后笑着点了点头。伊兰德惊奇地注意到，他这番充满信心的话如何平复了他的担忧。“幽灵”重新靠在树上，眼睛盯着伊兰德手里仍然冒着热气的茶。伊兰德把茶递给他，说自己不喜欢用勇气之根泡的茶水。“幽灵”高高兴兴地喝了起来。

但是，伊兰德觉得事情比他刚才承认的要麻烦。黑暗力量再次出现、雾灵、审判官在在至远辖区的行动。还有什么我没注意到的事情？

希望变得很渺茫。暗杀、战争和大灾难都没有夺走阿兰迪的性命。可是，我希望在冰天雪地的特里斯山脉里，他会暴露出弱点。我期待着一个奇迹。

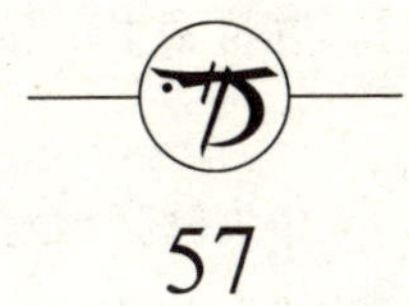

57

“看着，我们都清楚自己需要做什么。”赛特拍着桌子说，“我们这里有军队，有了准备而且愿意去打仗。让我们去把我的该死的城市夺回来！”

“皇后没有下令让我们做这种事情，”贾纳尔说，他喝了口茶，面对赛特的无礼显得不慌不忙，“我个人认为，我们至少应该等皇帝回来。”

彭罗德，屋子里年龄最大的人，非常老练地打起了圆场。“我理解你关心你的人民，赛特领主。但我们重建卢萨岱尔还不满一个星期，考虑扩大我们的影响还言之过早。我们不可能批准这样的备战工作。”

“哦，住嘴，彭罗德，”赛特厉声说，“你管不着我。”

三个人都看着萨奇德。他坐在樊乔家会议室的上首，觉得很难为情。助手和侍者，包括道克森的一些官员，稀稀拉拉地站在房间里，但只有三个领导者和萨奇德一起坐在桌子旁，他们是目前伊兰德帝国之下的三个国王。

“我认为我们不能操之过急，赛特领主。”萨奇德说。

“这不是操之过急，”赛特再次拍了桌子，“我只想派侦察兵和间谍去调查，这样我们就能在出兵的时候有足够的情报。”

“如果我们果真出兵，”贾纳尔说，“如果皇帝决定收复法德雷克斯城，那至少要等到今年夏天，而且是在最乐观的情况下。我们还有更紧迫的事情。我的军队已经远离北部辖区很长时间了。在我们进入新的领土之前，应该先把我们现有的领土安定下来，这是基本的政治理论。”

“呸！”赛特不以为然地挥了挥手。

“你可以派侦察兵，赛特领主，”萨奇德说，“但他们只能去搜集情报，不能参与任何突击，不管有多好的机会。”

赛特摇摇头，“这就是我不跟最后帝国的其他国家玩政治游戏的原因。因为每个人都在忙着制定计划，结果什么事都做不成。”

“有很多事情都要详细探讨，赛特领主，”彭罗德说，“耐心会带来更大的回报。”

“更大的回报？”赛特问，“中央辖区靠耐心赢来了什么？你一直等到你的城被攻破！如果你不是和最好的迷雾之子在一起……”

“最好的迷雾之子，大人？”萨奇德平静地问，“你没有看到她是如何号令克洛兽的吗？你没有看到她像一支箭般在天空飞行吗？纹女士不仅仅是什么‘最好的迷雾之子’。”

一屋人陷入了沉默。我必须让他们的注意力集中在她身上，萨奇德想。没有纹的领导，没有她的力量威胁，这个联盟就会在一瞬间瓦解。

他感到自己是如此无力。他不能让这些人好好交谈，也不能给他们各种各样的麻烦提供任何帮助。他只能一直提醒他们注意纹的力量。

麻烦的是，他真的不想这样做。他感到自己身上一些非常古怪的地方，这种感觉他平时是没有的。麻木，漠不关心。这些人谈论的事情有什么意义？现在婷德薇尔死了，一切事情似乎都失去了意义。

他咬着牙，强迫自己集中注意力。

“很好，”赛特挥挥手说，“我会派人去侦察。厄尔图的粮食到了吗，贾纳尔？”

年轻的贵族变得有些不安。“我们……在这件事上有点麻烦，大人。城里似乎被煽动起了一些不良情绪。”

“难怪你想把军队派回北部辖区！”赛特指责道，“你计划夺回你的王国，却让我的王国继续暴乱！”

“厄尔图比你的首都更近，赛特，”贾纳尔继续喝茶，“在我们有能力把注意力转向西方之前，只有先办我的事是有意义的。”

“我们要让皇后作决定。”彭罗德说。他喜欢扮演调停人的角色，这样做，能使自己显得超然。在本质上，他通过把自己摆在另外两人的中间来使自己处于掌控的位置。

萨奇德想：和伊兰德试图利用我们的军队所做的没什么不同，那孩子对政治策略的感觉比婷德薇尔对他的评价要好得多。

我不该想她，他闭上眼睛告诫自己。然而这样做很难。他做的每件事，想的每件事，似乎都因为她的离去而变得不对劲。灯光看上去更暗淡，积极性也更难调动起来。他感到很难去关注那些国王，更不要说给他们方向了。

这很愚蠢，他明白。婷德薇尔回到他的生活有多长时间了？只有几个月。很久以前，他曾经离开，因为自己没有被爱的能力，就一般意义而言。他当然不可能得到她的爱，不仅因为他缺乏男子气概，而且他也是叛徒和异见人士，一个远离特里斯正统的人。

她对他的爱确实是一个奇迹。但是，他应该为这样的幸福感谢谁？又该诅咒谁把她偷走？他熟悉几百个神。他愿意诅咒他们，如果这样做有任何好处的话。

为了自己的头脑，他强迫自己把注意力回到这些国王身上。

“听着，”彭罗德把胳膊放在桌子上，身子微微前倾，“我认为我们的方法不对，绅士们。我们不应该争吵，我们要感到高兴。我们处在一个非常特别的地位上。自从御主大帝的帝国崩溃后，几十个，也许上百个人试图以各种各样的方式称王。但是，他们都觉得动荡不安、朝不保夕。

“好，看来现在我们要被迫一起工作了。我开始以欣慰的心情来看待这件事。我愿意效忠于樊乔夫妇，我甚至接受了樊乔对政府的古怪观点，如果这意味着我在今后十年里还能继续掌权的话。”

赛特抓了抓胡子，然后点点头。“你这个想法很好，彭罗德。也许是我从你这里听到的第一个好想法。”

“也许我们不能继续认定自己知道接下去该怎么做，”贾纳尔说，“我们需要方向。在接下来的十年生存下去，恐怕在很大程度上取决于我不会死在那个迷雾之子女孩的刀下。”

“确实，”彭罗德微微点着头，“特里斯老爷。我们什么时候才能等到皇后的再次下令呢？”

又一次，三个人的眼睛齐刷刷看着萨奇德。

我真不在乎，萨奇德想，然后又突然感到一阵内疚。纹是他的朋友，他确实在乎，即使他现在很难关心任何东西。他惭愧地低下头。“纹女士得了严重的白蜡症，”他说，“她去年给自己的压力太大，然后又一路跑回卢萨岱尔。她极度需要休息。我们应该让她多休息一段时间。”

其他人点点头，然后又回头接着讨论。然而，萨奇德的脑子又转到了纹身上。他了解她的疾病，开始担心起她来。白蜡症显示她身体亏空得很严重，他怀疑她现在已经用金属强制自己保持清醒好几个月了。

在保管师储存清醒的时候，他会昏睡一段时间。他只希望这场可怕的白蜡症对纹造成的影响和前者相同，因为纹从一周前回来后到现在还没醒过。也许她会很快醒来，像保管师从昏睡中醒来一样。

也许会花更长时间。她的克洛兽部队在城外等着，显然是受控的，虽然她还是人事不省，但会持续多长时间呢？白蜡症是能够杀死人的，如果一个人太拼命的话。

漫天尘埃。最近落灰的天气越来越多了，伊兰德和“幽灵”从树林里钻出来，俯视着卢萨岱尔平原。

“看，”“幽灵”指点着远处，小声说，“城门破了。”

伊兰德眉头紧锁。“但克洛兽在城外扎了营。”甚至斯特拉夫的军营也还在原处。

“工人，”“幽灵”用手挡着阳光，保护着他极度敏感的熔金术师眼睛，“似乎在城外埋葬尸体。”

伊兰德的眉头锁得更深了。纹，她发生了什么事？她还好吗？

为了确保他们不被城里的巡逻兵发现，他和“幽灵”采用那些特里斯人的办法，从田野里抄了近路，甚至，为了在入夜前赶到卢萨岱尔，他们这天打破惯例在白天也赶了些路。迷雾很快就会出现，伊兰德很疲劳，因为早早起床而且还走了那么长的路。

此外，他也因为不知道卢萨岱尔到底发生了什么事而忧心忡忡。“你能看到那些城门上是谁的旗帜吗？”

“幽灵”稍等了一下，显然在爆燃锡。“你的。”他吃惊地说。

伊兰德笑了。或者他们用某种方式拯救了城市，或者这是个精心设置的陷阱。“走。”他指着一队被允许返城的难民，他们可能是之前逃走的，在危险过去后又回城找食物，“我们混在他们里面，想办法进去。”

萨奇德无声地叹口气，关上了自己的房门。国王们结束了这天的争论。事实上，考虑到几个星期前他们还在处心积虑地打算征服对方，他们现在相处得很好了。

萨奇德明白自己对他们新出现的友善局面出力甚微。但是，他有其他的事要操心。

他走进房间，心想：在我的生活里，我经历过很多人的死亡，凯尔西、杰德韦尔、克兰达，都是我尊敬的人。我从来没有对他们的精神归宿产生过疑问。

他把蜡烛放在桌子上，那脆弱的光线照亮了散放在桌子上的几张纸、一堆从克洛兽身上取下的奇怪的金属钉，还有一部手稿。

他想：也许这是纹让我负责的原因，她知道我需要一些事情把我的注意力从婷德薇尔身上引开。

然而，他越来越觉得自己很难放手。哪一个更强烈？是记忆的痛苦，还是遗忘的痛苦？他是一个保管师，记忆是他一生的工作。而遗忘，即使是为了个人的平静，也不是他愿意考虑的做法。

他翻看着那本手稿，不由在黑暗的房间里露出了温柔的微笑。他把一本干干净净、重新誊写的手稿和纹、伊兰德一起送往北方。这一本是原稿，是由两个虔诚的学者用疯狂而几乎绝望的潦草字体写成的。

他触摸着那本手稿，摇曳的烛光照出婷德薇尔瘦硬而优美的字体，和他自己写下的段落混合在一起。有时候，一页纸是他们俩交替书写十几次完成的。

眨眼的时候，一滴泪水终于落在书稿上，他才意识到自己在哭。低头一看，朦胧里看到泪水洇开了一点墨迹。

“现在怎么办，婷德薇尔？”他喃喃低语，“我们为什么要做这件事？你从不相信永世英雄，而我什么都不相信。这一切有什么意义？”

他用袖子小心地把水迹吸干，把那页纸尽可能恢复原样。虽然劳累，他却随便翻了一页，开始阅读起来。阅读是为了回忆，回想他还没有烦恼于他们为何做这些研究的日子。他只想和他最爱的人，做最享受的工作。

他边读边想：我们收集所能找到的一切关于黑暗力量和永世英雄的资料，但那些资料似乎有很多矛盾。

他翻到一个特别的章节，这个章节是婷德薇尔坚持加进去的。其中包含着几个最明显的自相矛盾的地方。他通读了一遍，第一次对它们进行了公正的思考。这是婷德薇尔作为一名学者提出的谨慎怀疑。他翻看着那些段落，阅读着她的笔记。

永世英雄将是一个身材高大的人，一处写着，是个让人无法忽视的人。

那力量一定不能取走，另一处是这样写的，对此，我们确定无疑。它可以被人持有，但不能使用。它必须被释放。婷德薇尔认为这种条件很愚蠢，既然其他的一些章节里提到永世英雄利用这些力量战胜了黑暗力量。

所有的人都是自私的，另一处写道。英雄是一个能够看透个人欲望的人，所有人都需要他。“如果所有的人都自私，”婷德薇尔曾经这样问，“那么英雄本人怎么会是无私的，就像其他段落里所说的那样？还有，怎么能指望一个谦逊的人征服世界呢？”

萨奇德微笑着摇了摇头。有时候，她的反对是经过深思熟虑的，但有些时候，她是在极力提供另外的选项，不去管那些假设是如何夸张。他打算把这一章节再看一遍，但在第一段停住了。

上面说“身材高大”。指的不是纹。这段话不是从拓本上抄下来的，而是来自另一本书。婷德薇尔加入这段话是因为那张拓片，更可信的来源，称他身材矮小。萨奇德把书翻到柯万刻在金属板上的证词，寻找着那个段落。

阿兰迪的身高在我初次见到他时给了我很深的印象，上面是这样写的，他个子不高，但显得卓尔不群，是个让人肃然起敬的人。

萨奇德皱着眉头。从前，他争辩说这里没有矛盾，因为一个段落里的高度可以解释为英雄的风度和性格，而不是物理的高度。然而，萨奇德现在踌躇起来，第一次真正明白了婷德薇尔反对的是什么。

而且他感到有些地方不对劲。他回头重新翻看这本书，浏览着其中的内容。

“在预知未来的学术领域里，有一个位置注定是我的，”他读道，“我把自己视为神圣见证人，预言永世英雄出现的先知。宣布放弃阿兰迪就意味着，我的新地位、我的声誉会被其他人全盘否决。”

萨奇德的疑问更深了。他查看着那个段落。房间外面，天已经黑了下来，几缕迷雾从百叶窗里钻进来，而后在房间里消散了。

神圣见证人，他沉思着，我怎么忘记了这个？守城的时候，人们也叫过我同样的名字。

“萨奇德。”

萨奇德吓了一跳，手里的书几乎掉到地板上。他转过身，看到纹正站在他面前，在光线暗淡的房间里像一个黑影。

“纹女士！你起来了！”

“你不该让我睡那么长时间。”她说。

“我们试过把你叫醒，”他温和地说，“你昏睡过去了。”

她愣住了。

“也许这样对你最好，纹，”萨奇德说，“战斗已经结束了，过去几个月里你的身体透支得太厉害。既然这些事都结束了，休息一下对你有好处。”

纹摇着头走过来，虽然已经休息了几天，萨奇德发现她仍然很憔悴。“不，萨奇德，”她说，“还没有结束，至少目前还没结束。”

“你说什么？”萨奇德担心地问。

“我还能在脑袋里听到，”纹把一只手放在额头上，“它在这里，在城里。”

“升华之井？”萨奇德问，“可是，纹女士，我在这件事上撒了谎。真诚地向你道歉，我连这个东西是否存在都还有疑问。”

“你相信我是永世英雄吗？”

萨奇德移开了目光。“几天前，在城外的战场上，我觉得很有把握。但是……近来……我相信的东西对我来说似乎也不再熟悉了。那些预言和传说是一大堆矛盾。”

“这和预言没关系，”纹走到他的书桌旁，看着那本书说，“这件事关系到一些势在必行的事。我能感到它……在拖着我。”

她瞟了一眼关着的窗户，迷雾缭绕在窗棂上。然后，她走过去推开百叶窗，把冰冷的空气放进来。她站在窗边，闭上眼睛，让迷雾漫过自己的身子。她身上只穿着简单的衬衣和长裤。

“我利用过它一次，萨奇德，”她说，“你知道那件事吗？我告诉过你。在和御主大帝战斗的时候，我从迷雾里抽取了力量，我就是这样打败他的。”

萨奇德的身体颤抖起来，不仅因为寒冷，也因为纹说话的语气和内容。“纹女士……”他说，但不知道接下来该说什么。利用迷雾？她在说什么？

“那口井在这里，”她看向窗外，迷雾正打着旋儿钻进屋里。

“不可能，纹女士，”萨奇德说，“所有的报告都表明，升华之井是在特里斯山脉被发现的。”

纹摇摇头。“他改变了世界，萨奇德。”

萨奇德皱着眉头，愣了一下。“什么？”

“御主大帝，”她低声说，“他创造了灰山，记录里说他在帝国边缘创造了辽阔的沙漠。为什么我们要认为一切都和他初次登上升华之井时一样呢？他创造了山脉，为什么不能把山脉夷为平地？”

萨奇德感到一阵寒意。

“如果是我，我会这样做，”纹说，“要是我知道力量将再次返回，如果我想继续持有它。我会把那口井藏起来，我会让那些传奇故事继续存在，我会告诉人们那些山在北方。然后，我将围着这口井建造我的城市，这样我就能时时照看它。”

她转过身，看着他。“它在这里，那力量正等待着。”

萨奇德张嘴要反对，但不知道该反对什么。他没有了信仰，争论这样的事情就没了意义。正踌躇间，他听到了外面的声音。

声音？在夜间的迷雾里？他好奇地竖起耳朵听那声音在说什么，但距离太远。他把手伸到桌上的一个麻布袋里。他的大部分金属智库都空了，他只戴着一个黄铜智库，其中存储着他的古代知识。在麻布袋里，他找到了一个小袋，里面装着他为围城准备、却没有用上的十个戒指。他拉开袋子，从里面取出一个戒指，然后把袋子揣到身上。

利用一个锡智库的戒指，他可以从中提取听力，外面的声音清晰起来了。

“国王！国王回来了！”

纹从窗口一跃而出。

“我也不完全明白她是怎么做到的，伊尔。”汉姆说，他的胳膊仍然用绷带吊在脖子上。

伊兰德走过城里的街道，人们跟在他身后，兴奋地交谈着。随着听到消息的人越来越多，人群也越来越庞大。“幽灵”迟疑地盯着他们，但似乎很享受这样的关注。

“在战斗的最后阶段我出局了，”汉姆正在说，“靠着白蜡才活下来，克洛兽杀光了我的小组，攻破了我退防的城堡。我冲出去，然后找到了萨奇德，但我的脑子在那时已经变得糊涂起来。我记得我在哈斯丁城堡外面昏迷过去了。等我醒过来，纹已经把城市夺回来了。我……”

他们停下来，看到纹站在他们面前的街道上。她在迷雾里显得宁静而犹豫，几乎像伊兰德先前见到的那个雾灵。

“纹？”在怪异的气氛中，伊兰德开口问。

“伊兰德。”她冲上前，扑在他怀里，神秘的气氛一扫而空。她的身子在他怀里颤抖着，“对不起，我想我干了一些糟糕的事。”

“哦？”他问，“那是什么事？”

“我让你做了皇帝。”

伊兰德微笑起来，“我注意到了，而且乐于接受。”

“毕竟，你确实使人民有了选择的权力。”

伊兰德摇摇头，“我开始觉得我的想法过于简单。崇高，但……不完整，需要改进。我很高兴地发现我的城市仍然屹立着。”

纹笑了笑，她看上去很疲劳。

“纹？”他问，“你的白蜡症还没好？”

“不，”她说，“这是另外的事。”她朝旁边瞟了一眼，显得若有所思，似乎决定了什么。

“来。”她说。

萨奇德从窗口往外看去，第二个锡智库正增强着他的视力。下面确实是伊兰德。萨奇德欣慰地笑了，他灵魂上的另一个重压消失了。他转过身，准备去见国王。

这时他看见什么东西被吹落在面前的地板上。一张纸片。他跪下去，捡起那张纸片，看到了上面自己的笔迹。纸片边缘参差不齐，显然是撕下来的。他皱着眉头，走向书桌，把那本书打开，找到记载柯万故事的那一页。一片纸丢失了，和上次丢失的那片一样。他几乎快把上次所有的书页上都丢失了同样的一句话的怪事忘记了。

他曾经从金属智库里把这一页重新回忆并写出来，但同样的部分又被撕掉了，最后的一句话。为了证实自己的推测，他把纸片放在那本书旁边。两者吻合得很完美。纸片上写着：一定不能让阿兰迪到达升华之井，一定不能让他取得升华之井的力量。这和萨奇德记忆中的分毫不差，正是拓片上的那句话。

为什么柯万担心这个？他坐下来，思考着，他总是说他比任何人都了解阿兰迪。事实上，他在好几个地方称赞阿兰迪是一个高尚的人。

为什么柯万如此担心阿兰迪会把力量据为己有呢？

纹在迷雾里穿行。伊兰德、汉姆和“幽灵”尾随着她。人群在伊兰德的命令下散去了，但几个士兵为了保护他，仍然跟在他身边。

纹继续往前走，感觉着那股脉动，那砰砰的声音，那力量摇动着她的灵魂。为什么别人感觉不到呢？

“纹？”伊兰德问，“我们要去哪里？”

“克雷迪克肖宫。”她静静地说。

“可是……为什么？”

她只是摇了摇头。她现在知道真相了，那口井在城里。随着那脉动的增强，那声音变得响亮而完整，她能轻而易举地找到它。

伊兰德回头看看其他人，纹能觉察出他的关心。前面，克雷迪克肖宫矗立在黑夜里。它的那些尖塔像一簇巨矛，以不平衡的方式从地面直指星空。

“纹，”伊兰德说，“今天的迷雾表现得……很奇怪。”

“我知道，”她说，“它在为我指路。”

“不，事实上，”伊兰德说，“看起来有些像它们正从你身边离开。”

纹摇摇头，这样才对，她又怎么能解释呢？他们一起进入了御主大帝王宫的遗址。

升华之井一直在这里，纹好笑地想。她能感觉到那种脉动声正从建筑中传出来。为什么她从前没有发现呢？

她像从前一样沿着同一条路走进去。她曾经跟着凯尔西，在那个悲惨的夜晚一起沿这条路闯进克雷迪克肖宫，那次她差点死掉。她也独自走过这条路，在那天晚上杀死了御主大帝。逼仄的石头走廊通向一个形如倒扣的碗的房间。伊兰德的灯笼照亮了精美的石雕和壁饰，大多是黑色和灰色的。那间小石屋坐落在房屋正中，无人问津，门户紧闭。

“我相信我们要找到你的天金了，伊兰德。”纹笑着说。

“什么？”伊兰德说，他的声音在房间里发出回响，“纹，我们搜过这里。我们什么办法都试过了。”

“显然还不够。”纹看着那个屋中之屋，但没有往那边走。

她想：如果是我，也会把它安置在这里。这是有道理的。御主大帝应该把升华之井安置在身边，这样他就能在力量返回时，方便地得到它。

但我在这之前就杀死了他。

隆隆声是从下面传来的。他们曾经在搜查时掀开了地板，但在碰到坚实的石头后停了下来。这里一定有一条通往下面的路。她走过去，把那间小石屋检查了一遍，但没有任何发现。她走过一帮迷惑不解的朋友，失望地从小房间里钻出来。

她燃烧起金属。和往常一样，那些蓝线出现在她身边，指着各种金属源。伊兰德身上有一些，“幽灵”也一样，但汉姆身上什么都没有。一些石雕上镶嵌着金属，一些蓝线指向这些镶嵌物。

和料想中的不同，什么都没有……

纹皱着眉头，走到一边。一个金属镶嵌物发出的蓝线特别粗。她察看着这条线，和其他的一样，从她的胸口指向石墙。可是，这条线似乎是指向墙外的。

什么？

她拉了它一下，没动静。于是，她用力去拉，却被朝墙的方向拉了过去。她放开那条线，四处察看着。地板上也有一些镶嵌物，非常深。出于好奇，她用这些镶嵌物为锚点，然后再次用力一拉。这次她感到什么东西微微挪动了一下。

她燃烧起硬铝，尽力一拉。爆炸性的力量几乎把她的身体撕裂。但她的锚点承受住了，而硬铝强化的白蜡保护了她的身体。那面墙的一部分滑开了，石头互轧的声音在静静的房间里响起。纹吸了口气，在金属耗尽后松了手。

“天哪！”“幽灵”说。但汉姆手脚更快，以白蜡手的速度抢过去，把头探进入口往里面窥视着。伊兰德站在纹身边，在她几乎跌倒时抓住了她的胳膊。

“我没事。”纹喝下一瓶金属，恢复了耗尽的金属。升华之井的能量在她身边震荡，几乎摇动了整个房间。

“这里有阶梯。”汉姆回头说。

纹稳住身子，向伊兰德点点头，然后两人跟着汉姆和“幽灵”穿过了那段假墙。

柯万的记录是这样说的：

但是，我必须从这些匮乏的细节着手，继续我的工作。

时间是有限的。当其他的创世师来找我时，他们肯定会自惭形秽，承认他们一直是错的。即使这样，我也开始质疑起我原来宣称的东西。

我担心我的傲慢最终会毁了所有人。我从来没有获得过我同胞的很多关注。他们认为，我的工作和兴趣对于一个创世师而言是不适宜的。他们不明白我研究自然而非宗教，将如何为十四片大陆的人民带来好处。

然而，作为发现阿兰迪的人，我成了个重要人物，在创世师的行列里脱颖而出。在预知未来的学术领域里，有一个位置注定是我的，我把自己视为神圣见证人，预言永世英雄出现的先知。宣布放弃阿兰迪就意味着，我的新地位、我的声誉会被其他人全盘否决。

因此我没有那样做。

但现在我这样做了。让大家知道，我，柯万，特里斯的创世师，是一个骗子。阿兰迪从来都不是永世英雄。往乐观的方面说，我放大了他的美德，创造了一个不存在的英雄。往悲观的方面说，我担心我破坏了我们相信的一切。

萨奇德坐在书桌旁，读着那本书。

这里有问题，他想。他跳回几行，再次看着“神圣见证人”这几个字。为什么这几个字一直让他心神不定呢？

他靠在椅背上，叹了口气。预言和未来不相干，那就不能作为可追随的事物或准则。婷德薇尔在这件事上是正确的。他自己的研究也证明这些预言是不可靠和模糊不清的。

那么问题在哪里？

这实在没有任何意义。

但是，有时候宗教在字面上是无意义的。这就是原因吗？或者是他自身的偏见？他对自己记忆和教授的学说越来越失望，但什么在最后背叛了他？

关键在于他书桌上的这张纸片，从书上撕下来的纸片。一定不能让阿兰迪到达升华之井……

有人站在他的桌子对面。

萨奇德吸了口凉气，吃惊地往后退了几步，几乎被椅子绊倒。那实际上不是一个人。它是个影子，似乎是由雾气形成的。这些雾气非常淡，从纹打开的窗户流进来，但组成了一个人形。它的头似乎对着书桌，看着那本书。或者……也许是那张纸片。

萨奇德想逃，但他的学者理智战胜了他的恐惧。他突然想起：阿兰迪，那个被所有的人看作永世英雄的人，他说他看到一个迷雾形成的东西跟踪他。

纹也说见过这个东西。

"你……想干什么？"萨奇德勉强保持着镇定，问道。

那个精灵一动不动。

会不会是……她？他心里一动。很多宗教声称死人继续在世界上活动，只是肉眼看不见。但这个东西太矮，不像婷德薇尔。萨奇德相信自己能认出她，即使以这样虚无缥缈的形态。

萨奇德想推测它正在看哪里。他犹豫地伸出手，把那张纸片拿起来。

那个精灵举起手臂，朝城中心指去。萨奇德皱起了眉头。

"我不懂。"他说。

那精灵坚持指点着。

“你想让我干什么，写给我看。”

它还是指着城中心方向。

萨奇德在房间里坐了很长时间，身边只有一根蜡烛。他瞟了那本书一眼。风拂动书页，他的笔迹、婷德薇尔的笔迹，然后又是他的笔迹。

一定不能让阿兰迪到达升华之井。不能让他把那力量据为己有。

也许……也许柯万知道一些别人不知道的事情。升华之井的力量会使哪怕最好的人堕落吗？这就是他反对阿兰迪、并试图阻止他的原因吗？

雾灵再次朝城市中心指去。

这个精灵撕掉那些段落，是为了设法告诉我一些事情。可是，纹不会把升华之井的力量据为己有的。她不会像御主大帝所做的那样用于毁坏，是吗？

但是，如果她别无选择呢？

外面有人尖叫起来。叫声中充满恐惧，尖叫声中很快交织进其他人的尖叫。一阵可怕的叫声在黑暗的夜里回响起来。

没有时间考虑了。萨奇德抓起蜡烛，匆忙中把蜡油洒在书桌上，他走出了房间。

盘旋的石阶一路向下，纹沿着阶梯走下去，伊兰德跟在她身边。在底下，楼梯井通向……

一个宽敞的房间。伊兰德高高举起灯笼，俯视着这间宽广的石头仓库。“幽灵”已经踏在地板上了，汉姆跟在他后面。

“天哪，”伊兰德站在纹身边，低声说，“如果不把房子拆掉，我们绝对发现不了这里。”

“也许正是这样，”纹说，“克雷迪克肖宫不是单纯的宫殿，而是一块压顶石，是用来藏东西的，就是这里。还有上面，那些墙上的金属镶嵌是为了掩盖门口的缝隙，也可以使开门的机械装置瞒过熔金术师的眼睛。如果我没有线索的话……”

“线索？”伊兰德问。

纹摇摇头，向台阶点点头。两人开始往下爬。这时，“幽灵”的声音在下面响起来。

“这里有食物！”他大叫，“一罐一罐的食物！”

确实，他们在石室里发现了一排排的架子，排得整整齐齐，仿佛在为了什么重大的事情做准备一样。纹和伊兰德来到石室地板上，前面汉姆跟着“幽灵”，正叫着让他慢点下来。伊兰德似乎想要跟在她身后，但纹抓着他的胳膊。她正燃烧着铁。

“那边有很强大的金属源。”她热切地说。

伊兰德点点头，然后他们匆匆穿过石室，经过了一个接一个的架子。纹想：这些食物一定是御主大帝准备的，但这又是为了什么目的呢？

她现在根本不关心，甚至也不关心天金，但伊兰德渴望找到天金的迫切心情无法忽视。他们匆匆来到石室尽头，在那里他们发现了金属线的来源。

一个挂在墙上的大块金属饰板，就像萨奇德描述过的在瑟伦堡所发现的那块一样。伊兰德在看到它后明显很失望。但纹走上去，燃烧锡看上面镌刻的内容。

“地图？”伊兰德问，“那是最后帝国。”

的确，那块金属上雕刻了一幅帝国的地图。卢萨岱尔被标记在正中，附近的另一个城市上标记了一个小圆圈。

“为什么斯泰林城被画了个圈？”伊兰德疑惑地问。

纹摇摇头。“这不是我们要找的东西，”她说，“那里。”一个通道从石室里岔出去。“走。”

萨奇德跑着穿过一条条街道，他实际上还不知道自己在做什么。他跟着那个雾灵，后者在黑夜里很难追踪，因为他的蜡烛早被风吹熄了。

还有人在惊叫。他们惊恐的声音使他感到害怕，他很想去看看出了什么事。然而雾灵正催促着他，在他跟丢的时候，它总会停下来引起他的注意。它也许根本是领他去送死。然而……他却对它产生了一种无法解释的信任感。

熔金术？正在影响我的情绪？他想。

在作进一步的思考之前，他被一具尸体绊了一下。这是一个穿着简单服装的斯卡男子的尸体，皮肤上带着灰烬的颜色，脸因为疼痛扭曲成奇怪的形状，地面上有他垂死挣扎留下的痕迹。

萨奇德倒吸一口凉气，停下了脚步。他跪下去，就着附近窗口的微弱亮光研究着那具尸体。看来这个人死的过程很痛苦。

眼前的情景似曾相识，他想到几个月前，在南方的村子里。那个男子说迷雾杀死了他的朋友，让他倒下并痛苦挣扎。

雾灵出现在萨奇德面前，它的姿态很坚决。萨奇德皱起眉头看着它。“是你做的？”他低声问。

雾灵拼命地摇头，用手指着远处。前面正是克雷迪克肖宫。纹和伊兰德去的就是这个方向。

萨奇德站起来，想：纹说她认为升华之井仍然在城里。黑暗力量已经突然来到我们面前，就像一段时间以来它的触须在帝国边缘所做的那样，开始了屠杀。

一些超越我们理解能力的事情正在发生。

他还是不相信纹找到升华之井后会带来危险。她读过那本书，熟悉拉谢克的故事。她不会为了自己取得那些力量，他有信心，但没有十分的把握。事实上，他对如何利用升华之井已经产生了疑问。

我必须找到她，阻止她，和她交谈，让她做好准备。对这样的事我们绝不能草率。如果准备获取升华之井的力量，我们需要三思而后行。

雾灵继续在前面引导着。萨奇德把可怕的惊叫声抛到脑后，向前跑起来。他来到那座带着无数尖塔的巨大宫殿门口，跑了进去。

雾灵留在后面，站在生成它的迷雾里。萨奇德用燧石点亮蜡烛，等了一下。雾灵不再继续前进。萨奇德感到事情紧急，就抛开它，继续往里走。走廊两侧的石墙既阴冷又黑暗，他手里的蜡烛发出暗淡的光亮。

升华之井不应该在这里，他想。它应该在特里斯山脉。

然而，与此有关的很多事都模糊不清。他开始怀疑自己没有把那些曾经研究过的东西弄明白。

他加快脚步，用手遮着蜡烛，他知道自己应该去的地方。他参观过那座屋中之屋，御主大帝的最后时刻就是在里面度过的。萨奇德在帝国崩溃后研究过那个地方，并做了记录和分类。他跨进外层的房间，在中途发觉了那个不寻常的墙壁开口。

一个人影垂着头站在门口。萨奇德的烛光照亮了打磨过的大理石墙壁、银色的镶嵌壁画，还有那人眼睛里探出的销钉。

“马什？”萨奇德吃惊地问，“你去哪里了？”

“你在干什么，萨奇德？”马什低声说。

“我来找纹，”他困惑地说，“她已经发现了升华之井，马什。我们要找到她，在我们弄明白这口井会做出什么事情之前，阻止纹采取任何行动。”

马什沉默了一会儿。“你不应该来这里，特里斯人。”他继续垂着头说。

“马什，你怎么了？”萨奇德着急地往前迈了一步。

“但愿我知道，但愿……但愿我能明白。”

“明白什么？”萨奇德问，他们的声音回荡在这个有穹顶的房间里。

马什沉默地站了一会儿，然后抬起头，用一对没有视觉的销钉尖端“看”着萨奇德。

“但愿我能弄明白我为什么必须杀了你。”他说着，伸出一只手。一股熔金术的推力击中了萨奇德胳膊上的金属护腕，把他的身体向后抛去，撞在坚硬的石墙上。

“对不起。”马什低声说。

一定不能让阿兰迪到达升华之井……

58

“天哪！”伊兰德低声说着，在第二个石洞的边缘停下了脚步。

纹来到他身边。他们已经在通道里走了一段时间，把那间储藏室远远地抛在了身后。在通道的尽头，是稍小的第二间石窟，石窟里充满着浓厚的黑色烟雾。这些烟雾并不外溢，始终在石室里翻滚和搅动着。

纹走上前去。这些烟雾和她预料的一样，不会让人窒息，有着一种奇异的欢迎氛围。“往前走，”她说，“我看见前面有亮光。”

伊兰德紧张地跟了上去。

砰，砰，砰。

萨奇德撞在墙上。他不是熔金术师，不能用白蜡强化自己的身体。等他倒在地上后，感觉肋部一阵剧痛，他断了一根肋骨，而且有可能更糟。

马什大步走上来，萨奇德的蜡烛光微弱地照亮着他。

“你为什么要来？”马什低声说，“一切都进行得很好。”萨奇德挣扎着跪起来。他用销钉眼睛看着萨奇德慢慢爬开，然后又推了一把，把萨奇德的身子甩到一边。

萨奇德滑过美丽的白色地板，撞在另一面墙上。他的胳膊发出“啪”的一声，断了，他的视觉开始模糊起来。

在剧痛中，他看到马什弯下腰捡起了什么。那是一个小袋子，是从萨奇德怀里掉出来的，里面装着他的一些金属。马什显然认为那是个钱袋。

“对不起。”马什又一次说，然后他一扬手，把那个袋子向萨奇德推去。

袋子击中了萨奇德，裂开了，袋子里的金属射进了萨奇德的皮肤。不用看就知道他的伤势有多严重。奇怪的是，他一点都感觉不到痛苦，但能感觉到血，温暖的血，在肚子上和腿上。

我……也很对不起，萨奇德跪倒在地上，房间变得黑下来。我失败了……尽管不知道失败在哪里。我连马什的问题都回答不了，我不知道自己为什么来这里。

他感到自己要死了，这是一种奇怪的体验。他的意识在消失，然而他困惑、沮丧，而且……有一个问题。

那些东西不是铸币，似乎有一个声音在对他说。

一个想法突然出现在他濒死的意识里。

马什掷向他的，不是铸币，而是指环，八枚指环。他拿出了两个——视力和听力的，把其他的留在了袋子里。

那个袋子被他揣进怀里。

萨奇德倒了下去，死亡像一个冰冷的影子般向他笼罩下来。然而，那个想法是真实的。十枚戒指，嵌在他的身体里，接触着他。重量、速度、视力、听力、触觉、味觉、力量、思维、清醒。

还有健康。

他抽取黄金指环。他使用金属智库时，不是非得戴着它们，只要触及即可。他胸口的灼痛停止了，视野突然变得清晰。他的胳膊变直了，骨头也复位了，在他瞬间抽取相当于几天的健康后。他吸了口气，意识也从濒死的状态中恢复过来，变得极为清晰。

肉体围绕着那些金属迅速愈合。萨奇德站起身，把那个空袋子从身上拉下来丢在地上。身上的伤口已经愈合，耗尽了金智库里的最后一点能量。马什在秘密走廊的入口停下脚步，惊讶地转过身。萨奇德的胳膊和肋部仍在隐隐作痛，还没有完全复原，但他储存的健康只能做这么多了。

毕竟他还活着。

“你背叛了我们，马什，”萨奇德说，“我没想到这些销钉能像偷走眼睛一样偷走一个人的灵魂。”

“你打不过我，”马什平静地说，“你不是战士。”

萨奇德微笑着，感觉着一个给予他力量的小小指环。“你也不是战士。”

我被卷入了一些超自然的事件里，伊兰德在和纹走进一间奇怪的、充满烟雾的石窟时想。地板粗糙不平，而且手里的灯笼变得暗淡无光，仿佛那些打着旋的黑烟正吞噬光亮一样。

纹充满信心，坚定地往前走去。不管这间石室的尽头是什么，她显然想把它弄明白。

那么……会是什么呢？升华之井？伊兰德想。

升华之井是一个神话里的事物，圣务官在教授有关御主大帝的历史时才会提到的东西。但是……他曾经跟着纹一路向北，希望找到升华之井，为什么他现在却如此犹豫不决呢？

也许因为他终于开始接受现实，而现实令他担心。不是因为他害怕自己的生活，而是因为他突然不能理解这个世界。军队可以理解，虽然他不知道如何打败一支军队。但像升华之井这样的东西，一件神物，一个超出了学者的逻辑和哲学的事物？

那是令人恐惧的东西。

最后他们开始朝烟雾滚滚的石洞的另一边走去。看样子这是最后的一间，比前两间都小得多。一踏进这间石室，伊兰德立刻注意到了一些东西：这个房间是人造的，至少有一些人工的感觉。形成石柱的钟乳石从天花板垂到地面，但这些钟乳石之间的间距太整齐，不像是自然分布形成的。与此同时，这些钟乳石确实是自然生长出来的，看不出人工的痕迹。

房间里的空气很温暖，而且，谢天谢地，这里没有烟雾。石室的远端有微弱的光线，尽管伊兰德不能分辨出光线的来源，看上去不像火把，光线更多是闪烁而不是颤动。

纹用一只胳膊搂着伊兰德，盯着石室后部，突然显得有点不安。

“那光线是从哪里来的？”伊兰德皱着眉头问。

“一个池子，”纹轻声说，“一个发着白光的池子。”

伊兰德眉头紧锁。但是，两人都没动脚。纹看起来有些犹豫。“怎么了？”他问。

她靠紧他。“那就是升华之井，我可以在脑子里感觉到它，在跳动。”

伊兰德勉强微笑了一下，他隐隐有些不安，“那我们来找的就是它了。”

“要是我不知道该怎么做呢？”纹轻声问，“要是我得到了力量，但不知道怎么使用它？要是……我变得像御主大帝一样呢？”

伊兰德看着她，心里的不安减轻了一点。他爱她。他们面对的这种情况很难适应他的逻辑体系，但纹从来不需要逻辑。如果他相信她，那么他也可以把逻辑丢到一边去。

他看着她，“你的眼睛真好看。”

她皱着眉头问：“什么？”

“还有，”伊兰德接着说，“这种美来自于你的真诚。你不会变成御主大帝，纹。你会懂得如何处理那力量的。我相信你。”

她迟疑地笑了一下，然后点点头。但是，她没朝前走。相反，她指着伊兰德身后的某个东西。“那是什么？”

伊兰德转过身，注意到后墙上有一个壁架。壁架设在入口处的墙上。纹走近那个壁架，伊兰德跟在她身后，看到壁架上放着一些瓷片。

“像是打碎的陶器。”伊兰德说。壁架上有几片，大部分碎片散落在壁架下的地面上。

纹捡起了一片，但看上去没有任何特别的地方。她看着伊兰德，后者正在碎瓷片里摸索着。“看看这个。”他捡起一片相对完整的瓷片。那是一个用黏土烧制的圆盘一样的东西，里面放着一粒金属珠。

“天金？”她问。

“颜色不对。”他皱着眉头说。

“那这是什么？”

“也许我们能在那边找到答案。”伊兰德回头看着亮光处的那排柱子。纹点点头，于是他们朝前走去。

马什突然推着萨奇德手臂上的护腕，想把他推开。但萨奇德已经准备好了，他从铁指环里抽取重量。他的身体变得紧密、沉重，拳头像连在铅臂上的铁球。

马什的身体飞了起来，被自己的推力猛地向后抛出去。他沉重地撞在后面的墙上，嘴里发出一声惊叫。

烛光变得暗下来，影子在房间里跳跃着。萨奇德抽取视力，强化自己的视觉，然后释放铁，朝马什冲过去。但马什很快恢复过来，伸手从墙上拉下一个灯座。那只灯座凌空而起，向他飞来。

萨奇德抽取锌。金属嵌在身体里，他觉得自己有几分熔金术师和储金术师混合的感觉。金属已经治疗了他的身体，使他健全，但那些指环仍然留在他的肉体里。御主大帝就是这样干的，把金属智库放置在体内，和肉体结合在一起，使之更难于被人窃取。

萨奇德一直把这件事视为病态，而现在，他洞悉了其中的妙用。他的思维快如闪电，很快看到了那个灯座的轨迹。马什要把它作为武器反击他。所以萨奇德抽取钢。熔金术和储金术有一种根本的差异：熔金术从金属本身汲取力量，所以力量的总量是有限的。在储金术魔法里，一个人可以多次储存一种属性，然后在几分钟里抽取出相当于几个月的力量。

钢储存物理速度。萨奇德的身子快如闪电，在一瞬间冲过门口，把灯座当空抓住。然后抽取重量，把体重增加几倍，同时抽取白蜡给自己强大的力量。

马什没有时间反应。他正拉着那个被极其沉重、极为有力的萨奇德抓在手里的灯座。再一次，马什被自己的熔金术力量拉得飞了起来，朝萨奇德飞过来。

萨奇德一转身，把灯座狠狠地砸在马什的脸上。灯座被打弯了，马什向后跌过去，撞在大理石墙上，空气里腾起一片血雾。马什落地后，萨奇德看到马什眼睛里的一根销钉被敲了出去，还打碎了眼窝周围的骨头。

萨奇德恢复自己的重量，然后跳上前去，再次扬起了手里的武器。但马什扬起手推了一下，萨奇德向后滑了几步，然后再次抽取重量，稳住了身体。

马什哼了一声，被自己的推力顶在墙上。不过，这样也困住了萨奇德。萨奇德挣扎着往前走，但马什的推力，还有自己沉重而魁梧的身体，使他走动起来十分困难。两人僵持着，房间里的金属镶嵌物闪闪发光，壁画安静地注视着他们，通向升华之井的门就在旁边。

"为什么，马什？"萨奇德低声问。

"我不知道！"马什说，他的声音像是咆哮。

萨奇德猛然发力，在释放铁智库的同时抽取钢智库，再次增加速度。他丢下手里的灯座，向旁边一闪，以马什无法跟踪的速度快速移动。马什放松推力，向前跳去，显然为了避免自己再次被钉在墙上。

但萨奇德更快。他身子一转，伸出一只手，试图拉出马什的主销钉——位于肩胛骨之间，直插在背部的一根销钉。拉出这根销钉可以杀死审判官，这是御主大帝在审判官身上设置的弱点。

马什在萨奇德从身后攻击自己的时候向侧面闪开了。马什右眼的那根销钉从后脑勺突出了几寸，正往外滴着血。

这时，萨奇德的钢智库耗尽了。

指环从来不是供长时间使用的，他的两次爆发式的使用在几秒钟内耗尽了其中的储备。他的身子一个趔趄，慢了下来，但他的手臂还是抬起来的，仍然有十个人的力气。他眼看着马什的长袍下鼓起来的那根主销钉。只要他能——

马什旋转身体，敏捷地把萨奇德的手踢开了。他一肘撞在萨奇德的肚子上，然后反手打在萨奇德的脸上。

萨奇德向后倒下去，他的白蜡智库也用尽了，力气消失了。他倒在坚硬的钢地板上，痛苦地呻吟了一声，在地上翻滚起来。

马什缓缓俯下身子。蜡烛光跳跃了一下。

“你错了，萨奇德，”马什平静地说，“从前，我不是战士，但今天不一样了。你最近两年的时间都花在教学上，而我一直在杀人。杀了好多好多人……”

马什一步一步地走上来，萨奇德咳嗽着，挣扎着想让身体动起来。他担心自己又摔断了胳膊。他抽取锌智库，加快自己的思维，但这并不能帮助他的身体活动。他只能眼睁睁地看着——更清楚自己的困境，而且没有任何办法阻止。马什捡起了地上的灯座。

蜡烛烧尽了。

然而，萨奇德仍然能够看到马什的脸，血正从破碎的眼窝里流出来，使他的表情更加难以揣测。他似乎……有些悲伤地举起了灯座，准备往萨奇德的脸上砸下去。

等等，萨奇德想。那道光是从哪里来的？

一根决斗手杖砸在马什的后脑勺上，手杖碎裂了，木片乱舞。

纹和伊兰德朝池子走去。伊兰德静静地坐在池子边，但纹仍然站着，凝视着池子里闪闪发光的水。

水聚集在石头上的一片洼地里，水质看起来很厚重，像金属。一潭银白色、闪着光的液态金属。那口井就在几步远的地方，但它的力量在她脑子里发出隆隆的响声。

纹很为那个美丽的池子着迷，事实上，直到伊兰德用力抓紧她的胳膊，她才注意到那个雾灵。她抬起头，看到那个精灵正站在他们面前。它似乎在垂着头，但在纹扭头的时候，它模糊的影子站直了一些。

她从来没在迷雾之外见过这个东西。它仍然不完整。迷雾从它的身上喷出来，向下流动，构成了它变幻不定的外形。一个持续不散的图案。

纹发出威胁的声音，抽出了匕首。

“等等！”伊兰德站起来说。

纹皱着眉头，瞟了他一眼。

“我觉得它没有危险，纹。”他从她身旁走开，朝那个精灵走去。

“伊兰德，不！”她说，但他轻轻甩开了她。

“它在你走后拜访过我，纹，”他解释道，“它没有伤害我。只是……它似乎想让我知道一些事。”他微笑着，身上仍然穿着他那件普通的斗篷和旅行时穿的衣服，慢慢朝雾灵走去。“你想要什么？”

雾灵一动不动地站了一会儿，然后抬起胳膊。什么东西映着池子里的光，闪了一下。

“不！”纹尖叫一声，在雾灵刺向伊兰德腹部的同时冲了上去。伊兰德痛苦地呻吟了一声，然后摇摇晃晃地往后退。

“伊兰德！”纹惊慌地来到伊兰德旁边，扶着他倒在地上。雾灵退开了，血滴从它困惑的人影般的身体某处落下来。伊兰德的血。

伊兰德震惊地躺在地上，眼睛大睁着。纹燃烧起白蜡，撕开他的外套前襟，察看伤口。这一刀切得很深，伤到了内脏。

“不……不……不……”纹六神无主，伊兰德的血染了她一手。

伤势太严重了，是致命的。

汉姆丢掉断了的手杖，一只手臂仍然吊在脖子上。他兴冲冲地跨过马什的身体，把完好的手臂伸向萨奇德。

“想不到能在这里发现你，萨兹。”汉姆说。

萨奇德茫然地拉着他的手从地上爬起来。他在马什的身体上绊了一下，不知怎么想到一根简单的木棒打在头上是不足以杀死审判官的。然而萨奇德头脑混乱，没法管这件事。他捡起蜡烛，在汉姆的灯笼上点燃，然后朝楼梯走去，强迫着自己向前走。

他必须走下去，必须找到纹。

纹把伊兰德抱在怀里，她匆匆用斗篷做了个很不合适的绷带，把伊兰德的身躯裹起来。

“我爱你，”她低声说，温暖的泪水从冰冷的脸颊上淌下来，“伊兰德，我爱你。我爱你……”

爱是不够的。他颤抖着，眼睛瞪着上面，一点神采都没有。他大口喘着气，嘴里冒着血沫。

纹动了动身子，麻木地意识到自己跪在哪里。那个池子正在她身边闪着光，距离伊兰德倒下的地方只有几寸远。伊兰德的血流进池子，但没有和那液体的金属混合。

我能救他，她意识到。创造的力量就在距离她指尖几寸远的地方。这个地方正是拉谢克升华为神的所在，千年来众口相传的升华之井。

她回头看着伊兰德垂死的眼睛。他努力想把她看清楚，但似乎难于控制自己的肌肉。他看起来……正努力对她微笑。

纹把自己的外套卷起来给他枕在下面，然后只穿着长裤和衬衣，踏进了池子。池子抗拒着她的接触，但她的脚开始缓慢地下沉。几秒钟后，她胸部以下都沉了下去，闪亮的液体包裹着她。

她吸了口气，然后把头向后仰起来，她的身体没了进去。

萨奇德匆匆走下楼梯，颤抖的手里举着蜡烛。汉姆在后面叫他。他从满脸困惑的“幽灵”身边走过，也没有理会那孩子的提问。

但是，当他踏上洞窟的地板时，他放慢了脚步。石头上传来了一股震动。

莫名其妙地，他感到自己太迟了。

那股力量突然进入了她的身体。

她感到那种液体压迫着她，透过毛孔和皮肤的开口涌进她的身体。她张开嘴要叫，那液体也从嘴里涌进去，使她有窒息的感觉。

随着一阵突然的燃烧，她的耳垂开始灼痛。她大叫一声，把耳环扯下来，丢向池子深处。她解下腰带，让它和她的金属瓶也一起掉下去。她扔掉了身上所有的金属。

然后她开始燃烧。她熟悉这种感觉，这就像在胃里燃烧金属的感觉，只是这次来自于她的整个身体。她的皮肤在燃烧，肌肉在燃烧，甚至骨头也好像着了火。她大口喘着气，意识到那些金属从喉咙里消失了。

她的身体在发光。她感到了体内的力量，似乎要夺路而出。这就像通过燃烧白蜡获得的力量，但强大得令人吃惊。这是一种似乎无穷无尽的力量。这种力量超出了她的理解能力，但扩张了她的头脑，促使她成长并理解现在自己拥有了什么。

她能够再造这个世界。她可以喝退迷雾。她能够挥手间养活百万人，惩治邪恶，保护弱者。她对自己都感到胆怯。这间石室似乎是透明的，她能够看到整个世界在眼前展开，那是一个壮丽的球体，生命只能在两极的一些很小的区域生存。她能够改造它，她能把事物变得更美好，她能……

她能拯救伊兰德。

她往下一看，看见濒死的他。她立刻明白了他的问题。她能治愈他受伤的肌肤和被刺伤的内脏。

你必须去做，孩子。

纹吃惊地抬起头。

你知道自己必须要做，那个声音说，对她耳语着。那声音听起来年迈而亲切。

“我必须拯救他！”她喊道。

你知道你必须做什么。

她的确知道。他看到了它的发生……她明白，就像一幅幻象，拉谢克在为自己取得那些力量后，她看到了他创造出的灾难。

全部或没有，有几分像熔金术。如果她占有这些力量，她可以在几个瞬间把它燃烧干净，视自己的喜好再造一切事物，但只能燃烧短暂的时间。

或者……把它放弃掉。

我必须击退黑暗力量，那声音说。

她也看到了黑暗力量。在宫殿外，在城里，在整片大陆。人们在迷雾里，晃动着，坠落着。幸好很多人待在室内。斯卡人的传统仍在他们心目中根深蒂固。

但有人外出了。那些人相信了凯尔西说的迷雾不会伤人的话。但现在迷雾已经变了，带来了死亡。

这就是黑暗力量，杀人的迷雾，缓慢覆盖整个大陆的迷雾。死亡散播开来，纹看到很多人倒地死亡，也看到有些人倒下后生病，还有人在迷雾里活动，什么都没有发生。

它会变得更糟，那个柔和的声音说，它会杀人和破坏。而且，如果你试图靠自己阻止它，你会毁了这个世界，就像在你之前拉谢克做的那样。

“伊兰德……”她低声说。她扭头看向伊兰德，血流了一地。

在这时，她记起了一些事。萨奇德曾经对她说过。你必须爱他爱到相信他的理想，他是这样说的。除非你学会尊重他，否则就不是爱，不是你认为的就是最好的，而是他真正希望的……

她看见伊兰德在哭泣，她看到他盯着自己，而且他清楚他的愿望。他希望他的人民活下去，他希望世界变得和平，斯卡人获得自由。

你会知道该做什么的，他刚告诉过她。我信任你……

纹闭上了眼睛，眼泪滚下她的脸颊。很明显，神也会哭。

“我爱你。”她低声说。

她释放了那股力量。她掌握了成为神祇的力量，然而却放弃了这力量，把它释放给等待着的虚空。她放弃了伊兰德。

因为她明白他想要的是什么。

石窟突然开始摇动。纹大声叫喊起来，在体内闪光的力量夺路而去、被虚空贪婪地吞噬时。她尖叫着，身上的光芒慢慢退去，然后她落进空荡荡的池子里，头撞到了石头上。

石窟继续摇动着，尘土和碎石从天花板上落下来。然后，在一个清醒得出奇的瞬间，纹听见了一个声音在她的脑海里响起来。

我自由了！

……因为一定不能让他释放被囚禁在那里的东西。

59

纹躺在地上，无声地哭泣着。

石洞里很安静，暴风雨结束了。那个东西不见了，她脑子里的声音也终于消失了。她抱着伊兰德，抽噎着，在最后的时刻守候着他。她曾经尖叫着求助，叫着汉姆和“幽灵”，但没有得到回应。他们离得太远了。

她感到浑身发冷，空虚。在拥有过那么多力量之后，然后又放手让这些力量从身上离开，她感到自己什么都不是。而且，一旦伊兰德死去，她又会怎样？生活没有任何意义。我背叛了伊兰德，我也背叛了这个世界。

她不知道发生了什么，但莫名其妙地觉得自己犯了个很可怕很可怕的错误。最无法接受的是，她竭尽全力想把事情办好，即使伤了自己。

什么东西隐隐出现在上方。她抬起头，看到了雾灵，但却对它恨不起来。此刻她什么都感觉不到。

雾灵扬起一只手臂，指点着。

“结束了。”她低声说。

它指点得更急切了。

“我不能及时找到他们，”她说，“另外，我明白这伤有多重。我们谁都没办法，连萨奇德也不行。所以，你该高兴了吧。你如愿了……”她的声音低下去。为什么这个精灵要刺杀伊兰德呢？

为了让我治好他？为了阻止我……释放那些力量？她想。

她眨眨眼睛。那精灵对她招了招手。

她缓慢而麻木地站了起来。她恍惚地看见它飘浮在几步远的地方，指着地上的什么东西。房间里一片黑暗，池子里空荡荡的，只有伊兰德的灯还亮着。她燃烧锡才看见它指点的东西。

一个瓷片。这个盘状的陶器是伊兰德从入口处的壁架上拿下来的，一直拿在手里。在他倒下去的时候，这个陶盘破了。

雾灵急切地指点着。纹走过去，弯下身子，摸到了那颗放在盘子中间的金属球。

“这是什么？”她小声问。

那雾灵转身朝伊兰德飘去。纹安静地跟了过去。

他还活着，看起来变得更虚弱了，但颤抖得没那么厉害了。奇怪的是，尽管距离死亡更近，他反而清醒了一点。他看着她在自己身边跪下来，嘴唇翕动着。

“纹……”他低声说。

纹跪在他身边，看着那颗金属，然后抬头看看雾灵。它一动不动地站着。她把那粒金属捏起来，开始往嘴里送。

雾灵着急地动起来，拼命地摇手。纹愣了一下，雾灵指了指伊兰德。

什么？她想。可是，她的脑子里一片混乱。她把那颗金属球给了伊兰德。“伊兰德，”她把身子靠近，轻声说，“你得把这个吞下去。”

她不确定他是否听明白了，尽管他似乎确实点了头。她把那颗金属放进他嘴里。他的嘴唇蠕动着，但被金属球噎住了。

我必须给他找点东西冲下去，她焦急地想。她想到了她的金属瓶。她伸出手，燃烧铁，把她丢在井底的东西拉了过来。她打开一个金属瓶，把里面的液体倒进他嘴里。

伊兰德虚弱地咳嗽着，但那些液体确实起了作用，把那颗金属球冲了下去。纹跪在地上，感到一阵虚弱。伊兰德闭上了眼睛。

然后，奇妙的事情发生了，他的脸上似乎有了神采。纹困惑地注视着他。他脸上的表情，他躺在地上的方式，他皮肤上的血色。

她燃烧起青铜，吃惊地感觉到了来自伊兰德的脉动。

他正在燃烧白蜡。

尾声

两周后，一个孤单的身影来到了瑟伦堡。

被自己的思想和失去婷德薇尔的伤痛困扰着，萨奇德悄然离开了卢萨岱尔。他留下了一张字条。此时此刻，他不能留在卢萨岱尔。

迷雾仍在杀人。迷雾随机攻击夜间外出的人，没有可以识别的模式。有些人遭到攻击的人没死，只是生了病，有些人则被迷雾杀害了。萨奇德不知道是什么导致了死亡，他也不确定自己是不是关心。纹提到她在升华之井旁释放了某种可怕的事物，她希望萨奇德愿意研究和记录下她的经验。

然而，他离开了。

他穿过肃穆的、蒙着钢板的房间，隐隐希望自己碰上一两个审判官。也许马什愿意再一次尝试杀死他。等到他和汉姆从卢萨岱尔地下的秘密储藏室返回的时候，马什又一次消失了。很明显，他已经完成了任务。他拖延了萨奇德足够长的时间，使他没有及时阻止纹。

萨奇德沿着台阶走下去，穿过拷问室，走进他初次访问这个秘密集会所时去过的那间小石屋。他把行李放在地上，用疲劳的手指打开行李，然后抬头看着那个大钢板。

柯万的遗言也从钢板上凝视着他。萨奇德跪下来，从行李中取出一张捆扎得很仔细的纸夹。他解开绳子，取出了几个月前他在这个房间里制作的拓片。他认得自己留在这张薄纸上的指纹，熟悉自己用炭擦出来的笔触。他也认得自己染在上面的墨迹。

他压抑着内心的紧张，举起那张拓片，把它拍在墙上的钢板上。

两者是不相符的。

萨奇德茫然后退，现在疑问被证实了，他不知道该怎么想才好。拓片软软地从他手里滑下去，他发现了钢板尽头的那句话。最后一句话，被雾灵一次又一次撕去的那句话。但钢板上的原文和他写下来研究的不一样。

柯万的古老语言这样写道：

一定不能让阿兰迪到达升华之井……因为一定不能让他释放被囚禁在那里的东西。

萨奇德颓然地坐在地上。他麻木地想：这完全是个谎言，特里斯人的宗教，保管师们花了上千年寻找、试图理解的东西，原来是个谎言。那所谓的预言，所谓的永世英雄……完全是捏造的。

一个骗局。

这样的一个东西想得到自由还有什么更好的办法吗？人们愿意为了预言赴死。他们愿意相信，愿意希望。如果某个人、某个事物，能驾驭那种能量，能改变它，还有什么惊人的事情做不出来……

萨奇德抬起头，读着墙上的文字，把后半部分重新读了一遍，其中包含着和他的拓片不同的段落。

或者可以说，他的拓片不知被通过什么办法改变了。变化反映了那个东西希望萨奇德读到的内容。柯万的第一句话是这样说的：我把这些话写在金属上，因为任何没有镌刻在金属上的东西都是不可信的。

萨奇德摇摇头。他们本应该注意到那句话。从那以后他研究的每件事，显然都是谎言。他抬头看着那块钢板，浏览着上面的内容，然后回到最后的章节。

上面写道：

现在，回到我的论点。抱歉，即使把我的话刻进钢板里，坐在这个冰冷的洞穴里胡乱涂写，我还是倾向于闲扯。

这是个难题。尽管我开始信任阿兰迪，但后来我起了疑心。他符合那些征兆，没错。但是，唉，我该怎么解释这些呢？

难道是因为他跟这些征兆太吻合了吗？

我知道你们的想法。我们谈的是预言，是先验的事物，是我们伟大的古代先知们许下的诺言。永世英雄当然会和那些预言吻合，他将完美地符合那些预言，这就是我的看法。

然而……这一切里似乎有些地方过于巧合。几乎像我们制造出了一个符合我们预言的英雄，而不是让这样一个英雄自然出现。这就是我的担忧，在我的同胞们找到我，终于愿意相信我时，这种想法本该让我静下心好好想想的。

此后，我开始认识到其他的问题。你们中的一些人也许听说过我非凡的记忆力。那是真的：我不需要储金术的金属智库就能够在瞬间记住一页纸的内容。而且我告诉你们，叫我疯子吧，但那些预言里的话正在改变。

这种变化是轻微的，而且很聪明。这里改一个单词，那里加一个轻微的歪曲。但这些书上的词和我的记忆中是不同的。别的创世师们嘲笑我，因为他们的金属智库证明那些书和预言并未改变。

因此，这是我必须作出的一个伟大的声明。有某个东西、某种力量，希望我们相信永世英雄已经到来，并使我们相信他必须去升华之井。这个东西正在改变那些预言，使它们更完美地指向阿兰迪。

而且不管这力量是什么，它能够改变储金术师的金属智库。

他们说我是疯子。正如我说过的，他们的话也许是正确的。但是，即使一个疯子也不能依靠他自己的头脑和经验，而非得依赖其他人的吗？我熟悉我的记忆，我了解那些目前其他先知创世师所传诵的事情。这两者是不同的。

我在这些变化里察觉了阴谋，天才微妙的操纵。我花了两年时间流浪，试图破解这些改动可能的意图。我只得到了一个结论。某个东西已经控制了我们的宗教，这是个用心险恶的东西。它误导，它掩盖，它利用阿兰迪来破坏，领着他走向一条死亡和悲伤之路。它正把他拉向升华之井，那里积聚了上千年的力量。我只能猜测它派出黑暗力量，使其成为一种使人类更绝望、推动我们依照它的意愿行事的工具。

预言已经改变。它们现在告诉阿兰迪必须在得到力量后放弃。和从前文字的暗示不同，它们的语意更模糊。而且，新的版本似乎把这件事变成了不可推卸的道德责任，还描述了如果永世英雄把力量据为己有时可怕的后果。

和其他人一样，阿兰迪对这个预言深信不疑。他是个好人，不管怎样，他都称得上一个好人，一个富有牺牲精神的人。说实话，他所有的行为：所有那些死亡、破坏，还有他造成的其他痛苦，也深深伤害了他。所有这一切对他而言是一种牺牲。

他习惯于在大善面前放弃自己的利益，只要他能发现这种大善。

我确信，如果阿兰迪找到升华之井，他将取得那些力量，并以大善之名，放弃那些力量。把这些力量让给改变预言的那个神秘事物，让给引领他走向战争、引诱他杀戮，并狡猾地把他引向北方的破坏力量。这个东西希望得到井里的力量。而且，为了得到我们的宗教，它已经篡改了我们最神圣的信条。

因此，我最后赌了一次。

我的恳求、我的教导、我的反对，甚至我的背叛都全无作用。阿兰迪现在有了别的指导人，这个人会对他说他愿意听的话。

我有个年轻的侄子，叫拉谢克。他以青年人的嫉妒的激情痛恨克莱尼姆的一切。他对阿兰迪的痛恨尤其强烈，尽管两人根本没见过面，因为拉谢克有被出卖的感觉，一个压迫我们的人竟然被选为了永世英雄。

阿兰迪穿越特里斯山脉时需要向导。我叮嘱过拉谢克，确保他和他最信任的朋友被选为向导。拉谢克打算把阿兰迪引向错误的方向，使他泄气，或者使他的任务泡汤。阿兰迪还不知道他被欺骗了，我们全都被欺骗了，而且他再也不肯听我的话了。

如果拉谢克不能成功地把阿兰迪引上歧途，我命令他把阿兰迪杀死。希望变得很渺茫。暗杀、战争和大灾难都没有夺走阿兰迪的性命。可是，我希望在冰天雪地的特里斯山脉里，他会暴露出弱点。我期待着一个奇迹。

一定不能让阿兰迪到达升华之井，因为一定不能让他释放囚禁在那里的东西。

萨奇德如梦方醒。这最后的一击，把他残留的信仰打垮了。

他再也不会相信那些东西了。

纹找到伊兰德时，后者正站在城墙上，俯视着卢萨岱尔城。他穿着一套白色的制服——婷德薇尔为他做的那些制服中的一套。他看起来……比几个星期前严厉多了。

“你醒了？”纹走到他旁边说。

他点点头，没有看她，继续查看着他的城市和熙熙攘攘的人民。尽管他有新得到的熔金术法力的治愈能力，还是在床上昏迷了相当长一段时间。即使有白蜡，外科医生也一直不确定他是否能活过来。

他活过来了。而且，像一个真正的熔金术师一样，他在头脑清醒后的第一天就下了床。

“有事？”他问。

纹摇摇头，把身子靠在城垛上。她仍然能听到那个可怕的隆隆声。我自由了……

“我是熔金术师。”伊兰德说。

她点点头。

“迷雾之子，很明显。”他接着说。

“我想……我们现在知道他们来自哪里了，”纹说，“第一个熔金术师。”

“那力量怎么了？汉姆没有直接回答我，而其他人知道的都是传言。”

“我释放了什么东西，”她低声说，“不应该释放的某种东西，引导我来到升华之井旁的某个东西。我绝对不应该去寻找它，伊兰德。”

伊兰德沉默地站着，继续注视着城市。

纹转过身，把头埋在他的怀里。“我很怕，”她说，“我能感觉到，但我释放了它。”

最后，伊兰德把她搂在怀里。“你已经尽力了，纹。”他说，“实际上，你没做错。一个人怎么能知道他一直被教导、训练和准备去做的事情是错的呢？”

纹摇摇头。“我比御主大帝还糟糕。最后，也许他意识到自己被欺骗了，明白他必须得到那力量而不是释放它。”

“如果他是个好人，纹，”伊兰德说，“他就不会做那些对这片大陆所做的事了。”

“我也许做了一件更糟糕的事，”纹说，“我释放的这个东西……迷雾杀人，而且开始在白昼出现……伊兰德，我们该怎么办？”

他看了她一会儿，然后扭头看着城市和城里的人民。“我们要照凯尔西教的做，纹。我们要生存下去。”

专用名词及人物介绍

熔金术快速查询表

金属	功能	使用这种金属的迷雾行者的称号
铁	拉附近的金属	牵拉师
钢	推附近的金属	掷币者
锡	增强感受能力	锡眼师
白蜡	增强体能	白蜡手、蛮力士
黄铜	安抚情绪	安抚者
锌	煽动情绪	煽动师
红铜	隐蔽使用熔金术的人	烟幕手
青铜	发现使用熔金术的人	搜寻师

熔金术（ALLOMANCY）：一种可以遗传的神秘法术，使用者在体内燃烧金属，从而获得特殊的能力。

熔金术金属（ALLOMANTIC METALS）：基本的熔金术金属有八种。它们两两成对，构成母体金属及其合金。这些金属又可以分作两组，每组四种，一组是内部金属（锡、白蜡、红铜、青铜），另一组是外部金属（铁、钢、锌、黄铜）。人们长期以来只知道世界上存在十种熔金术金属：八种基本的金属，再加上金和天金。但后来人们发现了金和天金的活跃合金，于是有了十二种熔金术金属。而铝和硬铝的发现又使得这一数字增加到十四种。

熔金术脉动（ALLOMANTIC PULSE）：燃烧着金属的熔金术师所发出的信号。只有燃烧青铜的人才能“听到”这种熔金术脉动，也叫青铜脉动（BRONZEPULSE）。

燃烧（BURN）：熔金术用语，熔金术师在胃中消化或损耗金属的过程就叫作“燃烧”金属。熔金术师必须吞下一种金属，通常借酒服下，然后进行熔金术的新陈代谢，从而产生法力。

爆燃（FLARE）：熔金术用语，指让一种金属燃烧得更快，以获取更多的法力。

熄灭（EXTINGUISH）：熔金术用语，指停止燃烧某种熔金术金属。

拉（PULL）：熔金术用语，指使用熔金术拉动一样东西——或者用锌安抚人们的情感，或者用铁拉动其他金属。

牵拉师（LURCHER）：燃烧铁的迷雾行者，能够拉动周围的金属。

推（PUSH）：熔金术用语，指使用熔金术推动一样东西——或者用黄铜煽动人们的情感，或者用钢推动其他金属。

掷币者（COINSHOT）：可以燃烧钢的迷雾行者。

锚点（ANCHOR）：熔金术用语，指的是被燃烧钢或铁的熔金术师用来发出推力或拉力的一小段金属。

安抚（SOOTHE）：熔金术用语，指熔金术燃烧黄铜时，推动别人的情感，平抑他的情绪。

安抚者（SOOTHER）：燃烧黄铜的迷雾行者。

煽动（RIOT）：熔金术用语，指熔金术师燃烧锌时，拉动别人的情绪，激发他的情感。

煽动师（RIOTER）：指燃烧锌的迷雾行者，能够煽动别人的情绪。

白蜡手（PEWTERARM）：蛮力士（THUG）的另一种说法，即燃烧白蜡的迷雾行者，能将自己的体力最大化。

搜寻师（SEEKER）：燃烧青铜的迷雾行者，能搜寻正在使用熔金术的人。

烟幕手（SMOKER）：燃烧红铜的迷雾行者。烟幕手能设下一片名为铜障（COPPERCLOUD）的遮盖物。如果熔金术师在铜障的覆盖范围内燃烧金属，就可以隐藏自己的熔金术脉动，不被燃烧青铜的人发现。“铜障”还可以指称烟幕手。

锡眼师（TINEYE）：燃烧锡的迷雾行者，能够强化自己的五官感觉。

天金（ATIUM）：一种奇异的金属，能帮人看到未来。曾经出产于哈辛矿井，包藏于洞穴内小块的晶体组织矿石中。

复合天金（MALATIUM）：凯尔西尔发现的一种金属，通常被称作“第十一种金属”。没有人知道凯尔西尔在什么地方找到了这种金属，也没有人知道他为什么认为这种金属能够置御主大帝于死地。这种金属是天金与金的合金。它最终提供了纹打败御主大帝所需要的线索——它能够使熔金术师看到别人过去的阴影。

铝（ALUMINUM）：一度只有钢铁审判官知晓的一种金属。燃烧这种金属会耗尽熔金术师全部的其他金属储备。

硬铝（DURALUMIN）：是铝的熔金术合金，以铝、红铜、锰和镁混合而成。熔金术师在燃烧硬铝以后燃烧的另一种（或几种）金属会产生强大的爆破力，但同时会导致熔金术师体内的这种金属在瞬间耗尽。

保管师（KEEPER）：又称“储金术师”。只有特里斯人能成为保管师。保管师致力于发现升华之前存在的所有知识和宗教，然后把它们记下来。御主大帝对他们几乎赶尽杀绝，他们不得不隐姓埋名。最后帝国覆灭后，他们开始向人们传布自己的知识。但是，在卢萨岱尔围攻战期间，他们遭受到审判官的袭击，除了萨奇德之外，几乎所有的保管师都死了。

抽取（TAP）：储金术用语，指从储金术师的金属智库中抽出能力，相当于熔金术师的用语“燃烧”。

释放（RELEASE）：储金术用语，指储金术师停止抽取金属智库的内容，不再提取其中的能力。

金属智库（METALMIND）：储金术师用来注入自己的某些能力以备将来抽取的一段金属，功能类似于电池。各种金属智库按其金属材质有不同的名称，例如锡智库、钢智库，等等。

专用名词

迷雾（MIST）：每天夜晚出现在最后帝国的半透明怪雾。它的浓度高于平常的雾气，像有生命的东西一样游走徘徊。在纹获取升华之井中的神力前那一刹那，迷雾发生了变化，开始随机地害死一些走到其中的人类。

迷雾行者（MISTING）：只能燃烧一种金属的熔金术师。他们比迷雾之子更接近于普通人。（注：一个熔金术师要么只有一种法力，要么就拥有全部的法力。只有这两种情况，不存在仅能燃烧两三种金属的熔金术师。）御主大帝和他手下的圣务官们一直宣称，世上只有八种迷雾行者，依据就是八种基本的熔金术金属。

迷雾之子（MISTBORN）：能够燃烧所有熔金术金属的熔金术师。

迷雾斗篷（MISTCLOAK）：许多迷雾之子都穿着这种斗篷，以示身份。它由几十条厚厚的布块缝制而成，顶端收口，腰以下的部分可以任意摆动。

迷雾阴魂（MISTWRAITH）：坎德拉兽的同族，没有感知能力。迷雾阴魂是一团团没有骨头的肉球，在夜间出来觅食，吞食一切可以找到的尸体，利用尸体的骨架来形成自己的躯体。坎德拉兽实际上就是由迷雾阴魂演变而来的。

迷雾杀手（HAZEKILLER）：不具备任何熔金术或储金术法力的士兵，接受过攻击和刺杀熔金术师的专门培训。

雾癫病（MISTSICKNESS）：在雾中病倒的人们所得的怪病。虽然大部分暴露在雾里的人安然无恙，但一小部分人会全身发抖，罹患这种怪病。这种病的持续时间从几天到两个多星期不等，有时候可能致命。不过，一个人只要在雾中暴露过一次，如果没有死亡，就可以终身免疫。没有人知晓这种病的起源。

尘埃（ASHFALLS）：指最后帝国特有的景象，由于火山喷发，天空中不停地落下尘埃，像下雨一样。

灰山（ASHMOUNTS）：最后帝国在升华时期共有七座大型的火山。它们喷出的主要是灰，而不是岩浆，又称灰山。

御主大帝（LORD RULE）：统治最后帝国达千年之久的皇帝。他原名拉谢克，是阿兰迪雇来的一名特里斯搬运工。然而，他杀死了阿兰迪，代替阿兰迪到达升华之井，在那里攫取了神力并且实现升华。他最后被纹杀死，但死前警告纹，说她犯下了一个严重的错误。

最后帝国（FINAL EMPIRE）：御主大帝所建立的帝国。他坚信自己将永生，因此自己的帝国将是全世界所知道的最后一个帝国，由此得名。

斯卡人（SKAA）：最后帝国的农民阶层。斯卡人原本有不同的种族和国籍。经过御主大帝上千年的帝国统治，斯卡人几乎丧失了身份意识，最后沦为一种单一的、同种族的奴隶。伊兰德在卢萨岱尔掌权后恢复了斯卡人的自由之身。大多数斯卡人现在都信奉幸存者教。

黑暗力量（THE DEEPNESS）：在御主大帝成为最后帝国的统治者以前威胁着世界的一种神秘怪物或神秘力量。御主大帝宣称自己升华时打败了这种力量，但后来人们发现黑暗力量其实就是迷雾，而御主大帝所谓的“打败”只是让迷雾暂时退却。黑暗力量又开始攻击人类，现在越来越多的迷雾笼罩着大地，就连庄稼也无法生长了。

升华（ASCENSION）：专用来形容拉谢克攫取升华之井的神力并变成御主大帝的过程。

升华之井（WELL OF ASCENSION）：一口神圣的古井，一直蕴藏着一种无与伦比的神力。在预言中，永世英雄将来到升华之井，获取神力，以便打败黑暗力量。

永世英雄（THE HERO OF AGES）：特里斯人预言中的救世主。传说中，永世英雄将会出现，获得升华之井的神力，然后为了从黑暗力量的手中拯救世界而无私地放弃神力。人们曾经以为阿兰迪就是“永世英雄”，但他没有找到答案就被杀害了。

钢铁教团（STEEL MINISTRY）：御主大帝的祭司教团，由少数钢铁审判官和众多称作圣务官的祭司组成。钢铁教团不仅仅是一个宗教团体，它还是最后帝国的市政管理框架。

圣务官（OBLIGATOR）：御主大帝的祭司教团成员，然而，圣务官不仅仅是宗教人士，他们还是市政官员，甚至组成了一个间谍网络。没有经过圣务官见证的商业交易或者承诺都属于非法或者不具有道德约束力。

审判官（INQUISITOR）：效忠于御主大帝的祭司，可谓奇人异士。他们的头部被几根钉子贯穿——尖端穿过眼睛，但不会死亡。他们盲目地听从御主大帝的一切命令，主要被用来抓捕和杀戮拥有熔金术法力的斯卡人。他们经由盗金术获得迷雾之子的各种能力，有时也可以获得其他法力。

大崩溃（THE COLLAPSE）：指的是御主大帝的死去和帝国的灭亡。

创世师（WORLDBRINGERS）：最后帝国覆灭前一个特里斯人储金术师组成的团体，柯万是其中一员。保管师后来的等级排列就是以创世师为基础的。

坎德拉兽（KANDRA）：一种生物。它们吃掉并消化一个人的死尸之后，可以用自己的血肉复制这个人的模样。坎德拉兽与迷雾阴魂是同类，没有骨架，因此它们保留并使用人类的骨头。它们作为天生的间谍，履行契约，为人类提供服务，人类则以天金作为报酬。

坎德拉兽的大本营（HOMELAN）：许多错综复杂的洞穴，被坎德拉兽当作秘密基地。除了（现在已经死去的）御主大帝，没有任何人类知道这个地方。坎德拉兽如果履行契约的表现良好，就可以回到大本营休假一段时间。

坎德拉兽的神佑（BLESSING）：御主大帝赐予每一只坎德拉兽四种能力中的一种。这四种能力分别是“能力之佑”、“存在之佑”、“觉悟之佑”

和“安定之佑”。

克洛兽（KOLOSS）：御主大帝升华时创造的一种野兽战士，被他用以征服世界。

卢萨岱尔（LUTHADEL）：最后帝国的首都，帝国最大的城市。卢萨岱尔以其纺织品、锻造品和富丽堂皇的贵族城堡而闻名于世。

辖区（DOMINANCE）：即最后帝国的省。卢萨岱尔位于中央辖区。它周围的四个辖区叫作内辖区，内辖区是帝国最大的人口聚居区和文化中心。最后帝国覆灭后，国土四分五裂，许多国王篡夺权力，割据各个辖区称王称霸，于是各个辖区变成了一个个单独的王国。

克雷迪克肖宫（KREDIK SHAW）：御主大帝在卢萨岱尔的宫殿，在古特里斯语里的意思是“千顶之山”。

法德雷克斯（FADREX）：西部辖区的一个壁坚垒固的中等城市，曾经是阿什韦瑟·塞特的老巢和王国首都，是物资部的一个重要的仓储和配给中心。

厄尔图（URTEAU）：北部辖区的首都，过去是樊乔家族的势力范围。这座城市现在陷于叛乱之中，由奎林统治。

瑟伦堡（CONVENTICAL OF SERAN）：审判官的据点，萨奇德和马什在那里发现了柯万的临终遗言。

塔星顿（TATHINGDWEN）：特里斯辖区的首都。

泰里安山（MOUNT TYRIAN）：距离卢萨岱尔最近的一座火山。

克莱尼姆（KHLENNIUM）：最后帝国建立以前的一个古老的国度，阿兰迪的故乡。

特里斯（TERRIS）：最后帝国最北部的辖区，是他们的先知预言了永世英雄的出现，是拥有神秘力量的民族，不知为何被御主大帝赶尽杀绝。在御主大帝统治时期，特里斯是唯一一个保留原先王国名称的辖区，这可能表明了御主大帝对故土的依恋之情。

哈辛矿井（THE PITS OF HATHSIN）：一个由众多洞穴和裂缝组成的网

络，是最后帝国唯一一处出产天金的地方。御主大帝利用囚犯开采天金。凯尔西在死前不久对这里造成一些破坏，不能再开采天金了。

箱币（BOXING）：一种皇家金币的俗名。这个名字得自金币背面克雷迪克肖宫（御主大帝的宫殿）的图像，意指御主大帝住在一个“盒子”里。

夹币（CLIP）：最后帝国一种皇家红铜铸币的俗称。面值非常小，迷雾之子和掷币者一般利用这种铸币来跳跃和攻击。

人物介绍

纹（VAN）：街头小偷，不信任任何人，被凯尔西发现天分后，加入他的团队，成为重要一员。

伊兰德·樊乔（ELEND VENTURE）：新帝国的皇帝，纹的丈夫，既是一个迷雾之子，也是一名学者。

布里兹（BREEZE）：凯尔西团队中的一个安抚者。他是伊兰德最得力的大臣和外交官。团队中大部分成员都认为他与其他人一样，是一个有着一半斯卡人血统的家伙，但实际上他是一个血统纯正的贵族。他童年时被人强行关在地下。他的真名是拉德里安（LADRIAN）。他与奥瑞安娜·塞特是恋人。

克拉布斯（CLUBS）：他是凯尔西团队中的一个烟幕手，“幽灵”的舅舅，曾经是伊兰德军中的一名将军。克拉布斯在卢萨岱尔围攻战中被克洛兽杀害。他的真名叫克拉登特（CLADENT）。

道克森（DOCKSON）：凯尔西曾经的左膀右臂，第一批团队成员之一。他在卢萨岱尔围攻战中死去。他的昵称为道克斯（DOX）。

汉姆（HAM）：凯尔西团队中的一个蛮力士。他喜欢思考哲学问题，不论什么天气都只穿一件背心。他的真名是哈蒙德（HAMMOND）。

萨奇德（SAZED）：一个违背族人意愿加入凯尔西团队的特里斯保管师。他帮助推翻了最后帝国。他与婷德薇尔相爱，婷德薇尔之死使他陷入长时间的低迷。他现在担任伊兰德的帝国首席使臣，并被伊兰德指定为（在伊兰德和纹双双去世后）皇位的第三继承人。他在团队中的昵称是萨兹（SAZE）。

婷德薇尔（TINDWYL）：一名特里斯保管师，赛诺德元老团的成员。她原是萨奇德的恋人，死于卢萨岱尔围攻战。她是一位向伊兰德传授领导学的重要导师。

“幽灵”（SPOOK）：凯尔西团队中的一个“锡眼师”，是团队中最年幼的成员，在御主大帝覆灭时年仅十五岁。他是克拉布斯的侄子，过去因为说话带口音而被人取笑。他曾经暗恋过纹。他的真名是莱斯特伯恩斯（LESTIBOURNES），因为名字太长而被同伴取了“幽灵”的外号。

阿什韦瑟·塞特（ASHWEATHER CETT）：西部辖区的国王，定都法德雷克斯，为了得到天金围攻卢萨岱尔。

奥瑞安娜（ALLRIANNE）：阿什韦瑟·塞特唯一的女儿。

格涅奥迪恩（GNEORNDIN）：阿什韦瑟·塞特唯一的儿子。

斯特拉夫·樊乔（STRAFF VENTURE）：伊兰德的父亲，北部辖区以前的国王。他觊觎着儿子的王位，围攻卢萨岱尔。

赞恩（ZANE）：斯特拉夫的私生子，伊兰德同父异母的兄弟。他也是个迷雾之子，有点疯狂，和纹惺惺相惜。

阿曼兰塔（AMARANTA）：斯特拉夫的情妇之一，是一个很出色的草药师。

阿兰迪（ALENDI）：一千年前，是他在御主大帝登上皇帝宝座之前征服了世界。纹从御主大帝的宫殿发现了他的日记，起初以为他就是御主大帝，后来发现他被自己的侍从拉谢克杀死并夺取了皇位。阿兰迪是特里斯学者柯万的朋友兼门客，柯万认为阿兰迪可能就是“永世英雄”。

拉谢克（RASHEK）：在升华之前，拉谢克是一个特里斯搬运工，被阿兰迪雇去，陪同阿兰迪艰难跋涉到升华之井。拉谢克对阿兰迪怀有深深的恨意，最终杀死了阿兰迪。他自己攫取了升华之井的神力，成为御主大帝。

柯万（KWAAN）：一名特里斯学者。他是一位先知，是他最先错把阿兰迪当成了“永世英雄”。后来他改变了想法，背叛了自己的朋友阿兰迪，找来拉谢克去阻止阿兰迪的行动。

凯尔西（KELSIER）：最后帝国名声最响亮的盗贼集团领袖。他是一个迷雾之子，而且是纹的老师。由于他是从哈辛矿井中逃脱的唯一的囚犯，又被称为“哈辛的幸存者”。凯尔西发动了斯卡人起义，推翻了御主大帝，但在起义过程中被杀害。他的牺牲催生了一种新的宗教——幸存者教。

梅尔（MARE）：凯尔西的妻子，萨奇德的朋友。她非常热心于斯卡人起义，后来死于哈辛矿井。

睿（REEN）：纹的同母异父哥哥，一直保护她，把她训练成一个盗贼。睿对纹冷酷无情，但是他从发疯的母亲手里救出了纹。他因为拒绝透露纹的所在地而被审判官杀害。纹有时候会听到他过去教训她的言语，他有时还会出现在纹脑海中，向纹展示生活残酷的一面。

德默克斯将军（GENERAL DEMOUX）：伊兰德手下的一名军官，因其对幸存者的忠贞信仰而为人所知。

戈兰德尔上尉（CAPTAIN GORADE）：戈兰德尔原本是卢萨岱尔卫戍部队的一名士兵，当纹决定打入御主大帝的宫殿行刺时，他正在站岗守卫皇宫。纹说服他改变立场，随后他带着伊兰德进入宫殿营救纹。他现在是伊兰德麾下的一名军官。

诺登（NOORDEN）：为数不多的选择留在卢萨岱尔效忠于伊兰德的圣务官之一。

费尔森·彭罗德（FERSON PENROD）：一个德高望重的贵族，是最后帝国覆灭后，伊兰德王位的有力争夺者。

菲伦（PHILEN）：原来是卢萨岱尔的一个商人。御主大帝倒台后，他平步青云，成为议会的一员。后来他接受伊兰德作为自己的皇帝，他现在统治着卢萨岱尔。

杰斯茨·勒卡尔（JASTES LEKAL）：勒卡尔家族封号的继承人，伊兰德过去的一位朋友。他和伊兰德经常与泰尔顿一起讨论政治和哲学。斯特拉夫和赛特打起围攻战时，杰斯茨召集了一支克洛兽军队，准备围攻卢萨岱尔。

泰尔顿（TELDEN）：伊兰德的一个老朋友，曾经与伊兰德一起谈论政治和哲学。他是一个爱打扮的花花公子。

奥索尔（ORESEUR）：凯尔西雇用的一只坎德拉兽。奥索尔曾经假扮成雷诺克斯大人，纹的叔叔。现在假扮成一只猎狼犬保护纹。

天宿（TENSOON）：本来是服务于斯特拉夫·樊乔的一个坎德拉兽。

赛诺德元老团（SYNOD）：原先是特里斯保管师的精英领袖团体。

阿拉丹·犹蒙（ARADAN YOMEN）：厄尔图的一名圣务官，持有与赛特相反的政见。

叶丹（YEDEN）：最初和凯尔西团队合作的斯卡人起义军首领。

仙·艾拉瑞尔（SHANE LARIEL）：伊兰德以前的未婚妻，一个迷雾行者，为纹所杀。

雷诺克斯领主（LORD RENOUX）：一个贵族，凯尔西杀死他后，雇用坎德拉兽奥索尔冒名顶替他。在最后帝国覆灭前，纹一直假扮成雷诺克斯的侄女，化名法莱特·雷诺克斯。

法莱特·雷诺克斯（VALETTE RENOUX）：纹为打入贵族社会内部而使用的化名。

欢迎登陆博客www.brandonsanderson.com，查找本书每一章节的详细评注、删节的场景描写以及更多有关迷雾世界的信息。

金属法力一览表

金属	熔金术法力	储金术法力
铁	对附近的金属源产生拉力	储存体重
钢	对附近的金属源产生推力	储存人体速度
锡	增强感知能力	储存感觉
白蜡	增强能力	储存体力
黄铜	安抚（平抑）情绪	储存热量
锌	煽动（激化）情绪	储存金属速度
红铜	隐藏熔金术脉动	储存记忆
青铜	发现熔金术脉动	储存警觉性
铝	耗尽熔金术师的全部金属储备	未知
硬铝	提高接下来燃烧的另一种金属的法力	未知
天金	看到别人的未来	储存年龄
复合天金	看到别人的过去	未知
金	看到自己的过去	储存健康
琥珀金	看到自己的未来	未知

召集令

万语幻想文学社

用精挑细选的眼光　发掘精彩绝伦的传奇

热爱幻想文学的朋友们：

我们现诚挚地邀请您加入“万语幻想文学社”，与我们一起骑上想象力的骏马，穿越七彩的草原，向代表理想的风车冲锋！

这里有好书尝鲜，也有好友交流，有新鲜的资讯，也有犀利的见解，唯独没有任何门槛，只需要喜爱幻想文学，您就获得了进入我们这个温馨酒馆的入场券。寂静的夜里，欢迎您与我们坐到一起，听听故事，聊聊传奇……

万语幻想文学社简介

“万语幻想文学社”由图书出版公司上海万语文化艺术有限公司联合数家国内外关注幻想文学出版的机构共同发起。

文学社将致力于发掘并出版优秀的国内外幻想文学作品，不论是崭露头角的新人新作还是久经考验的幻想经典，都是我们关注的对象。

在未来的五年、十年甚至更长的时间里，您将在我们不断扩展的书单中，发现越来越多闪闪发光的名字。

万语幻想文学社也将致力于为作家和热爱幻想文学的读者打造便捷的交流空间，努力与众多幻想文学爱好者一起描绘出一道美好的阅读风景。

您可以通过以下几种途径加入我们：

豆瓣小站：http://site.douban.com/fantasy

新浪微博：http://weibo.com/widea2010

腾讯微博：http://t.qq.com/shanghaiwidea

邮　　箱：widea_sh@126.com

速速前来报道吧，您将获得：

○ 最新的出版资讯

○ 丰富的活动邀请

○ 志趣相同的朋友

○ 免费试读好书的机会

万语幻想文学社

2012年5月

万语幻想文学社重磅推出："幻想文学精选"之布兰登·桑德森作品集

布兰登·桑德森
Brandon Sanderson

罗伯特·乔丹的接班人　《时光之轮》的"终结者"

连续两年入选美国科幻/奇幻界地位最高的新人奖项：

约翰·坎伯新人奖

当今世界最耀眼的奇幻新星

1975 年 12 月 19 日生于美国内布拉斯加州首府林肯。2005 年，他凭处女作《伊岚翠》获《浪漫时代》（Romantic Times）奇幻史诗大奖，并连续入选 2006、2007 年美国科幻 / 奇幻界地位最高的新人奖项——约翰·坎伯新人奖。

2007 年他被钦点为已故奇幻巨头罗伯特·乔丹的继承人，续写现代奇幻传奇大系《时光之轮》的终结篇《光之回忆》。同年，他出版了逆写《时光之轮》的奇幻巨著"迷雾之子"三部曲，该书一出版就获得美国亚马逊读者评价最高票。《哈利·波特》的美国出版方 Scholastic 因而高价签下作者四部奇幻作品的版权。

2009 年 10 月，桑德森出版了《时光之轮》的续作《光之回忆 1：风起云涌》，打败了丹·布朗的新书《失落的秘符》，空降纽约时报排行榜榜首！

著作权合同登记：图字 09-2012-164 号

MISBORN:THE WELL OF ASCENSION

图书在版编目(CIP)数据

迷雾之子Ⅱ：升华之井 /（美）桑德森著；丁剑译.
-- 上海：上海社会科学院出版社，2012
（幻想文学精选）
ISBN 978-7-5520-0042-9
Ⅰ.①迷… Ⅱ.①桑… ②丁… Ⅲ.①长篇小说－美国－现代 Ⅳ.①I712.45
中国版本图书馆CIP数据核字(2012)第050286号

出 品 人：缪宏才

总 策 划：闫青华
责任编辑：黄诗韵
特约编辑：沈丽凝
营销编辑：陈 轶
封面设计：万语设计联盟·陈 娴

迷雾之子Ⅱ：升华之井
[美] 布兰登·桑德森 著　丁剑 译　李天奇 译审

上海社会科学院出版社有限公司
上海市淮海中路622弄7号 邮编：200020
上海信老印刷厂印刷
字数 460 千字　开本 890×1240 毫米　1/32　印张 23.75
2012年5月第1版 2012年5月第1次印刷
ISBN 978-7-5520-0042-9/I·053
定价：60.00元

读者回函表

姓名：__________ 性别：____ 年龄：____ 职业：______ 教育程度：______

邮寄地址：__________________________ 邮编：______

E-mail：________________ 电话：________________

您所购买的书籍名称：《迷雾之子Ⅱ：升华之井》

您是如何得知一本新书的出版信息呢（多选）：□别人介绍 □逛书店偶然看到 □网络信息 □杂志与报纸新闻 □广播节目 □电视节目 □其他：________

您喜欢到哪里买书（多选）：□书店 □网上书店 □图书馆借阅 □超市/便利店 □朋友借阅 □找电子版 □其他 ________

购买新书时您会注意以下哪些方面？

□封面设计 □书名 □出版社 □封面、封底文字 □腰封（就是书外面缠的腰带）文字 □前言后记 □目录 □名家推荐

您对本书的评价：

书名：	□满意	□一般	□不满意	故事情节：	□满意	□一般	□不满意
翻译：	□满意	□一般	□不满意	封面设计：	□满意	□一般	□不满意
内页设计：	□满意	□一般	□不满意	印刷质量：	□满意	□一般	□不满意
价格：	□便宜	□正好	□贵了	整体感觉：	□满意	□一般	□不满意

您喜欢的书籍类型：

□文学 □青春 □情感 □商业 □历史 □军事 □旅游 □艺术 □科学 □推理 □惊悚 □传记 □生活、励志 □教育、心理 □其他______

您是否愿意接收我们发送的出版资讯？

□愿意 □不愿意

请列出3本您最近想买的书：________、________、________

请您提宝贵建议：________________________

★谢谢您购买我们出版的书。请将读者回函表填好后，邮寄到“上海市浦东新区锦绣路2150号万源商务楼3楼（邮编200127）”，或将此表扫描、拍照后发电子邮件至widea_sh@126.com，感谢您提供宝贵建议！

特别启示：图书翻译者征集

为进一步提高本公司引进版图书的译文质量，也为翻译爱好者搭建一个展示自己的舞台，现面向全国读者诚征外文书籍的翻译者。如果您对此感兴趣，也具备翻译外文书籍的能力，就请赶快联系我们吧！

您是否有过图书翻译的经验： □有（译作举例：《____________》）□没有

您擅长的语种：□英语 □法语 □日语 □德语 □韩语 □西班牙语 □其他______

您希望翻译的书籍类型：□文学 □生活 □心理 □其他______

★请将您的简历邮寄到“上海市浦东新区锦绣路2150号万源商务楼3楼（邮编200127）”，或发电子邮件至widea_sh@126.com，简历中请特别注明您的外语水平、翻译经验。经考察适宜者，将有机会成为我们的译者。期待您的参与！

2 0 0 1 2 7

请贴邮资

上海市浦东新区锦绣路2150号万源商务楼3楼

上海万语文化艺术公司

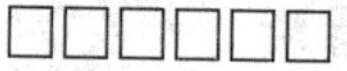

请沿虚线对折后寄出，谢谢！

文学·心理·经管·时尚

艺术影响生活，文化改变人生

Email:widea_sh@126.com